韓國古典文學論攷

* 이병철(李炳哲)

서울 出生
高麗大學校 國語國文學科
大學院 文學博士 修了
文學四季 新春文藝 登壇
韓國敎育振興院 先任硏究員 歷任
新羅大學校 敎授學習開發센터 部長
韓國思想文化學會 硏究倫理委員
韓民族文化學會 硏究倫理委員
韓國 靑少年文化學會 理事
文學四季 運營委員 世宗大學校 柳韓大學과
永同大學校를 거쳐 現在 新羅大學校 敎授.

* 論著

『李孝石의 作品世界와 思想 硏究』, 『丙寅燕行歌 硏究』, 『李栗谷의 思想 論考』, 『御製思悼世子墓誌文 小考』, 『荀子의 性惡 小考』, 『<春香傳>의 口述連行 樣相』, 『開化期 單形敍事의 談論 硏究』, 『<東歌選> 硏究』, 『<元生夢遊錄>의 文獻比較와 텍스트 分析』, 『歌辭發生과 關聯한 <西往歌>의 論意』, 『林悌의 <元生夢遊錄> 再攷』, 『新小說의 장르槪念과 特性』, 『燕行歌辭의 提言과 <燕行歌>를 통해 본 轉換期 朝鮮』, 『開化期 新聞의 敍事 受用 樣相』, 『短期 公務員試驗 對備』, 『歷史循環論 속에서의 歷史的 再認識』, 『금향선집(琴香選集)』, 『올바른 언어생활과 우리글 가꾸기(連載物)』, 『보고문 쓰기와 답안작성의 실제』, 『함께 하는 언어생활』, 『교양인을 위한 글쓰기 이론』, 『취업대비와 지성화 교육』, 『창의적 사고와 글쓰기』, 『사고와 표현(3인 공저)』, 『文學과 人間』등.

韓國古典文學論攷

李 炳 哲

국학자료원

드리는 글

새벽녘 뒤척이며 잠을 깼다. 밤사이에 내린 눈은 어느새 온 마을의 흔적을 덮고 있다. 겨울이 끝나 갈 무렵은 공연스레 마음이 바빠져 몸을 피곤하게 한다. 창문 밖으로 눈의 하강을 보고 있으니, 발코니 작은 화단에서 움을 튼 어린 잎과는 너무도 대조적인 풍경이 유리를 경계로 펼쳐 있다. 문득 과거의 잊고 있던 기억 하나가 생각난다. 등하교 길에 회수권을 사는 대신 걸어 다니며, 틈틈이 아낀 돈으로 동대문에서 손바닥 크기의 작은 책들을 구해 읽으면서 꾀나 횡재라도 한 듯, 뿌듯한 마음으로 걸어오던 길. 지금도 그 책은 내 서재를 메우고 있다. 三中堂에서 출간된 문학 서적은 이렇게 고교시절의 짧은 시간을 큰 공간으로 채워주었다.

대학을 졸업할 즈음에 雲田 李昌龍 선생님과의 만남은 나에게 큰 도전이 되었다. 雲田 선생님은 "이제 우리 시대는 지난 것 같구나. 네가 古典에 뜻을 두고 있으니, 이제 내 서가의 책을 모두 가져가 뒤를 이어 공부하길 바란다."하시며, 이후 천 오백여권에 달하는 문학전공 관련 서적을 그것도 자필로 목록을 직접 만들어 내게 주셨다. 덕분에 나는 내가 소유하고 있던 이천 오백여권의 책을 합쳐, 사천여권 이상의 전공 관련 서적을 서재에 구비하게 되었다. 하지만 책을 좋아하는 것과 학문의 수준은 별개인 것 같다. 오늘 이렇게 책의 序文을 쓰려하니, 때로는 거칠고 성글어 자꾸 머뭇거려 지고 이제 아흔을 바라보시는 雲田 선생님께 송구스러운 마음마저 든다.

一刻을 다투고 취업을 걱정해야 하는 메마른 사회에서, 대학에서조차 古典文學의 설 자리를 염려해야 하는 현실에서 작으나마 이 책이 고전의 불씨를 살려 흥미와 멋을 더했으면 한다. 또한 개인적으로도 앞으로의 연구에 좋은 토대가 되리라 확신하며, 학계에는 微力하지만 논의의 좋은 提言이 되길 바란다. 책의 구성은 총 3부로, 그 중 몇 편을 取捨하여 古典敍事와 韻文을 함께 편성했고, 1부와 3부는 논의의 이해를 더하고자 관련한 자료를 末尾에 붙였다. 이제 이 작은 成果를 통해 스스로를 策勵하고 조금이나마 마음의 짐을 덜어, 다시 새로운 내 학문의 샘을 찾고 싶다.

　돌이켜보니 참으로 고마운 분들이 가슴에 어린다. 문학에 뜻을 더해 주시고 많은 도움을 아끼지 않으신 황송문, 김병균, 구사회 선생님과 학문의 길에서 방황할 때 든든한 버팀목이 되어 주신 김진영 선생님, 그리고 언제나 우리에게 학자의 본을 몸소 실천하시며, 큰 격려와 조언을 아끼지 않으시는 장효현 선생님께 이 작은 지면을 빌어 깊은 감사의 마음을 드리고 싶다. 아울러 拙稿를 한 권의 책으로 엮어 주신 국학자료원 사장님과 언제나 꼼꼼한 배려를 통해 큰 믿음을 주시는 박지연 팀장님께도 고마움을 전한다.

2009年 2月 日新書齋에서

著者 謹識.

目 次

제3부

燕行歌辭의 提言과 <燕行歌>를 통해 본 轉換期 朝鮮

제1부

近代 啓蒙期 新聞의 敍事 受用 樣相

近代 啓蒙期 新聞의 敍事 受用 樣相

1. 머리말

근대 계몽기는 민족 내부에 계층적인 모순과 외세와의 관계에서 일어나는 식민지 상황 등 다양한 시대적 모습[1]과 갈등이 미묘하게 나타나는 시기였다. 이 시기를 기점으로 발표된 서사문학 양식을 일컫는 신소설(新小說)은 처음부터 특별한 의미를 지닌, 오늘날 우리가 사용하는 문학적 양식의 용어는 아니었다. 오히려 이전 소설과의 변별력을 위한 새로운 소설, 즉 새로움(新)이 강조된 소설(小說)적 의미[2]를 지니

---

[1] 본고에서 대상으로 삼는 근대 계몽기 서사들과 관련한 신문의 발간은 『독립신문(1896)』, 『조선크리스도인회보, 대한크리스도인회보(1897)』, 『그리스도신문(1897)』, 『매일신문(1898)』, 『제국신문(1898)』 등이며, 아울러 그 시기에 조선의 현실과 관련한 주요 사적(史的) 내용은 다음과 같다. 동학농민운동, 갑오개혁(1894)/을미사변, 유길준의 『서유견문(1895)』/아관파천, 독립신문, 독립협회의 설립(1896)/대한제국의 성립(1897)/만민공동회 개최(1898)/경인선 개통(1899).

[2] 김영민은 기존의 신소설이 고유한 문학사적 의미를 지닌 용어가 아니었음을 언급한 바 있다. 당시 신문화(新文化), 신교육(新教育), 마찬가지로 새로운 학문을 신학문(新學問)으로 일컫듯, 오늘날 정형화된 형태의 문학적 장르를 지칭하는 고유명사적 성격이 아니라는 견해다. 따라서 김영민은 신소설의 개념과 그 전개 사(史)를 올바로 이해하기 위해서는 신소설이라는 용어가 '언제 처음 등장 했는가'를 따지기에 앞서, 그것이 '언제부터 오늘날과 같은 문학사적 용어로 정착 되었는가'를 묻는 것으로 바뀌어야 한다고 했다. 김영민의 이러한 논의는

고 있었던 것이다.

구한말에서 근대 계몽기를 거처 일제 강점기에 이르기까지, 물론 이 시기에 전대의 소설 양식[古典小說]이[3] 전무했다는 것은 아니지만 다양한 형태의 신문들 속에서 형성된 서사 형태의 담론(談論)들은 결코 우연의 산물이 아니다. 예컨대 우리나라 최초의 신소설로 평가되는 이인직의 「혈의 루(血의 淚)」는 1906년 7월부터 10월까지 『만세보(萬歲報)』에 연재돼 발표되었다. 아울러 근대 문학사의 최초로 평가되는 근대적 장편소설 이광수의 「무정」도 1917년 1월부터 6월까지 『매일신보(每日申報)』를 통해 연재되었던 사실을 감안(勘案)해 봐도 신소설의 정착과정에서 신문의 역할을 짐작할 수 있다. 즉 여러 형태의 서사물들이 근대 계몽기 신문들의 논설란을 통해 시도되면서, 그 형태가 축

─────────

기존의 신소설이라는 용어가 등장 초기부터 특정한 문학 양식을 지칭하는 문학사적 용어였다는 생각을 갖고 접근하는 논의에 새로운 제안이 되었다. 김영민, 『한국 근대 소설사』, 솔, 1997, 123~125쪽.

3) 장효현은 1894년 갑오개혁부터 일제 강점기로 접어드는 1910년 한일합병까지의 기간을 애국계몽기로 지칭(최원식은 1894년 갑오개혁부터 1919년 3·1운동까지의 기기를 설정하여 개화기로 지칭했으며, 그 가운데 1905년 을사보호조약으로부터 1910년 한일합병의 기간을 애국계몽기로 나누어 지칭한 바 있다.)하면서 당시 작품으로 추정되는 세 편의 작품을 지은 이와 창작연대, 줄거리 등을 소개한 바 있다. 첫째, <紅娘傳>은 대한제국 光武 10년(1906)에 용암 과객 '우천'이 지은 작품으로 전기소설과 영웅소설이 부합된 김동욱 소장본의 국문 필사본이 전한다고 한다. 둘째로 1916년 유일서관(唯一書舘)에서 간행된 1책의 국문 활자본으로 <정목란전(鄭木蘭傳)>이 있는데, 이것은 중국 민간에 전해오는 '목란 이야기'에 연원을 둔 조선 후기에 많이 보이는 여성영웅소설의 유형을 지닌 창작물이라 한다. 작품의 수준은 범상(凡常)한 정도의 수준으로 평가하여 줄거리를 소개하였다. 끝으로 국문과 한문 병서의 책이(한국정신문화연구원) 전하는 <춘몽(春夢)>으로 작품 속에서 발견되는 '경장(更張) 이후에 난 양반(兩班)도 쓸 듸 업셔'의 부분이나 근래에 사견법(飼犬法)을 실시하여 '신문'에서 조소한다는 구절을 근거로, 갑오개혁 이후 더욱이 제국신문(1898, 순한글체)과 황성신문(1898, 국한문혼용체)이 간행된 1898년 후의 작품으로 소개하고 있다. 이처럼 이 시기의 문학적 양식은 이전 시대의 문학적 양식과 변화하는 시대적 모습을 담아내고 있으며, 신문이나 잡지 등에 발표되는 소설이나 신문들의 논설란과 잡보 등을 통해 새로운 방향을 모색하고 있었다. 장효현, 「애국계몽기 창작 고전소설의 한 양상」, 『한국 고전소설사 연구』, 고려대학교출판부, 2002, 517~522쪽.

적되고 발전되어 가는 실례(實例)라 할 것이다.

　서사 양식에 대한 장르적 관심은 전광용에 의해 신소설이라는 용어의 개념과 장르적 성격을 고찰하면서 본격화 된다. 이른바 이야기책으로 일컫는 고대소설과 서구적 소설의 체제를 갖추어 가는 현대소설의 과도기적 단계로 신소설을 규정한다. 이후 신소설의 시각을 이전 단계의 구소설적 잔영으로서 그 존재 가치를 구명한 송민호의 견해와 이재선의 개화기 소설의 양식적 성격과 미학적 요소를 토대로 한 고찰이 논의에 확대를 제공하게 된다.[4]

　아울러 70년대 말과 80년대에 들어와 김중하는 토론체소설의 용어와 관련해, 조남현은 장르 혼합과 상호 간섭에 의한 변이형태를, 조동일은 조선조 영웅소설의 서사적 전통과 연속성의 견해를 제언한다. 이후 90년에 이르러서는 김교봉·설성경에 의해 전통사회로부터 누적된 근대 전환기의 배척과 수용으로써 전환기 소설의 면모를, 그리고 황정현은 신소설의 정론적 형상화와 서사적 형상화를 통한 근대 의식의 고찰로 다양한 서사 양식에 논의[5]를 제공한다.

　이처럼 근대 계몽기 신문에서 발견되는 서사 형태와 관련해 선행 연구자들의 관심은 주로 서사 양식의 장르적 고찰이나 서사 양식 자체의 장르 교섭과 변화 형태에 집중적인 연구가 이루어졌음을 부인할 수 없

---

4) 전광용은 1950년대 후반부터 신소설에 대한 논의를 『사상계』에 연재하였고, 「한국 소설 발달사 下」, 『한국 문화사 대계 V』(고려대민족문화연구소, 1967)를 발간하였다. 이것은 후에 『신소설 연구』(새문사, 1986)로 종합적 논의를 내놓았다. 또한 송민호, 『한국 개화기 소설의 사적 연구』, 일지사, 1975. 이재선은 『한국 개화기 소설 연구』(일조각, 1972)에 이어, 『한국 단편소설 연구』(일조각, 1975)와 『한국 현대 소설사』(홍성사, 1979)를 내놓으며 근대 계몽기 소설의 이해를 시도했다.

5) 김중하, 「개화기 토론체소설 연구」, 『전광용 박사 회갑기념논총』, 서울대출판부, 1979. 조남현, 『한국 현대 소설 연구』, 민음사, 1987. 조동일, 『신소설의 문학적 성격』, 서울대출판부, 1983. 김교봉·설성경, 『근대 전환기 소설 연구』, 국학자료원, 1991. 황정현, 『신소설 연구』, 집문당, 1997.

다. 하지만 당시에 신문들을 통해 구현되는 서사 형태의 올바른 접근은 시대적 특수성을 아우른 글쓴이의 욕구와 독자와의 관계 속에서 형성된 텍스트 자체의 미세한 접근이 필요하다. 이것은 근대 계몽기의 시대적 욕구가 신문을 통해 서사 담론의 효과적 수용은 물론 담론의 다양성에도 기여했음을 부인할 수 없기 때문이다.

근대 계몽기는 근대 의식이 사회사상으로 대두하여 이어 온 한국 근대화 과정을 의미한다. 여기서 잠시, 본고에서 사용하고 있는 근대 계몽기라는 시대적 성격과 의미를 이해하기 위한 방편으로 과거 개화기로 일컬어 온 시대적 특성을 정리해 보도록 한다. 선행 연구자들이나 일반 사가(史家)들에 의해 설명된 '개화' 시기나 '개화사상'의 개념을 살펴보면 다소의 차이가 있는 것이 현실이다. 특히 개화기의 시기나 특성과 관련해 이광린[6]은 개화사상이 당시 한국 사회 전반을 지배했음을 전제하면서, 그 사상과 내용을 다음과 같이 제시한 바 있다.

첫 단계는 1870년대로, 개화는 곧 개국과 같은 개념으로 조선의 '지적 계몽성'을 추구하는 과정으로 이해할 수 있으며, 두 번째는 1880년대로 외국 기술의 도입을 통한 '부국강병(富國强兵)의 발로'를 지적하고 있다. 끝으로 1890년대와 1900년대를 하나로 묶어 '국가의 독립과 국민의 권리'를 주장했던 시기로 각 단계의 시기적 성격을 제시하고 있다. 특히 1890년대부터 1900년대는 독립협회(1896)의 활동이 가장 두드러진 시기였기에, 근대화로의 구심점이 되었다는 것은 부인할 수 없는 사실이다.

이렇게 볼 때 김광린에 의해 설정된 개화기라는 시기 설정은 1870년대에서 1900년을 아우른 이를테면 다소 긴 시간적 범위를 토대로, 그

---

6) 이광린, 『한국 개화사 연구』, 일조각, 1968, 19~20쪽.

목표를 달리하며 지속적으로 이어져 왔음을 알 수 있다. 그리고 이러한 시기 설정은 1876년(강화도조약) 개항에서 1905년 을사보호조약이 체결된 시기를 포함하고 있어 그 시기적 성격이 잘 녹아 있다. 아울러 개화기라는 시기 설정에서 1894년(동학농민운동과 갑오개혁)부터, 식민지 상황으로 전락하는 1910년(한일합병)의 기간은 역사적 성격을 토대로 볼 때, 별도의 구분이 필요하다고 본다. 따라서 이 시기는 시대 구분에 있어 애국계몽기[7]라 지칭함이 옳다고 본다.

그러므로 1870년대를 토대로 1910년대로 이어 온 '개화기'라는 시기는 앞서 김광린의 논의에서도 지적되었지만 '지적 계몽성(1870년대)→기술 도입을 통한 부국강병(1880년대)→국가의 독립과 국민의 권리(1890년대와 1990년대)'와 같은 일련의 과정을 동시에 포함하고 있다. 다시 말해 식민지 상황에서의 애국을 포함한, 구시대의 봉건적 의식에서 탈피하려는 근대 지향의 계몽적 성격을 동시에 품어낸 근대로의 전환기로 볼 수 있는 것이다.

하지만 김광린도 이처럼 개화의 근대적 성격이나 계몽성을 언급하면서 정작 명칭만은 그대로 개화라는 말을 사용하고 있다. 오히려 그 시기의 올바른 이해를 위해서는 내적 특성을 토대로 수동적 의미의 개화보다는 근대 계몽기라는 용어가 더 설득력을 지닌다. 더욱이 본고의 텍스트 설정은 다수의 신문들이나 잡지를 통해 형성된 1890년대부터

---

7) 이 시기의 설정은 연구자마다 그 시기를 조금씩 달리하고 있다. 최원식은 1905년 을사보호조약으로부터 1910년 한일합병의 기간을 애국계몽기로 지칭한 바 있으며, 장효현은 1894년 갑오개혁으로부터 완전한 식민지 상황으로 전락하는 1910년 한일합병까지를 하나의 시기로 묶어 애국계몽기로 설정하고 있다. 또 황정현은『신소설 연구』에서 1876년 개항부터 을사보호조약이 체결된 1905년까지를 개화기로 보고, 이 시기 가운데 1905년에서 1910년의 기간을 애국계몽기로 지칭하였다. 최원식,『한국 근대 소설사론』, 창작과 비평사, 1986. 황정현,『신소설 연구』, 집문당, 1997. 장효현,「애국계몽기 창작 고전소설의 한 양상」,『한국 고전소설사 연구』, 고려대학교출판부, 2002.

1900년대의 서사물이 될 것이기에 이러한 근대 계몽기의 지칭은 무리가 없을 것으로 본다.

　아울러 이러한 시기의 의식적 변화가 축적되면서 근대 신문들을 통해 또는 문학적 양식을 통해 다양한 형태의 서사 담론은 그 면모를 드러내기에 이른다. 이것은 곧 1890년대부터 발행된 여러 신문이나 잡지를 매개로 차츰 자리를 확보해 왔으며, 1900년대에 들어와 비로소 소설적 면모의 구체적 모습을 갖추게 된다. 특히 글쓴이의 전달 욕망과 독자와의 관계 속에서 근대 계몽기 신문을 토대로 구현된 다양한 서사들을 통해 내용적 의미와 그 특성을 분석할 것이다.

　그리고 그것이 담아내는 시대적 현실 모습을 담론8) 구현과 관련해 미세한 접근을 시도해 보고, 근대적 담론 형성과 국문운동의 전개 양상을 살펴보겠다. 또한 이 시기에 드러난 담론 양상을 논변 우위의 담론과 서사 우위의 담론으로 구별해 보았다. 이것은 그 표현의 다양한 시도를 모색하는 과정으로써 서사 담론의 주류를 이루는 문답형식의 대화체와 몽유형식, 우화형식을 중심으로 근대 계몽기 신문들의 서사 구성력과 수용 양상을 구명해 보는 과정이 될 것이다.

---

8) 이와 관련한 미셸 푸코의 경우 모든 언술의 보편적 영역으로의 담론과 어떤 하나의 특징적인 언술의 집합체로서의 담론을 비롯해 다양한 언술에 대한 규제방법으로서의 담론을 포함한다. 이처럼 담론(discourse)은 매우 다양할 수 있지만 본고는 일반적 의미로 이야기를 말하는 방법, 즉 언설(言說)과 담론 자체의 뜻으로 말하기와 글쓰기를 포함한 의미로 상정한다. 따라서 이러한 담론은 언설의 주체가 세계를 드러내고 이해하는 과정으로써, 어떤 가치와 신념을 드러내는 서술 방식의 의미를 지닌다. Michael Foucault, The Archaeology of Knowledge(trans. Sheridan Smith and A.M. Tavistock, London, 1972), 80쪽.

2. 近代的 談論 形成과 國文運動

　19세기는 한국 사회가 새로운 근대적 사회로 다가서기 위해 극심한 혼란과 혼동, 변혁을 겪어야 했던 시대였기에 이 시기의 대한 지칭도 다양한 이해의 접근을 발견할 수 있다. 백철(1947)은 '신문학 태동기'로 조연현(1961)은 '근대문학의 태동'으로, 이어 김현·김윤식(1973)은 '계몽주의 시대'라 하였고 조동일은 (1986) '근대문학으로의 이행기'라고 하여 그 표현을 달리하였다. 그리고 최근에 권영민(1999)은 '개화계몽시대'라는 용어를 사용하여 19세기 중반에서 1910년까지로 그 시기를 한정하고 있다.9)

　이들은 이렇게 서로 달리 명칭을 붙였지만 시대구분이라는 점에서 19세기 중반부터 3·1 운동 직전까지를 포함하고 있어 큰 차이를 드러내지 않는다. 여기서 다만 문학사의 시대구분에서 고려해야 하는 시대적 순서 개념과 문학의 본질 개념을 생각해 본다면, 이 시기는 '근대 계몽기'라는 명칭이 적절하다고 본다. 한국 사회는 근대적 변혁과정에서 보수와 진보, 수구와 개화의 대립적 갈등을 겪어야 했지만, 내외적으로 반봉건과 반외세 운동을 주축으로 하는 계몽운동이 사회사상으로 대두한 혁신과 변화가 한국 근대화 과정에 녹아 있기 때문이다.

　19세기 후반 한국 사회의 변화 과정에서 근대로의 진로를 가장 상징적으로 드러내고 있는 역사적 사건은 1876(강화도조약)년의 개항에 의한 문호개방이라 할 수 있다. 하지만 한국인에게 있어 개항은 당시 외세의 압력과 강요에 의해 이루어진 것으로 주체적 진로의 선택이 아니

---

9) 백철,『조선 신문학 사조사』, 수선사, 1947. 조연현,『한국 현대문학사』, 인간사, 1961. 김현·김윤식,『한국 문학사』, 민음사, 1973. 조동일,『한국문학통사』, 4권, 지식산업사, 1986. 권영민,『서사양식과 담론의 근대성』, 서울대학교출판부, 1999.

었다. 그러므로 개항 이후 밀려드는 외세의 힘을 막아내지 못한 것은 어쩌면 당연한 결과였고 침략적인 외세의 위협 앞에서 국가와 민족을 지킬 수 있는 주체적 역량을 확립하지 못한 채 혼란을 거듭해야 했다.

돌이켜 보면 조선 후기의 모습은 18세기 이후의 이미 북학파들에 의해 제기된 해외통상의 중요성을 져버리고 중국을 거쳐 들어오던 서구 문물마저 양이(洋夷)라 하여 외면한 것은 널리 알려진 사실이다. 더욱이 천주교를 서학(西學)이라 지칭해 탄압하면서 집권층의 쇄국(鎖國)은 권력의 옹호에만 집착하고 있어 국가나 사회 전반의 변화를 가져올 수 없었다. 특히 1866(병인양요)년과 5년 이후 1871(신미양요)년, 또 다시 일어나게 되는 두 차례에 걸친 문호개방이나 통상요구를 주체적으로 수용하지 못하고 10년 뒤인 고종 13년(1876)에 조선은 일본의 강압에 굴복하여 개항을 서둘러야만 했다.

이렇게 조선은 근대 계몽기라는 다양하고 복잡한 시대적 상황을 자율적인 개국(開國)으로 이끌 수 없었다. 하지만 국가의 정치적 사회적 혼란 속에서도 체제 변혁의 새로운 가능성을 보여준 것이 있다. 이것이 바로 1894년의 일어난 동학농민운동과 갑오개혁이다. 먼저 동학농민운동에서 우리가 주목할 사실은 이 운동을 통해 제기된 여러 가지 담론의 개혁성이다. 동학(東學)이란 말은 글자 그대로 서학에 대응하는 말이다. 이 운동의 개혁적 의의도 침략적인 외세에 항거하여 그들을 배척함은 물론이요, 지배계층의 횡포에 저항하고 봉건적 사회 체제를 변혁시키고자 했던 점에서 찾을 수 있다.

실상 동학농민운동을 통해 혁명적 주체로 등장한 농민 계층은 조선 사회를 지탱해 온 기층세력(基層勢力)의 기반으로서 실제적 생산력을 지니고 있었으나 정치적으로 또는 사회·문화적으로 모든 담론의 공간으로부터 그들은 철저히 소외되어 제 목소리를 낼 수 없었다. 하지만 동학의 이념이 되었던 '인내천(人乃天)'은 인간의 존재를 하늘과 연결시켜 놓음으로써 개인의 존엄과 신성한 권리를 통해 평등의 의미를 새롭게 인식하게 했다.

이것은 엄격한 신분적 계급 사회에 묶여 있던 조선의 평민들에게 자기 주체에 대한 새로운 혁명적 인식을 가능하게 한다. 아울러 정치·사회적 담론 공간에 새로운 주체로서 근대 계몽의 담론 기반과 기층세력의 개혁운동에 대한 이념적 토대를 제공하는 계기가 되었다. 특히 동학농민운동의 수습 과정에서, 이른바 같은 시기에 갑오개혁은 정치·사회적 개혁으로 주목할 만하다. 결과적으로 정치적인 면에서 내각제도가 성립되어 전제적 군주제의 약화를 가져 왔고 사회적으로는 반상제도의 계급타파와 공·사노비의 폐지, 과부 재가의 허용 등을 통해 재래의 폐습을 개혁해 왔던 것10)이다.

더욱이 1894년 7월 19일 의정부의 학부아문(學部衙門)에 국문 표기법의 규정과 국문 교과서의 편집을 담당하는 편집국을 신설하여 국가 차원의 혁신적인 어문정책11)을 시도한다. 그리고 같은 해 11월 21일에는 고종의 칙령이 발표된다. 즉 칙령 제1호 공문식(公文式)이 공포되

---

10) 유병기·주명준, 『한국사』, 양문출판사, 1982, 269~270쪽.

11) 갑오경장과 함께 1896년 새로운 교육을 위한 제도적 정비가 이루어진다. 1895년 고종의 칙령으로 발표된 홍범 14조에서 근대교육의 필요성을 강조하고 그 실시 방법을 규정하는 등의 조치를 통해 교육조서를 발표하여 소학교 교원을 양성하는 한성사범학교(1895.5.1)를 개교한다. 이것은 이후 한국 최초의 근대적 관립교원양성학교로 그 의미를 지니게 된다. 그리고 전국에 걸쳐 관공립의 소학교를 설립하기에 이른다. 특히 이러한 시기를 틈타 기독교의 선교활동을 중심으로 하는 사설교육기관은 이보다 앞서 이미 전국으로 확대되고 있었다. 그 실례가 배재학당(1885)과 이화학당(1886)이다. 이러한 국내의 분위기는 1900년대로 이어지면서 사립 중등교육기관으로 양정의숙(1905)과 휘문의숙(1906)이 개교한다. 이렇게 근대에 대두된 새로운 교육운동은 변화하는 세계 속에서 민족을 돌아보고 그 안에서 자신의 주체와 새로운 학문의 각성을 통해 가치의 창출을 가능하게 한다. 이것이야말로 지식으로서의 학문으로의 강한 힘과 설득력을 부여했을 것이다.

어 정부의 공문서에 해당되는 법률 칙령을 모두 국문으로 발표하고 한문을 곁들여 쓰거나 국한문을 혼용하여 적도록 하였다. 따라서 이전까지 공문서에 쓰이지 못했던 한글이 한자와 함께 사용됨으로써 일시에 한글의 지위를 격상시켰고 한글에 대한 인식을 높이는 계기가 되었으며, 공적인 문체의 변혁과 함께 국민들에게 문자 생활과 문학 활동의 새로운 변화를 가능하게 했다.

아울러 갑오개혁을 통해 학사(學事)를 담당하던 예조(禮曹)가 폐지됨에 따라 전통적인 한학에 의존하여 관료를 선발하던 과거제도를 폐지하고 신식 교육을 실시하는데, 이른바 『전고국조례(銓考局條例)』(1894.7.12)를 통해 국가에서 실시하는 보통시험에 국문을 정식과목으로 선정한다. 특히 대중을 독자층으로 하는 국문 신문이나 잡지, 교과용 도서나 외국 문물을 소개하는 서적의 국문 간행이 이루어지면서, 국문을 해독하는 계층의 확대[12]를 가져왔으며, 국문 사용이 일반화되기에 이른다.

한편 독립협회는 1896년 결성된 정치적 개혁 운동으로, 앞서 언급한 동학농민운동과 함께 주목되는 또 하나의 민중적 운동이라 할 수 있다. 대외적으로는 자주독립과 대내적으로는 근대적 민권 사상에 기초한 개혁을 시도하면서 서재필(徐載弼), 이상재(李商在), 윤치호(尹致昊) 등을 중심으로 구국(救國)운동을 전개한다. 곧 외세에 영합하여 혼미만을 거듭하고 있는 정부를 비판하고 열강의 침략 행위를 규탄하면서

---

12) 당시 국문에 대한 활발한 연구의 기반을 확보한 것은 지석영이었다. 그는 국문론(1896), 신정국문(1905), 언문(1909) 등을 통해 이론적 기반을 제공했다. 이후 주시경에 의해 대한국어문법(1906), 국어문전음학(1908), 국어문법(1910), 말의 소리(1914) 등 다양한 저술이 뒤를 이어 국문의 새로운 길을 열어 놓았다. 더욱이 이러한 노력에 힘입어 정부 차원의 변화도 있었다. 1907년 학부 안에 국문 연구소를 두어 국어국문에 대한 연구를 국가적 차원에서 실시하게 되었는데, 독립협회의 중심인물인 윤치호를 비롯해 주시경, 이능화, 권보상, 이종일, 어윤적 등이 이를 담당했다.

근대적 정치 이념과 사회적 실천의 새로운 가능성을 제시하기에 이른
것이다.

　이렇게 독립협회를 통해 새로운 정치·사회적 실천 가능성을 엿볼
수 있었던 것은 독립신문의 기반 아래 만민공동회라는 대중적 정치 집
회를 도모함으로써 그 주장이 가능했다. 다시 말해 독립신문은 누구나
쉽게 익힐 수 있고 사용할 수 있는 국문으로, 사실상 우리의 현실은 물
론 정보와 지식을 널리 공유함으로써 대중성의 기반과 참여의 문을 열
어 놓았다. 아울러 처음으로 민간주도에 의해 독립신문을 발간하면서
국문 신문의 출발점이 되었고 국문체 신문의 활성화를 가져 온다.

　실제로 독립신문이 국문체를 수용한 후에 그리스도신문(1897.4.1),
협성회회보(18981.1), 매일신문(18984.9), 제국신문(18988.8.10), 경향
신문(1906.10.19) 등이 국문으로 창간된다.[13] 이처럼 독립신문은 중국
의 한문이 아닌 조선의 글로서 국문의 독자성과 고유성을 강조하며,
사회적 또는 정치적 내용의 담론을 대중적으로 확산하여 폭넓은 독자
층을 확보하기에 이른다. 특히 한글의 띄어쓰기를 처음으로 규범화해

---

13) 이와 관련해 창간 당시는 대한황성신문(1898)이 국문체를 수용하였다가 황성신문으로 개제
　　하면서 국한문체를 수용하였고 대한매일신보(1904)는 창간 당시부터 국문체로 출발하였으
　　나 1905년 8월 15일부터는 국한문혼용체를 사용했으며 이후 1907년 5월 23일부터는 국문판
　　대한매일신보를 별도로 발간하기도 한다. 즉 두 문체의 병존을 실시한 것이다. 그리고 만세
　　보(1906)는 한자에 국문을 병기한 부속국문체 형태의 국한문혼용체를 수용하였고 대한민보
　　(1909)의 경우도 국한문체를 수용하였다. 이렇게 국문체와 국한문혼용의 절충적인 형태가
　　나타난 것과 관련해 권영민은 문자생활에 있어 지배적인 위치를 차지하고 있던 한문의 정
　　보기능이나 문화적 역할이 현저하게 축소되고 국문의 활용 범위가 널리 확대되어간 것은
　　사실이다. 그러나 국문만을 전용하고자 했을 때, 한문을 중심으로 했던 지배층의 문자 생활
　　을 갑작스럽게 국문으로 변혁시키기 어려운 한계를 드러내게 된다. 더구나 국문체 자체의
　　어법적인 규범도 제대로 확립되어 있지 못했던 점도 국문체의 사회적 확대에 장애가 되었
　　다고 말한다. 따라서 이러한 현실적 어려움 때문에 국문에 대한 높아진 관심에도 불구하고
　　국문체와 한문체의 절충적인 국한문체의 모습이 대두되기 시작한 것이다. 권영민, 『서사양
　　식과 담론의 근대성』, 서울대학교출판부, 2005, 41~42쪽.

한글의 실용성과 활용성을 높였고 한글에 대한 새로운 인식을 시도한 것은 큰 의미라 하겠다.

① 우리가 독닙신문을 오늘 처음으로 츌판ᄒᄂᆞᆫ디 조션 속에 잇ᄂᆞᆫ 니외국 인민의게 우리 쥬의를 미리 말솜ᄒᆞ여 아시게 ᄒᆞ노라 우리 는 첫지 편벽 되지 아니ᄒᆞᆫ고로 무슴 당에도 상관이 업고 샹하귀쳔 을 달니 디졉아니 ᄒᆞ고 모도 죠션 사름으로만 알고 죠션만 위ᄒᆞ며 공평이 인민의게 말ᄒᆞᆯ 터인디 우리가 셔울 빅셩만 위ᄒᆞᆯ 게 아니라 죠션 젼국 인민을 위ᄒᆞ여 무슴 일이든지 디언ᄒᆞ여 쥬랴홈 졍부에 셔 ᄒᆞ시ᄂᆞᆫ 일을 빅셩의게 젼ᄒᆞᆯ터이요 빅셩의 졍셰을 졍부에 젼ᄒᆞᆯ 터이니 만일 빅셩이 졍부 일을 자셰이 알고 졍부에셔 빅셩에 일을 자셰이 아시면 피추에 유익ᄒᆞᆫ 일만히 잇슬터이요 불평ᄒᆞᆫ ᄆᆞ음과 의심ᄒᆞᄂᆞᆫ 싱각이 업셔질 터이옴 우리가 이신문 츌판 ᄒᆞ기ᄂᆞᆫ 취리 ᄒᆞ랴ᄂᆞᆫ게 아닌고로 갑슬 헐허도록 ᄒᆞ엿고 모도 언문 으로 쓰기ᄂᆞᆫ 남녀 샹하귀쳔이 모도 보게홈이요 ᄯᅩ 귀졀을 ᄶᅦ여 쓰기ᄂᆞᆫ 알어 보기 쉽도록 홈이라 우리ᄂᆞᆫ 바른 디로만 신문을 홀터인고로 졍부 관원이라도 잘못ᄒᆞᄂᆞ이 잇스면 우리가 말ᄒᆞᆯ터이요 탐관오리 들을 알면 셰샹에 그 사름의 힝젹을 펴일터이요 ᄉᆞᄉᆞ빅셩이라도 무법ᄒᆞᆫ 일ᄒᆞᄂᆞᆫ 사름은 우리가 차져 신문에 셜명ᄒᆞᆯ터이옴.

② 우리 신문이 한문은 아니 쓰고 다만 국문으로만 쓰ᄂᆞᆫ거슨 샹하 귀쳔이 다보게 홈이라 ᄯᅩ 국문을 이러케 귀졀을 ᄶᅦ여 쓴 즉 아모라 도 이 신문 보기가 쉽고 신문 속에 잇ᄂᆞᆫ 말을 자셰이 알어 보게 홈 이라 각국에셔ᄂᆞᆫ 사름들이 남녀 무론ᄒᆞ고 본국 국문을 몬저 비화 능통ᄒᆞᆫ 후에야 외국 글을 비오ᄂᆞᆫ 법인디 죠션셔ᄂᆞᆫ 죠션 국문은 아 니 비오드리도 한문만 공부 ᄒᆞᄂᆞᆫ ᄭᆞ닭에 국문을 잘아ᄂᆞᆫ 사름이 드 물미라 죠션 국문ᄒᆞ고 한문ᄒᆞ고 비교ᄒᆞ여 보면 죠션 국문이 한문 보다 얼마가 나흔거시 무어신고ᄒᆞ니 첫지ᄂᆞᆫ 비호기가 쉬흔이 됴흔 글이요 둘지ᄂᆞᆫ 이글이 죠션글이니 죠션 인민 들이 알어셔 빅ᄉᆞ을 한문디신 국문으로 써야 샹하귀쳔이 모도보고 알어 보기가 쉬흘터 이라 한문만 늘 써 버릇ᄒᆞ고 국문은 폐ᄒᆞᆫ ᄭᆞ닭에 국문으로 쓴건 죠

션 인민이 도로혀 잘 아러보지 못ᄒ고 한문을 잘 알아보니 그게 엇지 한심치 아니ᄒ리요 ᄯ 국문을 알아보기가 어려운건 다름이 아니라 첫ᄌᄂ 말마ᄃᆡ을 ᄶᅦ이지 아니ᄒ고 그져 줄줄ᄂᆡ려 쓰ᄂ 까ᄃᆰ에 글ᄌ가 우희 부터ᄂ지 아ᄅᆡ 부터ᄂ지 몰나셔 몃 번 일거 본 후에야 글ᄌ가 어ᄃᆡ부터ᄂ지 비로소 알고 일그니 국문으로 쓴 편지 ᄒ 쟝을 보자ᄒ면 한문으로 쓴 것보다 더듸 보고 ᄯ 그나마 국문을 자조아니 쓰ᄂ 고로 셔툴어셔 잘못 봄이라 그런고로 정부에셔 ᄂᆡ리ᄂ 명녕과 국가 문젹을 한문으로만 쓴즉 한문 못ᄒᄂ 인민은 나모 말만 듯고 무슴 명녕인줄 알고 이편이 친이 그 글을 못 보니 그 사ᄅᆷ은 무단이 병신이 됨이라 한문 못 ᄒ다고 그 사ᄅᆷ이 무식ᄒ 사ᄅᆷ이 아니라 국문만 잘 ᄒ고 다른 물졍과 학문이 잇스면 그 사ᄅᆷ은 한문만 ᄒ고 다른 물졍과 학문이 업ᄂ 사ᄅᆷ 보다 유식ᄒ고 놉흔 사ᄅᆷ이 되ᄂ 법이라 죠셕 부인네도 국문을 잘ᄒ고 각ᄉᆡᆨ 물졍과 학문을 ᄇᆡ화 소견이 놉고 ᄒᆡᆼ실이 졍직ᄒ면 무론 빈부귀쳔 간에 그 부인이 한문은 잘 ᄒ고도 다른것 몰으ᄂ 귀죡 남ᄌᄂ보다 놉흔 사ᄅᆷ이 되ᄂ 법이라 우리 신문은 빈부귀쳔을 다름업시 이 신문을 보고 외국 물졍과 ᄂᆡ지 ᄉ졍을 알게 ᄒ랴ᄂ 쯧시니 남녀노소 샹하귀쳔 간에 우리 신문을 ᄒ로 걸너 몃 ᄃᆞᆯ간 보면 새 지각과 새 학문이 ᄉᆡᆼ길걸 미리 아노라.

『독립신문(1896.4.7. 논설)』

위의 예문 ①, ②는 1896년 창간한 독립신문의 논설 부분이다. 내용을 둘로 나누어 구분한 것은 좀 더 의미를 구체화하고자 함이다. ①은 독립신문이 추구한 기본적 편집 태도에 해당되는 내용으로 그들이 지향하는 사회적 이념과 가치를 잘 드러내고 있다. 위의 내용을 토대로 볼 때, 독립신문은 조선 속에 있는 내외국인들에게 우리의 주장을 미리 밝혀 알게 함이고 당파를 초월하여 편벽됨이 없이 상하귀쳔(上下貴賤)을 가리지 않고 공평하게 조선만을 위해 인민에게 말할 것이라 한다.

더욱이 신문 발행을 통해 이익을 취함이 아니므로 값을 저렴하게 하고 백성의 사사로운 일을 포함해 정부 관원의 잘못이나 탐관오리는 자세히 밝혀 폐할 것임을 분명히 하고 있다. 이 같은 독립신문의 창간 취지는 단순히 표명으로만 그치지 않았다. ②의 내용을 통해 알 수 있듯 국문전용이라는 혁신적인 편집태도를 밝혀 국문이 한문보다 편리하고 우수하다는 한문 배제의 논리를 구체화 하고 있다.

여기서 특히 주목되는 부분은 국문의 빠른 이해를 위해 띄어쓰기를 규범화하여 적용하고 있다는 점이다. 이것은 독립신문이 추구하는 이른바 사회·문화적 민주주의의 지향을 추구한 것으로 새로운 의식의 출발점이 된다. 남녀를 불문한 평등과 상하와 귀천을 가리지 않는 다시 말해 누구나 국문의 기사를 읽고 그 기사를 통해 새로운 지식과 학문을 지니게 된다는 것은 조선 사회의 신분적 경직성과 차별성을 부정 내지 파괴한다는 뜻을 담고 있다. 따라서 국문체의 사용은 국문의 단순한 사용을 넘어 한문과 변별되는 주체적 독자성과 고유성을 인식하는 계기를 마련한다. 또한 신문의 정치·사회·문화적 담론 공간의 형성을 가능하게 하여, 근대적 담론의 확대 과정을 주도하게 된다.

여기서 잠시, 혹자는 근대 계몽기에 널리 확대된 국문운동이 실제의 언어생활에서 완전한 국문 전용의 확립을 실현하는 단계에까지 도달하지 못했음을 지적하면서, 국문의 제도적 확대와 기반을 인정할 수 없다고 한다면, 이것은 오히려 바른 이해가 아니라고 본다. 물론 1894년에 이미 황제의 칙령에 의해 국문을 중심으로 하는 공문서의 표기를 규정했음에도 불구하고 1900년대로 이어지면서 점차 이 규범이 흔들리기 시작한다.

이후 관보 3990호(1908.2.6)에 의해 정부 공문서에 국한문체의 수용을 공식화하기도 한다. 교과용 도서의 출판에서도 국한문체가 큰 호응

을 얻기도 한다. 그러나 언어의 환경적 측면을 고려해 본다면 국문체
와 국한문체의 선택은 표기 문제에 국한된 언어의 결정만을 의미하진
않는다. 즉 복잡한 사회·문화적 배경을 지니고 있기에, 좀 더 다양한
시선의 접근을 필요로 한다. 위에서 언급한 것처럼 이전 시대 한문을
사용했던 배경에서, 한문의 쇠퇴와 함께 국문의 대두와 발전이 이루어
졌고 아울러 그 절충의 형태로 또는 대안적 방편으로 국한문체가 확대
되고 있음은 주지의 사실이기 때문이다.

　요컨대 이것은 그 자체가 사회·문화의 체계에 혁신적 변화를 의미
한다는 말이다. 한문의 쇠퇴가 곧 그것을 기반으로 했던 지배층의 붕
괴를 뜻한다면, 국문의 새로운 인식과 영역의 확대는 평민층과 여성의
비약적 성장을 말하는 것이다. 따라서 새롭게 등장한 국한문체는 곧,
근대 계몽기의 지식층 내지 지배계층의 의식적 변화 속에서 형성된 절
충적 언어의 형태를 보여주고 있음은 당연하다. 동시에 조선시대 한문
의 전통적 글쓰기를 벗어나 한문을 배격하고 국문이라는 하나의 주체
적 언어를 통해 언문일치의 이상을 실현하게 한, 문자 개혁으로써 사
회·문화적 변혁으로의 그 의미를 규정할 수 있다.

　① 夫 邦國之獨立은 惟在自强之如何耳라 我韓이 從前 不講於自强
　之術ᄒ여 人民 自錮於愚昧ᄒ고 國力이 自趣衰敗ᄒ야 遂至於今日
　之艱棘ᄒ야 竟被外人之保護ᄒ니 此皆不致意於自强之道故也라 尙
　此因循玩게ᄒ여 不思奮勵自强之術이면 終底於滅亡乃己니 奚但今
　日而止哉아

　　　　　　　　　　　　　　　　　　　　『대한자강회월보(1906.7)』

　② 近聞ᄒ즉 學部에서 國文研究所 設ᄒ고 國文을 研究ᄒ다 ᄒ니
　何等 特異 思想 有ᄒ지는 知치 못ᄒ거니와 我의 愚見으로 其 淵源
　來歷을 究之己甚ᄒ는대 歲月만 虛費ᄒ는 것이 必要치 아니 ᄒ니

但其 風俗에 言語와 時代에 語音을 入道에 博探ᄒ여 純然ᄒ 京城
土語로 名詞와 形容詞 等類를 區別ᄒ여 國語字典一部를 編成ᄒ
여 全國 人民으로 ᄒ여금 소一ᄒ 國文과 國語를 用케ᄒ되 其 文字
의 高低와 淸濁은 前人의 講定한 者가 己有ᄒ니 可히 取用ᄒ 것이
요 新히 怪癖ᄒ 說 倂起ᄒ여 人의 耳目만 眩亂케 홈이 不可ᄒ가
ᄒ노라

『대한매일신보(1908.3.1)』

③ 今日에 通用하는 文體는 名 비록 國漢文 倂用이나 其實은 純 漢
文에 國文으로 懸吐ᄒ 것에 지ᄂᆞᆫ지 못ᄒᄂᆞᆫ 거시라 今에 餘가 主張
하ᄂᆞᆫ 거슨 이것과ᄂᆞᆫ 名同實異ᄒ니 무어시뇨 固有名詞나 漢文에서
온 名詞 形容詞 動詞 등 國文으로 쓰지 못ᄒ 것만 아직 漢文으로 쓰
고 그 밧근 모다 國文으로 ᄒ쟈 홈이라 이거슨 實로 窮策이라고 ᄒ
수 잇깃스나 그러나 엇지ᄒ리오 경우가 이러ᄒ고 쏘 事勢가 이러
ᄒ니 맛은 업스나 먹기ᄂᆞᆫ 먹어야 살지 아니 ᄒ깃는가 이럿케 ᄒ면
著者 讀者 兩便으로 利益이 잇스니 넓히 넑히움과 理解키 쉬운 것
과 國文에 鍊熟햐 國文을 愛尊ᄒ게 ᄒᄂᆞᆫ 것이 讀者의 便의 利益
이오 著作ᄒ기 容易홈과 思想의 發表의 自由로움과 複雜ᄒ 思想을
仔細히 發表ᄒ 슈 잇슴이 著者 便의 利益이며 쓰로혀 國文의 勢力
이 오를지니 國家의 大幸일지라

『황성신문(1910.7.27)』

위의 내용에서 볼 수 있는 것처럼 ①은 순 한문체에 국문으로 토를
달아 놓은 수준으로 한문 위주의 국한문체다. 따라서 한문 투를 벗어
나지 못한 상태라 할 수 있다. 그러나 이러한 한문 우위의 국한문체는
②의 예문과 같은 수준으로 점차 변하여 널리 사용되고 있다. 물론 이
같은 국한문체의 표기 방식이 일상의 언어를 그대로 구현하는 것이 아
니기에 여전히 한문 투의 표현이 그대로 남아 있는 것은 사실이다. 따
라서 국한문체는 실상의 언어 현상을 제대로 반영하지 못하고, 오히려

일상적 언어생활의 토대는 국문체를 통해 성장하고 확립되고 있었다.

곧 "~하라, ~하노라, ~함이라, ~이라, ~하겠는가, ~일지라." 등의 문장 종결은 화자의 감정이나 견해를 직접적으로 드러내어 화자의 주관적 견해나 의지를 분명하게 표출하며, 청자나 독자로 하여금 정서적 감흥과 행동의 변화를 유발하게 하는 적절성을 지닌다. 이 같은 국한문체의 특성은 설명이나 설득의 문체로서 근대 계몽기 신문의 논설 양식에 자연스럽게 정착되고 있었다. 그리고 예문 ③처럼 국어의 통사 구조를 바탕으로 국문과 한자를 혼용하는 방식으로 그 구조가 점차 바뀌고, 국문 문장이 부분적으로 한자로 표기되는 방식에 다양한 형태를 드러낸다.

물론 ③의 내용적 언급에서도 알 수 있듯, 한자의 표의(表意) 문자적 성격을 고려해 "고유명사나 한문에서 온 명사, 형용사, 동사 등 국문으로 쓰지 못한 것만 아직 한문으로 쓰고 그 밖은 모두 국문으로 하자 함이라. 이것은 실로 궁책이라고 할 수 있겠으나 그러나 어찌 하리오. 경우가 이러하고 또 사세가 이러하니."라고 하여 국한문체의 기능성을 통해 근대 계몽기의 새로운 사상과 지식을 공유하고자 했다.

이렇게 국한문체는 초기에 한문 구에 국문으로 토를 달아 놓는 ①에서, 점차 ②와 ③으로의 변화를 통해 이전의 한문체를 벗어나 국문체를 수용하는 과정에서 국한문이란 중간 단계의 언어적 성격을 발견할 수 있다. 이러한 사실에서 주목할 것은 근대 계몽기는 무엇보다 이전 시대에 비해 국문에 대한 새로운 자각과 주체성을 확립하는 과정으로 국문의 확장과 국문을 기반으로 한 다양한 사회·문화적 담론의 참여 내지 확대를 가져왔음을 알아야 한다.

3. 論辯 優位의 談論

근대 계몽기 여러 신문들 속에서 형성된 서사들을 고찰할 때 가장 먼저 주목되는 것은 의견의 논술, 즉 사리의 옳고 그름을 밝혀 말하는 논변 우위의 담론이다. 논변의 목적은 글쓴이의 의도를 독자에게 전달하여 설득하는 것이 목적인 바, 담론의 구현은 당연히 주장의 설득과 독자를 향한 의식 전달에 비중을 둔 구조를 이룬다.

더욱이 근대는 시대적 성격이 복잡하고 빠른 변화의 흐름 속에서 국가적 위기는 물론 사회와 문화의 변화를 고루 반영하고 있는 시기였다. 그리고 이러한 현실은 지식인으로 하여금 시대적 위기의식에서 오는 지적 책임감을 절감하게 했다. 따라서 근대 계몽기 여러 신문들의 '논설란'을 통해 발표된 서사 형태는 일종의 계도적(啓導的) 성향에서 글쓴이의 논변을 통해 구현되는 서사 담론의 내용을 띠고 있다. 이것은 주장의 효과적 전달을 위한 방편으로 어쩌면 지극히 당연한 것이었다.

특히 이 시기 창작에 참여한 작자들14)의 면모는 기존의 작자 계층을 형성해 온 한문 지식층은 물론이요, 근대적 신교육의 결과로 형성된

---

14) 김중하는 "개화기 소설의 문학 사회학적 연구"에서 작가 계층의 사회적 성격을 언급하는 과정에서 민족지 관계 작가들과 신소설 작가들로 나누고, 이들이 당시 혼란 속에서 공존하면서 전통 지향적 가치관과 개혁 지향적 가치관을 각각 대변했다고 한다. 그리고 전통적 가치관으로 정립된 위정척사파(衛正斥邪派)의 문학은 이 시기에 직접 신문의 내용으로 등장하지 않는다. 오히려 이 시기에 이들의 사고를 대변한 것은 이들의 영향을 받은 온건개화파 또는 일반민중의 왕조보위의 사고를 표현한 글들이었다. 이들은 개화파의 주장에서 현실인식의 내용을 수용하면서, 그 인식 위에 자신들이 품은 방향과 전망을 제시하였다. 따라서 신교육을 받지 않았으나 새로운 의사표현의 방법으로 신문 발간에 참여하기도 하고 거기에 문학 작품을 발표하기도 하였다. 김중하, 『개화기 소설의 문학 사회학적 연구』, 경북대학교 대학원 박사학위논문, 1985, 36~39쪽.

지식인이 더해졌다. 그리고 기독교 계열의 지식층이 새롭게 가담하면서, 작자층의 모습도 이전에 비해 더욱 다양해진 것이 사실이다. 이러한 현실에서 작자들은 담론 구현에 있어 당연히 자신에게 익숙한 글쓰기 형태를 취하기도 하고 독자에게 흥미를 끌기 위한 방편으로 전통적 소재를 채용한 화소를 활용하기도 한다.

다시 말해 신문의 논설란[15]을 통해 전대(前代)의 구소설에서 익숙한 이야기 방식을 토대로 담론을 이끈다는 것인데, 그만큼 작자 역시 신문의 대중적 특성을 통해 독자를 고려하지 않을 수 없다는 사실이다. 이렇게 논변 우위의 담론은 글쓴이의 주장을 우위에 두고 의견의 논술이 실현된다. 그 과정에서 서사적 성격의 담론과의 결합은 직설적 방법 외에 좀 더 쉽게 대중을 향해 우회적으로 접근[16]할 수 있는 계기도 마련해 준다. 곧 사실이나 의견 자체를 전달하는 논변 형태의 직설적 표현을 고려해 볼 때, 다양한 서사적 담론의 채용은 대중적 호응을 얻

---

15) 김윤규는 '논설란'에 실리지 않은 글들도 작가의 의도를 드러내는 글들이 자주 발견된다고 한다. 당시에 특수한 경우가 아니면 신문이나 잡지의 논설란은 발행인들이 집필한 교훈적인 글들을 실었고, 투고된 내용이나 견문에 의해 전달된 내용은 기서나 잡보 등에 실었다. 그리고 이런 글의 내용이 선택되는 경우에도 발행인의 의도는 반영되어 있어서, 당시 현실과 관련해 일정한 교훈적 의도를 지닌 글들이 실릴 수 있다는 것이다. 이 글들도 논설의 성격을 가진 것으로만 본다면 '논설란'에 실린 글들과 함께 논의할 수 있는 것이다. 김윤규, 『개화기 단형서사 문학의 이해』, 국학자료원, 2000, 59쪽.

16) 이에 대해 김교봉·설성경은 신문이나 잡지에서 소설문학이 게재되는 문예란은 신속히 전달되어야 할 사실들로 꽉 찬 기사들 중에서 유일하게 비사실적인 허구로 이루어져, 독자들에게 일상적 뉴스에 접하는 충격을 얼마간 완충시키는 휴식의 공간이 될 수 있다고 말한다. 더구나 그 당시 접하게 되는 대부분의 기사들은 당시 독자들인 대한인들을 절망하게 하고 분노케 하는 소식들이 대부분이었으며, 이러한 소식들을 통해 대한인들의 단결을 촉구하거나 계몽시키는 내용이 주류를 이루었던 사실에 주목하고 있다. 요컨대 이러한 기사들 통해 문예란에 게재된 소설들은 당시 어두운 상황으로부터 비참함과 실망에 빠져 있는 독자에게 새롭게 지향해야 할 가치관과 세계를 제시했을 것으로 본다. 즉 그 지향적 삶의 꿈이 행복한 성취를 이루게 하는 유일의 공간으로 기능했다는 것이다. 김교봉·설성경, 『근대 전환기 소설 연구』, 1991, 34~35쪽.

음은 물론 이해와 전달이라는 측면에서도 한층 기여했을 것이다.

* 예문 ①

(서사)
㉠ 이야기 도입전개
심산 궁곡에 나무가 여러 만 쥬 셧는디 몃빅 년을 모진 바름과 악흔
비에 다 썩고 병드러 얼마 못 되면 다 쓰러질 터인디 그 가온디 나
무흐나히 잇셔 는지는 몃 히가 못 되엿스나 샏리가 든든흐고 즁심
이 단단흐며 꼿이 번화흐고 닙히 번셩흐더니 그 여러 썩은 나무 총
즁에 잇셔주연이 못된 긔운이 침노흐고 병긔가 샏리로 젼념이 되
야 차차 속으로 버레가 싱기는지라 버레가 싱기더니 밧그로 탁목
죠라는 싀가 와셔 부리로 찍으며 두다려 그 나무 겁질을 헤치고 버
레를 늬여 먹으민 그 나무가 쇽으로 버레에 히와 밧그로 싀가 쑵는
디 견듸지 못흐야 졈졈 조잔흐야 가는지라 꼿도 젹게 퓌고 닙도 영
셩흐야 아죠 보잘거시 업시 되얏더니

㉡ 글쓴이의 개입
하늘이 만물을 늬시민 지어 쵸목이라도 호싱지덕은 일반이라 양츈
이 도라오고 화흔 바름이 불며 단비가 나리여 젼에 병든 거시 일죠
에 소싱흐니 꼿도 다시 번화흐고 닙도 또흔 무셩흐야 젼보다 더 보
기가 조흔지라

㉢ 마무리 이야기(후일담)
일노 좃차 양츈이 덕을 펴셔 만산 즁에 셕고 병든 나무들이 추추 싱
기가 도로 나셔 몃 히가 아니 되여 나무마다 꼿치 퓌고 닙히 취여셔
흔흔흔 빗치 산 가온디 가득흐고 조잔흔 형상이 업셔지니 지느는
힝인들이 보고 놀나 말흐기를 이 산 초목이 젼에는 다 쇠잔흐고 겨
오 흔 나무만 꼿치 퓌엿다가 그도 역시 병이 드럿더니 지금 와셔 보
민 나모마다 다 무셩흐엿스니 이거시 엇지흐야 이러흔고 아마 이
산이 왕긔가 도라완나 보다 흐고 진일토록 놀고 도라 가더라

(논변)

㉣ 이야기의 상황과 관련한 논평

대져 셰상 리치가 극히 셩ᄒ면 쇠잔ᄒ고 극히 쇠잔ᄒ면 다시 셩ᄒ
ᄂ니 사름마다 이거슨 싱각지 아니ᄒ고 제 강ᄒ 것만 밋고 남의 약
ᄒ 거슬 압졔ᄒ며 졔 큰 거슬 가지고 남의 젹은 거슬 업슈히 넉임은
아조 못싱긴 사름이라 음우가 회명ᄒ얏다가도 광풍졔월이 되고 융
동샹셜이 변ᄒ야 양츈우로가 되나니

㉤ 우리의 현실과 관련한 직접적 논설(글쓴이의 주장)

우리 대한이 지금은 쇠약ᄒ 지위에 안졋스나 인민들이 ᄎᄎ 지명
을 쥬의ᄒ야 이젼 어두은 거슬 빅분지 일이라도 씨다르니 이 씨닷
ᄂ 거시 ᄒ로 앗춤에 활연이 통ᄒ고 보면 산쳔과 인물과 토지 소산
이 셰계 만국에 비교ᄒ 드릭도 누구만 못ᄒ리오 지금 씨가 양츈은
도라왓스니 지극히 바라건대 젼국 우리 동포 이쳔만 형졔들은 졍
신을 도져히 찰혀 아모죠록 국긔를 공고ᄒ고 부강을 힘써셔 외국
이 엿보고 참노ᄒᄂ 거슬 막아 볼 도리를 ᄒ야 봅시다 다만 말노만
그리ᄒ쟈 ᄒ면 쓸 디가 업ᄂ지라 그 확실ᄒ 목적은 두 가지니 ᄒᄂ
흔 게으른 거슬 아조 바리고 ᄒᄂ흔 녯 버릇슬 일졀 바리고 시로 죠
흔 거슬 본밧는 밧게 업ᄂ지라 만일 그리 아니ᄒ고 보면 얼마 아니
되야 남의게 미이여 그 사름에 수환으로 그 두 가지를 홀 터이니 그
리ᄒ고 보면 엇지 셜치 분ᄒ지 아니홀리오 부ᄃᆡ 그거슬 싱각ᄒ야
아무조록 니가 홀 닐을 남의게 미혀 ᄒ도록 마시기를 쳔만 번츅슈
ᄒ오.

『매일신문(1898.7.25)』

* 예문 ②

(논변)

㉠ 이야기 도입(개구리와의 비유를 통한 냉철한 현실 비판적 논설)

개고리란 물건은 릉히 ᄯᅱ기도 ᄒ고 릉히 울기도 잘ᄒ야 디룡이나
송샤리보다ᄂ 얼마큼 나흐나 실샹은 겁도 만코 문견도 고루ᄒ야
죠고마ᄒ 빅암의게 죽ᄂ니 그런 고로 셰샹 사름의 문견이 고루ᄒ

고 스스로 놉흔테ᄒᄂᆫ 쟈를 우물 밋희 개고리라 ᄒᄂᆫ지라 즘ᄉᆡᆼ 즁에도 호표 ᄉᆡ랑과 샤ᄌ와 ᄀᆞᆺ치 녕악흔 것도 잇고 여호와 톳기와 도야지와 개고리 ᄀᆞᆺ흔 것도 잇ᄂᆞ니 오쥬 셰계에 부강흔 나라들과 빈약흔 나라들을 물건에 비유 ᄒᆞ면 ᄯᅩᆫ 크고 적은 것과 붉고 어두옴을 ᄎᆞ데로 분셕ᄒᆞᆯ지라 그러면 대한국은 엇더흔 나라이라 칭ᄒᆞᆯ고 우리ᄂᆞᆫ 망녕되히 평론코져 아니 ᄒᆞ나 대한 형편을 궁구ᄒᆞ여 보건ᄃᆡ 샤ᄌ와 호표ᄀᆞᆺ치 즘ᄉᆡᆼ 즁에 어룬이 되리라 ᄒᆞᆯ슈 업도다

(서사)

ⓛ 토끼와 관련한 우화

녯 말에 닐너스되 톳기들이 슈풀 속에 숨어 잇서 ᄌᆞ긔의 몸이 잔약흠을 항샹 한탄ᄒᆞ고 분울ᄒᆞ야 ᄒᄂᆫ 말이 우리가 산즁에 살고져 ᄒᆞ나 호표와 ᄉᆡ랑이 먹으랴 ᄒᆞ고 들에 가 살고져 ᄒᆞ되 산냥개와 사람들이 잡으랴 ᄒᆞ며 심지어 무지흔 독슈리ᄭᅵ지 우리를 먹고져 ᄒᆞ니 실노 흔심ᄒᆞ고 가련흔지라 구멍을 각쳐에 두고 이리 져리 피신ᄒᆞ여 구구히 살냐 ᄒᆞ니 츈풍에 깁히 든 잠은 산냥군의 총소ᄅᆡ에 놀나 ᄭᆡ여 간담이 셔늘ᄒᆞ고 슈풀속에 자란 ᄌᆞ식은 무졍흔 즘ᄉᆡᆼ들이 ᄭᅵ가 업시 잡아가니 고ᄉᆡᆼᄒᆞ고 사ᄂᆞᆫ 것이 죽ᄂᆞᆫ 이만 못흔지라. 쵸개 ᄀᆞᆺ흔 우리 몸이 흔번만 죽어지면 쳔만가지 근심이 도모지 업스리니 우리ᄂᆞᆫ 다 물에 ᄲᅡ져 죽쟈 ᄒᆞ고 톳기들이 ᄶᅦ를 지어 일데히 못물을 ᄎᆞ쟈 갈 ᄉᆡ 흔 곳에 이르니 언덕 우희 도화ᄭᅩᆺ은 락화가 분분ᄒᆞ야 동셔로 날나가고 거울ᄀᆞᆺ흔 못물 빗츤 파도가 잔잔ᄒᆞ야 일쳔 쳑이 깁헛ᄂᆞᆫᄃᆡ 못가에 다다르니 허다흔 개고리가 톳기 ᄶᅦ를 보고 ᄶᅡᆷ작 놀나 긔급 ᄒᆞ며 방울 ᄀᆞᆺ흔 량편 눈이 산 밧게 쇼사나셔 이리 ᄯᅱ며 져리 ᄯᅱ여 도망ᄒᆞ야 다라나니 토기 즁에 길라쟝이 하늘을 울어러 크게 웃고 손벽치며 도라셔셔 뒤에 오ᄂᆞᆫ 톳기들을 위로ᄒᆞ여 ᄒᄂᆞᆫ말이 여보시오 친구들아 우리가 평ᄉᆡᆼ에 긔질이 약흠으로 여러 즘ᄉᆡᆼ들의게 업슈힘 밧ᄂᆞᆫ 것을 일ᄉᆡᆼ에 한탄ᄒᆞ더니 오날늘 이곳에 와셔 본즉 우리를 무셔워ᄒᆞ야 죽기로 도망ᄒᆞᄂᆞᆫ 개고리도 잇ᄂᆞᆫ지라 우리도 무인디경 ᄀᆞᆺ치 횡힝ᄒᆞᆯ 곳이 잇스니 엇지 즘ᄉᆡᆼ 즁에 적고 약ᄒᆞ다 ᄒᆞ리오 젼진을 후진으로 만드러 깃분 ᄆᆞ음으로 도라갓다 ᄒᆞ엿스니

(논변)

ⓒ 우리의 현실과 관련한 직접적 논설(글쓴이의 주장)

일노 좃차 보건되 야만의 나라도 정치와 법률을 곳치며 빅셩을 수
랑홀진되 문명 기화에 진보가 될 것이오 기명훈 나라이라도 정령
이 츳츳 문란ᄒ며 법강이 졈졈어두오면 도로 야만국이 되리니 대
한 졍부 졔공들은 이왕에 기명훈 것믄 즈랑 ᄒ지 말고 항샹 죠심ᄒ
며 항샹 궁구ᄒ야 대한졍치로 ᄒ여금 오쥬 즁에 문명훈 나라이 되
게 ᄒ면 개고리 쫏는 톳기가 되지 안코 일빅즘싱 즁에 어룬이 되는
호표와 샤즈깃치 될 줄노 우리는 밋노라.

『독립신문(1899.6.12)』

위의 ①, ②는 논변 우위의 담론이다. 글쓴이는 도입부에 짧은 비유
적 서사를 통해 이야기를 전개하는데(예문ⓐ) 이것은 마치 글을 쓸 때
환기문단처럼 독자에게 흥미를 유발함은 물론 신문의 언술에서 느껴
지는 딱딱함도 완화해 주는 역할을 한다. 따라서 도입부에 제시된 서
사는 비록 짧지만, 하나의 이야기로서 완결된 모습을 드러낸다. 그리
고 글쓴이가 의도를 드러내기 위한 방편으로, 다시 말해 구체적 형상
화를 위한 서사적 방법의 도입이나 활용에 주목한다면 창작된 독립적
서사의 가치도 지니게 된다.

이렇게 글쓴이는 앞에서 제시한 서사의 내용을 논변의 의도와 짝지
으며 담론을 전개한다. ①의 예문은 서사부분에서 이야기와 관련된 글
쓴이의 개입이 서사 속에서 이루어지고, 서사의 마지막 부분은 후일담
으로 마무리하는 구조를 지닌다. 논변의 분량은 거의 비슷하지만 서사
구조에 글쓴이의 논평으로 개입이 들어간 부분을 고려한다면, 역시 글
쓴이의 논변부분이 더 우세하다. ②의 예문도 물론 ①과 동일하게 글
쓴이의 논변부분이 우세하다. 하지만 예문 ②는 서사를 중심으로 논변
이 앞뒤에 구별되어 나타날 뿐, 예문 ①처럼 서사부분에 섞여 개입되

지 않는 차이가 있다.

즉 위의 예문 ①에서 '심산 궁곡의 나무'와 관련한 짧은 서사 구조에서 이야기 전개와 관련하여 "하늘이 만물을 늬시미 지어 쵸목이라도 호싱지덕은 일반이라 양츈이 도라오고 화흔 바름이 불며 단비가 나리여 전에 병든 거시 일죠에 소싱ㅎ니 곳도 다시 번화ㅎ고 닙도 쏘흔 무성ㅎ야 전보다 더 보기가 조흔지라(예문ⓛ)"의 부분은 전체 서사 구조와 연장선에서 글쓴이의 개입이 드러난 부분이지만 하나의 서사 구조로 묶을 수 있다.

이후 후일담으로 마무리 되고(예문ⓒ) 앞의 서사와 관련한 요약적 논평(예문ⓓ)이 전개된다. 그리고 이러한 논평은 여기서 그치지 않고 우리의 현실적 상황과 대응하여 글쓴이의 의도를 본격적으로 드러내기에 이른다. 이것은 곧 시대적 자각과 구시대의 청산을 통한 계몽과 자주 의식을 독자에게 촉구하는 내용이며(예문ⓜ) 논변의 구체화를 통해 추구하고자 했던 필자의 간절한 염원이기도 하다.[17]

특히 예문 ①의 논변 우위의 담론은 대한제국(大韓帝國)으로 국호를 새로 개칭하고, 고종 34년(1897)에 기울어져 가는 조선을 바로 세우고자 했던 시기(왕을 황제라 하고 연호를 광무(光武)라 칭한)의 1년 후에 글로 예문 곳곳에 그 흔적을 발견할 수 있다. 이를테면 심산궁곡에 병든 숲에 나무를 되살려 새로운 생명력으로 꽃을 피우고, 병을 없애 무성한 나무들의 모습으로 변화시킨 힘이 바로 양춘(陽春)이다. 이렇듯 양춘을 통해 따스한 봄날의 태양, 햇살, 또는 빛의 이미지로 만물의 회

---

17) 실제로 그렇게 많은 분량이 아닌 예문ⓜ에서도 필자의 의식과 관련된 서술을 제시해 보면, ⓜ 전체에 해당된다고 해도 지나치지 않다. 그 내용은 다음과 같다. 대한이…긔명을 쥬의ㅎ야/지극히 바라건대/막아 볼 도리를 ㅎ야 봅시다./그 확실흔 목적은 두 가지니/만일 그리 아니ㅎ고 보면/엇지 섧고 분ㅎ지 아니ㅎ리오./부듸 그거슬 싱각ㅎ야 아모조록/쳔만 번 축슈ㅎ오.

소(回蘇)를 추구하는 것은[18] 대한제국의 연호인 광무와 관련한 빛의 힘으로, 곧 새로운 시대가 도래 할 것을 의미하기도 한다.

더욱이 예문에는 직접 '우리 대한'이라는 명칭도 발견할 수 있다. 대한제국이 당시 추구했던 안으로는 외세의 간섭을 막고 국민의 자각을 통한 자주적 근대 국가를 세우려는 것과 밖으로 조선에서 러시아의 독점 세력을 견제하려 했던 사실[19]은 글쓴이의 논변 부분[20]을 통해 잘 드러나 있다.

한편 예문 ②는 '개고리도 잇쇼'라는 제목에서 알 수 있듯 필자는 읽는 이로 하여금 우리의 현실을 인식시키기 위해 개구리를 통해 화두를 연다. 여기서 개구리는 겁도 많고 견문도 없이 고루한 존재로 그러면서도 높은 체하는 즉, 사람들의 모습으로 대응하며 냉소적 태도로 담론을 풀어간다. 그러나 예문 ②에서 개구리는 우리 조국을 지칭하고자 했던 것은 아니다. 오히려 글쓴이는 조국의 형편을 궁구하는 과정에서 "우리의 대한국을 망령되게 평론코자 아니한다."하여 조심성을 드러냄은 물론 이후 자신의 주장이 이어질 것을 피력한다. 참으로 독자의 입장에서도 궁금증이 유발될 수 있는 대목이다.

곧 계속되는 토끼와 관련된 우화를 통해, 글쓴이는 독자로 하여금 우리보다 현실적으로 열약(劣弱)하며 보잘 것 없는 다른 나라들을 돌

---

18) 양츈이 도라오고, 화흔 바름이 불며 단비가 나리여 전에 병든 거시 일죠에 소싱ᄒ니./양츈이 덕을 펴서./융동샹셜(隆冬霜雪)이 변ᄒ야 양츈우로(陽春雨露)가 되나니./지금 씨가 양츈이 도라왓스니.

19) 김옥희,『大學國史』, 순교의 맥, 1983, 263쪽.

20) 졔 강흔 것만 밋고 남의 남의 약흔 거슬 압졔ᄒ며 졔 큰 거슬 가지고 남의 적은 거슬 업슈히 넉임은 못싱긴 스룸이라./대한이 지금은 회약흔 지위에 안졋스나 인민들이 ᄎᄎ 기명을 쥬의ᄒ야 이젼 어두은 거슬 빅분지 일이라도 ᄭᆡ다르니./국긔를 공고ᄒ고 부강을 힘써서 외국이 엿보고 침노ᄒᄂᆞ 거슬 막아./녯 버룻슬 일졀 바리고 시로 죠흔 거슬 본밧는 밧게 업ᄂᆞ지라./ᄂᆡ가 홀 닐을 남의게 미혀 ᄒ도록 마시기를 쳔만 번 츅슈ᄒ오.

아보아 여기서 좌절하지 말고 함께 분발하여 일어서자는 실천적 의미를 말하고 것이다. 그리고 정부의 모든 관료들에게 기왕 개명(開明)한 것, 이미 이룬 것을 자랑하기보다 앞으로 이룰 것을 위해 항상 궁구하자는 당부의 말도 전하고 있다. 아울러 조국의 모습은 오주(五洲) 중에 문명을 이룬 강대국과 견줄 수 있는 위치에 서자는 것이다. 정리해 보자면, 핵심은 독자들에게 큰 용기와 가능성을 북돋우기 위함이며, 정부 관료들에게는 냉철한 반성과 실천적 계획을 촉구하고자 했음을 알 수 있다.

그리고 예문 ②의 토끼는 지나친 자기비하(自己卑下)로 자괴감에 빠져가는 현실을 경계하고 조국의 미래를 돌아보게 하는 곧 독자에게 용기와 힘을 실어주기 위한 위안(慰安)의 의미를 지닌 소재다. 더욱이 예문 ②가 독립신문에 실린 글임을 감안해 본다면 개구리는 이러한 현실을 방해하는 장애물이요, 독립협회가 추구했던[21] 의도와도 배치된 부정적 제(諸) 요소가 된다.

따라서 예문 ①은 서사 구조와 글쓴이의 의도가 잘 구분되어 논변이 전개되는 담론 구조를 볼 수 있다. 예문 ②는 서두의 이야기 도입에서 개구리의 비유를 통해 현실 비판적 논변을 제시하고 중간 부분에는 토끼와 관련한 우화가 전개 되는 형식을 취한다. 그리고 글쓴이의 주장이 촉구된 언술로 끝을 맺는 담론 구조를 지적할 수 있다. 즉 ①의 예문이 '서사＋논변'이라면 ②의 예문은 '논변＋서사＋논변'으로 구분할 수 있다. 하지만 예문 ①, ②는 모두 서사보다는 글쓴이의 의도가

---

21) 독립협회는 먼저 언론을 통하여 민중을 일깨우기 위한 운동을 벌였고, 자주독립 의식과 근대적 지식 및 국권 의식을 고취 시키고자 했다. 이것은 강연회와 토론회의 개최라든지 또는 신문과 잡지의 발간 등을 통해 이같이 계몽성과 근대적 정치의식의 향상을 주장해 왔다. 이러한 당시의 현실을 이해하는 연장선에서 예문 ②는 대한의 정부와 정치, 법률 등과 관련해 일명 나라 바로 세우기를 강변하고 있는 것이다. 김옥희, 앞의 책, 264~265쪽.

우세한 논변 우위의 담론임은 공통된다.

4. 敍事 優位의 談論

서사 우위의 담론은 근대 계몽기 많은 신문들을 통해 논설란을 중심으로 형성되었고 논변 우위의 담론과 마찬가지로 '기서'나 '잡보'에서도 상당수 발견된다. 앞서 언급한 논변 우위의 담론에서 논변의 언술이 점차 약화되고 서사를 우위에 둔 담론이 강화되고 있는 것이다. 이러한 특성을 잘 반영한 형태가 바로 서사 우위의 담론이라 할 수 있다.

이러한 사실은 여러 신문들 속에서 서사 자체의 의미를 새롭게 인식하는 과정으로, 다양한 서사의 면모를 발견하게 한다. 당시 신문들의 논설란이나 문예란을 통한 담론의 구현은 사회적 현실과 역사의 반영으로써 글쓴이를 통해 재구성된 의식적 공간이라 말할 수 있다. 이를테면 새로운 변형을 위한 질서의 창조이며, 사회와 역사의 재구성과 도약이라는 그들의 담론 지향22)을 이해하는 통로가 된다.

아울러 전대의 구소설에서 축적되고 이어 온 서사의 다양한 표현 방식도 근대 계몽기의 서사들 속에 녹아 있음을 알 수 있다. 논변 우위의 담론이 글쓴이의 의식을 전달하는 도구로써 서사를 활용했다면, 서사

---

22) 구인환은 소설론 제3장 '소설의 성격과 담론'을 설명하는 과정에서 "소설은 현실과 역사의 반영이고 동시에 그것의 주관적 변용이며 새로운 창조이다. 소설은 개인들이 우여곡절을 거치면서 이루어낸 삶은 물론 그 삶들로 이루어진 사회와 역사의 수용이라는 점에서 현실과 역사의 반영이다. 또한 소설은 반영의 과정에서 대상을 단순히 재현하는데 그치지 않고 현실과 역사를 재구성한다는 점에서 새로운 질서의 창조이다." 라는 언급을 통해 전자는 전통적으로 소설의 모방(imitation)이나 모사(mimesis)로 이해할 수 있고, 후자는 소설의 창조(creation)적 특성으로 파악할 수 있다고 지적한다. 구인환, 『소설론』, 삼지원, 1996, 76쪽.

우위의 담론 형성에서 서사의 강화는 적어도 두 가지 의미를 생각해 볼 수 있다. 하나는 글쓴이가 문학적 교훈성과 쾌락의 미의식을 인식 하는 과정으로 서사의 도입 내지 창작을 시도했다는 측면과 또는 신문 이라는 공간의 특수성과 관련해 독자에게 흥미를 갖게 하는 방편으로, 이해와 전달 강화를 위한 대중성의 확보차원에서 서사의 역할이 강화 되고 있음을 말이다.

왜냐하면 서사 우위의 담론은 글쓴이가 서사 속에서 등장하는 인물 이나 또는 서사를 활용한 내면적 암시를 통해서 글쓴이의 의식을 구현 하고 있기 때문이다. 또한 신문의 사회적 인식이나 영향력을 생각해 볼 때, 서사 우위의 담론은 자칫 외부로부터 받게 될 지나친 간섭과 통 제에 있어서도 작자에게 있어서는 서사를 우위에 둔 담론 구조가 유리 했을 것으로 본다.

따라서 서사 구조의 처음이나 끝부분 어디에도 글쓴이의 의식적 주 장이 드러나거나 개입되지 않는다. 더욱이 신문의 '논설란'이란 지면 을 생각해 본다면 마땅히 주장과 설득이 중심인 논설문적 특성이 나타 나야 한다. 하지만 이렇게 서사 우위의 담론은 근대라는 전환기의 다 양한 시대 변화나 국내외의 복잡한 현실을 담아내고 전달하는 부분에 서도 글쓴이의 의식(주장이나 교훈적 내용)은 직접 제시되지 않는다. 곧 한층 더 진보된 서사 구성력의 텍스트적 면모를 갖춰가고 있다는 것이다.

* 예문 ①

흔 코기리와 흔 원숭이가 극히 친흔 벗이 되여 각각 제 능흠을 자랑
흐야 말흘 식 코기리 굴으딘 나의 몸을 보라 엇더케 크고 나의 힘은
일빅 즘승이 짜르지 못흘 거시오 세상에셔 능히 나를 업수히 녁일

쟈가 업스니 가히 닐으딕 지극히 크다흐거늘 원승이가 또 딕답흐야 말흐딕 너는 그러커니와 또흔 나의 몸을 보라 엇더케 경첩흔고 나의 능흠은 모든 즘승이 내 엇기와 등을 브라보지 못흐니 이럼으로 셰샹 사름이 다즐거이 날노 더브러 흔 가지 노니 가히 닐으딕 즐겁다흐며 서로 닷토아 론난흘싀 오래도록 승부를 결단치 못흐고 두 놈이 깃치 부엉새의게 가셔 결단흐야 달나흐니 부엉새가 굴으딕 내가 그 의심됨을 결단코져 흐나 모름죽이 나의 훈계를 좃겟느냐 흐거늘 원승이와 코기리가 굴으딕 삼가 ㄱ 르침을 밧으리라 부엉새 굴으딕 그러흐면 너희들이 하슈를 건너 큰 나모 실과를 싸다가 나를 주면 그 일을 붉이 판단흐야 주겟노라 흐거늘 두 놈이 깃치 하슈가신지 니르럿시나 원승이는 능히 건널 직조가 업고 코기리는 능히 건널 직조가 앗는지라 원승이는 코기리 몸에 엎드려 하슈를 건너셔 실과 나모 앞헤 다다릇는지라 나모가 크고 놉하 실과를 싸려흐나 코기리 입은 능히 자르지 못흐고 남게도 오르지 못흐나 원승이는 홀연이 몸을 날쳐 나모 우희 올나셔 쒸며 실과를 싸셔 바금이에 담아 코기리 입 속에 너코 깃치 하슈를 건너와셔 부엉새를 보고 실과를 드리니 부엉새가 웃고 결쳐흐야 굴으딕 코기리는 능히 하슈를 건너고 원승이는 능히 실과를 싯시니 그 일을 궁구흐면 각각 흔가지 능이 잇스니 더 자랑흘 거시 업다흐더라.

『그리스도신문(1897.5.7)』

* 예문 ②

동도 산협 듕에 흔 대촌이 잇는딕 그 마을 가온딕 우물이 잇셔 그 동리 모든 인구가 다믄 그 우물 흐나로 먹고 사는 빈라 셔울 사는 셔싱이라 하는 사름이 산쳔을 류람흘 츠로 집을 쩌나 스방으로 쥬류흐다가 맛춤 그곳에 이르러 흔 집을 차자 들어가 쥬인을 딕흐야 흔씨 유슉흐기를 쳥흔딕 그 쥬인이 손의 말을 듯지 안코 무례히 질욕흐며 달녀들어 싸리려 흐거늘 급히 몸을 피흐여 다른 사름을 보고 쥬인의 실셩흠을 말흔딕 그 사름도 또흔 경계 업시 싸리려 흐믹 발명흘 곳이 업슴으로 산간에 몸을 숨겨 밤을 지닉고 가만히 동 듕에 나려가 그 곳 사름들의 거동을 슓혀 본즉 스오 셰 유으는 텬품을 온젼히 직혀가나 긔외 쟝셩흔 ㅈ들은 광긔를 발ㅎ야 흔 동리 사름 씨리도 셔로 욕ㅎ고 치며 약흔 ㅈ는 강 흔ㅈ의게 쥭기도 ㅎ는지라 셔승이 그 경광을 보고 의아 만단ㅎ야 다시 산에 올나 동리 된 디리 를 살펴보미 여러 사름의 밋친병 나는 것이 우물이 괴악흔 연고인 줄을 씨듯고 다시 나려가 금을 훗허 사름을 쇠이미 밋친병 들닌 사 름이라도 지욕은 업지 못흔고로 금을 밧고 셔싱의 지휘를 대강 듯 는지라 ㅅ오 인을 다리고 명산을 차져가 수월을 머므르며 됴흔 물 을 먹여 시험ㅎ여 보미 그 사름들이 광증이 업셔지고 묽은 졍신이 들어 말ㅎ기를 우리 동리 사름들이 모도 밋친 고로 사름이 나면 본 리 밋치는 법인가 밋엇더니 오늘 셔싱을 싸라 이곳에 와 여러 힝위 를 보니 진실노 그 다름을 씨닷지 못흘지라 흔듸 셔싱이 웃고 말ㅎ 되 그듸의 동리 사름들이 왼통 밋친고로 셔로 흄을 몰낫스나 그듸 동듕에 우물이 괴악ㅎ야 그 물을 오리 먹으면 아니 밋칠지 업슬지 니 그듸의 오늘날 됴흔 물을 먹고 병 곳친 증거나 확실흘지라 이런 말을 동듕에 셜명ㅎ고 그 우물을 금히 업시여 여러 사름의 묽은 졍 신을 회복케 ㅎ라 흔듸 그 사름들이 빅빅 치하ㅎ고 셔싱을 이별흔 후 동리 듕에 나려가 ㅈ셰흔 ㅅ연을 발명ㅎ고 우물을 급히 업시ㅎ 여 다른 우물을 파셔 모든 사름의 광증을 곳치려 흔듸 모든 광인이 대로ㅎ여 져놈이 엇던 밋친놈을 싸라 밋친 물을 먹고 쟝위가 밧고 여셔 죠샹 젹븟허 몃 쳔 년 나려 오며 먹는 우물을 졸디에 곳치쟈 ㅎ니 져놈은 죠샹을 욕흄이요 우리의게 원수라 ㅎ여 쥭이려 씌ㅎ 미 두셋 사름이 여러 광인의 형셰를 져당치 못ㅎ여 거짓 밋친 톄ㅎ 며 밤이면 가만히 다른 물을 옴겨 먹으며 그 우물 업시ㅎ기를 쥬야 로 익스는듸 여러 광인들이 그 긔미를 알고 다른 물을 먹는다고 시 비가 무샹ㅎ매 두셋 사름이 싱각ㅎ되 우리가 그 우물의 병근을 씨 다른 바에 찰하리 셩흔듸로 쥭을지언졍 그 우물을 다시 먹고 쏘 밋 칠수는 업다ㅎ여 이에 힝쟝을 츠려 셔싱의 종젹을 츠져가드라고 ㅎ니 그 하회는 엇지 되엿는지 일시 이약이로 드른 것이니 하도 이 샹ㅎ기로 긔지ㅎ노라.

『매일신문(1898.4.20)』

* 예문 ③

반가군 상인촌이라 ᄒᆞᄂᆞᆫ 싸에 ᄒᆞᆫ 빅발 로인이 잇스니 셩은 고요 일
흠은 집이요 ᄌᆞᄂᆞᆫ 불통이라 위인이 견문이 고루ᄒᆞ고 지식이 별노
업셔 칠십 당년이 되도록 글넑을 ᄆᆞ음과 롱ᄉᆞ질 싱각과 쟝ᄉᆞᄒᆞᆯ 욕
심은 ᄂᆞᆷ보다 만흐나 힝ᄉᆞ가 ᄌᆞ긔 몸 밧고 업고 소견이 ᄌᆞ긔 집에 지
나지 못ᄒᆞ고 츌립이 ᄌᆞ긔 동리 ᄲᅮᆫ이라 그런고로 혹시 밤에 좀 업슬
째 홀노 안져 셰샹 만ᄉᆞ 마련ᄒᆞ되 집의 셔칙 써러지면 다시 ᄉᆞ기 어
려오니 리션싱네 통감 엇어 어린 손ᄌᆞ 가르칠 졔 니웃 ᄋᆞ희 다 오거
던 건성으로 닐너 주고 츌렴싀나 만히 밧아 지필묵에 봇히 쓰고 문
젼옥답 분깃ᄒᆞᆫ 후 일년 계량 부죡ᄒᆞ니 김춍각네 논을 쎄여 맛아들
이 더 붓칠 졔 동리 사ᄅᆞᆷ 일 오거던 당일 품갑 주지 말고 삼ᄉᆞ 삭을
식리ᄒᆞ여 롱긔연쟝 갈녀 놋코 만물 방에 됴흔 물건 헐갑스로 도고
ᄒᆞ야 쟝부ᄌᆞ와 동ᄉᆞᄒᆞᆯ 졔 친구들이 ᄉᆞ러와도 ᄒᆞᆫ 푼 외샹 놋치 안코
삼동갑식 부가 밧아 금은보픽 쏘 ᄉᆞ랴고 이리 뎌리 샹량ᄒᆞ며 방 안
에셔 활긔치고 ᄂᆞᆷ의 싱각 못ᄒᆞ다가 다른 사ᄅᆞᆷ사ᄂᆞᆫ 도리 친구 ᄌᆞ식
글 넑키기와 롱ᄉᆞ ᄒᆞᆯ 째 롱량 주기와 쟝ᄉᆞ의게 밋쳔 대ᄂᆞᆫ 것슬 보고
이것시 다 됴키ᄂᆞᆫ 됴나 오랑캐의 풍쇽이라 엇지 쓸듸 잇스리오 ᄌᆞ
긔 ᄌᆞ질 불너드려 ᄂᆞᆷ 모르게 교훈ᄒᆞ되 쇽담의 닐은 말이 녯 법을 ᄇᆞ
리지 말고 새 법을 내지 말나 ᄒᆞ엿스니 우리 죠샹 ᄒᆞ던 일만ᄒᆞᆯ 지라
도 이로 다 ᄒᆞᆯ 수 업거던 엇지 오랑캐의 풍쇽을 좃치리오 ᄒᆞᆫ듸 그
이웃에 ᄒᆞᆫ 소년이 셩은 박이오 일홈은 람이오 ᄌᆞ은 식이라 이팔쳥
춘에 위인이 활여ᄒᆞ야 학문도 만커니와 직덕이 겸비ᄒᆞ야 착ᄒᆞᆫ 일
을 듯고 보면 본밧아셔 곳 힝ᄒᆞ고 악ᄒᆞᆫ 사ᄅᆞᆷ 듸ᄒᆞ면 회긔ᄒᆞ기 권ᄒᆞ
더니 이 로인의 말을 듯고 씀작 놀나 ᄒᆞᄂᆞᆫ 말이 로인이라 망녕인가
혼쟈 살고 다 죽으면 무슴 일이 쾌락홀고 죠샹끠셔 ᄒᆞ던 일을 ᄒᆞ다
ᄒᆞ니 누구던지 죠샹끠셔 살인도모 ᄒᆞ엿스면 그 ᄌᆞ숀도 살인ᄒᆞ며
죠샹끠셔 도적질을 ᄒᆞ엿스면 그 ᄌᆞ숀도 도적 될가 사ᄅᆞᆷ마다 그 근
본을 궁구ᄒᆞ면 시죠 이샹 죠샹들은 샹놈 노릇 ᄒᆞ다가 시죠 이후 죠
샹들이 량반이 되얏슬 터이오 량반의 ᄌᆞ숀들도 샹놈된 이 만흘 터
이니 샹놈으로 죠샹 ᄒᆞ던 일을 ᄒᆞ랴ᄂᆞᆫ 량반의 일도 ᄒᆞ려니와 량
반으로 죠샹 ᄒᆞ던 일을 ᄒᆞᆫ다면셔 시죠 이후 량반의 일만 ᄒᆞ고 시죠

이샹 샹놈의 일은 아니 ᄒᆞᄂᆞᆫ 것시 죠샹 셤기ᄂᆞᆫ 도리 당연ᄒᆞᆫ가 죠샹
에도 경즁이 잇ᄂᆞᆫ 지 알 수 업거니와 내ᄆᆞ음은 공즈말슴 ᄒᆞ신ᄃᆡ로
즁국이 오랑캐의 도를 ᄒᆡᆼᄒᆞ면 오랑캐로 ᄃᆡ겹ᄒᆞ고 오랑캐가 즁국의
도를 ᄒᆡᆼᄒᆞ면 즁국으로 ᄃᆡ겹ᄒᆞᆯ 터이니 이ᄃᆡ로 ᄒᆞᆯ 양이면 량반이 샹
놈의 일을 ᄒᆞ면 샹놈이오 샹놈도 량반의 일을 ᄒᆞ면 량반이니 량반
과 샹놈을 엇지 분간ᄒᆞᆯ고 량반의 일은 착ᄒᆞ니 갓치 살냐ᄂᆞᆫ 일이오
샹놈의 일은 악ᄒᆞ니 혼쟈 살냐ᄂᆞᆫ 일이라고 흔ᄃᆡ 로인이 발연 변ᄉᆡᆨ
ᄒᆞ야 ᄃᆡ답은 못 ᄒᆞ나 속ᄆᆞ음으로 혐의ᄂᆞᆫ 대단히 ᄒᆞ더라.

『제국신문(1899.3.15)』

위의 예문 ①은 세 마리의 짐승이 등장인물로 형상화된 서사 우위의
담론이다. 즉 ①, ②, ③에 제시한 예문은 모두 글쓴이의 의도가 직접
적으로 드러나지 않고, 단지 서사 구조에서 간접적으로 내면화되거나
글쓴이의 대변인격인 등장인물이 발견될 뿐이다. 앞서 논한 논변 우위
의 담론보다 월등한 서사 구조의 완결성을 볼 수 있는 것이다. 따라서
하나의 독립된 서사문학으로서의 텍스트를 발견할 수 있다.

먼저 ①은 극히 친한 벗이 된 코끼리와 원숭이가 등장한다. 이들은
서로 자기의 재능을 자랑하며 힐난(詰難)하다가 끝내 부엉이에게 찾아
가 삼가 가르침을 받게 된다. 하지만 부엉이는 코끼리와 원숭이에게
하수를 건너 큰 실과(實果)를 따오면, 이후 밝히 코끼리와 원숭이의 재
능을 가늠해 주겠노라 말한다.

이윽고 코끼리와 원숭이는 하수에까지 이르게 되고, 물이 깊어 건널
수 없게 된 원숭이는 코끼리의 도움을 받게 된다. 그리고 결국 코끼리
와 원숭이는 하수에 도착해 크고 높은 나무에까지 다다르게 된다. 그
런데 이제는 코끼리가 난처해졌다. 그것은 나무에 오를 수 없었기 때
문이다. 코끼리는 원숭이의 도움을 받아야 했다. 결국 둘은 무사히 실
과를 따와 부엉이에게 돌아온다.

이 때 부엉이는 이 둘을 보고 웃으며 판단하여 이렇게 말한다. "다 각각의 재능이 있으니 더 자랑할 것도 없다"고 말이다. 이것은 논설란에 실린 글이다. 그렇다면 여기서 이 짧은 서사를 통해 글쓴이는 무엇을 말하고자 함인가? 물론 이 이야기 어디에도 글쓴이의 의도는 직접 제시되지 않는다. 그러나 독자라면 누구나 어렵지 않게 그 의미를 읽어낼 수 있다.

곧 부엉이의 마지막 말은 글쓴이가 독자를 향해 던지고자 했던 궁극적 의도이며, 주제인 것을 이해할 수 있기 때문이다. 좀 더 부연하자면 저마다의 사람들은 각각에 재능이 있는데, 스스로 서로 높고 귀하다고 힐난만 할 뿐, 협력하고 칭찬하며 서로를 인정하지 않는다. 즉 우리 민족 고유의 상부상조(相扶相助)의 미덕을 모른다는 것이다.

따라서 지금은 서로의 능력을 자랑하기에 앞서 먼저 스스로 자신의 능력을 찾고 함께 단결하자는 의미다. 이처럼 동물을 등장시켜 인격화하거나 우화적 기법을 활용한 대화체 형식은 근대 계몽기 여러 신문을 통해 서사 담론의 서사적 면모를 더욱 탄탄하게 해주고 있다. 아울러 예문 ①보다는 예문②, ③이 서사 구성력에 있어서 보다 진보된 하나의 독립적 텍스트의 면모를 지니고 있는데, 이러한 서사 구조는 전대의 구소설이나 한문단편 등 이후 신소설에서도 흔히 볼 수 있는 서사 방식을 수용하고 있는 것이다.

이를테면 근대 계몽기 서사 우위의 담론에서 시도되고 있는 동물의 의인화나 우화적 기법을 통한 대화체의 활용은, 몽유형식을 도입한 우회적 기법과 함께 좋은 사례가 된다. 전대의 소설에서 시도된 <토끼전>, <장끼전>, <두껍전> 등을 비롯해 한문단편소설인 연암의 <호질>과 신소설 안국선의 <금수회의록>에서 그 특성은 쉽게 발견할 수 있다.

이처럼 신소설의 모형 가운데 한 부분을 근대 계몽기 서사들 속에서 찾는 것은 그리 어려운 일이 아니다. 더욱이 근대 신문들을 통해 발표된 다양한 면모를 지닌 서사 양식의 확산이, 다양한 모습을 지닌 신소설의 일면을 채우고 있다는 사실은 의심의 여지가 없어 보인다. 따라서 이러한 서사 양식23)은 전대의 전통적 서사 유형과 이후 신소설 사이를 이어 주는 교량적 역할의 문학적 의미도 찾을 수 있는 것이다.

다음으로 ②의 서사 구조를 보면, 먼저 '동도산협 중에 대촌'이 있는데 라는 화두를 시작으로 구체적 배경이 소개된다. 그리고 소재는 이 마을 사람들이 마시고 사는 몇 천 년부터 내려오던 우물이 등장한다. 이 때 서울 사는 서생(書生)이 산천을 유람하는 과정에서 그 마을을 찾아온다. 그런데 이상하게도 이 마을 사람들은 광기(狂氣)를 발하고 있다.

즉 한 동리 사람끼리 서로 욕하고 치며, 약한 자는 강한 자에게 죽기도 하는 광경을 보게 된 것이다. 이윽고 서생은 그 마을에서 폐행(弊行)의 원인을 밝혀내게 된다. 그것은 다름 아닌 바로 우물 때문이었다. 서

---

23) 김영민은 근대 계몽기 短型 서사문학의 창작 체험은 이어서 長型 서사문학의 탄생으로 이어지며, 이러한 근대 단형 서사문학의 작품들이 신소설이나 역사·전기소설에 탄생과 일정한 연관성을 지닌다고 말한다. 그리고 이러한 단형 서사문학에 대한 창작도 신소설이나 역사·전기소설 등의 장형 서사문학이 출현한 이후에도 당분간 지속되어, 1900년대 중반 이후 얼마 동안 이들은 공존의 시간을 갖게 된다고 지적한 바 있다. 김영민 外 14名, 『근대 계몽기 단형서사 문학 연구』, 소명출판사, 2005, 30~34쪽. 또한 황정현은 신소설은 기능부담량(신소설이 당대 사회에 대한 다양한 역할을 하지 않으면 안 되었던 사회적 기능을 말하는 것)이 크기 때문에 신소설이 미적 형상화에 결점을 보인다는 사실을 지적했다. 따라서 문예 미학적 측면과 경제·사회·정치·문학적인 요소와 관련한 소설 기법과의 상관관계를 통해 또는 고소설과의 관계에서도 형식의 답습과 극복의 정도를 살펴 신소설이 지닌 작가 의식과 현실 상황을 고려해야 한다고 했다. 아울러 신소설의 형상화와 관련해 정론적(政論的) 형상화를 설명하면서 토론·연설체 형식에 우화·몽유형식이 더해져 이념의 허구화가 실현되기도 하고, 토론·연설체 형식은 이념의 논설을 구현하기도 한다고 말한다. 황정현, 『신소설 연구』, 집문당, 1997, 45~52쪽.

생은 이러한 광증(狂症)을 없애기 위해 금을 주어 4~5인을 공기 좋고 물 좋은 명산에 머무르게 하고, 이제는 깨끗한 물을 먹여 시험해 보았다. 역시 서생의 짐작대로 광증이 완치되었다.

서생은 이에 곧 그들에게 말한다. "너희는 마을에 가서 이 사실을 알리고, 이제 그 우물을 없애 마을의 광기를 치료하라" 이후 서생은 떠난다. 그러나 마을 사람들은 그 다섯 사람을 오히려 죽이려고 할 뿐, 더 이상 그들의 말을 듣지 않았다. 이윽고 다섯 사람마저 마을에서 죽게 되었기에, 마을을 포기하고 멀리 서생을 찾아 길을 떠나게 된다. 참으로 짧지만 근대 계몽기 세상에 어두운 우리의 현실 모습과 무지하고 몽매(蒙昧)한 상황이 우회적(迂廻的)으로 잘 드러난다.

그렇다면 여기서 서생은 누구인가. 바로 새로운 개화사상과 계몽의식을 겸비한 선각자적 인물이 아니겠는가. 그리고 우물은 깊은 산협에 사는 마을 사람들의 고루한 전례와 풍습으로, 변화할 수 없는 그들의 삶과 생활을 반영하고 있는 것이다. 이를테면, 곧 획일 된 것, 지극히 이기적이고 무지한 당시의 현실을 상기하게 한다.

어쩌면 이 이야기 속에서 짐작할 수 있는 것처럼, 처음부터 산협의 사는 마을 사람들은 광기를 고칠 수 없는 존재였는지 모른다. 이유는 산협(山峽)이라는 공간적 배경은 말할 것도 없고 우물 또한 몇 천 년을 마시면서 살았다고 하니, 그 변화와 수용이 그리 쉽지는 않았을 것은 자명한 일이 아닌가. 이러한 짐작대로 그들은 끝내 알지 못한다. 오히려 서생으로 인해 고침(신교육)을 받았던 다섯 사람마저 마을에서 쫓겨나 마을을 등지고 길을 떠난다. 이렇게 현실적 모습은 어두울 뿐 개선은 보이지 않았다.

위의 예문은 ①(1897년), ②(1898년), ③(1899년)으로, 각각 『그리스도신문』, 『매일신문』, 『제국신문』 등에 수록된 '논설란'의 글이다. 돌이켜보면 당시 시대적 격변에 대해 문학은 어떤 형태로든지, 이러한 현실적 태도와 의식을 표명하려 했을 것이다. 더욱이 이 서사는 갑오개혁(甲午改革/1894)이 일어난 후 3~5년에 걸쳐 실린 글이다. 또한 신문이 근대라는 물결 속에서, 새 시대에 맞는 의식 개혁과 계몽의 추구를 얼마나 비중 있게 생각했는지 짐작할 수 있을 것이다.

끝으로 예문 ③은 고루한 노인의 등장이 웃음을 유발한다. 두 인물(노인과 소년)은 이름 또한 기발하여 해학미를 느낀다. 여기서 소년은 작자의 의식을 대변하는 인물로 뚜렷한 현실 인식과 함께, 이후 노인을 향해 단호한 꾸짖음까지 하게 되는 인물이다. 아무리 근대라는 전환기적 현실을 고려해 봐도, 오늘날의 보편적 윤리 의식으로도 쉽게 이해되지 않는 일이다. 예문에서도 알 수 있듯 이팔청춘(16세)의 소년이 칠십 노인을 향해 스스럼없는 충고와 꾸짖음을 하고 있으니 말이다.

이것이 아무리 실재(實在)가 아닌 꾸며낸 이야기라 할지라도, 서사 전개 과정에서 그것도 대중성을 지향한 신문의 논설란에서 "로인이라 망녕인가 혼쟈 살고 다 죽으면 무슴 일이 쾌락ᄒᆞᆯ고"라는 거침없는 말투 속에 '망녕'이란 말까지 서슴지 않는다. 지금 생각해 봐도 상당한 변화가 아닐 수 없다. 이에 반해 이야기 속의 노인은 꾸지람은커녕 기분이 불쾌하나 얼굴만 변할 뿐 아무 말도 하지 못하는 반성적 인물로 그려진다.

그렇다면 이제 좀 더, 예문 ③을 통해 서사 속에 전개되는 노인과 소년의 인물형이 어떻게 대응되고 대립되는지 구체적으로 제시해 보겠다. 먼저, 노인의 이름 역시 재미있는데 성은 '고'요, 이름은 '집'이요, 자는 '불통'이다. 즉 노인의 이름은 합쳐서 '고집불통(固執不通)'이다. 반면에 소년은 성은 '박'이요, 이름은 '람'이요, 자는 '식'이다. 즉 박식

한 지식을 소유한 '박람식(博覽識)'이 그의 이름이다. 이 얼마나 재미있는 문학적 상상력인가!

그러나 이것이 다가 아니다. 두 인물은 이름 못지않은 더 큰 차이를 현실 인식에서 보이고 있다. 노인은 이야기 속에서 (ㄱ) 견문이 고루하고 (ㄴ) 지식이 별로 없고 (ㄷ) 욕심은 남보다 많고 (ㄹ) 행사가 자기 몸밖에 모르고 (ㅁ) 소견은 자기 집에 지나고 (ㅂ) 출입은 자기 동네뿐인 인물로 형상화 되고 있다.

이와는 대립적으로 소년의 인물 형상을 살펴보면, (ㄱ) 학문도 많고 (ㄴ) 지덕을 겸비하고 (ㄷ) 착한 일을 듣고 보면, 곧 본받아 행하고 (ㄹ) 사람 보면 회개하기 권하는, 그야말로 근대적 의식을 소유한 지식인의 전형으로 형상화 된다. 특히 소년의 마지막 말은 글쓴이가 독자를 향해 전달하고자 했던 주제 의식으로, 서사 속 소년이라는 등장인물의 입을 통해 드러나고 있는 것이다.

"량반이 상놈의 일을 ㅎ면 상놈이오. 상놈도 량반의 일을 ㅎ면 량반이니. 량반과 상놈을 엇지 분간ㅎ고, 량반의 일은 착ㅎ니 갓치 살냐는 일이오, 상놈의 일은 악ㅎ니 혼쟈 살냐는 일이라." 이 말은 이제 더 이상 양반과 상놈의 신분적 구별은 아무런 의미가 없다는 것을 말한다. 곧 이웃과 이웃이 그리고 민족이 함께 어울려 타인을 돌아보게 될 때, 이것이야말로 진정한 양반이 되는 것이다.

이처럼 소년의 말은 갑오개혁을 통해 조성된 봉건적 전통질서의 붕괴와 고루한 의식을 타파하려는 근대 의식의 발아(發芽)로써 이해의 폭을 제공한다. 다시 말하면 과거의 양반적 개념과 상놈(천민)의 개념은 근대의 새로운 패러다임으로 인해 새로운 전환의 계기를 맞게 되는 것이다. 사회적으로 볼 때 신문의 영향력이나 대중성을 생각해 보아도 이러한 의식의 바람은 당시의 지성인 내지 일반인들도 이미 거부감 없는 수용이 이루어지고 있다는 의미를 전제한다.

이렇게 근대 계몽기 신문은 국가와 사회의 변혁은 물론 이야기 구현의 방식에서도 서사 구성의 변화를 발견할 수 있다. 요컨대 예문 ①, ②, ③은 모두 글쓴이의 의식이 이야기를 전개하는 과정에서 직접 개입해 드러나지 않는다. 서사 우위의 담론 속에는 서사적 인물형상이 있을 뿐이다. 따라서 앞서 제시한 논변 우위의 담론보다 한층 더 탄탄한 서사 구성력을 발견할 수 있어, 하나의 독립된 서사 텍스트의 면모를 지니고 있다 할 것이다.

5. 談論 具現의 多樣性

근대 계몽기 서사물의 담론 구현을 이해하기 위해서는 무엇보다 글쓴이가 당면한 외부적 시대 현실과 조선 사회가 안고 있던 근대화의 혼재로 말미암은 내부적 갈등을 이해해야 한다. 당시 일반 백성으로서 근대라는 시기를 새롭게 절감하며, 빠르게 변화하는 세상을 이해하고 수용하는 것이 그리 쉬운 일만은 아니었을 것이다. 따라서 글쓴이는 국가가 직면한 당대의 여러 문제와 시대적 위기감을 독자에게 전달하고 이해시켜야 할 이를테면 일종의 지적 의무감 내지 선각자적 위치를 느끼고, 그들 나름대로의 분명한 의식을 지니고 있었다.

이러한 글쓴이의 현실에 대한 위기의식은 더욱이 신문이라는 근대적 매체를 토대로 자연스럽게 독자층을 향해 계도적 성향의 목소리를 높이게 되었다. 새로운 시대적 각성의 촉구라는 대전제 하에 담론은 또한 다양성을 지향하기에 이른다. 특히 근대 계몽기 신문들의 서사 구현에서 흔히 볼 수 있는 '문답형식의 대화체'를 통한 의식의 토로나 '몽유형식'을 차용한 새로운 세계의 갈망과 현실에 대한 반성 촉구는 좋은 예가되며, 근대 계몽기 서사 형성에 많은 부분을 차지한다.

그리고 '우화형식'을 활용한 새로운 서사물의 창작은 담론의 효과적 전달은 물론 과거 낯익은 이야기의 도입 및 활용을 통해 서사의 흥미를 더하여 애독자의 확보에도 일익을 담당했을 것이다. 이처럼 탄탄한 서사 구성력의 강화를 통해 서술 표현에 있어서도 다양화를 발견할 수 있다. 아래 제시된 예문은 글쓴이의 의식 전달에 따른 담론 구현의 다양한 시도를 확인 할 수 있는 좋은 예이다.

* 예문 ①

㉠ 셔국에 흔 농부가 잇서 하ᄂ님의 도를 독실이 밋더니 흐로ᄂ 즈긔의 어린 아들을 다리고 들에 가셔 양의 무리를 구계홀시 늙은 양이 밧가에 누엇ᄂᄃᆡ 양의 ᄉ긔들이 어미 겻희셔 쮜놀며 졋을 먹거늘

· 그 ᄋ희가 오릭 셔셔 보다가 깃거ᄒ야 글ᄋ딕 ~
· 아범이 딕답ᄒ되~
· ᄋ희 물ᄋ딕~
· 아범이 글ᄋ딕~
· ᄋ희 쏘 말ᄒ되~
· 아범이 글ᄋ딕~

㉡ 그 ᄋ희가 아범의 손을 잡고 감샤히 넉이더라.
『죠션크리스도인회보, 대한크리스도인회보(1898.3.30)』

* 예문 ②
시골 사룸이 말ᄒ기를,
우리나라 ᄀ국 이후에 업든 신문이라 ᄒᄂ 것이 슈 년 이릭로 싱겨

정부 대신을 시비ᄒ며 ᄇᆡᆼ셩다려 ᄌᆞ유권을 차지라 압졔를 밧지 마
라 외국에 가셔 류람ᄒ라 외국 학문을 비호라 ᄒ니 이것은 다 이젼
에 못ᄒ든 말이라[…]무셰ᄒᆞᆫ 사름이 혹 잘못 ᄒᄂᆞᆫ 일이 잇다가 신
문에 나면 벼슬이 써러진다던지 죄를 당ᄒ며 유셰ᄒᆞᆫ 사름이면 아
모리 못된 일ᄒᆞᆫ 것이 신문에 나드ᄅᆡ도 쓸 ᄃᆡ 업스니 일노 보거드면
신문이 어두은 사름 열어 ᄀᆡ명 식히고 민국 간에 유익ᄒ게 ᄒ기ᄂᆞᆫ
시로이 무셰ᄒᆞᆫ 사름 의게ᄆᆞᆫ 젹악이라 신문을 길게 두엇다가ᄂᆞᆫ 무셰
ᄒᆞᆫ 사름은 살 슈 업고 ᄯᅩ 신문샤 형편을 드른즉 여러 쳔원식 들여가
며 리 ᄒᆞᆫ푼 못보고 당쟝 경비에 군식히 지낸다니 신문 ᄂᆡᄂᆞᆫ 사름들
은 지각 업ᄂᆞᆫ 것이 내 돈 들여가며 남과 원슈되고 젹악ᄒ고 무슴 ᄭᆡᆼ
ᄃᆞᆰ으로 ᄒᄂᆞᆫ지 실노 ᄯᅡᆨᄒᆞᆫ 일인데

셔울 사름이 말ᄒ기를,
여보게 자네 말이 글얼 듯ᄒᄂᆞ ᄒᄂᆞ면 알고 둘은 몰으ᄂᆞᆫ 말일셰 신
문이 쳐음 난 것이라[…]그 목젹을 궁구ᄒ여 보면 어두은 사름을
ᄀᆡ명식혀 나라를 위ᄒ고 ᄇᆡᆼ셩을 위ᄒᄂᆞᆫ 말이지 ᄀᆞᆨ긔 ᄒᄂᆞ 위ᄒᆞᆫ 말
잇든가 신문이 무셰ᄒᆞᆫ 사름 의게ᄆᆞᆫ 젹악이요 유셰ᄒᆞᆫ 사름 의게는 샹
관 업단 말은 아니될 일일셰 요ᄉᆞ이 쇼문 못 듯ᄂᆞ 각쳐 신문샤에서
ᄌᆡ판 당ᄒᆞ다ᄂᆞᆫ 말 듯지 못ᄒᆞ엿ᄂᆞ 신문샤걸어 ᄌᆡ판ᄒᄂᆞᆫ 사름이 무
셰ᄒᆞᆫ 사름이겟ᄂᆞ 정부 고관들도 신문에 나ᄂᆞᆫ 것은 조화 아니ᄒ다
네 이것은 효험 아닌가 외국은 신문이 여러 만 쟝이나 가고 광고가
여러 ᄀᆡ가 들어 가거니와 지금 우리나라에셔야 불과 몃 쳔 쟝이 못
되니 의례이 밋지지 리가 남을 리가 잇나 만일 신문이 대리가 되면
누가 신문 셜시 아니 ᄒᄀᆞᆺ나[…]만일 신문이 업스면 ᄇᆡᆼ셩이 아조
컴컴ᄒᆞ여 말이 못 될 것이요 대한이 외국에 슈치 ᄒᄂᆞ를 ᄯᅩ 엇을 터
이니 내 ᄉᆡᆼ각에ᄂᆞᆫ 각쳐 신문에서 실심으로 공평이 ᄒᆞ야 대한이 ᄀᆡ
명ᄒᆞᆫ 후에 일등 공로를 밧아 션ᄉᆡᆼ 노릇 ᄒ기를 ᄇᆞᆯᄋᆞ노라.
『독립신문(1899.5.10)』

* 예문 ③

㉠ 향일에 엇더ᄒᆞᆫ 선ᄇᆡ ᄒᄂᆞ이 본샤에 와셔 ᄌᆞ긔 몽즁에 지ᄂᆞᆫ 바 일

을 이약이 흐거늘 우리가 근본 쑴이라 흐는 것은 허스로 알되 그 션비의 쑴이 가쟝 이샹흔 고로 그 말을 좌에 긔지흐노라

ⓛ 그 션비 글ㅇ딕 내가 아셰아의 편쇼흔 동방 나라에 싱쟝흐야 문견이 고루흔 고로 평싱에 구라파 셰계의 문명흔 나라 풍속을 흔번 보고져 흐더니 금년 춘三월에 츈곤을 익이지 못흐야 슈간 쵸당에 북창을 의지흐여 누엇슴익

ⓒ 거거흔 몽혼이 잠시 간에 쳔만리를 힝흐야 법국 파리시에 일으니 시졍의 번화흠과 루뒤의 쟝려흠이 평일에 울젹흔 회포를 샹활케 흐는지라

ⓔ 내가 그 사름의 말을 듯고 크게 깃버흐야 올타흐는 소릭에 스스로 놀나 씨다르니 일쟝츈몽이라 흐더라

『독립신문(1899.7.7)』

* 예문 ④

㉠ 근일 일긔가 훈증흐다가 큰 비가 폭쥬흐믹 곤뢰흐던 심스가 자연 혼미흐야 침상에 의지흐얏더니

ⓛ 심혼이 유유흐야 명쳐업시 가더니 한 곳을 다다르니 산슈도 졀승흐고 인호도 쥬밀흔데

ⓒ 엇지 텬도가 무심흐다 흐깃는가 흐고 방셩대곡흐는 소릭에 놀나 씨다르니 침상일몽이라

ⓔ 희허탄식흐고 곰곰 싱각흔즉 그 나라 형셰의 급업흠을 말흐는쟈 믹양 파란국 스졍을 말흐는 고로 심즁에 항상 남의 일을 거울흐야 경계흐는 바이더니 쑴에까지 니져바라지 안코 그 디경까지 달흠이로다 슯흐다 당국 관민샹하들이여 남의 젼감을 싱각흐야 깁히 싱각흐고 힘 써 일들 흐야 남의 젼텰을 밟지 말지어다.

『제국신문(1907.1.26)』

* 예문 ⑤

엇던 유지각흔 친구에 글을 좌에 긔지흐노라. 녯젹에 긔싱이라 흐는 사름이 즈긔의 집 동편에 잇는 흔 방츅에 고기가 만히 잇슴을 보

고 지력을 허비ᄒᆞ여 물 근원을 묽히고 방츅 가으로 슈림을 심으고
물 가온ᄃᆡ 연과 슈쵸를 만히 갓굼이 어족의게 위싱도 될ᄲᅳᆫ더러 츄
월 츈풍에 량삼 호우로 슐과 시를 화챵ᄒᆞᆯ 문ᄒᆞᆫ 경쳐가 되엿ᄂᆞᆫ지라
긔싱이 ᄒᆞᆼ샹 긔이ᄒᆞᆫ 고기를 보면 갑을 앗기지 아니ᄒᆞ고 사다가 방
츅에 너어 길음이 이웃 사름이 감히 ᄒᆞᆫ낫 고기를 어어 보지 못ᄒᆞ더
니 세월이 흘너감이 긔싱은 세샹을 바리고[…]빅로가 침음양구에
ᄒᆞᆫ 가지계칰이 잇스니 이ᄂᆞᆫ 내가 슈고를 대단히 ᄒᆞ여야 될지라 뎌
산 넘어 큰연못이 잇ᄂᆞᆫᄃᆡ 물이 깁허 너의 등의 은신ᄒᆞ기도 죠흘 ᄲᅮᆫ
외라 어ᄌᆞ도 능히 들어오지 못ᄒᆞᆯ 터이라 슈 일문 ᄒᆞ면 다 옴겨 너의
등의 박멸지환을 면케 ᄒᆞᆯ지니 여러 목숨을 구ᄒᆞ여 주랴면 내 엇지
슈고를 앗기랴 ᄒᆞᆷ이 방츅 가온ᄃᆡ 싱쟝ᄒᆞᆫ 고기들이 엇지 타쳐에 유
람ᄒᆞ여 문견이 잇스리요 ᄒᆞᆫ갓 살어날 욕심으로 그 말을 고지 듯고
닷호와 ᄲᅱ여 나며 몬져 가기를 쳥구ᄒᆞ니 겻은 희고 쇽은 아죠 컴컴
ᄒᆞᆫ 빅로가 ᄒᆞᆫ 입에 두셋식 물고두 발노 오륙 긔식 움켜다가 쏠쏠 흐
르ᄂᆞᆫ 시암 궁게도 엿코 바위 우에 건포도 문들미 빅로의 계교에 ᄲᅡ
져 방츅에 고기가 틔반이 죽엇ᄂᆞᆫ지라[…]계가 ᄒᆞᆫ 발노 갈ᄃᆡ를 물고
ᄒᆞᆫ 발노 빅로의 목을 더옥 굿게 쥐고 고기 무리를 쳥ᄒᆞ여 ᄉᆞ연을 셜
화ᄒᆞ니 어족 등이 분홈을 익이지 못ᄒᆞ여 죽기로써 빅로를 물어 죽
여 원슈를 갑고. 렴냥이 업ᄂᆞᆫ 고기도 익죵지심을 발ᄒᆞ여 분개홈을
못 익이여 목숨을 도라 보지 아니ᄒᆞ고 원슈를 갑고 동죡을 무마ᄒᆞ
여 안보홈을 누리엿다 ᄒᆞᄂᆞᆫᄃᆡ 홈을며 사름이 이런 ᄶᅢ를 당ᄒᆞ여 밥
이나 먹고 옷이나 입고 지혜 쟈랑이나 ᄒᆞ고 밤낫 업시 시긔싸홈이
나 ᄒᆞ여 동포 형뎨끼리 셔로 잡아 먹으려 ᄒᆞ니 엇지 붓그럽지 아니
ᄒᆞ리요 ᄶᅢ가 되엿스니 ᄭᅮᆷ들을 ᄭᅢ시오 뎌긔 빅로 왓소 이 방츅에ᄂᆞᆫ
게도 업나 하도 답답ᄒᆞ기로 두어 ᄌᆞ 긔록ᄒᆞ여 보ᄂᆞ니 긔직ᄒᆞ여 셰
샹에 혹시 분긔잇ᄂᆞᆫ 사름이 잇ᄂᆞᆫ지 알고져 ᄒᆞ노라.

『독립신문(1898.2.5)』

위의 예문 ①, ②는 글쓴이가 문답형식의 대화체를 통해 내용 전달
의 구체성과 호응성을 꾀하며 현실 문제를 잘 풀어내고 있다. 특히 ①
과 ②는 제목과 내용에서도 문답형식을 취한 대화체의 담론 구현을 볼

수 있다. 여기서 좀 더 예문 ①과 ②를 살펴보면, ①은 ㉠과 ㉡처럼 글 쓴이의 개입이 전후에 오고 'ㅇ희'와 '아범'이 순서를 달리하며 서로 문답하는 형식에 본문 이야기가 전개된다. 하지만 ②의 경우는 ①과 달리 글쓴이의 개입이 전후에 나타나지 않고 '시골 사름'과 '셔울 사름'이 각자의 긴 대화를 통해 이야기를 주고받는 서사 구조로 이루어 져 있음을 발견한다.

그리고 ①과 ②처럼 문답형식을 취하는 대화형식에서 또 하나 주목 할 것은 서사 진행에 있어 인물과 인물 간의 대화가 극적 형상화를 높 이지 못하고 있다는 점이다. 오히려 다수의 관념적 논쟁거리가 다시 말해, 논하여 변론하는 문답형식의 논변적 언술이 교체된다는 것에서 그 원인을 찾을 수 있다. 이렇게 근대 계몽기 문답형식의 서사 담론은 서사의 극적 전개에서 아쉬움을 주지만 신문의 논설란이란 공간을 통 해 발표된 사실을 고려해 본다면 이것이야말로 근대 계몽기 각종 신문 들을 토대로 발표된 문답형식의 서사 담론이 지닌 논변적 언술의 한 양상이라고 할 수 있는 것이다. 다만 이러한 대화 진행에서도 ①과 ② 는 발언 중간에 또는 발언과 발언 사이에 글쓴이의 직접적 논평이 개 입되지 않는 것은 동일하다 하겠다.

예문 ③과 ④는 꿈이라는 소재를 통해 글쓴이의 의도를 드러내는 몽유형식을 취한다. 몽유형식의 창작 동기는 국가 수난기의 민족적 울 분이나 사회 혼란기 지식층의 불만을 토로하기 위한 것[24]으로, 몽유라 는 소재의 기탁(寄託)을 통한 우의적(寓意的) 성격을 지닌다. 근대 계몽 기 몽유형식의 서사 담론의 구조도 일련의 몽유형식에서 보이는 도입 몽(導入夢) 부분이나 꿈 이후의 깨달음을 얻는 각몽(覺夢)의 단계를 갖

---

24) 서대석, 「몽유록의 장르적 성격과 문학사적 의의」, 『한국학 논집』1-5합본, 계명대학교 한국 학연구소, 1980, 512쪽.

추고 있어 '현실→꿈→현실'의 구조를 파악할 수 있다.

몽유형식[25]은 서사 구조 속에서 현실의 직접적인 제시보다 글쓴이가 처한 불안하고 혼란한 시기적 상황을 토로하는 방편으로, 문학적 상상력이 우세한 담론 구현을 형성한다. 이미 조선 중기인 16~17세기에 이러한 몽유형식은 조선 역사의 다양한 모순과 변모를 담아낸 일이 있었다. 이처럼 근대라는 전환기적 시기도 그 어느 때 못지않은 정체성의 혼란과 국가와 사회의 일대 변혁을 촉구하는 현실 속에서, 이러한 몽유형식의 서사 담론은 납득할 만하다. 아울러 이러한 몽유형식의 서사 담론은 전대 구소설의 표현법에 있어서도 그 명맥이 맞닿아 있음은 주지의 사실이다.

이제 다시 위의 예문을 살펴보기로 한다. 예문 ③은 ㉠을 통해 글쓴이의 서술 의도가 서두에 직접 제시되고 ㉡을 통해 몽유자에 대한 짧은 소개와 꿈으로의 도입이 구체화된다. ㉢부터는 구체적 입몽이 전개되는 부분이다. 특히 ㉣은 입몽 후에 탈몽하여 현실로 돌아오는 상황인데, 꿈을 깬 후 깨달음을 얻는 각몽(覺夢)의 구체화 대신, 독자에게 판단을 유보한 채 여운을 남기는 서술 태도를 취하고 있다.

한편 예문 ④의 ㉠은 ③의 ㉠과는 달리 서두에 글쓴이의 직접적 서술이 생략된 형태로, 몽중의 일이 전개된다. 그것도 한 문장의 짧은 언급만 있을 뿐이다. 그리고 예문 ④의 ㉡은 입몽 부분이 구체화되어 꿈으로의 내용이 시작되는 부분이고, ㉢은 입몽 후 꿈을 깨어 현실로 돌

---

25) 장효현은 '한국 고전소설의 존재 양상'을 논의하는 과정에서 몽유록은 꿈속에서 겪은 일을 기록하는 소위 꿈을 하나의 장치로 설정하는 방식으로, 15~17세기 우리 문학사에 뚜렷한 하나의 현상으로 나타난 것임을 지적한 바 있다. 예컨대 세조의 왕위찬탈을 비난하는 내용의 <원생몽유록>과 임병양란의 참혹한 현상을 배경으로 하여 부패한 봉건 관료를 비난하는 <피생명몽록>, <달천몽유록>, <용문몽유록>, <강도몽유록> 등은 17세기 몽유록의 특성을 이해하는 좋은 예가 된다고 하였다. 장효현, 「한국 고전소설의 존재 양상」, 『한국 고전소설사 연구』, 고려대학교출판부, 2002, 4쪽.

아오는 탈몽(脫夢)부분으로 형상화된다. 특히 예문 ④는 ③에 비해 예문 ④의 ㉣처럼 탈몽하여 현실로 돌아와 깨달음을 구체화하는 각몽 부분이 설정되어 있는데, 이것은 다름 아닌 글쓴이의 의식이 요약적으로 제시되는 결말 방식을 이끄는 부분으로 작용한다. 따라서 이런 방식은 조금은 허황하다 할 수 있는 몽중의 사실과 구별되는 분리기능의 의미를 지니는 것으로, 글쓴이가 서사 담론을 통해 지향하고 촉구하려는 의식의 통로 역할을 하게 된다.

어쩌면 몽유형식의 서사 담론이 근대 계몽기의 현실과 유리된 도피적 모습으로 비춰질 수 있겠으나, 이 시기 몽유형식을 취하는 서사들의 몽중 내용은 지극히 세상을 근심하는 우국적(憂國的) 성향을 지닌 인물들이 마음에서 발아돼 꿈으로 전이(轉移)되는 연결 관계를 찾을 수 있다. 예문 ③, ④는 몽유자가 몽중 견문을 통한 체험의 과정에서 대화도 나누고 심정의 토로도 하는 체험과 경험의 확대로 이어져, 몽유자에게 교훈적 깨달음을 주는 동시에 작자가 독자와 함께 나누고 싶은 공간으로 작용한다.

끝으로 예문 ⑤는 우화형식(寓話形式)을 활용한 서사 구조로 서사 우위의 담론이 우월하다. 전대의 구소설에서 발견되는 우화소설[26]에

---

26) 장효현은 "조선후기 우화소설(寓話小說)의 현실 반영"을 논의하면서 우화소설과 우언을 설명하고 있는데 그 내용을 참고해 보면 성격이 좀 더 명확해 진다. 우화소설은 조선 후기 18~19세기에 집중적으로 문학사에 나타났으며 주로 동물에 가탁하여 인간의 세계를 빗대어 그리거나 우화의 수법을 사용한 일군의 소설 작품으로 정의하다. 아울러 이러한 우화소설(寓話小說)은 오랜 연원을 지닌 서사 장르의 하나인 우언(寓言)의 전통과 잇닿아 있다고 말한다. 특히 우언(寓言)은 직설적인 담화를 피하면서 다른 사람이나 사물의 일을 가탁하여 자신의 사상이나 의도를 전하는 수사 방식의 문학으로 보고 있다. 이것이 곧 자신의 사상이나 의도를 전하려는 사회적·도덕적·문화적 욕구와 어우러져 다양한 우언(寓言)의 문학을 낳게 되었다고 한다. 위의 논의는 「조선후기 우화소설의 현실반영」, 『고전문학 한문학연구회』, 고려대학교, 1990년에 발표한 것으로 장효현의 앞에 책에 재수록된 것이다. 앞에 책, 475~478쪽. 그리고 김진영은 "<토끼전·수궁가>의 인물형상"을 논의하는 과정에서 초기

비해 다소 길이가 짧은 서사임을 감안해도 그 우언적(寓言的) 면모는 주목할 만한 것이다. 하지만 아직은 서사 전개 속에서 논변의 성격을 지닌 직접적 언술의 대목도 혼재돼 있다. 그래서 결말 부분은 계도적 태도의 호소력 짙은, 글쓴이의 요약적 개입이 서사 내용과 관련해 전개되기도 한다. 서술자는 이야기 밖에서 우월한 위치에 있는 전지적 입장의 서술을 취하며, 이야기 상황과 대응하고 있다. 이것은 글쓴이의 언술과 이야기 전개의 논평이[27] 서사 맥락 속에 함께 녹아 있음을 의미하는 것이다.

그러면 이제 예문 ⑤의 서사 구조를 이해하기 위한 방편으로, 우화적(寓話的) 인물형상을 요약해 보겠다. 등장인물 중 세 인물이 주목된다. 먼저 '방축의 고기들'인데 그들은 선량하고 무지한 인물들로 당시

우언(寓言)이 구비서사문학인 민담(民譚)을 수용하면서 나타난 <구토지설(龜兎之說)>을 언급한 바 있다. 여기서 <토끼전>은 <구토지설>이라는 짧은 설화에서 출발한 조선 후기의 이행기라는 상황을 거쳐 판소리 혹은 소설로 확장되었다고 말한다. 더욱이 확장 과정에서 우화라는 것 자체가 가진 다의성(多義性)과 역사를 바라보는 다양한 관점들이 시대적 상황을 반영하게 했다는 것이다. 또한 양반문학과 서민문학의 혼용으로 다양한 향유 계층의 이해가 맞물리면서 수많은 이본이 파생되었다는 견해다. 이처럼 우언은 민담과 소설은 물론 판소리에도 폭넓게 활용된 서사 구현의 한 형식임은 주지(周知)의 사실이다. 김진영, 「<토끼전·수궁가>의 인물형상」, 『판소리 연구』17집, 판소리학회, 2004, 65~66쪽. 이후 이 논문은, 김진영, 『한국 서사문학 논고』, 이회, 2004. 재수록.

27) "방츅 가온딕 싱쟝훈 고기들이 엇지 타처에 유람ㅎ여 견문이 잇스리요"/"하날이 호싱지리로 만물을 내엿시니 공평훈 률노 선악을 살펴여 극진히 보호ㅎ눈 아릭 탐욕이 이러틋 큰 즈로 엇지 온전케 ㅎ리요"/"어린 고기들을 굴으쳐 아모죠록 분슈를 직히고 싱업을 부지런히 ㅎ며 혹시 빗난 음식을 보고 탐을 내지 말나." 그리고 위의 예문 ⑤에 나타나는 결말 부분의 요약적 논평에서, 글쓴이의 논설적 주장에 대한 논평을 차례로 제시해 보면 다음과 같다. "이쪽지심을 발ㅎ여 분개홈"/"목숨을 도라보지 아니ㅎ고 원슈를 갑고 동죡을 무마ㅎ여 안보홈을 누리엿다 ㅎ눈딕"/"이런 째를 당ㅎ여 밥이나 먹고 옷이나 입고 지례쟈랑이나 ㅎ고 밤낫 업시 시긔싸홈이나 ㅎ여 동포 형데끼리 셔로 잡아 먹으려 ㅎ니 엇지 붓그럽지 아니ㅎ리요"/"꿈들을 씩시오"/"셰샹에 혹시 분긔잇는 사룸이 잇는지 알고져 ㅎ노라." 이러한 내용의 언술적 담론은 결국 글쓴이가 독자에게 전달하고자 했던 교훈적 내용이며, 동시에 근대라는 전환기의 현실 속에서 조국을 향한 고뇌와 토로가 묻어나는 표현이라 하겠다.

근대화를 인식하지 못한 몽매한 백성의 모습을 가리킨다. 따라서 글쓴이가 자신의 의식을 전달코자 하는 대상으로서 독자층인 동시에 계몽시켜야 할 인물인 것이다.

두 번째 등장하는 '백로'는 간사한 꾀로 자신의 야욕과 이익만을 일삼는 인물로, 그래서 결국은 '게'와 '방축의 고기들'로부터 죽임을 당하는 표리부동(表裏不同)한 외부 세력으로 이해할 수 있다. 따라서 '백로'는 글쓴이가 풍자하려는 대상이고 세상을 미혹하게 하는 존재로 사실 우리 민족이 경계해야 할 대상이라 할 수 있다.

세 번째 제시할 수 있는 인물은 '게'다. '게'는 방축의 고기들과 끝까지 함께 하는 의리와 사리 분별력은 물론 지혜와 용기를 지닌 인물로 마치 근대 계몽기의 선각자적 존재로 형상화 된다. 결국 위기의 상황에서도 용감하게 결단하고 행동하여 '방축의 고기들'을 구하고, 새로운 변혁과 계몽을 역설한다.

요컨대 글쓴이는 '게'를 통해 당대 지식인을 향한 선구자적 자세와 결단을 촉구하고 더불어 독자들을 향해 지도자의 표본이 어떠해야 함을 알리며, 우리 민족의 절박한 위기의식을 일깨워 주었다. 무엇보다 핵심은 '방축의 고기들'을 거울삼아, 우리가 지녀야 할 세상을 향한 경계의 자세와 계몽의 필요성을 제시하고자 했던 글쓴이의 의식을 읽어내는 일일 것이다.

6. 맺음말

이상에서 살펴 본 바 근대 계몽기 다양한 형태의 신문들 속에서 형성된 서사들을 통해 담론 구현 방식을 토대로 논의해 보았다. 먼저 2장은 근대적 담론 형성과 국문운동의 대두를 근대 의식의 성장과 배경을 토대로 근대라는 전환기 속에서 역사적 사실과 관련해 검토했으며, 그 과정에서 독립신문의 역할을 제시해 보았다. 아울러 근대 계몽기 각종 신문들 속에서 구현된 서사 담론을 토대로 제3장은 논변 우위의 담론과 제4장은 서사 우위의 담론으로 대별해 보았다. 그리고 5장은 담론 구현의 양상으로, 근대 계몽기 서사물의 주류를 이루고 있는 특징적 유형을 살펴보았다. 특히 문답형식의 대화체와 몽유형식 및 우화형식을 중심으로, 글쓴이와 독자와의 관계 속에서 서사 담론의 구성력과 텍스트를 토대로 미세한 접근을 시도해 보았다.

이 과정에서 중점을 둔 것은 무엇보다 근대 계몽기 서사물이 지닌 서사 구조를 중심으로 서술 형태의 다양성과 그 속에 녹아 있는 글쓴이의 창작 의식에 비중을 두었다. 더욱이 근대라는 시대적 흐름은 담론의 확대를 통한 대중의 참여 내지 대중성의 확보를 가져왔으며 국문운동의 전개로 말미암아 국문 활성화의 계기를 마련했다. 국내외적으로는 많은 변혁과 정체성의 혼란, 그리고 사회의 급격한 변화를 가져왔다. 이러한 과정에서 형성된 다양한 형태의 서사물은 신문이나 잡지의 논설란을 통해 또는 기서나 잡보 등에 실려 있었다. 따라서 『독립신문(1896)』, 『조선크리스도인회보, 대한크리스도인회보(1897)』, 『그리스도신문(1897)』, 『매일신문(1898)』, 『제국신문(1898)』등 일련의 다양한 텍스트를 통해 편중되지 않는 서사물들을 선별하여 제시해 보았다.

먼저 논변 우위의 담론은 서사 우위의 담론에 비해, 논변의 언술이 중심이 된 담론 구조를 말한다. 이것은 이후 다양한 형태의 구현을 볼 수 있는 서사 우위의 담론에 전 단계로, 논변 우위의 담론은 글쓴이의 주장과 서사 구조가 잘 구분되어 나타난다. 즉 텍스트 안에서 작자의 의식적 개입과 논평이 드러나는 형태를 지녔다. 그러나 이러한 논변 우위의 담론에서 조차 논변의 비중은 서사 우위의 담론으로 강화되고, 독자에게는 오히려 효과적 전달의 방편으로 흥미를 갖게 하는 역할을 수행했다.

또한 신문의 사회적 인식이나 영향력을 생각해 볼 때, 서사 우위의 담론은 자칫 외부로부터 받게 될 지나친 간섭과 통제에 있어서도 작자에게 있어서는 서사를 우위에 둔 담론 구조가 유리했을 것으로 본다. 따라서 서사 우위의 담론은 서사 구조의 처음이나 끝부분 어디에도 작자는 직접 의도를 드러내지 않는다. 곧 서사 중심 속에 등장하는 인물이나 서사 자체의 내면적 암시를 통해 글쓴이의 의식이 투영될 뿐이다. 이러한 사실은 결과적으로 서사 텍스트의 완성도를 높이는 것은 물론 문학적 미의식의 관점에서도 진일보한 모습을 담아내고 있는 것이다.

그리고 논변 우위의 담론에서 서사 우위의 담론으로 전개되는 과정에서 담론의 구현도 다양성을 드러낸다. 특히 '문답형식의 대화체'나 '몽유형식'의 활용은 '우화형식'의 표현 기법과 함께 담론 구현에 있어 서사 구성력을 높이는 동시에 서사 담론의 다양성에도 기여했다. 그런데 이러한 표현 기법은 근대 계몽기라는 특정 시기에 새롭게 대두된 형태만은 아니었다. 오히려 전대의 구소설이나 한문단편 등 이후 신소설에서도 활용되고 있는 서사 구조의 한 형식임을 감안해 볼 때, 근대 신문들 속에서 형성된 서사들은 전대의 전통적 서사 유형과 이후 신소설 사이에 교량적 역할의 가치를 지니고 있음을 알 수 있다. 아울러 독립된 하나의 텍스트로서의 면모도 발견할 수 있는 것이다.

끝으로 근대 계몽기 신문들의 논설란을 중심으로 발표된 다양한 형태의 서사 구조의 담론 양상을 논의함에 있어, 특히 근대라는 우리 민족이 겪어야 했던 개항과 일제 치하, 그리고 질풍노도(疾風怒濤)의 시대적 변혁과 변화의 상황이 고려되어야 함은 당연한 일이다. 사실 이 시기의 각종 신문을 매개로 발표된 서사물들은 작품의 양적인 측면에서도 그 규모는 상당한 수준이다. 따라서 글이 반영하는 시대적 특수성과 글쓴이의 창작 의도는 물론 독자와의 관계 속에서 그것을 분석하고 분류하여, 그 가치와 문학적 위치를 구명하는 작업은 특별히 많은 자료를 통한 텍스트의 면밀한 접근과 문학적 관련 분야의 연구가 축적돼야 할 과제임을 절감하며 첨기(添記)한다.

관련자료

1. 독립신문 예일권, 예일호
조션 셔울 건양 원년 〈월 초칠일 금요일, 광고

독닙신문이 본국과 외국 〈졍을 자셰이 긔록홀 터이요 정부 속과 민간 소문을 다 보고 홀터이라 졍치샹 일과 농〈 쟝〈의 술샹 일을 얼만콤식 이 신문샹 민일 긔록홈 갑슨 일년에 일원삼십젼 흔둘에 십이젼 흔쟝에 동젼 흔푼 독닙신문 분국이 졔물포 원산 부산 파주 숑도 평양 슈원 강화 등지에 잇더라 신문을 둘노 졍ᄒ든지 일년 간으로 졍ᄒ여 사보고 스분 이ᄂ 졍동 독닙신문샤로 와셔 돈을 미리내고 셩명과 집이 어듸라고 젹어 노코 가면 흐로 걸어 신문을 보내줄 터이니 신문 보고 스분 이ᄂ 속히 셩명을 보내기 ᄇ라옴 무론 누구든지 무러볼 말이 잇든지 셰샹 사ᄅ의게 ᄒ고 스분 말잇〈면 이 신문샤로 간단ᄒ게 귀졀쎄여셔 편지ᄒ면 딕답홀 만흔 말이든지 신문에 낼 만흔 말이면 딕답홀 터이요 내기도 홀 터이옴 한문으로 흔 편지ᄂ 당초에 샹관 아니홈 경향 간에 무론 누구든지 길거리에셔 쟝〈ᄒᄂ 이 이 신문을 가져다가 노코 팔고져 ᄒ거든 여긔 와셔 신문을 가져다가 팔면 열쟝에 여들쟝만 세음ᄒ고 빅쟝에 여든쟝만 세음홈.

2. 독립신문 뎨일권, 뎨일호
조션 셔울 건양 원년 수월 초칠일 금요일, 논셜

우리가 독닙신문을 오늘 처음으로 츌판ᄒᆞᄂᆞᄃᆡ 조션 속에 잇ᄂᆞᆫ ᄂᆡ외국 인민의게 우리 쥬의를 미리 말ᄉᆞᆷᄒᆞ여 아시게 ᄒᆞ노라 우리는 첫ᄌᆡ 편벽되지 아니 ᄒᆞᆫ 고로 무ᄉᆞᆷ 당에도 상관이 업고 샹하귀쳔을 달니 ᄃᆡ졉 아니 ᄒᆞ고 모도 죠션 사ᄅᆞᆷ으로만 알고 죠션만 위ᄒᆞ며 공평이 인민의게 말ᄒᆞᆯ 터인ᄃᆡ 우리가 셔울 ᄇᆡᆨ성만 위ᄒᆞᆯ게 아니라 죠션 젼국 인민을 위ᄒᆞ여 무ᄉᆞᆷ 일이든지 ᄃᆡ언 ᄒᆞ여 주랴홈 졍부에셔 ᄒᆞ시는 일을 ᄇᆡᆨ성의게 젼ᄒᆞᆯ터이요 ᄇᆡᆨ성의 졍셰을 졍부에 젼ᄒᆞᆯ 터이니 만일 ᄇᆡᆨ성이 졍부 일을 자셰이 알고 졍부에셔 ᄇᆡᆨ성에 일을 자셰이 아시면 피ᄎᆞ에 유익ᄒᆞᆫ 일만히 잇슬터이요 불평ᄒᆞᆫ ᄆᆞ음과 의심ᄒᆞᄂᆞᆫ 싱각이 업셔질 터이옴 우리가 이 신문 츌판 ᄒᆞ기는 취리ᄒᆞ랴ᄂᆞᆫ 게 아닌 고로 갑슬 헐허도록 ᄒᆞ엿고 모도 언문으로 쓰기는 남녀 샹하귀쳔이 모도 보게 홈이요 또 귀졀을 ᄢᅦ여 쓰기는 알어 보기 쉽도록 홈이라 우리는 바른 ᄃᆡ로만 신문을 ᄒᆞᆯ 터인 고로 졍부 관원이라도 잘못 ᄒᆞᄂᆞᆫ 이 잇스면 우리가 말ᄒᆞᆯ 터이요 탐관오리 들을 알면 세상에 그 사ᄅᆞᆷ의 ᄒᆡᆼ젹을 폐일터이요 ᄉᆞᄉᆞᄇᆡᆨ성이라도 무법ᄒᆞᆫ 일 ᄒᆞᄂᆞᆫ 사ᄅᆞᆷ은 우리가 차저 신문에 셜명ᄒᆞᆯ 터이옴 우리는 죠션 대군쥬폐하와 죠션 졍부와 죠션 인민을 위ᄒᆞᄂᆞᆫ 사ᄅᆞᆷ드린 고로 편당 잇ᄂᆞᆫ 의논이든지 ᄒᆞᆫ쪽만 싱각코 ᄒᆞᄂᆞᆫ 말은 우리 신문 샹에 업실 터이옴 또 ᄒᆞᆫ쪽에 영문으로 긔록ᄒᆞ기는 외국 인민이 죠션 ᄉᆞ졍을 자셰이 몰은즉 혹 편벽 된 말만 듯고 죠션을 잘못 싱각ᄒᆞᆯ까 보아 실샹 ᄉᆞ졍을 알게 ᄒᆞ고져 ᄒᆞ여 영문으로 조곰 긔록홈 그리ᄒᆞᆫ즉 이 신문은 ᄯᅩᆨ 죠션만 위홈을 가히 알터이요 이신문을 인연ᄒᆞ여 ᄂᆡ외 남녀 샹하귀쳔이 모도 죠션일을 셔로알터이옴 우리가 ᄯᅩ 외국 사졍도 죠션 인민을 위ᄒᆞ여 간간이 긔록ᄒᆞᆯ터이니 그걸 인연ᄒᆞ여 외국은 가지 못ᄒᆞ드릭도 죠션 인민이 외국 사졍도 알터이옴 오날은 처음인 고로 대강

우리 쥬의만 셰샹에 고후고 우리 신문을 보면 죠션인민이 소견과 지혜
가 진보홈을 밋노라 논셜 긋치기 젼에 우리가 대군쥬 폐하끠 송덕후고
만세을 부르느이다 우리 신문이 한문은 아니쓰고 다만 국문으로만 쓰
는 거슨 샹하귀쳔이 다 보게 홈이라 쏘 국문을 이러케 귀졀을 쎼여 쓴
즉 아모라도 이 신문 보기가 쉽고 신문 속에 잇는 말을 자셰이 알어 보
게 홈이라 각국에셔는 사름들이 남녀 무론후고 본국 국문을 몬져비화
능통훈 후에야 외국 글을 비오는 법인되 죠션셔는 죠션 국문은 아니
비오드릭도 한문만 공부 후는 까둙에 국문을 잘아는 사름이 드물미라
죠션 국문후고 한문후고 비교후여 보면 죠션 국문이 한문 보다 얼마가
나흔거시 무어신고 후니 첫지는 비호기가 쉬흔이 됴흔 글이요 둘지는
이 글이 죠션 글이니 죠션 인민 들이 알어셔 빅소을 한문되신 국문으
로 써야 샹하귀쳔이 모도 보고 알어 보기가 쉬흘 터이라 한문만 늘 써
버릇후고 국문은 폐훈 까둙에 국문으로 쓴 건 죠션 인민이 도로혀 잘
아러보지 못후고 한문을 잘 알아보니 그게 엇지 한심치 아니후리요 쏘
국문을 알아보기가 어려운 건 다름이 아니라 첫지는 말 마디을 쎼이지
아니후고 그져 줄줄 닉려 쓰는 까둙에 글즈가 우희부터는지 아릭 부터
는지 몰나셔 몃 번 일거 본 후에야 글즈가 어딕부터는지 비로소 알고
일그니 국문으로 쓴 편지 흔쟝을 보자후면 한문으로 쓴 것보다 더딕
보고 쏘 그 나마 국문을 자조아니 쓰는 고로 셔툴어셔 잘못 봄이라 그
런고로 졍부에셔 닉리는 명녕과 국가 문젹을 한문으로만 쓴즉 한문 못
후는 인민은 나모 말만 듯고 무습 명녕인줄 알고 이 편이 친이 그 글을
못 보니 그 사름은 무단이 병신이 됨이라 한문 못 흔다고 그 사름이 무
식흔 사름이 아니라 국문만 잘후고 다른 물졍과 학문이 잇스면 그 사
름은 한문만 후고 다른 물졍과 학문이 업는 사름보다 유식후고 놉흔
사름이 되는 법이라 죠션 부인네도 국문을 잘후고 각식 물졍과 학문을
비화 소견이 놉고 힝실이 졍직후면 무론 빈부귀쳔 간에 그 부인이 한
문은 잘 후고도 다른것 몰으는 귀죡 남즈보다 놉흔 사름이 되는 법이

라 우리 신문은 빈부귀쳔을 다름업시 이 신문을 보고 외국 물졍과 니지 스졍을 알게 흐랴는 쯧시니 남녀노소 샹하귀쳔 간에 우리 신문을 흐로 걸너 몃 돌 간 보면 새 지각과 새학문이 싱길걸 미리 아노라.

3.『매일신문(1898.7.25 론셜)』

심산 궁곡에 나무가 여러 만 쥬 셧는듸 몃빅 년을 모진 바름과 악흔 비에 다 썩고 병드러 얼마 못 되면 다 쓰러질 터인듸 그 가온듸 나무 흔 나히 잇셔 눈지는 몃 히가 못 되엿스나 쑤리가 든든흐고 즁심이 단단 흐며 곳이 번화흐고 닙히 번셩흐더니 그 여러 썩은 나무 즁즁에 잇셔 조연이 못된 긔운이 침노흐고 병긔가 쑤리로 젼념이 되야 차차 속으로 버레가 싱기는지라 버레가 싱기더니 밧그로 탁목죠라는 식가 와셔 부 리로 씩으며 두다려 그 나무 겁질을 헤치고 버레를 늬여 먹으미 그 나 무가 속으로 버레에 히와 밧그로 식가 쑵는듸 견듸지 못흐야 졈졈 조 잔흐야 가는지라 곳도 젹게 퓌고 닙도 영셩흐야 아죠 보잘거시 업시 되얏더니 하늘이 만물을 늬시미 지어 쵸목이라도 호싱지덕은 일반이 라 양츈이 도라오고 화흔 바름이 불며 단비가 나리여 젼에 병든 거시 일죠에 소싱흐니 곳도 다시 번화흐고 닙도 쪼흔 무셩흐야 젼보다 더 보기가 조흔지라 일노 좃차 양츈이 덕을 펴셔 만산 즁에 셕고 병든 나 무들이 추추 싱긔가 도로 나셔 몃 히가 아니 되여 나무마다 곳치 퓌고 닙히 퓌여셔 흔흔흔 빗치 산 가온듸 가득흐고 조잔흔 형상이 업셔지니 지닉는 힝인들이 보고 놀나 말흐기를 이 산 초목이 젼에는 다 쇠잔흐 고 겨오 흔 나무만 곳치 퓌엿다가 그도 역시 병이 드럿더니 지금 와셔 보미 나모마다 다 무셩흐엿스니 이거시 엇지흐야 이러흐고 아마 이 산 이 왕긔가 도라완나 보다 흐고 진일토록 놀고 도라 가더라 대져 셰상 리치가 극히 셩흐면 쇠잔흐고 극히 쇠잔흐면 다시 셩흐느니 사름마다 이거슨 싱각지 아니흐고 졔 강흔 것만 밋고 남의 약흔 거슬 압졔흐며 졔 큰 거슬 가지고 남의 젹은 거슬 업슈히 넉임은 아죠 못싱긴 사름이 라 음우가 회명흐얏다가도 광풍졔월이 되고 융동샹셜이 변흐야 양츈 우로가 되나니 우리 대한이 지금은 쇠약흔 지위에 안졋스나 인민들이 추추 긔명을 쥬의흐야 이젼 어두은 거슬 빅분지 일이라도 씩다르지 이

씨닷는 거시 흐로 앗츰에 활연이 통흐고 보면 산쳔과 인물과 토지 소산이 세계 만국에 비교흐드릭도 누구만 못흐리오 지금 씨가 양츈은 도라왓스니 지극히 바라건대 젼국 우리 동포 이쳔만 형졔들은 졍신을 도져히 찰혀 아모죠록 국긔를 공고흐고 부강을 힘써셔 외국이 엿보고 침노흐는 거슬 막아 볼 도리를 흐야봅시다 다만 말노만 그리흐쟈 흐면 쓸 틱가 업는지라 그 확실흔 목젹은 두 가지니 흐느흔 게으른 거슬 아조 바리고 흐느흔 녯 버릇슬 일졀 바리고 식로 죠흔 거슬 본밧는 밧게 업는지라 만일 그리 아니흐고 보면 얼마 아니 되야 남의게 믜이여 그 사름에 스환으로 그 두 가지를 홀 터이니 그리흐고 보면 엇지 셜셥 분흐지 아니흐리오 부딕 그거슬 싱각흐야 아모조록 늬가 홀 닐을 남의게 믜혀 흐도록 마시기를 쳔만 번 츅슈흐오.

4.『독립신문(1899.6.12 개고리도 잇쇼)』

개고리란 물건은 릉히 쒸기도 ᄒ고 릉히 울기도 잘ᄒ야 디룡이나 송
샤리보다는 얼마큼 나흐나 실샹은 겁도 만코 문견도 고루ᄒ야 죠고마
ᄒ 비암의게 죽ᄂ니 그런 고로 셰상 사름의 문견이 고루ᄒ고 스스로
놉흔톄ᄒᄂ 쟈를 우물 밋히 개고리라 ᄒᄂ지라 즘싱 즁에도 호표 시랑
과 샤즈와 ᄀᆺ치 녕악ᄒ 것도 잇고 여호와 툿기와 도야지와 개고리 ᄀᆺ
ᄒ 것도 잇ᄂ니 오쥬 셰계에 부강ᄒ 나라들과 빈약ᄒ 나라들을 물건에
비유ᄒ면 쏘흔 크고 젹은 것과 붉고 어두옴을 츠뎨로 분셕홀지라 그러
면 대한국은 엇더ᄒ 나라이라 칭홀고 우리는 망녕되히 평론코져 아니
ᄒ나 대한 형편을 궁구ᄒ여 보건ᄃᆡ 샤즈와 호표ᄀᆺ치 즘싱 즁에 어룬이
되리라 홀슈 업도다 녯 말에 닐너스되 툿기들이 슈풀 속에 숨어 잇서
즈긔의 몸이 잔약흠을 항샹 한탄ᄒ고 분울ᄒ야 ᄒᄂ 말이 우리가 산즁
에 살고져 ᄒ나 호표와 시랑이 먹으랴 ᄒ고 들에 가 살고져 ᄒ되 산냥
개와 사름들이 잡으랴ᄒ며 심지어 무지흔 독슈리ᄭᆩ지 우리를 먹고져
ᄒ니 실노 흔심ᄒ고 가련흔지라 구멍을 각쳐에 두고 이리 져리 피신ᄒ
여 구구히 살냐 ᄒ니 츈풍에 깁히 든 잠은 산냥군의 총소리에 놀나 ᄭᆡ
여 간담이 셔늘ᄒ고 슈풀속에 자란 즈식은 무졍흔 즘싱들이 씨가 업시
잡아가니 고싱ᄒ고 사는 것이 죽는 이만 못흔지라 쵸개 ᄀᆺ흔 우리 몸이
흔번만 죽어지면 쳔만가지 근심이 도모지 업스리니 우리는 다 물에 싸
져 죽쟈 ᄒ고 툿기들이 쎼를 지어 일톄히 못물을 츠쟈 갈 ᄉᆡ 흔 곳에 이
르니 언덕 우희 도화꼿은 락화가 분분ᄒ야 동셔로 날나가고 거울ᄀᆺ흔
못물 빗츤 파도가 잔잔ᄒ야 일쳔 쳑이 깁헛ᄂᆞᆫᄃᆡ 못가에 다다르니 허다
흔 개고리가 툿기 쎼를 보고 깜쟉 놀나 긔급 ᄒ며 방울 ᄀᆺ흔 량편 눈이
산 밧게 쇼샤나셔 이리 쒸며 져리 쒸여 도망ᄒ야 다라나니 토기 즁에
길라쟝이 하늘을 울어러 크게 웃고 손벽치며 도라셔셔 뒤에 오는 툿기
들을 위로ᄒ여 ᄒᄂ말이 여보시오 친구들아 우리가 평싱에 긔질이 약

흠으로 여러 즘싱들의게 업슈힘 밧는 것을 일싱에 한탄ᄒ더니 오날늘 이곳에 와셔 본즉 우리를 무셔워ᄒ야 죽기로 도망ᄒᄂ 개고리도 잇는지라 우리도 무인디경 ᄀ치 힁힁ᄒᆯ 곳이 잇스니 엇지 즘싱 즁에 적고 약ᄒ다 ᄒ리오 젼진을 후진으로 믄드러 깃분 ᄆᄋᆷ으로 도라갓다 ᄒ엿스니 일노 좃차 보건디 야만의 나라도 졍치와 법률을 곳치며 빅셩을 ᄉᆞ랑ᄒᆯ진디 문명 기화에 진보가 될 것이오 기명ᄒᆫ 나라이라도 졍령이 ᄎᄎ 문란ᄒ며 법강이 졈졈 어두오면 도로 야만국이 되리니 대한 졍부 졔공들은 이왕에 기명ᄒᆫ 것믄 ᄌᆞ랑ᄒ지 말고 항샹 죠심ᄒ며 항샹 궁구ᄒᄋᆞ 대한 졍치로 ᄒᄋᆞ여금 오쥬 즁에 문명ᄒᆫ 나라이 되게 ᄒ면 개고리 쫏는 톳기가 되지 안코 일빅즘싱 즁에 어룬이 되는 호표와 샤ᄌ ᄀ치 될 줄노 우리는 밋노라.

5.『그리스도신문(1897.5.7 코기리와 원숭이의 니야기)』

흔 코기리와 흔 원숭이가 극히 친흔 벗이 되여 각각 제 능흠을 자랑
ᄒ야 말홀 ᄉ이 코기리 굴ㅇᄃ 나의 몸을 보라 엇더케 크고 나의 힘은 일
빅 즘승이 ᄯ로지 못홀 거시오 셰샹에셔 능히 나를 업수히 넉일 쟈가
업ᄉ니 가히 닐ㅇᄃ 지극히 크다ᄒ거늘 원승이가 ᄯ 디답ᄒ야 말ᄒᄃ
너ᄂ 그러커니와 ᄯ흔 나의 몸을 보라 엇더케 경쳡ᄒ고 나의 능흠은
모든 즘승이 내 엇긔와 등을 브라보지 못ᄒ니 이럼으로 셰샹 사름이
다즐거이 날노 더브러 흔가지 노니 가히 닐ㅇᄃ 즐겁다ᄒ며 셔로 닷토
아 론난홀ᄉ이 오래도록 승부를 결단치 못ᄒ고 두 놈이 ᄀ치 부엉새의게
가셔 결단ᄒ야 달나ᄒ니 부엉새가 굴ㅇᄃ 내가 그 의심됨을 결단코져
ᄒ나 모롬죽이 나의 훈계를 좃겟ᄂ냐 ᄒ거늘 원승이와 코기리가 굴ㅇ
ᄃ 삼가 ᄀ르침을 밧으리가 부엉새 굴ㅇᄃ 그러ᄒ면 너희들이 하슈를
건너 큰 나모 실과를 ᄯ다가 나를 주면 그 일을 붉이 판단ᄒ야 주겟노
라 ᄒ거늘 두 놈이 ᄀ치 하슈가ᄭ지 니르럿시나 원숭이ᄂ 능히 건널
ᄌ조가 업고 코기리ᄂ 능히 건널 ᄌ조가 잇ᄂ지라 원승이ᄂ 코기리 몸
에 업드려 하슈를 건너셔 실과 나모 앞헤 다다릇ᄂ지라 나모가 크고
놉하 실과를 ᄯ려ᄒ나 코기리 입은 능히 ᄌ로지 못ᄒ고 남게도 오르지
못ᄒ나 원숭이ᄂ 홀연이 몸을 날쳐 나모 우희 올나셔 쒸며 실과를 ᄯ
셔 바금이에 담아 코기리 입 속에 너코 ᄀ치 하슈를 건너와셔 부엉새
를 보고 실과를 드리니 부엉새가 웃고 결쳐ᄒ야 굴ㅇᄃ 코기리ᄂ 능히
하슈를 건너고 원승이ᄂ 능히 실과를 ᄯᄉ니 그 일을 궁구ᄒ면 각각
흔가지 능이 잇ᄉ니 더 자랑홀 거시 업다ᄒ더라.

6. 『매일신문(1898.4.20 론셜)』

동도 산협 듕에 흔 대촌이 잇ᄂᆞᆫ디 그 마을 가온디 우물이 잇셔 그 동리 모든 인구가 다만 그 우물 ᄒᆞ나로 먹고 사ᄂᆞᆫ 빈라 셔울 사ᄂᆞᆫ 셔싱이라 하ᄂᆞᆫ 사람이 산쳔을 류람ᄒᆞᆯ ᄎᆞ로 집을 써나 ᄉᆞ방으로 쥬류ᄒᆞ다가 맛춤 그곳에 이르러 흔 집을 차자 들어가 쥬인을 디ᄒᆞ야 흔쎄 유슉ᄒᆞ기를 쳥흔디 그 쥬인이 손의 말을 듯지 안코 무례히 질욕ᄒᆞ며 달녀들어 싸리려 ᄒᆞ거ᄂᆞᆯ 급히 몸을 피ᄒᆞ여 다른 사람을 보고 쥬인의 실셩흠을 말흔디 그 사람도 쏘흔 경계 업시 싸리려 ᄒᆞ민 발명ᄒᆞᆯ 곳이 업슴으로 산간에 몸을 숨겨 밤을 지니고 가만히 동듕에 나려가 그 곳 사람들의 거동을 슘혀 본즉 ᄉᆞ오 세 유ᄋᆞ는 텬품을 온젼히 직혀가나 긔외 쟝셩흔 자들은 광긔를 발ᄒᆞ야 흔 동리 사람끼리도 셔로 욕ᄒᆞ고 치며 약흔 ᄌᆞ는 강흔ᄌᆞ의게 쥭기도 ᄒᆞᄂᆞᆫ지라 셔싱이 그 경광을 보고 의아 만단ᄒᆞ야 다시 산에 올나 동리 된 디리를 살펴보민 여러 사람의 밋친병 나ᄂᆞᆫ 것이 우물이 괴악흔 연고인 줄을 씨닷고 다시 나려가 금을 훗허 사람을 쇠이민 밋친병 들닌 사람이라도 지욕은 업지 못흔고로 금을 밧고 셔싱의 지휘를 대강 듯ᄂᆞᆫ지라 ᄉᆞ오 인을 다리고 명산을 차져가 수월을 머므르며 됴흔 물을 먹여 시험ᄒᆞ여 보민 그 사람들이 광증이 업서지고 ᄆᆞᆰ은 졍신이들어 말ᄒᆞ기를 우리 동리 사람들이 모도 밋친 고로 사람이 나면 본리 밋치ᄂᆞᆫ 법인가 밋엇더니 오늘 셔싱을 싸라 이곳에 와 여러 힝위를 보니 진실노 그 다름을 씨닷지 못흘지라 흔디 셔싱이 웃고 말ᄒᆞ되 그디의 동리 사람들이 왼통 밋친 고로 셔로 흉을 몰낫스나 그디 동듕에 우물이 괴악ᄒᆞ야 그 물을 오리 먹으면 아니 밋칠 지 업슬지니 그디의 오늘날 됴흔 물을 먹고 병 곳친 증거가 확실흘지라 이런 말을 동듕에 셜명ᄒᆞ고 그 우물을 급히 업시여 여러 사람의 ᄆᆞᆰ은 졍신을 회북[복]케 ᄒᆞ라 흔디 그 사람들이 빅비 치하ᄒᆞ고 셔싱을 이별흔 후 동리 듕에 나려가 ᄌᆞ셰흔 ᄉᆞ연을 발명ᄒᆞ고 우물을 급히 업시ᄒᆞ여

다른 우물을 파셔 모든 사름의 광증을 곳치려 흔티 모든 광인이 대로
흐여 저놈이 엇던 밋친놈을 싸라 밋친 물을 먹고 쟝위가 밧고여셔 죠
샹 젹붓허 몃 쳔 년 나려 오며 먹는우물을 졸디에 곳치쟈 흐니 져놈은
죠샹을 욕흠이요 우리의게 원수라흐여 죽으려 쯰흐미 두셧 사름이 여
러 광인의 형셰를 져당치 못흐여 거짓 밋친 데흐며 밤이면 가만히 다
른 물을 옴겨 먹으며 그 우물 업시흐기를 쥬야로 익스는디 여러 광인
들이 그 긔미를 알고 다른 물을 먹는다고 시비가 무샹흐매 두셧 사름
이 싱각흐되 우리가 그 우물의 병근을 씌다른 바에 찰아리 셩흔디로
죽을지언졍 그 우물을 다시 먹고 또 밋칠수는 업다흐여 이에 힝쟝을
차려 셔싱의 죵젹을 츠져가드라고 흐니 그하회는 엇지 되엿는지 일시
이약이로 드른 것이니 하도 이양흐기로 긔지흐노라.

7.『제국신문(1899.3.15 론셜)』

반가군 상인쵼이라 ᄒᆞᄂᆞᆫ 짜에 ᄒᆞᆫ 빅발 로인이 잇ᄉᆞ니 셩은 고요 일
홈은 집이요 ᄌᆞᄂᆞᆫ 불통이라 위인이 견문이 고루ᄒᆞ고 지식이 별노 업셔
칠십 당년이 되도록 글넑을 ᄆᆞ음과 롱ᄉᆞ질 싱각과 장수ᄒᆞᆯ 욕심은 ᄂᆞᆷ보
다 만흐나 힝ᄉᆞ가 ᄌᆞᄀᆡ 몸 밧긔 업고 소견이 ᄌᆞᄀᆡ 집에 지나지 못ᄒᆞ고
츌립이 ᄌᆞᄀᆡ 동리 ᄲᅮᆫ이라 그런고로 혹시 밤에 ᄌᆞᆷ 업슬 째 홀노 안져 세
샹만ᄉᆞ 마련ᄒᆞ되 집의 셔칙 써러지면 다시 ᄉᆞ기 어려오니 리션싱네 통
감엇어 어린 손ᄌᆞ 가ᄅᆞ칠 졔 니웃 ᄋᆞ희 다 오거던 건셩으로 닐너주고
츌렴식나 만히 밧아 지필묵에 봇히 쓰고 문젼옥답 분깃흔 후 일년 계
량 부죡ᄒᆞ니 김총각네 논을 쩨여 맛아들 이 더 붓칠 졔 동리 사름 일 오
거던 당일 품갑 주지 말고 삼수 삭을 식리ᄒᆞ여 롱긔연쟝 갈녀 놋코 만
물방에 됴흔 물건 헐갑스로 도고ᄒᆞ야 쟝부ᄌᆞ와 동ᄉᆞᄒᆞᆯ 졔 친구들이 ᄉᆞ
러와도 ᄒᆞᆫ 푼 외샹 놋치 안코 삼동갑식 부가 밧아 금은 보픽 쏘 ᄉᆞ랴고
이리 뎌리 샹량ᄒᆞ며 방 안에셔 활긔치고 ᄂᆞᆷ의 싱각 못ᄒᆞ다가 다른 사
름사ᄂᆞᆫ 도리 친구 ᄌᆞ식 글 넑키기와 롱ᄉᆞᄒᆞᆯ 째 롱량 주기와 쟝ᄉᆞ의게
밋쳔 대ᄂᆞᆫ 것슬 보고 이것시 다 됴키ᄂᆞᆫ 됴나 오랑캐의 풍쇽이라 엇지
쓸듸 잇스리오 ᄌᆞᄀᆡ ᄌᆞ질 불너드려 ᄂᆞᆷ 모르게 교훈ᄒᆞ되 쇽담의 닐은
말이 녯 법을 ᄇᆞ리지 말고 새 법을 내지 말나 ᄒᆞ엿스니 우리 죠샹 ᄒᆞ던
일만 ᄒᆞᆯ 지라도 이로 다 ᄒᆞᆯ 수 업거던 엇지 오랑캐의 풍쇽을 좃치리오
ᄒᆞ듸 그 이웃에 ᄒᆞᆫ 소년이 셩은 박이오 일홈은 람이오 ᄌᆞ은 식이라 이
팔청츈에 위인이 활여ᄒᆞ야 학문도 만커니와 직덕이 겸비ᄒᆞ야 착흔 일
을 듯고보면 본밧아셔 곳 힝ᄒᆞ고 악흔 사름 듸ᄒᆞ면 회기ᄒᆞ기 권ᄒᆞ더니
이 로인의 말을 듯고 씀작 놀나 ᄒᆞᄂᆞᆫ 말이 로인이라 망녕인가 혼쟈 살
고 다 죽으면 무슴 일이 쾌락ᄒᆞ고 죠샹ᄭᅴ셔 ᄒᆞ던 일을 혼다 ᄒᆞ니 누구
던지 죠샹ᄭᅴ셔 살인도모 ᄒᆞ엿스면 그 ᄌᆞ숀도 살인ᄒᆞ며 죠샹ᄭᅴ셔 도적
질을 ᄒᆞ엿스면 그 ᄌᆞ숀도 도적 될가 사름마다 그 근본을 궁구ᄒᆞ면 시

죠 이샹 죠샹들은 상놈 노릇 ᄒ다가 시죠 이후 죠샹들이 량반이 되얏슬 터이오 량반의 ᄌ손들도 상놈된 이 만흘 터이니 상놈으로 죠샹 ᄒ던 일을 ᄒ랴며ᄂ 량반의 일도 ᄒ려니와 량반으로 죠샹 ᄒ던 일을 ᄒ다면셔 시죠 이후 량반의 일만 ᄒ고 시죠 이샹 상놈의 일은 아니 ᄒᄂ 것시 죠샹 셤기ᄂ 도리 당연ᄒᆫ가 죠샹에도 경즁이 잇ᄂ 지 알 수 업거니와 내 ᄆ음은 공ᄌ말숨 ᄒ신디로 즁국이 오랑캐의 도를 힝ᄒ면 오랑캐로 디졉ᄒ고 오랑캐가 즁국의 도를 힝ᄒ면 즁국으로 디졉홀 터이니 이디로 홀 양이면 량반이 상놈의 일을 ᄒ면 상놈이오 상놈도 량반의 일을 ᄒ면 량반이니 량반과 상놈을 엇지 분간ᄒᆯ고 량반의 일은 착ᄒ니 갓치 살냐ᄂ 일이오 상놈의 일은 악ᄒ니 혼쟈 살냐ᄂ 일이라고 ᄒᄃᆯ로인이 발연변ᄉᆨ ᄒ야 디답은 못 ᄒ나 속ᄆ음으로 혐의ᄂ 대단히 ᄒ더라.

8. 『죠션크리스도인회보, 대한크리스도인회보(1898.3.30 부조문답)』

셔국에 흔 농부가 잇서 하느님의 도롤 독실이 밋더니 흐로는 즈긔의 어린 아들을 다리고 들에 가셔 양의 무리를 구계홀시 늙은 양이 밧가에 누엇는듸 양의 식기들이 어미 겻히셔 쒸놀며 졋을 먹거놀 그 으히가 오릭 셔셔 보다가 깃거흐야 굴으듸 양의 식기가 그 어미를 좃난 거시 어린 으히가 모친을 좃침과 곳흔지라 그러나 뎌 양의 아비는 어듸 잇느잇가 아범이 딕답흐되 양이 그 어미는 알고 그 아비는 알지 못흐느니라 으히 물으듸 아비를 모로면 쟝구히 그 어미만 좃느잇가 아범이 굴으듸 그러치 아니흐니 양이 졋을 먹을 쌔는 어미를 좃다가 풀을 먹을 줄 안후에는 그 어미도 이져브리느니라 으히 쏘 말흐되 사롬은 엇더흐니잇가 아범이 굴으듸 사롬은 날 쌔에 어마니 품에 잇시되 어미인 줄 모로다가 두어 돌 후에 졈졈 그 어머니 얼골을 알어 어미를 보면 깃버흐고 쏘 두어 돌 지는 후에는 졈졈 그 아범의 얼골을 알어 아범을 보면 반겨흐느니 이거슨 즘싱의 못 흐는 일이요 쏘 자란 후에 즘싱의 능히 못홀 일을 흐느니 즈긔 부모만 아는 거시 아니라 텬디만물에 대쥬직씌셔 싱명의 근원이 되시는 줄ᄭ지 아느니라 그 으히가 아범의 손을 잡고 감샤히 넉이더라.

9. 『독립신문(1899.5.10 경향문답)』

　시골 사람이 말ᄒ기를 우리나라 긔국 이후에 업든 신문이라 ᄒᄂ 것
이 슈 년 이리로 싱겨 정부 대신을 시비ᄒ며 빅셩다려 ᄌ유권을 차지
라 압졔를 밧지 마라 외국에 가셔 류람ᄒ라 외국 학문을 빈호라 ᄒ니
이것은 다 이젼에 못ᄒ든 말이라 그런 법이 어듸 잇스며 우리 시골노
말ᄒ드릭도 신문이 도로혀 ᄒᆡ가 되ᄂ 것이 원의 잘못ᄒ 일이 신문에
나면 의례히 올나가 말ᄒ 줄 알고 잡아다가 싸리며 가두고 곤욕이 자
심ᄒ니 신문이 우리의게ᄂ ᄒᆡ가 비샹ᄒ고 신문에 나셔 데일 셜으고 효
험잇ᄂ 것은 무셰ᄒ 사람이 혹 잘못ᄒᄂ 일이 잇다가 신문에 나면 벼
슬이 써러 진다던지 죄를 당ᄒ며 유셰ᄒ 사람이면 아모리 못된 일ᄒ
것이 신문에 나드릭도 쓸 듸 업스니 일노 보거드면 신문이 어두은 사
람 열어 긔명식히고 민국간에 유익ᄒ게 ᄒ기ᄂ 싀로이 무셰ᄒ 사람의
게ᄆ 젹악이라 신문을 길게 두엇다가ᄂ 무셰ᄒ 사람은 살 슈 업고 ᄯ오
신문샤 형편을 드른즉 여러 쳔원식 들여가며 리 흔푼 못 보고 당쟝 경
비에 군식히 지낸다니 신문 닉ᄂ 사람들은 지각 업ᄂ 것이 내 돈 들여
가며 남과 원슈되고 젹악ᄒ고 무슴 싯둙으로 ᄒᄂ지 실노 ᄶᆞᆨ흔 일이데
셔울 사람이 말ᄒ기를 여보게 자네 말이 글얼 듯ᄒ나 ᄒ나믄 알고 둘
은 몰으ᄂ 말일셰 신문이 쳐음 난 것이라 ᄒ니 셔양 각국과 통샹은 이
젼에 ᄒ엿스나 뎐보 우톄 텰도 광산은 이젼에 잇섯나 셰상 리치의 슌
환지리가 다 잇스니 문 닷고 살 쌔에ᄂ 신문 업셔 계관[관계] 업스나 문
열고 살면 신문은 데일 급ᄒ 것일셰 신문에 ᄒᄂ 말이 쳐음 듯ᄂ 말이
나 그 목적을 궁구ᄒ여 보면 어두은 사람을 긔명식혀 나라를 위ᄒ고
빅셩을 위ᄒᄂ 말이지 ᄌ긔 ᄒ나 위ᄒ 말 잇든가 신문이 무셰ᄒ 사람
의게ᄆ 젹악이요 유셰ᄒ 사람의게ᄂ 샹관 업단 말은 아니될 일일셰 요
ᄉᆞ이 쇼문 못 듯나 각쳐 신문샤에서 지판 당ᄒ다ᄂ 말 듯지 못ᄒ엿나
신문샤걸어 지판ᄒᄂ 사람이 무셰ᄒ 사람이겟나 정부 고관들도 신문

에 나는 것은 조화 아니흔다네 이것은 효험 아닌가 외국은 신문이 여러 만 쟝이나 가고 광고가 여러 긔가 들어 가거니와 지금 우리나라에셔야 불과 멋천 쟝이 못 되니 의례이 밋지지 리가 남을 리가 잇나 만일 신문이 대리가 되면 누가 신문 셜시 아니 ᄒ겟나 외국은 비단 셔울이라 대쳐에는 다 잇고 일본으로 말ᄒ드리도 사름 셋에 신문 ᄒ 쟝식은 빈비가 되는지라 만일 신문이 업스면 빅셩이 아조 컴컴ᄒ여 말이 못 될 것이요 대한이 외국에 슈치 ᄒ나를 쏘 엇을 터이니 내 싱각에는 각쳐 신문에셔 실심으로 공평이 ᄒ야 대한이 긔명흔 후에 일등 공로를 밧아 션싱 노릇ᄒ기를 ᄇᆞ노라.

10.『독립신문(1899.7.7 일쟝츈몽)』

향일에 엇더흔 션비 흐나이 본샤에 와셔 주긔 몽즁에 지는 바 일을 이약이 흐거늘 우리가 근본 쑴이라 흐는 것은 허수로 알되 그 션비의 쑴이 가쟝 이샹흔 고로 그 말을 좌에 긔지흐노라 그 션비 글 ᄋᆞ디 내가 아셰아의 편쇼흔 동방 나라에 싱쟝흐야 문견이 고루흔 고로 평싱에 구라파 셰계의 문명흔 나라 풍속을 흔번 보고져 흐더니 금년 츈三월에 츈곤을 익이지 못흐야 슈간 쵸당에 북창을 의지흐여 누엇슴이 거거흔 몽혼이 잠시 간에 쳔만리를 힝흐야 법국 파리시에 일으니 시졍의 번화흠과 루딕의 쟝려흠이 평일에 울젹흔 회포를 샹활케 흐는지라 몇十년 젼에 보로샤와 법란셔가 쓰홀 째에 덕국 명수 비스막씨의 계칙으로 법란셔가 픽진흐던 말슴을 듯고 쏘 영길리로 향홀 식 이젼 법국 왕 라파룬씨가 구라파 텬디에 임의로 횡힝흐다가 영길리 바다에셔 슈군 데독 닉리손 씨의게 픽진흐던 곳을 구경흐고 론돈 셔울에 일으니 루빅만 인구는 텬하 각국 도셩 즁에 데일 크다 흐며 쳐쳐에 학교들과 즁즁흔 긔계창은 쳐음으로 온 사룸의 안목을 놀내게 흐는지라 몃칠 동안에 유람흐기문 일솜더니 흔 곳에 일음이 큰 돌노 새암 물을 덥허 틴왕흐는 사룸과 그곳 빅셩신지 그 물을 먹지 못흐게 흐엿거늘 ᄆᆞ음에 이샹흐야 그곳 사룸의게 물은즉 딕답흐되 그딕가 타방 사룸으로 이곳에 쳐음 와셔 이 우물의 릭력을 듯지 못흠이로다 이 우물 일홈은 탐貪쳔이니 아모 사룸이나 이 우물물을 흔번 먹으면 슌젼히 착흔 사룸도 도젹이 되는 고로 빅셩이 마시면 불항당이 되고 관원이 마신즉 빅셩의 지물을 토식흐는 고로 우리나라 졍부에셔 이 우물을 돌노 덥허 아모 사룸도 마시지 못흐게 흐엿느니라 내가 말흐되 동양에도 이젼에 탐쳔이 잇셧던지 녯글에 글 ᄋᆞ디 사룸이 탐쳔을 흔 번문 마시면 쳔금을 싱각흔다 흐엿더니 셔양에도 과연 탐쳔이 잇도다 그 사룸과 ᄀᆞ치 쏘 흔 곳에 일으니 그와 ᄀᆞ흔 우물이 잇고 돌노 막앗거늘 곡졀을 쏘 물은딕 그 사룸이 딕답흐되 이 우물 일홈은 아啞쳔이니 아모 사름이던지 마시는 자는 벙어리가 되야 무음이 졍직훈 관인이라도 바른 말노 숑스를 결쳐훈지 못훈고 곳 은 말노 극진히 간諫훈던 관원이라도 훈번 마시면 춥직훈 말에 벙어리 가 되는 고로 졍부에서 이 쉼물을 막아 사름으로 먹지 못훈게 훈엿느 니라 내가 말훈되 아셰아 남방에 아계란 시내가 잇서 먹는 사름이 말 을 못훈다 훈더니 셔양에는 아쳔이 잇도다 그 사름과 굿치 쏜 곳에 일으니 큰 들이 압혜 잇서 시쵸가 무셩훈되 산밋히 구멍이 잇고 그 구 멍을 큰 돌노 단단이 막앗거늘 그 곡졀을 쏜 물은되 그 사름이 굴으되 이 구멍의 일홈은 풍혈風穴이니 이 구멍에서 간혹 브람이 밍렬훈게 나 오면 이 들에 풀이 즈라지 못훈고 쓸어지는 폐단이 믹양 잇는고로 졍 부에서 이 구멍을 막아 들에 잇는 풀노 훈여금 임의되로 즈라게 훈엿 느니라 내가 말훈되 아쳔과 탐쳔은 사름의게 히로은 고로 막앗거니와 풀이 즈라지 못훔이 무슴 큰일이기로 졍부에셔 돈을 만히 허비훈야 구 멍을 막엇느뇨 그되의 나라는 참 일업는 나라이로다 그 사름이 굴으되 그되가 동양 션비 즁에 학문이 잇다 훈더니 이굿치 고루하뇨 동양글에 도 말훈되 군쟈의 덕은 브람이요 쇼인의 덕은 풀이라 브람이 풀 우희 더훈면 풀이 반다시 쓸어진다 훈엿스니 군쟈는 졍부의 관인이요 쇼인 은 들에 잇는 빅셩이라 군쟈의 죠흔 브람이 쌔을 쏜라 잘 불거드면 쇼 인의 풀이 잘 즈라려니와 만일 혹독훈 브람이 불거드면 풀을 압데훈야 쓸어지게 훈느니라 내가 그 사름의 말을 듯고 크게 깃버훈야 올타훈는 소릭에 스스로 놀나 씨다르니 일쟝츈몽이라 훈더라.

11. 『뎨국신문(1907.1.26 몽즁 유람)』

근일 일긔가 훈증ᄒ다가 큰 비가 폭쥬ᄒᄆᆡ 곤뢰ᄒ던 심ᄉ가 자연 혼미ᄒ야 침상에 의지ᄒ얏더니 심혼이 유유ᄒ야 뎡쳐업시 가더니 한 곳을 다다르니 산슈도 졀승ᄒ고 인호도 쥬밀ᄒᆫ데 의관문물이 거상에 보던빗안이오 눈이 깁흐며 코이 놉고 머리털이 곱슬곱슬ᄒᆫ지라 심즁에 고이넉여 한 사름더러 물어 갈아ᄃᆡ 이곳은 언으나라 디방이며 정치졔도ᄂᆞᆫ 엇더ᄒᄂᆈ 흔ᄃᆡ 긔인이 츄연이 탄식 왈 귀ᄀᆡᆨ은 어ᄃᆡ셔 왓ᄂᆞᆫ지 몰으거니와 이곳 나라 일홈은 구ᄐᆡ여 물을 것도 업고 ᄯᅩ 정치졔도의 엇더한 것도 외인의 알 비 안이니 귀ᄀᆡᆨ은 용셔ᄒᄉᆞ셔 ᄒᄂᆞᆫ지라 그 말을 들으ᄆᆡ 마ᄋᆞᆷ에 고이 녁여 다시 물어 왈 사름이 사ᄂᆞᆫ 곳에 나라이 잇고 나라이 잇스면 정치졔도의 엇더ᄒᆫ 것은 뎡ᄒᆫ 바어늘 갈아치지 안ᄂᆞᆫ 거슨 무삼 ᄭᅡᄃᆰ이뇨 흔ᄃᆡ 그 사름이 눈물을 흘니며 왈 엇지 나라 일홈과 정치졔도가 업스리오만은 우리ᄂᆞᆫ 망국지민이라 외국사름을 ᄃᆡᄒ야 감히 얼골을 들어 말 ᄒᆞᆯ 슈 업ᄂᆞᆫ 고로 그러ᄒ거니와 이 나라은 본ᄅᆡ 파란국이니 디방이 크고 인민이 여러 쳔만 명이오 디형과 긔후가 세계 각국에 양두ᄒᆞᆯ바 업더니 정부에 간신이 만아셔 아라ᄉᆞ에 뢰물을 밧고 나라 권리를 아인에게 파ᄂᆞᆫ 쟈와 보로ᄉᆞ국에 붓흔 쟈와 오지리국에 긔 노릇 ᄒᄂᆞᆫ 쟈의 각 당파가 님군의 총명을 갈이여 츙량ᄒᆫ 신하와 나라 일에 열심ᄒᄂᆞᆫ ᄋᆡ국당을 살히ᄒ기로 쥬쟝을 삼다가 필경 전국 토디가 그 셰 나라의 분할ᄒᆫ 바 되얏ᄂᆞᆫᄃᆡ 그 즁에 뎨일 만이 차지ᄒᆫ 쟈ᄂᆞᆫ 아라ᄉᆞ이라 민당이 혹 닐어나셔 아국을 반ᄃᆡᄒᆞᆯ가 념려ᄒ야 어린아히 즁 칠세 이상 십륙 셰되ᄂᆞᆫ 자ᄂᆞᆫ 즘싱 잡아가듯키 잡아다가 셔빅아 변방에 갓다 버려셔 인죵이 업셔질 지경에 닐으럿스니 인민이 인민된 직분을 다ᄒ지 못ᄒ야 필경 나라이 망ᄒ고 ᄯᅩ 인죵까지 업셔지ᄂᆞᆫ 경우를 당ᄒᆫ지라 엇지 외국손님을 ᄃᆡ하야 무삼 슈작이 잇스리오 귀ᄀᆡᆨ은 언으 나라에 잇ᄂᆞᆫ지 몰으거니와 산쳔문물이나 구경ᄒᆞᆯ지연뎡 국가 정치 ᄉᆞ건은

뭇지 말고 주긔나라 일이나 주셰히 싱각ᄒ야 우리 모양 되지 말기를
바라거니와 국가의 인민된 쟈ᄂᆞᆫ 세계 언으 나라를 물론ᄒ고 우리 나라
일노 거울을 삼아 경계ᄒᆞᆯ지로다 슯흐다 나라을 망ᄒᆞᆫ 간신들이여 각국
의 뢰물을 만이 밧아먹고 님군을 속혀셔 중요ᄒᆞᆫ 벼살을 도득ᄒ야 인민
을 히롭게 ᄒ기로 쥬장을 삼앗슨즉 그ᄯᅢ에ᄂᆞᆫ 그 사름들의 쳐디가 텬디
를 흔드ᄂᆞᆫ 듯 부귀가 쌍젼ᄒ야 그 사름들의 싱젼에만 부귀를 안향ᄒᆞᆯ
ᄲᅮᆫ더러 주주손손이 영락을 눌일 것 갓더니 한 번 나라이 망ᄒᆞᆫ 후에ᄂᆞᆫ
그 나라 팔아 먹던 자부터 먼져 몸이 쥭고 집안이 멸망흠을 면치 못ᄒ
얏나니 엇지 텬도가 무심ᄒ다 ᄒ깃ᄂᆞ가 ᄒ고 방셩대곡ᄒᆞᄂᆞᆫ 소릭에 놀
나 ᄭᅢ다르니 침상일몽이라 희허탄식ᄒ고 곰곰 싱각흔즉 그 나라 형셰
의 급업흠을 말ᄒᆞᄂᆞᆫ 쟈 ᄆᆡ양 파란국 ᄉᆞ졍을 말ᄒᆞᄂᆞᆫ 고로 심즁에 항상
남의 일을 거울ᄒ야 경계ᄒᆞᄂᆞᆫ 바이더니 ᄭᅮᆷ에ᄭᅡ지 니져바리지 안코 그
디경ᄭᅡ지 달흠이로다 슯흐다 당국 관민상하들이여 남의 젼감을 싱각
ᄒ야 깁히 싱각ᄒ고 힘 ᄲᅥ 일들 ᄒ야 남의 젼텰을 ᄇᆞᆲ지 말지어다.

12. 『독립신문(1898.2.5)』

엇던 유지각흔 친구에 글을 좌에 긔지ᄒ노라 녯젹에 긔싱이라 ᄒᄂ 사름이 ᄌ긔의 집 동편에 잇ᄂ ᄒ 방츅에 고기가 만히 잇슴을 보고 진 력을 허비ᄒ여 물 근원을 묽히고 방츅 가으로 슈림을 심으고 물 가온 ᄃ 연과 슈쵸를 만히 갓굼이 어죡의게 위싱도 될쑨더러 츄월 츈풍 에 량삼 호우로 슐과 시를 화창홀 믄흔 경쳐가 되엿ᄂ지라 긔싱이 흥 샹 긔이흔 고기를 보면 갑을 앗기지 아니ᄒ고 사다가 방츅에 너어 길 음이 이웃 사름이 감히 흔 ᄂ 고기를 여어 보지 못ᄒ더니 세월이 흘너 감이 긔싱은 세샹을 바리고 그 ᄌ손이 승계ᄒ여 나려 오더니 하늘이 만물을 나으ᄉ 공졍흔 률법으로 ᄉ졍이 업슴이 셩쇠ᄒᄂ 리치ᄂ 왕고 릭금에 젓젓흔 일이라 긔싱의 후손이 가업을 탕진ᄒ고 타쳐로 유락홈 이 그 집에 여러 사름이 밧귀여 들어 각각 뎌의 쥬의ᄃ로 싱업을 ᄒ여 감이 사름사름이 다 엇지 긔싱과 ᄀᆺ치 세밀흔 사업을 본밧으리요 집을 쥬쟝ᄒᄂ 사름들이 다른 일에 골몰ᄒ고 방츅을 참견치 아니홈이 각쳐 어옹이 죠흔 낙ᄃ와 갓은 낙시에 향긔로은 믹기로 고기를 낙가 가되 못춤ᄂ 만류ᄒᄂ 사름이 업ᄂ 고로 어죡 등이 곤란을 못나 흥샹 녯쥬 인의 덕화를 싱극ᄒ더니 ᄒ로ᄂ 빅로가 방츅 가에 비회ᄒ며 간간히 물 을 여어 보고 근심ᄒᄂ 빗이 잇ᄂ 톄 ᄒ거늘 어죡 등이 고이 넉여 물어 왈 빅로 션싱아 무슴 일노 근심ᄒᄂ 빗이 잇ᄂ뇨 빅로 답왈 내가 오늘 뎌 산을 넘어 오다가 봄이 두셋 어옹이 낙ᄃ를 들어 메고 이곳으로 너 의 무리를 잡으러 오ᄂᄃ 흔 사름이 급히 ᄯ라와 말ᄒ여 굴ᄋᄃ 우리 가 흔 ᄀᆺ 낙시믄 가지고 고기를 잡음이 ᄠᆺ에 차지 못ᄒ니 큰 후리금을 구ᄒ여 만히 잡을 경륜을 ᄒᄌ 홈이 어옹들이 그러히 넉이더니 ᄯ 흔 사름이 급히 와 말ᄒ되 금을믄 가지고도 다 잡을 슈 업스니 회와 역구 풀을 구ᄒ여 물 근원에 풀면 고기가 먹고 졍신을 일을 ᄲᅢ에 후리 금을 노 훌트면 모도 잡겟다 홈이 각각 ᄠᆺ을 졍ᄒ고 회도 사러 가고 역구풀

도 베러 가는 것을 목격ᄒ엿스니 슈 일만 지나면 너의 등이 ᄒ나도 싱
명을 보젼홀 ᄌ이 업슬지니 나는 본릭 쟈비지심이 만흔 고로 너의 등
을 위ᄒ여 슬퍼ᄒ노라 어죡 등이 이 말을 드름이 락담샹혼ᄒ여 면면샹
고ᄒ고 이를 틔우나 뭇춤닉 살어날 방칙이 업는지라 빅로 션싱을 쳥ᄒ
여 무슈 익걸ᄒ며 살 묘계를 굴ᄋ쳐 둘나 흠이 빅로가 침음양구에 ᄒ
가지 계칙이 잇스니 이는 내가 슈고를 대단히 ᄒ여야 될지라 뎌 산 넘
어 큰 연못이 잇는듸 물이 깁허 너의 등의 은신ᄒ기도 죠흘 쑨외라 어
즈도 능히 들어오지 못홀 터이라 슈 일만 ᄒ면 다 옴겨 너의 등의 박멸
지환을 면케 홀지니 여러 못숨을 구ᄒ여 주랴면 내 엇지 슈고를 익기
랴 흠이 방츅 가온듸 싱쟝흔 고기들이 엇지 타쳐에 유람ᄒ여 문견이
잇스리요 흔ᄀᆺ 살어날 욕심으로 그 말을 고지 듯고 닷호와 뚜여 나며
몬져 가기를 쳥구ᄒ니 것은 희고 쇽은 아죠 컴컴흔 빅로가 흔 입에 두
셋식 물고 두 발노 오륙 기식 움켜다가 쏠쏠 흐르는 싀암 궁게도 엿코
바위 우에 건포도 문들믹 빅로의 계교에 쌰져 방츅에 고기가 틱반이
쥭엇는지라 하날이 호싱지리로 만물을 내엿시니 공평흔 륭노션악을
살펴여 극진히 보호ᄒ는 아릭 탐욕이 이러틋 큰 ᄌ로 엇지 온젼케 ᄒ
리요 빅로가 득의ᄒ여 가쟝 부지런히 나를식 게 흔 머리가 가기를 쳥
구ᄒ니 빅로 닉심에 싱각흔즉 게는 식셩이 아니엿무는 만일 아니 물고
간즉 다른 고기가 의심을 홀가 ᄒ여 마지 못ᄒ여 물고 갈식 게가 흔 발
노 빅로의 달이를 물고 흔 발노 목을 잡고 달녀가며 산쳔을 살펴보니
암셕 샹에 고기가 말나 쥭엇거늘 보고 크게 씌다라 용밍을 써셔 빅로
의 목을 굿게 쥐믹 빅로가 호흡을 불통ᄒ여 살녀 둘나 익걸ᄒ거는 게
가 말ᄒ되 도로 잇던 곳에 갓다 노면 살려줌아 흔즉 빅로의 형셰 대단
위급흔지라 홀 슈 업시 방츅으로 도로 가셔 나리기를 쳥흔듸 게가 흔
발노 갈듸를 물고 흔 발노 빅로의 목을 더옥 굿게 쥐고 고기 무리를 쳥
ᄒ여 ᄉ연을 셜화ᄒ니 어죡 등이 분흠을 익이지 못ᄒ여 쥭기로써 빅로
를 물어 쥭여 원슈를 갑고 그 즁에 총명흔 고기로 교샤를 명ᄒ여 어린

고기들을 굴으쳐 아모죠록 분슈를 직히고 싱업을 부지런히 ᄒ며 혹시 빗난 음식을 보고 탐을 내지 말나 너의 죠샹이 낙시에 물녀 쥭엇다 ᄒ며 귀에 슌흔 말을 듯지말나 너의 죠샹이 빅로의게 잡혀 갓다 ᄒ며 슌슌히 고계ᄒ여 그 후브터ᄂ 어옹과 빅로의 ᄒ를 아니 밧앗다 ᄒ니 렴냥이 업ᄂ 고기도 의쪽지심을 발ᄒ여 분개흠을 못 익이여 목슴을 도라보지 아니ᄒ고 원슈를 갑고 동쪽을 무마ᄒ여 안보흠을 누리엿다 ᄒᄂ 딩 흠을며 사ᄅ이 이런 쌔를 당ᄒ여 밥이나 먹고 옷이나 입고 지톄 쟈랑이나 ᄒ고 밤낫 업시 시긔 싸홈이나 ᄒ여 동포 형뎨끼리 셔로 잡아 먹으려 ᄒ니 엇지 붓그럽지 아니ᄒ리요 쌔가 되엿스니 쑴들을 ᄭ시오 며긔 빅로 왓소 이 방츅에ᄂ 게도 업나 하도 답답ᄒ기로 두어 ᄌ 긔록ᄒ여 보니니 긔직ᄒ여 셰샹에 혹시 분긔잇ᄂ 사ᄅ이 잇ᄂ지 알고져 ᄒ노라.

제2부

林悌의 <元生夢遊錄> 再攷

1. 머리말

몽유록(夢遊錄)의 집중적인 창작이 부각된 것은 조선 중기 16~17세기와 애국계몽기(愛國啓蒙期)의 시기로 현실에서 경험할 수 없는 세계를 꿈이라는 공간을 통해 작자의 내면의식과 현실의 문제를 다루고 있다. 내용에 있어 현실에서 이룰 수 없는 이상세계(理想世界)를 꿈속에서 구현해 보는 것이나, 당대의 부조리한 현실을 직설적으로 드러내 비판하는 것[1]은 모두 몽유록의 한 특성이 된다.

<원생몽유록(元生夢遊錄)>은 몽유록 중에서 문학사적 의미나 역사적 사실과 관련한 문헌의 연구 성과가 매우 큰 비중을 차지하고 있다. 그동안 <원생몽유록>의 작자 문제, 작품의 시대적 배경, 창작 의식과 몽유록 구조의 장르적 성격이 논의되었다. 아울러 많은 이본(異本)의 검토를 통해 자료적 상관성이 논의되면서 위와 관련한 성과를

---

1) 17세기에 창작된 몽유록 작품들과 한일합방 직전 반봉건 개혁과 반외세 투쟁의 절박한 시대적 과제가 대두된 애국계몽기에 지어진 몽유록 작품들이 이에 해당된다는 견해. 장효현(1991), 「17세기 몽유록의 역사적 성격-<파생명몽록>을 중심으로」, 『인문논총』10집, 호서대학교 인문과학연구소.

점검하고 작품의 허구성과 사실성이 종합적으로 재론²⁾되기도 하였다.

<원생몽유록>이 몽유(夢遊)의 소재를 도입해 단종(端宗)과 사육신(死六臣)에 관련한 비극적 역사의 한탄과 사실(史實)의 전달에 주목한 것으로 본다면 교술 장르의 성격을 우위에 둔 이해라 할 것이다. 하지만 서사와 소설이라는 친연성속에서 '허구(虛構)'라는 인식적 맥락을 강조한 것이라면 소설로 바라보는 관점이 강조된 것임은 당연한 일이다.

물론 이러한 견해는 김대행³⁾에 의해서도 지적된 것으로, 결국 전자는 몽유록이나 인물전 등이 사실성을 우위에 둔 실제의 제시라는 측면에서 작품의 문학성이 약화되었다는 의미를 포함하게 된다. 그리고 후자는 당시대의 민감한 역사적 사건과 관련된 문제를 허구라는 소설적 영역으로 끌어들여 '몽유(夢遊)'라는 비현실적 공간을 설정하여 한계를 드러낸다는 평가도 동시에 지닌다.

그러나 소설은 작자의 의식과 현실 세계의 절묘한 반영이다. 작자는 현실을 있는 그대로가 아닌, 작자의 의식을 통해 녹아나는 가공의 상상력에 개연성을 첨가한다. 다시 말해 하나의 텍스트는 작자의 변형된 세계이며, 그 속에서 허구성은 현실과 결합하게 되는 것이다. 그렇다면 이 변형된 세계는 무엇을 의미하는 것인가? 그것은 다름 아닌 작자가 현실의 테두리를 넘어서 세계를 바라보며 추구하고자 하는 이를테면 작자만의 의식적 욕망이 녹아 있는 밀실(密室)과도 같은 것이다.

그러므로 무엇이 사실이고 무엇이 허구인지의 양분적 논의보다는

---

2) 황패강(1979), 「원생몽유록 연구」, 『국어국문학총서』5집, 백문사. 윤주필(1993), 「원생몽유록의 종합적 고찰」, 『한국 한문학 연구』16집, 한국한문학회. 양승민(1998), 「원생몽유록의 작자 문제의 허실」, 『어문논집』, 38집, 안암어문학회. 그리고 이와 관련한 양승민의 같은 시기의 논문으로, 「원생몽유록의 문헌수록 및 印行과정(1998)」, 『고소설 연구』4집, 한국고소설학회.
3) 김대행(1995), 「서사와 소설의 거리」, 사재동편, 『한국 서사문학사의 연구』, 중앙문화사.

하나의 텍스트 안에서 등장인물의 다양한 존재 양상4)이 어떤 방식으로 서사 속에 녹아 있어, 허구적 설정과 함께 결합되고 조직되는가의 문제가 더 중요하다고 본다. 더욱이 <원생몽유록>은 인물들이 원생(元生)의 몽유 과정을 통해 만나고 토론하며, 시를 읊조리는 과정에서 자연스럽게 그 의식을 담아내고 있다. 서술 형태는 전체적으로 순차적 진행을 따르고 있으며 '입몽(入夢)→몽중(夢中)→각몽(覺夢)'의 이른바 몽유 구조 속에서 발견되는 서사 구조가 중심을 이룬다.

따라서 본고는「원생몽유록」의 텍스트 분석을 통해 그 속에 녹아 있는 역사적 사실이나 인물의 구현 양상에 주목하고자 한다. 아울러 이러한 논의에 앞서 <원생몽유록>에 대한 작자 문제도 거론하지 않을 수 없으므로, 관련 문헌들과 이본들의 특성을 재검토하여 작자 문제에 대한 필자의 견해도 밝혀 보겠다.

2. 作者 問題

<원생몽유록(元生夢遊錄)>은 몽유록 작품 중 그 어떤 작품보다 작자설(作者說)에 대한 많은 논의가 있어 왔으며, 아직까지 명쾌한 해결을 재고한 채 여러 견해가 다양하다. 곧 임제설(林悌說)5) 김시습설(金

---

4) 위와 관련하여 박용식의 '한국 고전서사 문학의 계보적 조명'에 논의를 참고해 보면, 서사문학에서 구현되는 인물 유형의 특성을 더욱 포괄적으로 언급하고 있다. 즉 등장하는 인물들의 행동방식은 한국인들의 삶을 현실적 또는 이상적 측면에서 형상화한 것으로 보고 있는 것이다. 따라서 서사적 삶의 계보와 양상을 다음과 같이 제시한다. 첫째, 인간의 삶이 그러하듯 그 인물이 처한 시간적, 공간적 배경이 중요한 삶의 환경으로 작용한다. 둘째, 삶의 주체인 인물 자체에 대한 성격과 형상을 통한 접근이 필요하다. 셋째, 한국인의 일생과 그 삶의 방식을 계열별로 파악하는 작업이 필요하다. 박용식(2001),「한국 고전서사 문학의 계보적 조명」,『고전산문의 계보적 연구』, 국학자료원.

時習設)⁶⁾ 원호설(元昊說)⁷⁾이 그것인데, 황패강⁸⁾은 이러한 여러 견해를 상세히 검토해 임제설을 주장한 것으로 선행한다.

필자는 임제설에 동의하는 바, 이제까지 임제설의 논의를 통해 밝혀진 사실과 <원생몽유록>을 수록하고 있는 여러 문집들의 선본관계나 관련 자료를 토대로 그 내용의 특성을 제시해 보겠다. <원생몽유록>의 이본(異本)과 관련한 자료는 대부분 개인문집들이 많고 야사(野史)나 시선집(詩選集), 국문 번역본 등 단행본으로 영인돼 전하기도 하였다.

먼저 문집소재 자료로 전하는 것은 『白湖集(목활자/구한말刊, 정문연소장본)』3刊本, 권4 부록 <원생몽유록>, 『白湖集(석인/1958刊, 소재영소장본)』4刊本, 권4 부록 <원생몽유록>, 『秋江集(목판/1921刊, 『한국문집총간16』영인)』권8撫遺 <원생몽유록>林悌, 『觀瀾遺稿(석인/1927刊, 『한국문집총간9』영인)』권1逸稿 <몽유록> 등이 있다.

야사소재의 자료는 『莊陵誌(목판/1711刊, 장서각소장본)』권2 부록 <원생몽유록>, 『靑野謾輯(필사/1739, 『한국문헌설화전집9』영인)』권2 元昊條, 『列朝紀事(필사/1821, 『대동패림1』영인)』권4, 金時習 · 南孝溫條, 『朝野檢載(필사/규장각소장)』권8, 金時習條, 『小華龜鑑(필사/장서각소장)』권3 <원생몽유록> 林白湖悌作, 『東稗洛誦抄(필사/국립중앙도서관소장)』등에 수록되어 있다.

그리고 시선집 소재본으로 『大東詩史(柳寅植/1920?년대 편찬, 『東山全集』신활자간행본/국립중앙도서관소장)』<원생몽유록>元昊와 국문번역본으로 『六臣傳(필사/나손문고소장)』부록 <원생몽유록>, 『죠

---

5) 김태준(1932), 『조선 소설사』, 학예사, 76쪽.
6) 장덕순(1959), 「원생몽유록 소고」, 『동방학지』4집, 연세대학교 동방학연구소, 139쪽.
7) 이가원(1961), 「몽유록의 작자 소고」, 『국어국문학』23집, 국어국문학회, 569쪽.
8) 황패강(1970), 「임제와 원생몽유록」, 『단국대 논문집』4집, 19~23쪽.

야첩지(필사/장서각소장)』권12, 김시습기사 다음에 條 등이 전한다.

끝으로 단행본 자료는 『化史(무분권1책, 필사본/장서각소장)』부록 <원자허전(元子虛傳)>, 林悌著, 『花史(무분권1책, 필사본/국립중앙도서관소장)』발문에 해당되는 문면이 없고, 작품 종결문면은 '戊辰仲春 海月居士志'로 기록된, 부록 <원자허전>, 李家源藏寫本(『국어국문학4』, <원생몽유록> 수록) 등이 있다.

위에서 살펴본 것처럼 이제까지 학계에 소개된 이본 중 인간본(印刊本)이면서 간행시기가 알려진 것 가운데 가장 오래된 것은 『장릉지(莊陵誌)』(목판/1711刊, 장서각소장)이다. 그리고 『백호집(白湖集)』(석인/1958刊, 소재영소장본)은 『백호집(白湖集)』(목활자/구한말刊, 정문연소장)을 대본으로 한 석인본으로, 글자의 착오도 많이 발견된다. 더욱이 『백호집』(목활자/구한말刊, 정문연소장)은 작품의 길이로 볼 때에도 가장 길어 그 가치를 무시할 수 없다.

한편 황패강9)은 <원생몽유록>과 관련해 『추강집(秋江集)』(목판/1921刊, 『한국문집총간16』영인)과 함께 『관란유고』(석인/1927刊, 『한국문집총간9』영인), 『장릉지』(목판/1711刊, 장서각소장)를 논의의 기본 자료로 삼았다. 아울러 황여일(黃汝一/1556-1622)의 『海月文集(1776)』을 근거로 권3의 <詩> 28장에 '題林白湖元生夢遊錄後'과 권7의 <跋> 24~25장에 '書林白湖元生夢遊錄後' 내용을 통해 <원자허전>의 본명은 <원생몽유록>이요, 작자는 林白湖라 하였다. 따라서 작품상의 '원자허(元子虛)'는 작자 임제에 의한 가탁(仮託)이며, 海月

---

9) 황패강은 앞의 註釋 2)에서 『관란유고』초간본을 『정간공유고』로 지칭하였는데, 양승민에 의해 『관란유고(1813)』가 새롭게 소개된 바, 원제는 '관란선생유고사적'이고 표제는 '관란유고'로 지칭해야 옳을 것이다. 따라서 본고는 『관란유고』로 명명한다. 양승민의 『관란유고』초간본은 우쾌제(2002), 『원생몽유록-작자 문제의 시비와 의혹』에 영인되어 수록돼 있다.

居士는 실재 인물인 선조대 '황여일(黃汝一)'로 볼 수 있다고 주장한 바 있다.

하지만 신해진[10]은 황패강의 논의에서 이광정(李光庭/1552-1627)이 쓴 해월선생(海月先生)의 '묘갈명병서(墓碣名幷序)'와 이유원(李裕元/1814-1888)이 쓴 해월선생 '신도비명병서(神道碑銘幷序)'의 기록에 의문을 제기한다. 즉, 신해진은 임제·황여일과 동시대를 살았던 이광정이 황여일의 문장과 시풍·의기를 당대에 임제와 백중(伯仲)되는 바가 있다는 내용의 서술이지, 서로 간에 교류가 있었다는 것을 전제로 하지 않는다고 말한다.

특히 이러한 논의의 근거로, 정축년(1577)에 황여일과 임제가 '알성시문과(謁聖試文科)'에 급제한 사실은 알 수 있으나 임제의 문집인『백호집(白湖集)』어디에도 황여일과의 교류를 보여주는 글이 전혀 없다는 사실에 주목했다. 물론『해월문집』을 통해서도 양자 간에 교류 흔적은 찾아 볼 수 없다고 지적한다.

윤주필[11]은 여러 이본의 서지와 내용의 분류를 통해 <원생몽유록>을 원호의 작(作)으로 추정하는 것은 작품의 '원자허(元子虛)'가 그의 字라는 데 있다고 말한다. 하지만 이본의 검토에서 원호(元昊)를 작자로 밝힌 것은『관란유고(觀瀾遺稿)』의 <몽유록>과『대동시사(大東詩史)』일 뿐 다른 근거를 찾을 수 없다는 견해다.

그리고『청야만집(青野謾輯)』'元昊條'는 원호로 추정하는데 한계가 있음을 드러내는 것으로 '林悌所記'가 보여 주는 바와 같이, 주인공을 원호와 관련지을 수는 있어도 작품의 서술자는 엄연히 따로 존재한다고 말한다. 더욱이 별호도 아닌 字를 가지고 작자 스스로 주인공에

---

10) 신해진(1998), 「임제의 원생몽유록」, 『조선중기 몽유록의 연구』, 박이정, 116~118쪽.
11) 註釋 2)의 윤주필(1993).

직접 등장한다는 것은 쉽게 이해할 수 없다는 것이다.

장효현12)은 <원생몽유록>이 보여주는 세계에 주목하여 '원자허(元子虛)'는 작자인 임제 자신의 가공적 인물로 봐야한다고 말한다. 즉 일생을 탈속과 울분·방랑으로 보냈다는 임제가 사육신(死六臣)의 좌절을 통해 봉건관료 사회의 모순과 이념이 역사의 실재로 합치되지 못한 절망의 반영이라는 견해다.

아울러 <원생몽유록>은 절망에 대한 극복이나 새로운 현실의 가능성을 표명하지 못한 채 갈등적 상태에서 전개되는 한계를 지니며, 그것이 곧 조선 중기 사대부들의 존립 양태라고 지적한다. 작품 말미에 '海月居士'의 논평은 바로 그러한 현실적 운명의 한계를 재확인하는 의미로 이해할 수 있다는 것이다.

요컨대 위의 논의를 종합해 볼 때 '元子虛'는 작자가 가탁한 허구적(虛) 인물인 동시에 작품 내에서는 작자의 의식을 대변한다고 볼 수 있다. 또한 '자허'의 벗인 "子虛之友 海月居士志"의 '海月'은 '梅月'의 김시습도 황여일도 아닌 허구적 인물로 보는 것이 더 적절한 이해라 본다.

하지만 『海月文集(1776)』속에 발(跋)과 제시(題詩)인 "題林白湖元生夢遊錄後"와 "書林白湖元生夢遊錄後"는 『장릉지』를 제외하면 여타의 이본보다 그 시기가 가장 선행된 자료임은 의심의 여지가 없다. 더욱이 양승민에 의해 잘 알려진 『관란유고(1813)』초간본, 규장각 유일본보다도 무려 37년이나 앞선 기록으로 그 가치가 인정된다.

한편 『장릉지(1711)』의 기록을 살펴보면 제목도 <원생몽유록>으로 전하고 작품 서두의 문면이 '世有元子虛 慷慨士也 氣宇磊落 不適於

---

12) 장효현(1990), 「몽유록의 역사적 성격」, 『한국 고소설론』, 한국고소설편찬위원회, 새문사, 149~150쪽.

世'로 시작된다. 그리고 종결 문면은 '徒增志士之悲也'로 끝나며 해월
거사(海月居士)의 발언이 몽유 이후에 나타난다.

따라서 필사기 혹은 발문에 해당되는 자세한 사항이나 <원생몽유
록>의 작자는 밝혀져 있지 않으나 작품 서두에 '世有元子虛…'라는
표현을 참고해 볼 때, 전(傳)에서 볼 수 있듯 주인공 자체가 서술의 초
점이 아님은 분명한 사실이다.

특히 이와 관련한 사실은 본문의 내용에서도 알 수 있는 바, 복건자
의 요순탕무(堯舜湯武)에 대한 발언은 당시 국가사(國家史)를 빗댄 일
종의 위태한 발언이었다. 여기서 복건자의 언급 문면은 온건한 표현과
매우 과격한 표현의 두 부류가 있고 섞이거나 생략하는 경우13)도 있
다. 그런데 작품의 내용을 감안해 보다면 이본 형성은 온건한 표현에
서 과격한 쪽으로 강화되기보다는 그 반대로 시간이 흐를수록 오히려
완화되어, 온건한 방향으로 표현되는 성향14)을 취한다.

이처럼 창작 이후 후대인에 의해 또는 당대의 사대부들이나 다수의
문인들을 독자층으로 형성하면서 내용도 점차 첨부되어 작품의 문면
이 조금씩 늘어나는 양상이나 수정되는 형태도 생각해 보아야 할 것이
다. 이것은 곧 상당수의 개인문집 소장본과 이본들의 발견을 통해 그
사실15)을 짐작할 수 있다.

더욱이 이렇게 많은 양의 이본과 개인문집, 야사(野史)나 시선집(詩
選集), 등의 출현은 무엇을 의미하는가? 그것은 다름 아닌 다양한 독자

---

13) 註釋 9)의 우쾌제(2002) 같은 책, 131~133쪽.
14) 『白湖集』3刊本, (목활자/구한말刊, 정문연소장)과 『白湖集』4刊本, (석인본/1958刊, 소재영
    소장)의 해당 대목 원주에서 '옛적에 賊字로 되어 있던 것을 숙종(肅宗)이 작품을 볼 때 人字
    로 바꾸었다.'
15) 김병권에 의하면 <원생몽유록>이 개인의 문집에 수록되는 요인은 선조들의 업적을 기리
    고자 하는 후대인의 의도라 하였다. 김병권(1988), <원생몽유록 수록 문헌 검토>, 『김무조
    박사 회갑기념논총』, 동간행위원회, 27쪽.

충의 형성을 반영하는 것이다. 즉 혼란한 현실 속에서 그것도 문제가 될 만한 내용을 토대로 하여, 스스로 자신의 字를 밝혀 소설로 창작한다는 것은 현실적으로 납득하기 어려운 일이다.

양승민에 의해 논의된 『관란유고』초간본은 목활자본으로, 간행자는 원호의 후손인 원석조(元錫祚)이고 연도는 순조 13년(1813)으로 밝혀져 있다. 그런데 여기에는 복건자의 발언이 '幅巾者歔嗫而言曰缺九十一字'라는 글귀와 함께 누락16)되어 있어 특이한데, 이 대목의 '九十一字'의 삭제 부분은 바로 幅巾者의 발언 내용이다.

요컨대 당시 이를 기입한 사람은 幅巾者의 발언이 단종(端宗)과 사육신(死六臣)을 포괄하는 현실 비판적 태도가 문제시 될 것이라는 의식이 투영된 듯싶다. 왜냐하면 『관란유고』초간본은 『장릉지』를 저본으로 수록된(公平日微意所存後入於朴氏所編莊陵誌) 것이기에, 특별한 이유 없이 그 부분만을 삭제한다는 것17)은 이해할 수 없다.

그리고 창작 당시는 문제가 되지 않겠지만 『관란유고』의 원제가 '관란선생유고사적목록'(觀瀾先生遺稿事蹟目錄)이란 점을 고려해 보아도 이후 현실적 변괴를 감안한18) 기입자의 의도를 충분히 생각할 수

---

16) 註釋 9)의 우쾌제(2002) 같은 책에 영인되어 수록, 465쪽.

17) 위의 책, 우쾌제(2002), 460쪽 附記제시 참고.

18) ≪宣祖修正實錄≫권10, 宣祖 9년(1576)에 판서 박계현(朴啓賢)이 입시하여, 성삼문을 충신으로 거론하고 남효온이 지은 ≪六臣傳≫을 권하자 상께서 보시고 "엉터리 같은 말을 많이 써서 先祖를 모욕하였으니, 나는 앞으로 모두 찾아내어 불태우겠다. 그리고 그 책에 대해 말하는 자의 죄도 다스리겠다."고 한 언급은 이러한 현실을 잘 이해할 수 있게 한다. 이후 숙종이 <원생몽유록(元生夢遊錄)>을 접하면서(≪肅宗實錄≫권38, 肅宗 29년(1703), 물론 端宗으로 追復된(1698)것도 숙종 때이며) 幅巾者의 堯舜湯武에 대한 발언에서도 賊字에 표현을 지나치게 보아 人字로 바꾸었다는 사실에서도 알 수 있다. 또한 원호 사후(死後), 그의 후손이 零落하면서 『관란유고(觀瀾遺稿)』초간본은 약 300여년 만에 간행되기에 이른 것이다. 이처럼 오랜 세월 동안 당시대에서 후대에까지 파문을 던지며 유포되었고, 사대부나 다수의 문인들을 독자층으로 끌어들여 이에 대한 평가도 다양하게 받아들여졌음은 주지의 사실이다.

있는 부분이기도 하다.

3. 文獻 比較

ㄱ) 『莊陵誌』(목판본/1711刊, 장서각소장)

 ㉠ 작품의 서두문

 - 世有元子虛者 慷慨士也 氣宇磊落 不容於時

 ㉡ 작품의 종결문

 - 徒增志士之悲也

 ㉢ 堯舜湯武(堯舜禹湯)에 대한 幅巾者의 발언문

 - 堯舜禹湯之後…咄咄四君 永爲嚆矢

 ㉣ 필사기 또는 附記 제시

 - 없다

 ㉤ 작품의 구성적 특징

 - 원자허의 몽유 이후에 海月居士의 발언문이 더해진다.

ㄴ) 『觀瀾遺稿』(초간본/1813, 규장각 유일본)

 ㉠ 작품의 서두문

 - 世有元子虛者 慷慨士也 氣宇磊落 不容於世

 ㉡ 작품의 종결문

 - 徒增志士之恨耳以時和之曰萬古悲凉意…愁聽竹枝歌

 ㉢ 堯舜湯武(堯舜禹湯)에 대한 幅巾者의 발언문

 - 幅巾者의 발언문 결구(幅巾者 缺九十一字)

ㄹ) 필사기 또는 附記제시

- 公嘗於宵夢中陪端廟與六臣…公平日微意所存後入於朴氏所編莊陵誌

ㅁ) 작품의 구성적 특징

- 원자허의 몽유 이후에 梅月居士의 발언문이 덧붙으며 梅月居士의 詩가 첨가된다.

ㄷ) 『秋江集』(목판본/1921刊, 『한국문집총간16』영인)

　ㄱ) 작품의 서두 문면

- 世有元子虛者 慷慨士也 氣宇磊洛 不容於時

　ㄴ) 작품의 종결문

- 徒增志士之懷已

　ㄷ) 堯舜湯武(堯舜禹湯)에 대한 幅巾者의 발언문

- 堯舜禹湯之後…咄咄四君 永爲嚆矢

　ㄹ) 필사기 또는 附記 제시

- 按此文是寓言…

　ㅁ) 작품의 구성적 특징

- 원자허의 몽유 이후에 海月居士의 발언문이 더해진다.

ㄹ) 『觀瀾遺稿』(석인본/1927刊, 『한국문집총간9』영인)

　ㄱ) 작품의 서두문

- 世有元子虛者 慷慨士也 氣宇磊洛 不容於世

　ㄴ) 작품의 종결문

- 徒增志士之恨耳以時和之曰萬古悲凉意…愁聽竹枝歌

　ㄷ) 堯舜湯武(堯舜禹湯)에 대한 幅巾者의 발언문

- 堯舜禹湯之後…咄咄四君 永爲嚆矢

ⓔ 필사기 또는 附記 제시

- 先生嘗於夢中陪端廟與六臣…九十一字의 缺은 장릉지를 따르며, 然未能的知故偏壽字行以俟更考

ⓜ 작품의 구성적 특징

- 원자허의 몽유 이후에 梅月居士의 발문이 덧붙으며 梅月居士의 詩가 첨가된다.

위에서 제시한19)바 <원생몽유록(元生夢遊錄)>을 수록하고 있는 것으로 간년이 가장 앞서는 것은 ㄱ)의 『장릉지』이며, 작자의 명의를 관란(觀瀾) 원호로 밝힌 것 중 가장 선본은 ㄴ)의 『관란유고』초간본이다. 아울러 ㄹ)은 ㄴ)을 저본으로 하여 간행된 것이므로 작품의 서두문이나 종결문이 동일하게 제시되어 있고, 附記의 내용도 동일하게 『장릉지』를 참고하고 있다. 그러나 ㄹ)의 저본인 ㄴ)은 幅巾者(堯舜湯<禹>武)에 대한 발언이 缺句되었다.

그런데 위의 자료에서 볼 수 있듯이 ㄹ)의 복건자에 대한 발언은 『장릉지』와 동일하며, 작자를 林悌로 밝히고 있는 『추강집』과도 동일하다. 오히려 ㄹ)의 간년은 ㄷ)보다도 후대의 것이다. 즉 ㄴ)과 ㄹ)의 부기를 고려할 때, ㄴ), ㄷ), ㄹ)의 복건자에 대한 발언은 『장릉지』와 동일하다고 할 수 있다.

그리고 작품의 구성적 특징을 감안해 보아도(ⓜ), 작품 길이는 ㄱ)과 ㄷ)이 동일하게 원자허의 몽유, 그 이후에 海月居士의 발언문이 더해

---

19) 황정구(1997), 『한국 한문소설선』, 백산출판사, 25~32쪽. 신호열·임형택 공역(1997), 『백호전집』, 하권, 창작과비평사. 김기동·이종은 공저(1995), 『고전 한문소설선』, 교학연구사, 53~58쪽. 註釋9)의 우쾌제(2002) 같은 책. 황패강, 「원생몽유록」, 54~56쪽. 윤주필, 「원생몽유록의 종합적적 고찰」, 133~144쪽. 『관란유고』초간본, 460~467쪽.

지고, ㄴ)과 ㄹ)은 ㄱ)과 ㄷ)에 비해 梅月居士의 시가 첨가되어 제시된다. 더욱이 ㄹ)은 ㄴ)을 저본으로 간행된 것이고, ㄴ)은 ㄱ)을 저본으로 편저된 것이다.

그런데 ㄱ)과는 달리 ㄴ)은 '海月居士'가 '梅月居士'로 달라졌으며, 복건자의 발언은 아예 삭제되었고 작자 역시 元昊로 밝히고 있다. 따라서 이것은 원호의 遺稿를 고려해 본다면 후손들에 의해 선조의 저작으로 보고자 했던 의도가 반영된 것임을 알 수 있다. 특히 황여일(1556-1622)의 『海月文集』[20]은 1776년으로, 『관란유고』초간본보다도 37년이 앞선 문집이며, 『海月文集』권3, 詩28장에는 "<題林白湖元生夢遊錄後>에…愁聽竹枝歌."의 내용을 수록하고 있고 권7, 跋24~25장에는 "<書林白湖元生夢有錄後>에…徒增志士之懷也已."라 밝히고 있다.

즉 ㄴ)과 ㄹ)의 작품 종결문에서나 ㄱ)과 ㄷ)의 종결문에서나 동일한 표현이 발견되고 『해월문집』 또한 작자를 임제로 분명히 밝히고 있다. 특히 『해월문집』이나 ㄱ), ㄷ)은 임제의 개인적 문집이 아니므로, 자료적 가치의 측면에서는 더욱 신실(信實)한 편이다. 물론 『해월문집』

---

20) 양승민은 황패강에 의해 검토된 『해월문집』의 자료를 인정하지 않으며, 그 이유를 세 가지로 거론한다. 첫째, 황여일은 임제와의 교류 흔적이 전혀 발견되지 않고 둘째, 황여일은 海月居士라 自號한 적이 없다는 사실과 셋째로 발문의 전통상 글귀가 어색하다는 점이 그것이다. 그러나 필자도 앞에서 지적한 바 황패강의 논의처럼 황여일이 곧 '해월거사'라고는 볼 수 없고, 작품 속에서 작자의 의식을 대언하는 허구적 인물임은 이미 지적되었다. 그렇다고 『해월문집』의 권3, <詩>28장과 권7, <跋>24~25장의 수록이 믿을 수 없는 자료라는 사실은 좀 무리가 있다. 더욱이 황여일이 海月居士가 아닐 것인데, '해월거사'로 自號 하지는 않는 것이다. 그리고 황여일의 호는 황패강의 지적대로 '海月'이 분명하고, 그의 유고 문집인 것도 사실이다. 즉 '해월거사'가 황여일은 아니지만 『해월문집』자체를 신뢰할 수 없는 것은 아니다. 그것도 白湖林悌의 문집도 아니요, 元昊의 개인 문집도 아닌 점은 오히려 객관성을 부여한다 할 것이다. 양승민(1998), 「원생몽유록의 작자 문제의 허실」, 『어문논집』, 38집, 안암어문학회.

과 비슷한 간년으로『청야만집(靑野謾輯)』(필사본/1739)과『열조기사(列朝紀事)』(필사본/1821)가 있는데 이것 역시 동일하게 필사기에 '林悌所記'라고 제시되어 있으며, 이가원의 장사본(藏寫本)도 '林白湖悌所記'의 기록을 발견할 수 있었다.

요컨대 <원생몽유록(元生夢遊錄)>에 나타난 '원자허(元子虛)'는 주인공을 원호와 관련지을 수는 있어도, 작자 자체를 원호로 본다는 것은 많은 무리가 따른다. 그리고 위의 필사기와 부기에서 밝혀진 것처럼 작품의 서술자는 분명히 따로 존재한다고 보는 것이 더 타당하다. 끝으로『장릉지(莊陵誌)』의 저본이 된『노릉지(魯陵誌)』(윤순거(尹舜擧)/1663)는 원본을 확인할 수 없고,『장릉지』또한 작자를 제시하고 있지는 않다.

그러나 위에서 논의한 것처럼 원호의 작으로 명시한 가장 중요한 자료이며, 간년도 선행되는『관란유고』초간본은『장릉지』를 저본으로 한 것이 분명히 밝혀져 있다. 따라서『장릉지』의 가치를 인정할 수 없다는 것은 곧『관란유고』초간본도 부정하는 것이 된다. 특히『장릉지』작품의 종결문이나『추강집』,『관란유고』석인본,『관란유고』초간본 등은 모두『해월문집』과 동일한 종결문을 발견할 수 있다는 사실은 간과할 수 없는 현실이다.

또한 복건자의 발언에서도『장릉지』와『관란유고』석인본,『추강집』이 동일하게 제시되어 있다는 사실을 확인할 수 있었다. 이로써 정리해 보자면 <원생몽유록>의 작자는 '백호임제(白湖林悌)'로 보는 것이 타당하고, 작품의 '원자허(元子虛)'는 작자에 의해 가탁된 인물이며 동시에 허구적 대리자로 보아야 한다.

아울러 다음 장에서 논의할 텍스트 분석은 인행본(印行本)이고 작품의 길이도 가장 긴『백호집(白湖集)』3간본(목활자/구한말刊, 정문연소장), <원생몽유록>과 인행본이면서 간행시기가 알려진 것 중 가장 오래된 『장릉지(莊陵誌)』(목판/1711刊, 장서각 소장), <원생몽유록>, 그리고 『추강집(秋江集)』(목판/1921刊), <원생몽유록>, 『관란유고(觀瀾遺稿)』(초간본과 석인본, 1927刊)을 참고 하겠다.

4. 텍스트 分析

<원생몽유록(元生夢遊錄)>은 몽유자 원자허(元子虛)가 몽유 과정에서 복건자(幅巾者)와 왕, 그리고 다섯 신하와 무인 한 사람 등 모두 8명과 만나고 토론하며, 시를 읊조리는 순차적 구조를 갖추고 있다. 따라서 원자허를 포함해 등장인물은 총 9명이 된다. 몽유 과정 이후엔 해월거사(海月居士)의 평언이 이어지는데 작품 속에서 원자허는 관찰자인 동시에 참여자이고, 임제(林悌) 자신을 가탁한 허구적 성격이 강하게 드러난다.[21]

작품의 구조는 입몽(入夢)→몽중(夢中)→각몽(覺夢)의 형태로 환몽 구조의 몽유록 특성이 뚜렷하고[22] 역사적 인물이 토대가 되어 '배회

---

21) 林悌, 『白湖集』권4, 「意馬賦」에는 임제는 성질이 거칠고 뻣뻣한 사람이라, 이십이 가까워 비로소 배움에 뜻을 두게 되었다. 여러 번 과거에 낙방하고 시속에 맞는 취향이 적어 노닐 생각이 일어났다고 한다. 또한 권2, 「過韓明澮墓」에는 "男兒生死는 義에 있으니, 그대의 功業은 어떻게 평가되리오."라는 詩句에서 볼 수 있듯 임제에게 있어 한명회의 공업은 부정적으로 평가되고 있다. 그리고 同集 부록에 임제의 외손인 許穆의 글은 동서분당의 정치적 현실과 당시대에 임제의 성격을 효과적으로 드러낸 기록이라 할 수 있는데, 그 내용은 다음과 같다. "문사로 이미 세상에 이름이 높아갔는데, 이 때 동서분당의 물의가 일어나 선비들은 명예를 다투어 서로 헐뜯고, 끌어당기고 하였다. 그러나 공(임제)은 분방하여 어울리지 않았고 또 자신을 낮추어 남을 섬기지 않으므로 벼슬이 현달하지 못했다." 신호열·임형택 공역 (1997), 『백호전집』, 하권, 창작과비평사, 641~642, 946~948쪽. 상권, 263~264쪽, 창작과비평사.

→만남과 좌정→토론→시연'의 과정으로, 그들의 의식은 서사 구조
에 다양하게 녹아 구현된다. 따라서 본 장에서는 <원생몽유록>의 텍
스트를 입몽(入夢)과 몽중(夢中), 각몽(覺夢)의 형태로 작품 전체의 의
미를 조망하면서 그 내용을 살펴보기로 한다.

4.1. 入夢

입몽(入夢) 부분은 주로 몽유자인 원자허(元子虛)라는 인물의 면모
와 처지가 어떠하다는 식의 내용이 서술된다. 따라서 도입부로의 역할
을 지니며, 역시 남다른 인물의 구체적 정보가 제시된다. 이를테면 원
자허는 강개한 선비로 기개가 커서 시대에 용납되지 못했으며, 아침이
면 밭을 갈고 벽을 뚫어 이웃집 등불에 빛을 끌어들였고 반딧불을 주
머니에 넣어 희미한 빛을 빌리기도 하였다는 초두의 대목23)은 좋은 예
가 된다. 이어 다음의 내용도 원자허의 기질을 더 자세히 파악할 수 있
어 제시해 본다.

일찍이 고대의 역사를 즐겨 읽었는데, 역대의 왕조가 패망하고 국가
의 운세가 꺾이는 대목에선 책을 덮고 흐느껴 울었다. 마치 자신의 몸
이 그 때에 처한 듯이, 서두르고 힘써 보아도 패망해 가는 나라를 지탱
할 힘이 없었다.(賞閱史 至歷代危亡運移勢去處 則未嘗不掩卷流涕 若身

---

22) 일생을 脫俗과 放浪으로 보낸 林悌가 <원생몽유록>을 통해 死六臣의 좌절을 문제 삼고 있
    는 것은 결국 봉건관료 사회의 모순과 사대부의 좌절을 드러낸 것이며, 현실의 모순을 직설
    적으로 드러내 비판하는 몽유록 작품군의 표본이 된다. 장효현(2002), 『한국 고전소설사 연
    구』, 고려대학교출판부, 인문사회과학총서 50집, 34쪽.
23) 世有元子虛者 慷慨士也 氣宇磊落 不適於時 屢抱羅隱之冤 難堪原憲之貧 朝出而耕 夜歸讀
    古人書 穿壁囊螢 無所不至. 註釋 21)의 신호열·임형택 공역(1997) 같은 책, 「원생몽유록」,
    1008쪽.

處其時 汲汲然 見其垂亡 而力不能扶持者也)

이처럼 몽유자 원자허는 역대의 왕조가 패망해가는 과정에서 좌절된 역사의 비애를 공감하고 애통해 하는 인물로 형상화된다. 그리고 그는 지탱할 힘이 없는 후대인으로서의 아쉬움을 알고 있다. 따라서 여기서 제시되는 원자허의 정보는 원생의 기질이나 가난한 환경의 설정을 제공할 뿐이며, 한 집안의 내력이나 구체적 태생과 관련한 인물의 역사적 사실성을 부여하는 것은 아니다. 그러나 이러한 원생의 설정은 후에 몽유 과정에서 왕과 복건자 그리고 여섯 신하들(다섯 신하와 한 사람의 무인)과 만나게 되는 사건의 인과성을 제공한 것이기도 하다.

곧 국운을 걱정하는 강개한 의기가 서로의 거리감을 없애고, 그들과 하나 된 의식을 공유하게 만들었으며, 그들이 원생을 받아들이는 이유가 된다. 오히려 왕은 원자허의 명망을 들어서 아름다운 풍모를 깊이 사모하였다고까지 말하고, 이후 왕이 좌정한 신하들에게 오늘밤에 해후를 의아하게 여기지 말라[24]고 한 말은 역시 원생이라는 인물이 그들과 함께 할 수 있는 인품을 지녔다는 의미를 부여한다.

그 근거가 바로 입몽에서 제시된 원생의 기질과 관련한 언급인 것이다. 따라서 원생에 대한 작자의 이러한 설정은 당대의 혼란한 세태 속에서 자신의 처지를 드러내는 하나의 방편으로써, 역사적 사건을 느끼고 <육신전(六臣傳)>의 인물들과 대면할 수 있는 대화의 장이 형성되는 계기가 된다.

---

24) 王曰 夙聞蘭香 深慕薄雲 良宵邂逅 無相訝也. 註釋 21)의 신호열・임형택 공역(1997), 같은 책, 「원생몽유록」, 1009쪽.

4.2. 夢中

몽유 과정은 원자허가 책을 읽다가 잠이 들면서 몽유가 구체화된다. 아울러 서사라는 텍스트 속에서 형상화된 몽유 세계에서 읊조린 시는 작품 전반의 하강적 이미지를 드러냄은 물론 사육신의 좌절을 '長沙 岸'이라는 공간25)을 통해 중국의 비극적 사적과 대응하여 그 애절함을 더하고 있다.

작자 임제가 원자허를 통해 작품의 서사적 형상화를 이끌어 냈다면, 복건자는 원자허를 몽유세계로 인도하는 매개자이며, 역사적 사실로써 사육신을 구현하는 전달자의 역할을 담당하고 있는 것이다. 특히 시연 과정에서 읊조리는 등장인물들의 시에서 남효온(南孝溫/1454-1492)의 <육신전(六臣傳)>을 떠올리게 하는 대목26)이 있다.

곧 복건자의 시를 통해 언급된 '한 편의 野史나마 지어내니, 마땅히 천년 선악의 師가 되었구나.(一編野史堪傳後 千載應爲善惡師)'라는 내용은 작품 속에서 남효온에 대한 작자의 의식을 엿볼 수 있는 발언이기도 하다. 원자허가 복건자의 안내로 따라간 곳에는 왕과 다섯 신하가 앉아 있으며, 왕을 뵙고 난 이후 좌정(坐定)대목이 나오는데 그 내용은 이렇다.

모두가 자리에 앉기를 기다려 末席에 꿇어앉았다. 子虛의 윗자리는 幅巾者가 있었고, 그 윗자리에는 다섯 사람이 차례로 앉았다.(以待坐定 而跪於席末 子虛之上則幅巾者也 其上則五人相次而坐矣) 이 서술을 통

---

25) 長沙는 중국의 湖南省 湘江 하류에 위치한 곳으로 項羽가 義帝를 쫓아낸 뒤 살해했던 곳이다.
26) 윤주필은 <원생몽유록>과 <육신전>의 상관관계와 우언성을 종합적으로 고찰하면서 <원생몽유록>에 나타나는 시연과 육신전이 어떤 연관성을 지니고 잇는가를 검토한 바 있다. 註釋 2) 윤주필(1993), 같은 책.

해 좌정 순서를 보면 왕 다음에 다섯 사람이 앉고 복건자가 앉고 그 뒤에 원자허가 앉았다.

여기서 잠시 등장인물과 사육신의 관계에 의구심을 가질 수 있다. 더욱 왕이 읊은 시에서도 '여섯·일곱의 신하가 함께 하니, 그나마 영혼을 위탁하겠다.(六七臣同, 魂庶有托)'고 한 언급도 쉽게 이해되지 않을 것이다. 그러나 <원생몽유록>을 읽어가는 과정에서 후에 무인 유응부의 등장으로 인해 六臣의 존재는 명확해 지고, 좌정대목은 물론 왕이 읊은 시의 의미도 분명해 진다. 이같이 육신의 존재에서 복건자(幅巾者)의 참여와 원자허(元子虛)는 제외되고 있음을 알 수 있다. 곧 사육신(박팽년, 성삼문, 하위지, 이개, 유성원, 유응부)과 복건자(남효온)는 '六七臣同'을 의미한다.

특히 사실성의 요소를 본다면 남효온의 <육신전>에 근거하고 있으나, 여섯 신하와 복건자의 시연 과정이 그 자체로 소설 속에서, 사실에 바탕을 둔 내적 의미 구조를 취하진 않는다. 오히려 대부분은 작품의 외적 사실에 근거하여, 당대의 역사적 현실에 대한 의미를 허구적 설정 속에서 구체화한다고 볼 수 있다. 이러한 허구적 요소는 작품의 서사적 성격을 강화시키는 동시에 교술적 경향도 충족하며, 몽유우언의 특성도 제시해 주는 역할을 한다.

위와 같은 좌정대목이나 구체적 인물 형상화는 앞에서 언급한 바, 남효온이 지은 <육신전>의 내용과 연관되는데[27] 특히 단종과 사육신, 복건자, 원자허는 각각 시연의 대목을 통해 회한(悔恨)의 가득한 심

---

27) 신재홍은 <원생몽유록>이 단종과 사육신을 추모하기 위해 지은 것이라 하나, 그것보다는 <육신전>이 지니고 있는 작품의 내면적 의미를, 임제 나름대로 당대 현실에 근거하여, 제한적 수용의식을 반영했다고 말한다. 신재홍(1994), 『한국 몽류소설 연구』, 계명문화사, 105쪽.

정을 토로한다. 여기서 원자허의 시는 시사(示唆)하는 바가 있어 살펴보겠다.

지난 일 누구에게 묻는단 말인가, 황량한 산에 한 줌의 흙무덤뿐이로다. 정위새의 죽음처럼 한은 깊고, 넋이 끊어지는 두견새의 시름이로다. 고국에는 어느 해에 돌아가려나, 오늘날 강나루에서 노니는 것을, 몇 곡의 노래는 처량하기도 하고, 갈대꽃 핀 가을에 희미한 달빛이로다.(往事憑誰問 荒山土一丘//恨深精衛死 魂斷杜鵑愁//故國何時返 江樓此日遊//凉歌數闋 殘月荻花秋) 1,2구에서 원자허는 '지나간 일'을 누구에게도 물을 수 없어 회한의 세월로 아쉬워하며 '한 줌의 흙무덤'으로 그 황량함을 표현한다. 그리고 3,4구를 통해서 이러한 자신의 처지는 현실적 한계를 지니고 있어 처량한 노래로 가을을 맞이할 뿐이라 한다.

요컨대 자허의 시는 곧 단종사(端宗事)에 대한 후대인의 감회를 서술한 것으로, 고국에 돌아갈 수 없는 마음이 강루(江樓)에 노닐 뿐이라 한다. 이렇듯 후대인으로서 사육신의 절의가 온전하게 평가되지 못하는 당대의 정치적 현실을 아쉬움으로 바라보는 작자의 쓸쓸함이 배어난다.

복건자의 토론 대목과 시연 부분은 작자 임제가 남효온의 <육신전>을 어떻게 수용하고 구현했는가를 짐작할 수 있다. 복건자는 "요순탕무(堯舜湯武)는 만고(萬古)에 죄인입니다. 훗날에 간계(奸計)로써 왕위를 취한 사람들(狐媚取禪者)은 그들에게 빙자(憑藉)해 왔고, 신하로서 임금을 쳐서 임금이 된 사람들(以臣伐君者)은 그들로부터 이름을 빌려 왔기 때문입니다."라고 단호히 말한다. 이러한 왕위찬탈의 폐습은 오래도록 이어져 네 임금은 그 효시가 되었다고 한다.

하지만 왕은 정색하며 동의하지 않고 이렇게 말한다. 곧 "네 임금이

성덕을 지니고서 네 임금의 입장에 있다면 옳은 일이고, 네 임금이 성덕이 없이 네 임금의 처지가 아니면 옳지 않다. 네 임금이 어찌 죄가 있겠는가?" 그러니까 왕은 요순탕무(堯舜湯武)의 행위를 개인적인 성덕(聖德)과 시세(時勢)의 관계로 이해해 말하고 있으며, 이후 복건자도 동의하는 형태로 일단락된다.

이처럼 복건자와 왕의 토론 대목은 <육신전>에서 드러나는 세조에 대한 부정적 비판 의식과는 차이가 있다. 육신사건의 내재적 원인으로, 요순탕무의 대응을 끌어들여, 작자 임제는 나름대로의 변화된 서사 수용 양상을 이끌고 있는 것이다. 다음에 제시할 임제와 관련한 내용은 그의 의식을 엿볼 수 있어 제시해 본다.

임제는 속리산에 들어가 중용사상을 배우며 익혔는데, 그 과정에서 무려 중용을 팔백 번이나 읽었다는 기록[28]이 있다. 그리고 그는 다음과 같은 문장을 얻었다고 한다. 도(道)는 사람에게서 멀지 않으나 사람이 도를 멀리함이요, 산(山)은 세속에서 떠나 있지 않으나 세속이 산을 떠난 것이다.(道不遠人 人遠道 山非離俗 俗離山 用中庸語也) 이것은 곧 道는 사람이 행하는 것인데, 사람이 도(道)를 행하지 않고 세속을 좇아 도(道)를 멀리한다는 뜻으로, 도(道)와 산(山)과의 관계를 대응해 설명한 것이다.

아울러 『백호속집(白湖續集)』권2, 「오강부(烏江賦)」에는[29] 혹자는 지혜로 하거나 혹자는 힘으로 해서 성공하기도 하고 실패하기도 하는데 천하(天下)의 대세(大勢)가 그 사이에 달려 있다. 대세의 득실(得失)에 따라 성공하기도 하고 실패하기도 하는 것이다. 무엇을 대세라 하는가? 천명(天命)이 돌아오고 떠나감과 인심이 모이고 흩어짐이 그것

---

28) 李晬光, 『芝峯類設』권14, 文章部 7, 「詩藝」.
29) 註釋 21)의 신호열 · 임형택 공역(1997), 같은 책, 하권, 771~774쪽.

이다.[…]그런즉 천하의 대세는 인심(人心)에 본(本)하며, 인심이 모이고 흩어짐에 천명이 돌아오고 떠나는 것이다. 천명이 돌아오고 떠남으로 폐흥존망(廢興存亡)의 계기가 결정되는 것이다.(以智以力 或成或敗 而有天下之大勢 存於其間 勢之得失而成焉敗焉 何謂勢 曰天命之去就 人心之離合 是也.[…]然則天下之大勢 本於人心 人心之離合 而天命去就之 天命之去就 而廢興存亡之機決矣)

위와 같이 폐흥존망(廢興存亡)은 지혜로 하거나 힘으로 하거나, 중요한 것은 대세의 득실에 따라 결정된다고 말한다. 대세(大勢)는 곧 시세(時勢)이고 시세(時勢)는 곧 시운(時運)과 통하는 것으로 작자 임제는 오히려 대세(大勢)에 따른 인간의 주체적 대응 방식을 강조하고 있었다.

인심지합(人心之合)에 의해 천리(天理)도 결정될 수 있다는 임제의 의식이야말로 왕위찬탈과 사육신의 대한 아쉬움을 엿볼 수 있는 대목이 아닐 수 없다. 더욱 이것은 각몽(覺夢) 이후 해월거사의 총평을 통해 작자 임제의 내면 의식이 당대의 현실적 한계 속에서, 어떻게 그 나름대로의 갈등을 이해하고 수용하는가를 발견하게 되는 대목으로 이어진다.

<원생몽유록>의 인물구현 과정에서 가장 변별되는 인물은 여섯 번째 신하인 유응부의 등장이다. 유응부는 왕과 다섯 신하, 복건자, 그리고 원자허가 차례로 시를 읊은 후에 등장하는 인물로 무인(武人)의 호방한 기개(氣槪)를 스스럼없이 나타낸다. 그리고 유응부는 문사들의 나약함을 '腐儒誰責(썩은 선비를 누가 탓하겠는가)'로 단호히 질책한다.

이것은 사신 초청 때 세조를 제거할 수 있었던 거사가 미루어지면서, 오늘의 화를 초래하였다고 하여 성삼문을 畜生처럼 無謀하다고

꾸짖었던 <육신전>의 내용30)과도 일치하고 있다. 임제는 선조(宣祖) 때 문과에 급제하여 벼슬이 북평사(北評事)에 이르렀는데 그의 성격은 호연(浩然)하여 자유분방한 삶을 살았고, 영리(榮利)에 뜻이 없었다고 한다.

특히 임제는 상무적(尙武的) 기풍과 문인적(文人的) 자질(資質)을 공유하고 있어서 문장은 힘차고 시(詩)에 능했으며 병서(兵書)를 좋아했고 보검과 명마(名馬)를 가지고 하루에 천리(千里)를 달렸다31)고 한다. 따라서 작품 말미에 유응부의 등장은 나약한 문사들을 향해 말하고자 했던 임제 자신의 의식이 녹아나는 것이며, 시세(時勢)에 대한 회한인 동시에 임제 자신의 삶을 떠올리게 한다.

4.3. 覺夢

각몽(覺夢) 이후 작품에서 주목되는 것은 해월거사(海月居士)라는 인물을 통해 원자허(元子虛)의 몽유 과정을 전체적으로 총평하고 있다는 사실이다. 따라서 해월거사의 총평은 <원생몽유록(元生夢遊錄)> 전체를 아우르는 중심의식이며, 당시대를 살았던 작자 임제(林悌)의 거침없는 평가라 할 수 있다. 따라서 전문(全文)을 제시해 그 의미를 살펴보겠다.

ㄱ) 무릇 예로부터 임금이 어둡고 신하도 혼미하여 마침내 나라가 망한 경우는 많았다. 이제 생각하니 그 임금은 반드시 현명한 임금이라. 그 여섯 사람도 또한 충의의 신하이다. 어찌 이와 같은 충의의 신하들이 그와 같은 현명한 임금을 보필하였는데 참혹함

---

30) 유영박(1996), 『사육신』, 남효온 <육신전>, 동방도서주식회사, 102~105쪽.
31) 차용주(1989), 『한국 한문소설사』, 아세아문화사, 155쪽.

이 이와 같단 말인가? 오호라!

大抵 自古 主昏臣暗 卒至顚覆者 多矣 今觀其王者 想必賢明之主也
其六人者 亦皆忠義之臣也 安有以如此等臣輔 如此等主 而若是其慘酷
者乎 嗚呼

ㄴ) 대세가 그렇게 만들었던가? 시운이 그렇게 만들었던가? 아무
래도 시운과 대세의 탓으로 돌리지 않을 수 없으며, 또한 하늘의 뜻
으로 돌리지 않을 수 없다.

勢使然耶 時使然邪 然則 不可不歸之於時與勢 而亦不可不歸之於天也

ㄷ) 하늘의 뜻으로 돌리면 선한 이에게 복을 주고 악한 이에게 재
앙을 주는 것이 천도가 아니겠는가? 하늘의 뜻으로 돌릴 수 없다고
한다면 아득하고 막막하여 이 이치를 설명할 도리가 없다. 아득한 우
주 속에 지사의 회한을 돋울 뿐이다.

歸之於天 則福善禍淫 非天道也邪 夫不可歸之於天 則冥然漠然 此理
難詳 宇宙悠悠 徒增志士之恨

위의 내용을 정리해 보면 ㄱ)은 과거사에 대한 논평으로 단종의 현
명함과 사육신의 충의를 언급하면서, 패망한 단종사(端宗事)에 의구심
을 제시하며 슬퍼한다. 이것은 단종사가 곧 현실에서도 도저히 이해될
수 없는 충격적인 사건이며, 충신의 죽음 또한 비분강개(悲憤慷慨)할
수밖에 없는 처참한 현실이라는 것을 전하고 있는 것이다.

ㄴ)은 해월거사의 감정이 극대화 되면서 결국 패망한 비극의 단종사
를 대세(大勢)와 시운(時運)으로 돌릴 수밖에 없는 울분이 토로된다. 앞
서 언급한 바 해월거사의 이러한 의식은 작자 임제가 오히려 대세(大
勢)에 따른 인간의 주체적 대응 방식을 강조하고 있지만, 현실적 상황
에서 왕권을 인정하지 않을 수 없었다.

말하자면 스스로의 내적 갈등을 인식하고 수용하는 방편으로, 갈등의 대안을 하늘에 뜻이라 하여 회포를 달래고 있는 것이다. 이렇듯 해월거사는 단순히 원자허의 친구로서 꿈을 설명하는 의미 영역을 넘어, 작자 임제의 의식을 대언하는 자로서 설정된 허구적 인물로 보아야 옳을 것이다. 끝으로 ㄷ)은 선한 이에게는 복을 주고 악한 이에게는 재앙을 주어야 하는 천도(天道)가 실현될 수 없는, 당대의 한계와 시대적 상황을 언급한 대목이다.

따라서 이러한 어려운 현실적 문제를 천도(天道)로 해결할 수 없다면? 도리가 없는 것이므로, 아득하고 막막하여 지금의 이치를 도저히 설명할 수 없다고 한다. 이 얼마나 안타까운 현실의 탄세(嘆世)란 말인가? 작자 임제는 이 답답한 심로(心勞)를 우주라는 무한한 공간을 통해 지사(志士)의 한없는 강개(慷慨)를 드러내고 있는 것이다.

5. 맺음말

지금까지 본고에서 다룬 논의를 정리해 보면 <원생몽유록(元生夢遊錄)>이 수록된 문헌 중 연대가 가장 앞서는 것은 윤순거(尹舜擧/1594-1667)에 의한 현종 4(1663)에 편찬된 『노릉지(魯陵志)』이다. 윤순거의 『노릉지』를 참고하여 『장릉지(莊陵誌)』(1711)가 간행되었는데, 여기에 바로 <원생몽유록>을 싣고 있다.

아울러 『관란유고(觀瀾遺稿)』(1813) 초간본은 <몽유록(夢遊錄)>이란 제목으로 수록돼 있고, 원호(元昊)를 작자로 명시한 문헌 중 가장 앞서는 자료이다. 그러나 앞서 논의한 바와 같이, 『관란유고』 초간본은

『장릉지』를 저본으로 수록된 것임에도 불구하고 『장릉지』와는 다르게 복건자(幅巾者)의 발언이 누락되어 있고 해월(海月)이 매월(梅月)로 부기되어 있다. 그리고 몽유 이후에 매월(梅月)의 시(詩)가 이어지고 부기(附記)의 기록도 5행에 걸쳐 첨가[32]되어 있었다.

『관란유고』초간본과 『장릉지』는 모두 작품의 종결문면이 『해월문집(海月文集)』과 동일하다. 더욱이 황여일(黃汝一/1556-1622)의 유고인 『해월문집』(1776)에는 '임백호(林白湖)' <원생몽유록>권3, 권7에서 발(跋)과 제시(題詩)에 뚜렷하게 작자를 밝히고 있다. 이것은 『관란유고』초간본보다도 무려 37년이나 앞선 기록으로 선행된 것이다.

물론 필자가 앞서 언급한 바, 작품에 등장하는 해월거사(海月居士)가 곧 '황여일'임은 동의할 수 없으나, 그 기록만은 신실(信實)한 자료가 될 수 있다. 그리고 <원생몽유록>은 몽유(夢遊)라는 과정을 통해 원생(元生)이 역사적 인물들과 스스럼없이 사실(史實)의 관련한 대화를 주고받으며, 등장인물들과 어울려 조직화되고 허구화되는 구조를 지닌다.

따라서 '원생(元生)'은 곧 작자가 아니며, 작자에 의해 가탁(假託)된 몽유의 주체가 되는 것이다. 말하자면 원생(元生), 곧 원자허(元子虛)는 작품 내에서 등장인물들과 시연의 토론을 통해 교류하기도 하고 관찰자로서의 역할을 수행하기도 한다. 이 과정에서 복건자(幅巾者)는 몽유의 과정을 가능하게 하는 인물로, 원자허를 왕과 신하들에게 인도하는 매개자(媒介者)의 역할을 담당하는 것이다.

본고는 또한 작자 문제의 논의와 <원생몽유록>을 중심으로 여러 이본을 비교하여 저본 양상과 선본 관계를 통해 작품의 텍스트를 비교

---

32) 註釋9), 우쾌제(2002) 같은 책에 영인되어 수록, 『관란유고(觀瀾遺稿)』초간본, 460~467쪽.

하였다. 그 과정에서 여러 인물들의 형상화와 관련한 자료나 내용을 검토하여 소설 속 허구와 사실의 우의성을 고찰하였다. <원생몽유록>은 원생의 몽유 과정을 중심으로 입몽(入夢)→몽중(夢中)→각몽(覺夢)의 서사 구조를 형성하는 전형적인 환몽 구조를 취한다.

서술 태도에 있어서도 인물들의 구체화 양상은 만나고 토론하고 시를 읊조리는 순차적인 사건의 진술을 볼 수 있다. 여기서 입몽 부분에 제시된 원자허의 면모를 살펴보면 그는 강개(慷慨)한 선비로 시대에 용납되지 못하는 인물로 제시되고 있다. 이것은 이후 몽유 과정에서 단종(端宗)과 사육신(六臣)을 만나고 그들과 자연스런 탄세(嘆世)의 토로를 나누며, 정서적 공감대를 가능케 하는 일련의 인물 형상의 모습이다.

특히 단종이 원자허의 명망을 칭찬하고 다른 인물들과 해후(邂逅)하게 되는 내용의 인과적 근거를 제공하기도 한다. 텍스트 속에서 왕위 찬탈과 관련한 고금의 흥망은 원생이 속한 소설 속의 세계와 몽유 세계의 공통된 관심사가 된다. 그리고 각몽 이후 해월거사(海月居士)의 총평은 작품 전체의 논평인 동시에 작자의 의식을 대언하는 허구적 인물 형상화로 보아야 한다.

이처럼 <원생몽유록>은 작자 임제(林悌)에 의해 당대 관료층의 모순과 분열이라는 현실의 틈바구니 속에서, 몽유(夢遊)라는 구조와 우의성(寓意性)을 통해 현실과 이상의 괴리를 토로한다. 이것은 곧 역사적 사건을 느끼고 <육신전(六臣傳)>의 인물들과 대면할 수 있는 또 다른 대화의 통로로써 스스로의 한계를 깨닫고 치유하는 공간적 의미를 지니는 것이다.

歌集 <東歌選>의 存在 樣相

1. 머리말

시조는 숙종(肅宗)거쳐 영정조(英正祖)에 최고(最高)를 이루며 김천택(金天澤)의 <청구영언 진본(靑丘永言 珍本)>(1728)이[1] 편찬된 이래 지속적으로 많은 가집(歌集)이 편찬 되었고, 이것은 조선 후기 문학사에 한 흐름이 되었다. 영조 이후에는 작자 중심의 창작 활동이 비교적 적어 조금은 쇠퇴한 느낌을 주지만, 사실상 신문학이 전개되기까지도 시조는 쇠퇴기라 할 수 없다.

다만 가집에서 발견되는 작자가 좀 적은 편인데, 그것은 앞서 영조 때에 편찬된 <청구영언(靑丘永言)>이나 <해동가요(海東歌謠)>는

---

1) <청구영언 진본(靑丘永言 珍本)>은 오장환(吳璋煥)씨의 개인 소장본을 1948년 조선진서간행회(朝鮮珍書刊行會)에서 활자본으로 소개했으며, 현존하는 최초의 가집으로 만횡청류(蔓橫淸類/사설시조)를 시조 문학에 새롭게 부각시켰다. 그리고 <청구영언 육당본(靑丘永言 六堂本)>은 김천택이 편찬한 것이 아니라 원본을 증보한 것으로 19세기에 편찬된 가집이다. 아울러 이한진(李漢鎭)의 <청구영언 연민본(靑丘永言 淵民本)>(1814)의 편찬 시기도 19세기 초로, 친히 필사한 자필본 가집으로 전하는 것이다. 정병욱은 가집 체계에 방법론과 전승 체계를 논의하면서 3대 시조집을 중심으로 <청구영언 진본>→<해동가요>계열→<청구영언 육당본>→<가곡원류>의 계열로 영향 관계를 제시한 바 있다. 정병욱(1959), 「3대 고시조집의 전승체계 소고」, 『국문학산고』, 신구문화사. 심재완(1972), 『시조의 문헌적 연구』, 세종문화사.

작자에 대해서도 충실하려 했지만2), 고종(高宗) 13년에 <가곡원류(歌曲源流)>(1876)는 그렇지 못했다. 만약 신문학 운동을 전후해 좀 더 작자에 비중을 둔 시조집이 나왔다면, 거기에는 그 시대에 가까운 영조(英祖) 이후의 작자도 많이 수록될 수 있었을 것이다.

특히 19세기 말의 <가곡원류>는 시조를 창(唱)할 때의 장단법[梅畵點長短/長鼓長短點]과 가창방법, 창조(唱調)의 성격 등 음악적 요소는 물론 노래를 부르는 태도와 성격(歌之風度形容)을 상세히 밝히고 있다. 즉 시조는 곡조(曲調)에 따라 엄격히 분류했으므로 같은 방식으로 이루어진 <청구영언>보다 곡조는 세분되지만, 작자에 대해서는 등한시 되어 작자 소개가 확실치 않은 곳이 쉽게 발견된다. 하지만 시조를 남창(男唱)과 여창(女唱)으로 구분한 것은 다른 가집에서는 볼 수 없는 것으로, 가창위주의 편찬의도를 짐작케 하는 부분이기도 하다.

아울러 18 · 19세기를 전후해3) <고금가곡(古今歌曲)>, <병와가곡

---

2) 김준영(1992), 『한국 고전문학사』, 형설출판사, 42~64쪽. 한편 김수장(金壽長)이 편찬한 <해동가요(海東歌謠)>는 단일한 가집의 이본 4종이 전하는데, <해동가요 박씨본(海東歌謠 朴氏本)>(1755), <해동가요 일석본(海東歌謠 一石本)>(1763), <해동가요 주씨본(海東歌謠 周氏本)>(1767 이후), <해동가요 U.C. Berkeley 소장본>(1767 이후)의 등장은 그만큼 당대의 연행 현장에서 폭넓게 향유된 사실을 짐작케 하는 증거가 된다. 김용찬(1999), 『18세기의 시조문학과 예술사적 위상』, 월인, 127~128쪽.

3) 최규수는 대분분의 가집이 필사본으로 전하는데 비해, 방각본(坊刻本) 가집으로 전하는 <남훈태평가>를 통해 19세기 시조 문학의 성격을 파악하였다. 이 논의는 19세기 시조사의 특징을 시조창의 활발한 향유를 통해 설명하고 있다. <남훈태평가>는 순 한글로 표기된 시조창(時調唱)을 위해 만들어진 책으로, 책 끝에 '계해석동신간(癸亥石洞新刊)'이라는 기록을 볼 때 철종 14년(1863)에 판각된 사실을 짐작케 한다. 한편 고미숙은 19세기 시조 문학의 성격을 조선 후기 예술사의 연관 속에서 그 의미를 규명하면서, 오히려 19세기는 18세기에 비해 예술 자체에 대한 관심의 폭이 넓어져 예술의 자율성이 확보된 시기로 평가하고 있다. 특히 <가곡원류> 계열과 <남훈태평가> 계열의 가집을 통해 전자는 시조의 전문화 양상으로 매너리즘의 성향이 두드러진다면, 후자는 시조의 대중화 양산을 보이는 통속적 낭만주의로 그 성격을 설명하고 있다. 최규수(1988), 「<남훈태평가>를 통해본 19세기 시조의 변모 양상」, 이화여자대학교대학원 석사학위논문. 고미숙(1993), 「19세기 시조의 전개 양상과 그 작품 세계 연구-예술적 흐름과 관련하여」, 고려대학교대학원 박사학위논문. 이와 관련한 고미숙의

집(瓶窩歌曲集)>, <객악보(客樂譜)>, <남훈태평가(南薰太平歌)> 등의 가집도 나왔는데 이것도 대부분 가사(歌詞)와 음악 위주의 편성이 우세하며, 그 시대의 작자에 관심을 기울인 것은 아니다. 따라서 특정 작품에 대해 작자 표기도 다양하게 나타나는 경우도 있어, 작자와 작품의 정확한 면모를 파악하기도 쉽지 않다. 물론 이 같은 현실은 조선 후기의 시조가 개인 문집이나 가집의 형태로 다양한 문헌들에 산재되어 있기 때문이기도 하다.

하지만 이 시기에 <병와가곡집(瓶窩歌曲集)>은 시조 수록에 있어 현전 최대 규모의 가집으로 평가받고 있는데, 무려 1109수의 작품과 170명의 작자도 찾아 볼 수 있어 주목할 만하다. 김용찬[4]은 <청구영언 진본>이나 <해동가요>에 비해 새로이 등장하는 인물들이 18세기를 전후해 전시기에 고르게 수록된 사실에 주목하여, 전대의 가집들보다 작가를 소개하고 발굴하려는 의식이 <병와가곡집>에 배어 있음을 지적하고 있다.

그리고 이 시기는 장형의 사설시조(辭說時調)가 더욱 유행하여 여러 가집 속에서 풍부한 자료를 발견하게 되는데, 사실 여러 가집의 '무명씨(無名氏)' 부분에 많은 작품은 한문 중심의 상투적 어투나 한시의 인용은 물론 사대부의 작품도 다수 발견 된다. 또 내용과 소재에 있어서

연구는 「19세기 시조사의 예술적 의미(1993)」, 『시조학 논총』9, 한국시조학회. 및 「19세기 시조의 대중화 양상에 대한 연구(1994)」, 『시조학 논총』10, 한국시조학회.

4) 아울러 김용찬은 가집을 검토하는 과정에서 권두 목록에 몇몇 작자의 약력을 소개하면서 '英宗朝 云云'이라 표기한 것으로 보아 적어도 편찬 시기가 正祖朝보다 앞설 수 없다고 보고, 정조 즉위년(1776) 이후에 이루어 졌음을 지적했다. 그리고 김두성(金斗性)은 장헌세자(莊獻世子)의 딸과 결혼하여 광은위(光恩尉)가 된 김기성(金箕性/?~1811)의 초명(初名)인데 실록(實錄)에 그의 이름이 김두성(金斗性)에서 김기성(金箕性)으로 바뀌어 나타나기 시작한 것은 1790년 정조 14년부터가 된다. 따라서 김용찬은 <병와가곡집>을 1790년대 어느 무렵으로 편찬시기를 설정하여 밝히고 있다. 김용찬(1999), 앞의 책, 267, 282, 305쪽.

도 다양한 흡수가 여러 가집을 통해 이루어지는 과정에서 특정 지역을 통한 전문 가객들5)의 참여도 왕성했음을 알 수 있다.

오히려 가집을 중심으로 살필 때, 신분적 차이보다는 그래도 경제적 기반이 견실한 경인 지역을 중심으로 한, 상층 문화적 향유의 특성과 가곡연행의 과정에서 거듭 불려 진 오랜 노래를 새롭게 편저하는 모습을 발견할 수 있다.6) 특히 18세기 후반의 <동가선(東歌選)>은 악곡별 분류로 뒤에 무명씨 부분을 상당수 수록하고 있다. 또한 왕과 명문 사대부들을 포함한 가객들과 7명의 기녀 등 편중되지 않은 다양한 작자들과 시조의 선별을 술어(述語)와 함께 소개하여, 작품에 대한 주제의식은 물론 편찬자의 성향과 당시 음악적 향유에 대한 대중성도 짐작해 볼 수 있다.

아울러 시조 수록에 앞서 작자에 대한 간략한 소개와 작자의 대표작 격인 작품을 한두 수씩 소개하면서 전체적 배열을 연대순으로 수록한 사실만 보더라도 작자의 음악적 수준과 관심을 짐작케 한다. 이것은 마치 요즘 유행하는 대중음악의 애창곡 모음집을 만들면서 가수의 출생과 노래는 물론이요, 생몰연대를 고려해 가며 노래마다 음악적 성향과 전 시대의 음악적 계보를 꿰고 있는 경우를 생각한다면 쉽게 이해될 수 있을 것 같다.

---

5) 조선 후기 문헌에 여항인이란 의미로 서울을 중심으로 한, 경아전과 기술직 중인을 포함한 서리(胥吏)란 명칭이 널리 쓰이게 되었다. 특히 경아전의 물질적 토대는 국가의 행정력과 관련해 물질적 부의 기반이 마련되면서 안정된 소비와 유흥적 문화를 가능케 했다. 그것은 경아전의 부가 양성화 되어 다시 자본으로 투자되기보다는 가문을 중심으로 안정된 부의 축적을 마련한 근거가 되었기 때문이다. 이와 더불어 경아전은 여항시단에 주도 세력으로 등장하면서 18세기와 19세기 후반에 이르기까지 시의 창작과 음악, 서화 등 여항의 문예 활동을 한층 더 풍부하게 하고, 가집의 형성은 물론 집단적 문예 활동의 토대를 마련해 주기도 하였다. 강명관(1997), 『조선후기 여항문학 연구』, 창작과 비평사, 150~151쪽.
6) 신경숙(2002), 「18·19세기 가집, 그 중앙의 산물」, 『한국 시가 연구』11, 한국시가학회, 42~45쪽.

요컨대 <동가선(東歌選)>은 표제에 있는 '東國選歌'의 글귀를 참고해 보아도 '東國' 즉 우리나라의 당시 향유되는 곡조(曲調)를 중심으로 작자가 선별(選)하여 엮은 가집(歌集)임은 분명한 사실이다. 거의 모든 작품 끝에는 시조의 주제격인 감상의 내용을 탄(嘆), 충(忠), 회고(懷古), 은일(隱逸) 등 무려 29종의 술어를 다양하게 밝히고 있으며, 이렇게 내용에 따라 나눈 것은 <고금가곡(古今歌曲)>과도 유사하다.

그리고 <병와가곡집(甁窩歌曲集)>에 새로이 등장하는 작자의 작품과 <동가선>의 작자 표기와 수록 작품이 상당 수 일치된다는 논의도 이미 검토된 바 있다.[7] 그러나 전체적으로 볼 때 <동가선>을 중심으로 하여 가집의 체제나 특성을 논의한 것은 다른 가집에 비해 현실적으로 풍부하지 못한 실정이다.

특히 <동가선>은 18세기 말에서 19세기 후반의 <가곡원류>가 편찬되기까지를 이어주는 가집으로서 현전 최대 가집인 <병와가곡집>의 수록 작품이 1109수/170명의 작자를 소개하는 것에 비해 상대적으로 적은 235수의 작품이지만, 작자는 무명씨 부분을 제외하더라도 무려 113명의 작자를 밝히고 있어 작자 연구와 더불어 시조의 곡조와 술어를 통한 내용 연구도 주목되는 가집이라 하겠다.

따라서 필자는 <동가선> 자체의 가집에 주목하여, 전편에 수록된 시조와 작자를 제시하는 동시에 주제를 밝힌 다양한 술어의 형태도 검토하겠다. 또한 <동가선> 제일 면에 수록된 곡명의 소개와 서문의 핵심 내용도 제시해 보고자 한다. 이것은 가집이 갖는 고유한 특성과 체제를 파악하는 선행 작업이며, 가집에 녹아 있는 편찬자의 의식과 시대적 성향을 이해하는 밑거름이 될 것이다.

---

7) 김용찬(1999), 앞의 책, 267~289쪽.

2. 硏究史 檢討

<동가선(東歌選)>에 대한 연구는 가곡사(歌曲史)의 논의를 다루면
서 그에 관련된 가집(歌集)과의 상관성이나 문헌적 연구가 언급되었을
뿐 다른 가집에 비해 개별 논의가 왕성하지 못했다. 이 책은 현재 서울
대 중앙도서관 소장본으로 도서 첫 장 직인은 경성제국대학 도서관이
라 찍혔으며, 권두는 '東歌選'이란 제목과 함께 각 곡조에 대한 명칭이
설명(評曰)과 함께 배열되었다.

동국대 문리대 성암학인(誠岩學人)에서 이 책을 대본으로 하여 국어
국문학 자료총서 제5집 <시조자료집성> 속에 프린트 판으로 세상에
내놓기도 하였다.[8] 오한근[9]은 백경현(白景炫)의 『오재집(悟齋集)』에
근거하여 동가선 원본에도 없는 동가선 서문이 부기된 것을 발견하고
전문을 소개하면서 백경현의 호가 오재(悟齋)임에 근거하여 <동가
선>이 백경현의 편찬 가집(歌集)임을 밝혔다.

이와 관련해 필자도 가집을 확인한 결과 무명씨(無名氏) 부분에 백
경현의 이름과 호(號)뿐 아니라 자(字)도 확인할 수 있었고 시조 9수도
함께 수록돼 있었다. 호는 '悟齋' 자는 '時晦'로 이름 아래 부기돼 있다.
즉 '東歌選 序文'에 "… 則歌亦詩之一類也 余用是於東國明賢所作歌曲
中 選各調若干 名曰東歌選…" 이 같은 내용을 참고해 볼 때, 편찬 의도
는 보다 분명해 보인다. 작자는 노래(歌)와 시(詩)를 하나(一類)로 보아,
東國(우리나라)에 유명한 사람들이 만든 노래 가운데 曲調별로 약간
수씩 뽑아 東歌로 이름 한다는 편찬 동기를 밝혀 부기(附記)하고 있음

---

8) 김근수(1968), 「동가선 소고」, 『행정 이상헌 선생 회갑기념논문집』, 형설출판사. 본 논문의
   연구는 서울대 소장본을 텍스트로 취하였다.
9) 오한근(1954), 「가집 <동가선> 편자 고」, 『국어국문학』11, 국어국문학회. 東歌選 序文이 뒤
   에 수록됨.

을 알 수 있다.

한편 김근수[10]는 오한근에 의해 제시된 생몰연대를 바로잡으며, 백경현(1732~?)의 생년(生年)으로 보아 18세기 후반으로 가집의 형성 시기를 파악하였다. 이후 강명관[11]은 여항인의 정의와 범위를 논의하면서 여러 여항 작자의 가문을 제시하였는데, <동가선>의 작자 백경현은 백수륜(白壽倫)의 아들로 선산백씨(善山白氏)임을 밝혔고, 승정원 서사(書吏)와 액정서 사알(司謁)을 지냈으며, 구로회(九老會) 구성원으로 활동하였다고 한다.

여기서 '구로회'란 이름은 1794년에 붙여진 이름이기에 주로 활동한 시기는 18세기 후반이라 할 수 있다. 아울러 구로회 구성원의 직책은 비변사 서리, 승문원 서리, 호조 서리, 승정원 서리 등 중요 관서에 서리 출신이며, 이들은 조선 후기에 와서 경제적, 문화적 성장을 통해 사회 세력으로 형성된 서울에 중간 계층의 여항인이었다.

그리고 김용찬[12]은 <병와가곡집(甁窩歌曲集)>과의 대별을 통해 <병와가곡집>에 비로소 등장하는 설총(薛聰)은 <동가선(東歌選)>에도 동일하게 나타나고, 개별 작품에 대한 발문이 보이지 않는 것으로 보아 가창(歌唱)위주의 성격을 보여주는 가집(歌集)이라 지적하였다. 더욱이 <병와가곡집>에 새로이 등장하는 작자와 작품은 <동가선>의 작자 표기와 수록 작품이 일치하는 측면이 많다고 보았다.

따라서 이 두 가집이 저본(底本)과 사본(寫本)의 관계에 있다고 볼 수 있으나, <동가선>의 편자인 백경현의 작품이 <병와가곡집>에 전혀

---

10) 김근수(1979), 「동가선 소고」, 『한국 도서 해제론』, 청록출판사.
11) 구로회의 구성원은 마성린(馬聖麟), 최윤창(崔潤昌), 황덕순(黃德諄), 김완(金琓), 백경현(白景炫), 엄계응(嚴啓膺), 이경오(李景五), 조지원(趙志源), 김성달(金成達) 등으로, 9명을 밝히고 있으며 꼭 이들에 한정된 것은 아니라 한다. 강명관(1997), 앞의 책, 47, 154~156쪽.
12) 김용찬(1999), 앞의 책, 280~281쪽.

보이지 않는 것으로 보아 그 가능성은 희박하다고 말한다. 아울러 수록 작품의 규모나 작자의 면모로 봐도 <병와가곡집>이 <동가선>의 저본(底本)일 가능성 또한 거의 없다고 첨론(添論)하였다.

이 밖에 가곡사(歌曲史) 연구 과정에서 <동가선>과 관련된 상관성 (相關性)이나 문헌적 성격의 고찰은 심재완, 김준영, 양희찬, 신경숙 등[13]의 연구가 거론될 수 있으나 <동가선>을 직접 논의 대상으로 한 것이 아니기에 자세히 거론하지 않겠다. 김천택(金天澤)의 <청구영언 진본(青丘永言 珍本)>(1728)은 제5항 여항육인(閭巷六人)의 여섯 작자 를 별도로 소개했는데, 해당 작자는 김천택을 포함해 장현(張炫), 주의식 (朱義植), 김삼현(金三賢), 김유기(金裕器), 김성기(金聖器) 등이 그들이다.

이처럼 영조 4년(1728)에 벌써 여항인의 존재가 별도로 인식되기에 이르고, 그들의 시(詩)와 음악(歌)도 대중성 있게 향유 되었다. 물론 이 들 여항육인은 경아전과 기술직 중인으로 대표되는 부류들이고, 이들 은 또한 <동가선>에 작품이 수록되어[14] 있는 즉, 백경현이 활동한 구 로회보다 한 세대 앞선 인물들이다.

따라서 여항인의 시사 활동은 이미 영조 이전에도 활발했음을 짐작 할 수 있다. 아울러 이러한 사실은 강명관에 의해서도 언급된 바[15] 있 는데, 여항시단이 19세기 말까지 한시 창작은 물론 음악과 서화에도 적극적으로 가담할 수 있었던 것은 무엇보다 그들의 건실한 물질적 토

---

13) 심재완(1972), 『시조의 문헌적 연구』, 세종문화사, 1972; 『역대시조전서(1972)』, 세종문화사. 1241쪽에는 동가선의 서문도 소개되어 있다. 김준영(1992), 『한국 고전문학사』, 형설출판사. 양희찬(1993), 「시조집의 편찬계열 연구」, 고려대학교대학원 박사학위논문; 「시조집의 편찬 성격 고(1994)」, 『시조학 논총』10, 한국시조학회. 신경숙(2002), 「18·19세기 가집, 그 중앙의 산물」, 『한국시가 연구』11, 한국시가학회.

14) 이수대엽(二數大葉)에 김삼현(#118)/주의식(#128, #129)/김유기(#131, #132)/김성기 (#133), 무명씨(無名氏)에 김천택(#163).

15) 註5, 내용 참고.

대 위에 가능했다는 것이다.

구로회의 일원으로 마성린(馬聖麟)과 최윤창(崔潤昌/晦之)의 활동을 볼 때 마성린의 『안화당사집(安和堂私集)』 영조 21(1745)년의 기록은 당시 풍류를 짐작할 수 있는 좋은 자료가 된다. 곧 노조헌(老棗軒)이라는 곳에서 병을 조리하며 문묵(文墨)으로 소일(消日)하고 매일 여러 사람이 모여 7, 8년을 시서(詩書)로 산수(山水)에서 노닐었다[16]는 것이다.(逐日來會于此 以至七八年而 優遊於詩書山水之間)

이외에 마성린과 최윤창의 기록은 정조 2년(1778)에도[17] 찾을 수 있는데 그 내용을 보면 창가의 한 사람은 호상(豪爽)한 노인으로 큰 취흥에 궤좌(机坐)하여 금조(琴調)와 가곡(歌曲)을 평론(評論)하니 그는 전회(典會) 유천수(劉天受)다. 포의에 띠를 두른 백면(白面) 소랑(少郎)이 필연(筆硯)으로 곧 석상 위 풍경을 그리니 그가 윤숙관(尹叔貫)이다.(窓間一人, 以豪爽老態, 大醉憑机而坐, 評論琴調歌曲者, 劉典會天受也,[…] 白面少郎布衣革帶, 執筆而畵席上卽景者, 尹生叔貫也)

그런데 이 같은 풍경을 환기할 수 있는 모습이 <동가선> 서문(序文)에서, 작자가 <동가선>의 취향을 설명하는 가운데 발견된다는 것은 흥미로운 일이다. 즉 평화로운 즐거움이여 산에서 은일(隱逸)하며 거문고를 켜고 학과 소요(消遙)하며 듣는다. 당시 그 감정이 소리로 변한 것이다. 후대에 사람들이 즐겁게 많이 불러 대중화 될 것이다.(康衢煙月之樂, 山林隱逸琴鶴消遙之聞, 堂時不過托於聲瀉其情而已, 後人咏歡亦足以放俗化驗)

이처럼 이들의 문예 생활은 시단의 모임을 위주로 안정된 풍류를 즐겼고 백경현 역시 말년까지 그들과 함께 활동하며, <동가선>을 편찬하

---

16) 이 자료는 馬聖麟, 「平生憂樂總錄」, 乙丑年條, 『安和堂私集』, 下卷, 『朝鮮後期 閭巷文學 叢書』6, 201쪽으로 驪江出版社에서 刊한 것이며, 1~5(1986)와 6~10(1991)으로 전한다.

17) 馬聖麟, 「是閑齋淸遊說文」, 위의 책, 上卷, 『朝鮮後期 閭巷文學 叢書』6, 148~149쪽.

고 여항시단에 몸담았다. 더욱이 서문의 내용처럼 당대를 넘어 후대에 이르기까지, 유명한 곡조를(東國名賢所作歌曲中) 많은 사람들과 나누며, 대중화 하려는 마음은 곧 작자의 편찬 의식을 읽을 수 있는 대목이 된다.

요컨대 당시 같은 구로회 동인으로 영조 21년(1745)에 마성린의 나이가 19세였으니, 정조 2년(1778)은 그의 나이 52세가 되며, 백경현의 나이도 46세에 이른다. 이처럼 이들은 같은 여항인으로 경아전의 문예 생활을 형성하며, 건실한 경제력을 기반으로 하는 그들 나름의 풍취를 공유하고 있었다.

이후 1794년에 구로회란 이름으로 노년기의 활동이 이어지는데, 그때 백경현의 나이는 62세에 이르고 마성린은 68세가 된다. 이렇듯 그들의 왕성한 활동이 <동가선>이란 가집의 출현을 가능하게 했던 것이고, 동시에 그들 내에서 향유되고 창작되며 바로 앞 세대의 시조나 가곡창과 관련해 새로운 계승을 가능하게 했던 것이다. 이것은 동가선의 가집을 살펴 본 바 가장 후대의 인물로 인물명이 거론된 이가 18세기 후반에 이정보(李鼎輔/1693~1766)임을 봐도 알 수 있는 사실이다.

한편 앞에서 언급한 <병와가곡집(甁窩歌曲集)>(1790)과 비교해 볼 때, <동가선(東歌選)>은 <병와가곡집>보다 편찬시기가 앞설 수는 없는 듯하다. 백경현은 <동가선>의 편찬자이고 시조도 무려 9수나 전하는 작자인데, 현전 최대 규모인 <병와가곡집>에는 찾아 볼 수 없었다. 더욱이 백경현이 활동했던 구로회의 이름이 붙여진 시기나, <동가선>에 등장하는 작자 이름을 보아도 그 추정은 크게 문제되지 않는다.

아울러 연대적 범위에 거론된 작자를 보아도 고구려의 을파소(乙巴素), 신라의 설총(薛聰), 백제의 성충(成忠)과 고려시대 인물인 곽여(郭輿), 최충(崔冲), 우탁(禹倬) 등의 인물이 <병와가곡집>을 통해 비로소 작자 명단에 나타난다. 그런데 현전(現前) 가집 중 이들의 이름은

<청구영언 육당본(靑丘永言 六堂本)>과 <동가선> 그리고 19세기 후반의 대표적 가집인 <가곡원류(歌曲源流)>에도 수록되어 있다. 따라서 이러한 현실을 고려해 볼 때, <동가선>은 작자 백경현의 말년인 1790년대 이후로 볼 수 있으며, 특히 구로회의 이름이 붙여진 1794년을 감안 한다면, 1794에서 18세기 후반까지 편찬 시기를 설정할 수 있을 것이다.

3. 歌集의 體制와 特性

<동가선(東歌選)>은 1책 필사본(筆寫本)으로 내용 체제는 권두에 평조(平調), 우조(羽調), 계면조(界面調), 중대엽(中大葉), 북전(北殿), 수대엽(數大葉) 등에 대하여 간단한 설명을 덧붙였다. 각 곡조의 실례로 초중대엽(初中大葉), 이중대엽(二中大葉), 북전(北殿), 초수대엽(初數大葉), 이수대엽(二數大葉), 삼수대엽(三數大葉), 만흥(蔓興), 등의 순서로 배열하였다.

이수대엽(二數大葉) 안에 무명씨(無名氏) 단락을 나누어 묶어 놓았고, 이 책의 끝에는 잡가(雜歌)라 하여 정철의 <장진주사(將進酒辭)> 外 3수가 첨부되어 있다. 또한 특이한 것은 만흥(蔓興) 안에 만횡(蔓橫)과 낙시조(樂時調)의 술어가 시조 끝에 표기되어 있다.[18] 특히 낙시조

---

18) 김용찬에 의하면 만흥(蔓興)은 아마도 만횡(蔓橫)의 다른 표기로 보고 있으나 필자가 본 가집을 살펴 볼 때, 편자는 만흥(蔓興)을 만횡(蔓橫)과 변별해서 제시하고 있으며, 낙시조 또한 곡명의 성격보다는 작품의 술어로 사용한 의도를 발견할 수 있었다. 아울러 이와 관련해 정학성은 잔치의 흥을 더욱 고조시키는 '즐거운 시조'의 추구로, 진본『청구영언』에서 '낙시조'라는 항목은 상대적으로 발달하고 풍류를 적극화해서 즐기는 내용과 관련된다고 한다. 또한 강명관은 '낙시조'란 용어는 원래 기악(器樂, 거문고) 용어였으나, 조선 후기에 와서는

는 전통 가곡(歌曲)의 한 곡명으로 '지르는 편(編), 잦은 한 잎'처럼 처음을 높은 소리로 질러내는 곡조명의 하나인데, <동가선>에는 이것이 시조의 정서를 담아내는 술어(述語)로 제시되어 있다.

그리고 <동가선>에 수록된 총 235수의 시조를 검토해 본 결과, 술어의 종류는 무려 29개나 발견된다. 가장 많은 시조에 사용된 술어를 제시해 보면 忠33수, 咏26수, 意22수, 慨20수, 橫18수, 述16수, 老12수, 思10수, 孝9수 등 9개이며, 나머지 20여 개는 1~5수 정도로 그 양은 많지 않았다.

요컨대 총 235수 가운데 57수를 제외한 178수가 9개의 술어(忠/咏/意/慨/橫/述/老/思/孝)에 집중되어 있는 것이다. 술어는 곧 시조의 핵심 정서를 작자가 밝혀 논 것이기에, 이 같은 술어의 파악은 당시 각각의 시조를 어떻게 이해하고 향유했는가와 함께 편찬자의 의식과 가집의 지배적 정서까지도 가늠하는 바탕이 됨으로 그 의미가 크다.

아래는 <동가선> 권두(卷頭)에 소개된 풍도형(風道形)과 평(評)을 소개한 것인데, 밑줄 부분은 원본 확인 결과 심재완[19]에 의해 제시된 내용에 오자(誤字)가 있어 필자가 바로잡은 것이다. 아울러 서왈(書曰)은 <동가선> 서문 중 작자 백경현의 가집에 대한 편찬 의식이나 체제에 관해 언급한 부분을 제시해 본 것이다. 밑줄 친 부분은 앞서 2장에서 논의한 내용을 표시한 것임을 밝힌다.

東國選歌 / 東歌選

성악곡(歌曲)의 곡조 명칭으로, 성악곡 낙시조가 기악곡의 명칭을 차용한 것으로 논의 한 바 있다. 강명관(2001), 『조선시대 문학예술의 생성 공간』, 소명출판, 194~195쪽. 김학성(1991), 「시조의 시학적 기반에 관한 연구」, 『고전문학 연구』6, 한국고전문학연구회, 424~425쪽.

19) 심재완의 『역대시조전서(1972)』 1241~1242쪽에는 <동가선>의 서문(序文)과 풍도형(風道形)을 제시하고 있는데, 필자가 <동가선> 원문의 확인 결과 심재완에 의해 제시된 '料/俗/居/分'은 각각 '聊/借/落/今'의 잘못이라 판단된다. 따라서 본고는 <동가선>의 원문을 토대로 밝혀 둔다. 위에 밑줄 친 음절을 참고 한다.

平調

宮聲 雄深和平 黃鐘一動 萬物皆春

評曰 月到天心處 風來水面時 一般淸意味 聊得小人知

羽調

羽聲 淸壯疎暢 玉斗撞破 碎屑鏘鳴

評曰 項羽躍馬 雄劍腰鳴 大江以西 攻無堅城

詩曰 雪淨胡天牧馬還 月明羌笛戍樓閒 借問梅花何處落 風吹一夜滿關山

界面調

商聲 哀怨激烈 忠魂沈江餘音滿楚

評曰 令威去國 千年始歸 累累塚前 物是人非

詩曰 洞庭西望楚江今 水盡南天不見雲 日落長沙秋色遠 不知何處弔湘君

中大葉

初曰 行雲流水 二曰 流水高低 三曰 灘流 徘徊行遠 有一唱三歎之味

北殿

俗稱 後庭花 高山放石 低仰回互 有變風之態

數大葉

皇風樂 宛轉流鶯 有軒擧之意

初中大葉

此曲 依倣中華音律而 或曰 中華葉未知然否.

書曰 詩言志 歌永言 聲依永 律和聲 諸者出自吾心 筆之於書 寫景記事 如國風所載 後來放俗化驗 性情則亘萬古垂千秋而不朽者也 歌者詩之餘 也[⋯]則歌亦詩之一類也 余用是於東國名賢所作歌曲中 選各調若干 名 之曰東歌選若夫忠臣烈士奇節憤惋之心 征夫怨女憂思幽鬱之懷太平氣像 康衢煙月之樂 山林隱逸琴鶴消遙之聞 堂時不過托於聲瀉其情而已 後人 咏歎亦足以放俗化驗.

서문을 토대로 볼 때 작자 백경현의 풍도는 이러한 것이었다. 시는 뜻을 말하고, 노랫말은 가늘고 길게 이어져, 그 노래는 율조의 소리로 어우러진다고 한다. 이런 모든 것이 곧 자신의 마음에서 나와 붓으로 글을 쓰게 한다고 했다. 또한 풍경을 담아 국풍(國風)의 일을 기록한 것이 후에 대중화될 것이라는 소신을 밝히고 있다. 이렇게 원래의 본질은 오랫동안 변하지 않으며, 노래는 시에 남는 것이라 한다.

그리고 술어나 회포를 짐작케 하는 내용으로, 우리나라의 유명한 사람이 만든 노래 가운데 각 곡조별로 선택한 <동가선>은 충신과 열사의 뛰어난 절개와 분개한 마음을 택하고, 원한과 근심, 사모, 유심, 우울함, 회포, 태평기상 등을 무릇 취한다고 밝혀 놓았다. 따라서 앞서 언급한 2장과 함께 위의 제시한 서문을 통해 이미 작자의 의식이나 가집의 편찬 의도는 분명히 드러난 셈이다.

특히 가집을 살피는 과정에서 [遣意(1수)/意(22수)], [嘆(2수)/慨(20수)], [忠(33수)/思(10수)/別(5수)], [懷古(3수)/古(2수)], [隱逸(1수)/隱(1수)], [問答(1수)/問(3수)], [述(16수)/咏(26수)], [明(1수)/春(1수)], [蔓橫(1수)/橫(18수)] 등 특별하게 구분할 수 없는 유사한 의미를 지닌 술어의 분류도 상당수 묶어낼 수 있었다. 이렇게 작자는 시조를 철저히 세분화하여 이처럼 유사한 술어이지만 따로 차별성을 두어 변별을 시도한 것도 특이할 만하다. 그리고 <동가선>에 수록된 시조와 관련해 작자가 분류 대상으로 제시한 술어는 앞서 지적한 바와 같이 모두 29개를 찾을 수 있는데, 총 술어의 내용과 수록된 시조의 편수는 다음과 같다.

遣意(서정적 심정을 띄워 보냄/1수), 嘆(탄식·괴로움을 토로/2수), 忠(충의의 마음/33수), 懷古(지나간 옛 일을 돌이켜 생각함/3수), 隱(나타내지 않는, 멀리함1수), 隱逸(세상을 피하여 숨고자 하는 마음/1수), 問答(물음과 대답, 화답/1수), 思(생각하고, 사모하는 마음/10수), 帝(임금/1수), 述(기술하는/16수), 老(늙음을 토로하는/12수), 壯(젊고, 웅장한/4수), 慨(분개·탄식하는 심정/20수), 咏(읊조리는/26수), 意(뜻, 마음을 나타냄/22수), 孝(부모에 대한 마음/9수), 昇(상승하는 심정/5수), 豪(호걸함, 호탕함/4수), 明(밝고, 분명한 느낌/1수), 景(서경적, 경치와 관련하여 읊음/4수), 興比(견주어 즐거움이 일어남/2수), 別(이별의 정서/5수), 春(봄의 계절적 서경/1수), 古(오랜, 회고의 심정/2수), 酒(취흥/2수), 問(물어보는, 부르는 심정, 찾는/3수), 橫(연이어 일어나는 감정/18수), 蔓橫(가득히 퍼져 일어나는 감정/1수), 樂時調(즐거운 때를 읊조림/1수). <동가선>에 작품이 등장하는 순서는 초중대엽(初中大葉)부터, 각 곡조(曲調)마다 한 두수씩 배치했다. 그 중 삼중대엽(三中大葉)과 이북전(二北殿)의 작품이 수록되지 않은 사실은 특이할 만하다. 전체 체제 순서는 아래와 같다.

1) 초중대엽(初中大葉)-2수(김광욱/정충신, 각 1수씩)

2) 이중대엽(二中大葉)-4수(정몽주/조식, 각 2수씩)

3) 북전(北殿)-1수

4) 초수대엽(初數大葉)-4수(김헌-3수가 있으나, 1수는 황진이의 시조이다. 따라서 황진이로 표기된 것은 1수이지만 사실상 2수가 수록된 셈이다.)

5) 이수대엽(二數大葉)-무명씨(無名氏)로 기록된 것은 36수이고, 이를 포함해 이수대엽은 총 180수가 있다. 작자도 태종대왕, 효종대왕, 숙종대왕, 길재, 이색, 원천석, 이존오, 이조년, 곽여, 을파소, 설총, 이지란, 최충, 성충, 우탁, 맹사성, 김종서, 성삼문, 박팽년, 하위지, 이개, 유응부, 김종직, 김굉필, 김일손, 조광조, 서경덕, 성수침, 김응하, 정구, 성혼, 이원익, 신흠, 이이, 이황, 정철, 이덕형, 이항복, 유자신, 왕방연, 이제신, 임제, 성운, 이양원, 이안눌, 김유, 홍서봉, 조존성, 양응정, 김장생, 조헌, 기대승, 백광훈, 한호, 고경명, 이현보, 이유, 이언적, 홍섬, 송

순, 김광욱, 홍익한, 임경업, 이명한, 김상용, 이정구, 정태화, 정두경, 조한영, 이완, 인평대군, 정온, 김육, 허정, 낭원군간, 김시습, 조위한, 채유후, 강백년, 송시열, 이중집, 허강, 박은, 이택, 김삼현, 남구만, 유혁연, 이화진, 박태보, 구지정, 김창업, 윤두서, 유숭, 박인로, 주의식, 김성최, 김유기, 김성기, 윤순, 이정보, 황진이, 매화, 소춘풍, 한우, 구지, 송이, 계량 등의 순으로 107名이나 밝혀 수록하고 있다. 그리고 무명씨(無名氏)에는 백경현(白景炫), 김정우(金鼎禹)의 두 이름만 실명이 거론된다.

6) 삼수대엽(三數大葉)-17수

7) 만흥(蔓興)-23수

8) 잡가(雜歌)-4수(정철의 將進酒외 3수)

위의 내용을 정리하면 작품 전체를 통하여 지명(知名) 작자 수는 117名 인데, 두 번 거론되는 인물이 3名(김광욱-초중대엽 1수와 이수대엽 3수//정철-이수대엽 1수와 잡가 1수//황진이-초수대엽 2수와 이수대엽 1수)이므로 이를 제외하면 114명이 된다. 그런데 윤선도의 작품으로 잘 알려진 '우ᄂᆞ 거시 벅국이요 플은 거시 버들가 漁村 두셰 집이 暮烟에 즙겨서라 아ᄒᆞ야 새고기 오른다 헌그믈 기워라'의 시조는 윤선도의 '어부사시사'에 나오는 春詞 4수에 해당 된다. 그런데 무명씨로 포함시킨 사실을 고려하면 <동가선>에 이름이 거론된 작가는 총 113名이 옳다고 하겠다.

요컨대 <동가선>은 '무명씨' 부분이나 무명씨로 작자명이 표기되지 않은 시조가 삼수대엽과 만흥을 통해 드러나고 있다. 하지만 이것은 편자가 작자를 몰랐다기보다 오히려 당대에 읊조리기 쉽고 가창자들 사이에서 잘 알려진 시조나, 대중성이 녹아 있는 사설시조를 함께 수록하려했던 편자의 의도가 짐작된다. 왜냐하면 초중대엽부터 이수내엽까지는 시조와 작자를 꼼꼼하게 밝히고 있으나, 무명씨 부분부터 삼수대엽과 만흥은 백경현과 김정우를 제외하고 무려 75수나 무명으로 수록하고 있기 때문이다.

실상 가집을 살펴보는 과정에서 이수대엽에 무명씨로 소개된 작품들 중에는 사실 유명작가의 작품이 다수 발견된다. 이를테면 백경현(9수)이나 김정우(4수)를 제외하더라도 <청구영언(靑丘永言)>의 저자이며 당대 여항육인(閭巷六人)으로 손꼽는 김천택을 비롯해 서경덕, 이정신, 월산대군, 이덕형, 조명리, 윤선도, 김인후, 신흠 등 무려 9명이나 무명씨로 소개20)되어 있었다. 그리고 작품의 총수 235수에서 가장 많은 시조를 수록한 경우는 편자 백경현을 제외한다면, 이명한으로 7수21)가 기록되어 있다.

4. 歌集의 收錄 作品

<동가선(東歌選)>은 크게 곡조별로 묶였지만, 각 시조는 대부분 매수마다 내용별로 첨부하여 나누었다. 한 수씩 시조 끝에 술어(述語)를 달아 작자는 내용에 이해를 더하려했는데, 이것은 결과적으로 가집의 편저 자체에 있어서도 편중되지 않은 주제나 다양한 시조 작자의 수록을 가능하게 했다. 그러면 아래에 <동가선> 전체에 수록된 작품과 작자, 술어를 모두 제시해 보겠다.

---

20) 무명씨 부분의 시조를 검토한 결과 인물을 확인할 수 있었던 작자는 서경덕(#143)을 포함해 이정신(#146), 월산대군(#151), 이덕형(#152), 조명리(#157), 김천택(#163), 윤선도(#180), 김인후(#186), 신흠(#187) 등이 있었다.

21) 이명한의 시조는 #89~#95까지이고, 백경현은 #167~#175까지이다. <동가선(東歌選)>은 초수대엽에 황진이의 대표작으로 널리 알려진 "어져 내일이야 그릴줄을 모로드냐, 이시라 ᄒ더면 가랴마ᄂ…"의 시조가 김헌의 작(作)으로 나누어져 있기도 하다. 그리고 기녀들의 시조도 황진이 3수를 포함하여 매화, 소춘풍, 한우, 구지, 송이, 계량 등 이수대엽 끝부분에 7名의 기녀만을 함께 묶어 변별되게 소개한다. 시조는 순서대로 각각 1수씩 수록하고 있다.

번호	초장구	작자	술어	번호	초장구	작자	술어
1	黃河水 물다터니	金光煜	遣意	24	楚山에 우는 범과	李之蘭	逃
2	空山이 寂寞혼틴	鄭忠臣	嘆	25	白山은 西山에	崔冲	憤
3	이 몸이 죽어죽어	鄭夢周	忠	26	間노라 汨羅水ㅣ	成忠	憤
4	碧海 渴流後에	鄭夢周	懷古	27	흔손의 막듸 잡고	禹倬	老
5	三冬에 뵈옷 닙고	吉再	·	28	江湖에 봄이	孟思誠	·
6	淸凉山 六六峯을	吉再	隱逸	29	江湖에 여름이	孟思誠	·
7	누은들 잠이 오며	無名氏	思	30	江湖에 フ을이	孟思誠	·
8	南八兒 南兒ㅣ	金宓	問答	31	江湖에 겨으리	孟思誠	忠
9	어져 내 일이야	金宓	思	32	朔風은 나모 긋해	金宗瑞	壯
10	天皇氏 지으신	金宓	忠	33	首陽山 브라보셔	成三問	憤
11	冬至둘 기느긴	黃眞伊	思	34	가마귀 눈비 마즈	朴彭年	忠
12	이런둘 엇더흐며	太宗	帝	35	客散 門扉흐고	河緯池	咏
13	淸江에 비듯는	孝宗	·	36	窓 밧긔 섯는 쵸불	李塏	忠
14	靑石嶺 지나거다	孝宗	·	37	간밤의 부든 부람에	兪應孚	忠
15	秋水는 天一色이오	肅宗	·	38	이 뫼에 시름 업슨	金宗直	咏
16	五百年 都邑地를	吉再	忠	39	삿갓싀 되롱衣 닙고	金玄弼	咏
17	百年이 주자진	李穡	忠	40	山頭에 閑雲 起흐고	金駉孫	意
18	興亡이 有數흐니	元天錫	懷古	41	쑴에 曾子씌 뵈와	趙光祖	孝
19	구룸이 無心탄	李存吾	憤	42	ᄆ음이 어린後ㅣ니	徐敬德	忠
20	梨花에 月白흐고	李兆年	忠	43	이리도 太平聖代	成守琛	異
21	五丈原 秋夜月에	郭興	懷古	44	治天下 五十年에	成守琛	異
22	越相國 范小伯이	乙巴素	忠	45	내히 죠타흐고	成守琛	意
23	精一執中홈은	薛聰	忠	46	十年 가른 칼이	金應河	忠

47	江湖에 期約을	鄭逑	忠		71	대 심거 울을 삼고	金長生	·
48	龍馬ㅣ 負圖ᄒ고	成渾	忠		72	治浪에 낙시 너코	趙憲	咏
49	時節이 太平토다	成渾	意		73	池塘에 비 ᄲᅳ리고	趙憲	景
50	말 업슨 靑山이오	成渾	·		74	豪華코 富貴기야	奇大升	
51	綠楊이 千萬絲인들	李元翼	慨		75	五世讐 갑흔 後에	白光勳	明
52	蒼梧山 희진後에	申欽	忠		76	집 方席 내지마라	韓濩	咏
53	泰山이 놉다ᄒ되	李珥	慨		77	보거든 ᄭᅦ믜거나	高敬命	思
54	山上에 밧 ᄀᆞ는	李珥	慨		78	秦淮예 비를 믜고	高敬命	·
55	烟霞로 집을 삼고	李滉	述		79	오려 고기 속고	李賢輔	咏
56	어버이 사라신 제	鄭澈	孝		80	子規야 우지마라	李楺	忠
57	큰 盞에 ᄀᆞ득 부어	李德馨	豪		81	天覆 地載ᄒ니	李彦迪	孝
58	鐵嶺 노픈 재예	李恒福	忠		82	玉을 돌이라 ᄒ니	洪暹	慨
59	옷아 色을 밋고	李恒福	孝		83	風霜이 섯것친 날에	宋純	·
60	秋山이 夕陽을	柳自新	豪		84	細버들 柯枝것거	金光煜	咏
61	千萬里 머나먼	王邦衍	·		85	言忠信 行篤敬ᄒ고	金光煜	意
62	天地도 唐虞적	李濟臣	昇		86	되막되 너를 보니	金光煜	老
63	靑草 우거진 골에	林悌	思		87	首陽山 ᄂᆞ린 물이	洪瀷漢	忠
64	堯舜갓튼 님君을	成運	昇		88	拔山力 蓋世氣ᄂᆞ	林慶業	述
65	노푸나 노푼 남게	李陽元	忠		89	울며 줍은 소믹 쑥	李明漢	述
66	天地로 帳幕삼고	李安訥	壯		90	綠水靑山 기픈 골에	李明漢	意
67	瀟湘江 긴 듸 뷔여	金坅	忠		91	새뼐지쟈 종다리	李明漢	·
68	離別ᄒ던 날에	洪瑞鳳	忠		92	楚江 漁父들아	李明漢	慨
69	아희야 쇼 머겨	趙存性	咏		93	寂無人 掩重門ᄒ되	李明漢	思
70	太平 天地間에	梁應鼎	·		94	西山에 日暮ᄒ니	李明漢	忠

95	牛남아 늘거시니	李明漢	老	119	東窓이 불갓ᄂᆞ냐	南九萬	興比
96	ᄉᆞ랑이 거즌말리	金尙容	思	120	돗ᄂᆞᆫ 물 셔셔 늙고	柳赫然	忠
97	金爐에 香盡ᄒᆞ고	金尙容	意	121	草堂에 깁히 든	李華鎭	咏
98	말ᄒᆞ면 雜類라	金尙容	慨	122	胸中에 불이나니	朴泰輔	思
99	님을 미들 것가	李廷龜	·	123	쥐 츤 쇼로기드라	具志禎	述
100	술을 人醉ᄒᆞ고	鄭太和	意	124	벼슬을 져마다 ᄒᆞ면	金昌業	意
101	舍뿌이 旣棄世ᄒᆞ니	鄭斗卿	慨	125	王에 흙이 무더	升斗緒	慨
102	樂遊原 빗긴 날에	唐漢英	忠	126	淸溪邊 白沙上에	兪崇	述
103	舍山을 削乎턴들	李浣	慨	127	王祥의 鯉魚잡고	朴仁老	孝
104	主人이 好事ᄒᆞ야	麟坪大君	述	128	하날이 놉ᄒᆞ고 발	朱義植	意
105	冊 덥고 窓을 여니	鄭蘊	意	129	주려 죽으려 ᄒᆞ고	朱義植	忠
106	자ᄂᆡ 집의 술 익거든	金堉	意	130	公庭에 吏退ᄒᆞ고	金聖最	咏
107	山中에 雙彩鳥ㅣ야	許珽	孝	131	泰山에 올나 안ᄌ	金裕器	壯
108	돌은 언제 나며	朝原君倧	咏	132	景星出 卿雲興ᄒᆞ니	金裕器	昇
109	孟子 見梁惠王ᄒᆞ신ᄃᆡ	金時傑	忠	133	紅塵을 다 썰치고	金聖器	咏
110	天地 몃 번지며	趙緯韓	豪	134	너 집이 白下山中	片淳	咏
111	두나쓰나 이 濁酒로다	蔡裕後	·	135	菊花야 너ᄂᆞᆫ 어이	李鼎輔	興比
112	靑雲에 곱던 樣子	姜栢年	思	136	내 언졔 信이 업셔	黃眞伊	意
113	님이 혀오시미	宋時烈	思	137	梅花 녯 등걸에	梅花	意
114	뉘라셔 날 늙다턴고	李仲集	述	138	齊도 大國이오	笑春風	意
115	父母 生之ᄒᆞ시니	許橿	孝	139	어이어러 자리 무슴	寒雨	意
116	瞻彼淇澳혼ᄃᆡ 綠竹이	朴闓	·	140	長松으로 빈를 무어	求之	意
117	감쟝새 젹다ᄒᆞ고	李澤	述	141	솔이 솔이라 ᄒᆞ니	松伊	意
118	松壇에 선잠 ᄭᆡ야	金三賢	·	142	梨花雨 훗ᄲᅳ릴 제	桂娘	思

143	무음아 너는 어이	無名氏	老		167	天地間 至樂事는	白景炫	孝
144	白髮이 功名이런들	無名氏	老		168	사름이 百行中에	白景炫	孝
145	남도 준 빙 업고	無名氏	老		169	이리도 聖恩이오	白景炫	忠
146	남이 害홀지라도	無名氏	述		170	白髮아 너는 어이	白景炫	老
147	치위을 마글션졍	無名氏	述		171	長松이 푸른 겻히	白景炫	意
148	長生術 거즛말이	無名氏	慨		172	歲月이 얼풋 가니	白景炫	老
149	萬頃 滄波水로도	無名氏	隱		173	사룸이 죽은 後에	白景炫	酒
150	젓 소리 반기 듯고	無名氏	意		174	一生에 恨호기를	白景炫	老
151	秋江에 밤이 드니	無名氏	景		175	物色을 보려호고	白景炫	意
152	둘이 두렷호여	無名氏	景		176	어와 벗님네야	金鼎馬	問
153	히 져 黃昏이 되면	無名氏	思		177	뭇노라 져 禪師야	金鼎馬	問
154	둙아 우지마라	無名氏	述		178	푸른 山中 白髮翁이	金鼎馬	咏
155	風波에 놀난 沙工	無名氏	述		179	窓 밧긔 菊花를	金鼎馬	意
156	柴桑里 五柳村에	無名氏	咏		180	우는 거시 벅국이오	無名氏	景
157	기러기 다 나라 가고	無名氏	述		181	崑崙山川 牛輪秋와	無名氏	·
158	靑春 少年드라	無名氏	老		182	네 집이 어듸메오	無名氏	問
159	朝天路 지나거나	無名氏	古		183	平生에 恨호기를	無名氏	意
160	楚伯王 壯호 뜻도	無名氏	別		184	이 몸이 죽어지거든	無名氏	思
161	太公의 고기 낙든	無名氏	咏		185	닉 집이 골이깁허	無名氏	咏
162	梧桐에 月上호고	無名氏	咏		186	靑山도 절로절로	無名氏	咏
163	옷 버셔 아히 쥬어	無名氏	酒		187	山村에 눈이 오니	無名氏	咏
164	百川이 東到海호니	無名氏	思		188	나이 언제런지	無名氏	咏
165	북 소리 들니는	無名氏	咏		189	술은 언지 나혀	無名氏	咏
166	淸溪上 草堂外에	無名氏	春		190	綠楊 春三月을	無名氏	老

191	世上이 말하거늘	無名氏	述
192	蕭聲咽 秦娥夢斷	無名氏	古
193	西塞山前에 白鷺飛	無名氏	述
194	洛東江上 仙舟泛	無名氏	嘆
195	夕陽에 醉興을 계워	無名氏	咏
196	어우하 날 소겨고나	無名氏	老
197	우리 갓치 소리는	無名氏	別
198	白鷗는 欲去長嘶하고	無名氏	別
199	百年을 假使人人壽ㅣ	無名氏	慨
200	梨花桃花 杏花芳草들아	無名氏	慨
201	楚山秦山 多白雲하니	無名氏	別
202	秋霜에 놀난 기러기	無名氏	別
203	萬頃滄波 欲暮天에	無名氏	咏
204	有馬有金 兼有酒할	無名氏	慨
205	況是靑春 日將暮하니	無名氏	慨
206	轅門將軍이 氣雄豪하니	無名氏	壯
207	白鷗는 片片	無名氏	橫
208	李太白의 酒量은	無名氏	豪
209	天地는 萬物之逆旅요	無名氏	慨
210	諸葛亮의 七縱七擒	無名氏	慨
211	司馬遷의 鳴萬古文章	無名氏	橫
212	酒色을 삼가란 말이	無名氏	橫
213	大丈夫ㅣ 天地間에	無名氏	橫
214	自古 男兒의 豪心	無名氏	橫
215	白鷗는 千里萬里	無名氏	橫
216	大丈夫 되여 나셔	無名氏	橫
217	술이라 하는 거시	無名氏	橫
218	月 一片 燈 三更인	無名氏	橫
219	大丈夫 功成身退훈	無名氏	橫
220	萬古歷代 人品之中에	無名氏	橫
221	功名을 혜아리니	無名氏	橫
222	男兒의 少年身世	無名氏	橫
223	山靜하니 似太古오	無名氏	橫
224	아마도 豪放훈 슨	無名氏	·
225	南薰殿 舜帝琴을	無名氏	橫
226	寒碧堂 瀟洒훈 景을	無名氏	橫
227	泰山이 不讓土壤故	無名氏	橫
228	二十四橋 月明훈듸	無名氏	橫
229	大雪이 滿山거늘	無名氏	·
230	鎭國名山 萬丈峯이	無名氏	戀與調
231	洛陽 三月 方春和時에	無名氏	戀橫
232	悵唱하니 歌聲咽이오	無名氏	忠
233	훈 盞 먹사이다	無名氏	·
234	술이 醉하거든 오다가	無名氏	咏
235	空山木落 雨蕭蕭훈듸	無名氏	·
235	空山木落 雨蕭蕭훈듸	無名氏	·

위에서 제시한 바와 같이 견의(遣意), 탄(嘆), 충(忠), 회고(懷古), 은일(隱逸), 사(思), 문답(問答), 제(帝), 개(慨), 술(述), 노(老), 장(壯), 영(咏), 의(意), 효(孝), 승(昇), 호(豪), 경(景), 흥비(興比), 은(隱), 고(古), 별(別), 주(酒), 춘(春), 문(問), 횡(橫), 명(明), 낙시조(樂時調), 만횡(蔓橫) 등 무려 29가지에 다양한 술어로 작자는 시정(詩情)을 꼼꼼하게 분류하여 표시하였다. 곧 총 작품 수록의 235수 중 술어가 제시된 것은 무려 211수에 달한다. 따라서 24수를 제외한 모든 시조에 술어가 붙어 있는 것이다.

술어가 생략된 24수의 작품 번호는 #5, #13, #14, #15, #28, #28, #30, #50, #61, #70, #71, #74, #78, #83, #91, #99, #111, #116, #118, #181, #224, #229, #233, #235 등이다. 그런데 가집(歌集) 전체를 살펴본 결과 술어(述語)가 부기되지 않은 24수의 작품은 사실 필자가 시조의 내용을 검토할 때, 실수의 누락이나 작자의 임의에 의한 변형 의도는 없어 보인다.

오히려 각 시조와 술어의 의미를 고찰해 보면, 바로 뒤에 수록된 시조의 술어와 동일한 주제로 묶을 수 있어 따로 부기하지 않은 것 같다. 즉 전체 구조가 시조 작품 뒤에 그 감상의 술어가 붙었으니, 당연히 같은 주제의 시조에는 따로 술어를 부기하지 않고, 다음 시조를 소개한 뒤 함께 묶는 의미로 끝에 시조의 술어를 달아 놓았다는 것이다. 이것은 각 작품들과의 내용적 의미를 살펴봐도 큰 무리가 없다.

예컨대 #12수 끝에 술어가 '帝'라면 #13/#14/#15는 술어가 없고, #16에는 '忠'으로 술어를 달아 놓은 경우인데, 곧 #13~#16까지는 모두 '忠'으로, 주제의식을 묶을 수 있다는 것이다. 물론 앞서 지적한 것처럼 작품의 내용면에서도, 가집에서 항상 시조 소개 후에 술어를 부기하는 형식면에서도 무리가 없다고 본다.

또한 작품 수에 비해 제시된 작자 수도 113명으로 상당히 많다. 다시 말해 현전(現傳) 최대의 작품을 수록하고 있는 <병와가곡집(瓶窩歌曲集)>이 1109수에 170명을 소개하고 있는데 비해 <동가선(東歌選)>은 상대적으로 적은 235수 중 무려 113명의 실명 작가를 소개하고 있어, 그 가치는 크다 할 것이다. 더욱이 180수나 되는 시조가 이수대엽(二數大葉)에 집중되어 있는 사실을 보아도 <동가선(東歌選)>은 유명씨(有名氏) 위주로 엮은 가집적(歌集的) 특성을 발견할 수 있으며, 동시에 당시 이수대엽(二數大葉)의 대중성(大衆性)도 짐작할 수 있겠다.

5. 맺음말

18·19세기는 고시조 작품의 자료가 가집(歌集)을 통하여 양적으로 풍부한 성장을 이루는데, 이것은 가곡(歌曲)이라는 음악적 요소에 노랫말을 곡조별로 나누어 기록한 것이다. 이러한 가집들은 상당수 필사(筆寫)에 의해 여러 이본(異本)이 전하고 더러는 문헌과는 관계없이 개인적으로, 문집이나 악보를 만들어 독자적인 노랫말을 기록하기도 한다.

곧 문헌마다 노랫말이 일치하지 않거나 문헌에 따라서 동일한 작품의 작자를 서로 다르게 표기하는 경우도 많다. 이것은 곧 구전성(口傳性)이나 시조의 음악성에 의한 운율성(韻律性)에서 오는 대중성(大衆性)과 관련된다. 다시 말해 조선 후기로 오면서, 다양한 계층들이 폭넓게 시조를 공유하고 참여하는 변화된 증거이기도 한 것이다.

특히 시조 작품 속에 민속악에 속하는 잡가의 노랫말이 나타나기도 하고, 판소리의 노랫말이 시조집에 함께 수록되기도 하며, 민요에서나 볼 수 있는 노랫말도 쉽게 발견할 수 있다. 이렇게 가집(歌集)은 한 시대의 정서와 풍류를 담아내고 그 속에 수록된 하나하나의 작품을 통해 작자의 의식까지도 이끌어낼 수 있다.

<동가선(東歌選)>은 편자 백경현(白景炫)의 변별된 안목(眼目)과 시대적 대중성이 고르게 녹아 있다. 특히 전해오는 시조 작품 중에서 유명한 것만을 선택했으며, 왕실작가를 앞에 두고 사대부들이나 사육신 그리고 전문 가객들과 기녀들의 순으로 체계적인 수록과 다양성을 시도하였다.

물론 그 선택된 작품이 작자의 대표작도 있고 그렇지 않은 것도 있어 수록된 작품이 그 작자의 대표작이라고 단정해 버리는 것은 무리가 따른다. 따라서 편저자의 성향이나 당시 대중성이 녹아 있는 작품의 선별이 이루어 졌을 것으로 본다. 또한 필사 형식을 보면 <동가선>에 수록된 작품은 간혹 초(初)·중(中)·종장(終章)을 구별한 것도 있기는 하나 대부분 그대로 이어 쓰는 형태로 되어 있다. 한자는 한 줄로 썼고, 국문은 두 줄로 써서 구분해 둔 것은 특이할 만하다.

그리고 체제는 크게 곡조별로 묶었지만, 각 시조는 매수마다 또 내용별로 시조 끝에 술어(述語)를 달아 편자가 나누어 놓았다. 가집 전체를 고찰해 볼 때 지명(知名) 작자가 많으며, 그것은 이수대엽(二數大葉)에 집중되고 작자의 배열은 대부분 시대 순을 따르고 있다. 또 작품 앞에는 해당 작자의 성명과 자(字), 호(號)를 간략하게 소개했으며, 황진이와 계랑을 제외한 다른 기녀들은 이름만 제시해 놓았다.

<동가선>은 작자 백경현의 말년인 1790년대 이후로 볼 수 있으며, 특히 구로회의 이름이 붙여진 1794년을 감안 한다면, 1794에서 18세기 후반까지 편찬 시기를 설정할 수 있을 것이다. 또한 <동가선>은

18세기 말에서 19세기 후반의 <가곡원류(歌曲源流)>가 편찬되기까지를 이어주는 가집으로 그 가치를 확인할 수 있다.

더욱이 현전 최대 가집인 <병와가곡집(甁窩歌曲集)>의 수록 작품이 1109수/170명의 작자를 소개하고 있는 사실을 고려해 보면, <동가선>은 상대적으로 적은 수의(235수) 작품이 수록된 것은 사실이다. 그러나 <동가선>은 오히려 무명씨(無名氏) 부분을 제외하더라도 무려 113명의 실명 작자를 밝히고 있어 작자 연구는 물론 시조의 곡조와 술어를 통한 내용 연구도 주목되는 가집이라 할 수 있다. 끝으로 본고의 논의를 통해 <동가선> 자체의 개별 연구는 물론 18·19세기에 편찬된 주요 가집(歌集)들의 상호 관련성을 밝히는 논의에 기반이 되길 바란다.

懶翁作 <西往歌> 一攷

1. 머리말

나옹화상(懶翁和尙/1320~1376)은 고려 말 명승(名僧)으로 지공(指空)·무학(無學)과 함께 삼대화상(三大和尙)으로 일컫는다. 나옹화상의 <서왕가(西往歌)>는 연구 초부터 가사의 효시 문제와 관련해 불교가사 연구에 지속적인 주목을 받으며 관심을 모았다. 나옹의 작품으로 알려진 불교가사는 <서왕가1(西往歌)>[1]·<서왕가2(西往歌)>[2]·<낙도가(落島歌)>·<수도가(修道歌)>·<승원가(僧元歌)>·<심우가(尋牛歌)> 등이 전한다.

1960년대까지 <서왕가(西往歌)>를 중심으로 한 나옹의 작품 연구는 서지적 검토를 중심으로 연구자의 관점에 따라 나옹작 진위(眞僞) 문제가 거론되면서, 가사문학의 효시 작품을 나옹의 <서왕가>냐 정극인(丁克仁/1401~1481)의 <상춘곡(賞春曲)>이냐의 문제로 첨예하게 양분되어 왔다.

---

1) <西往歌1>은 영조 41년(1765년) 영변(寧邊) 용문사판(龍門寺板) 보권염불문소재본(普勸念佛文所載本)을 가리킨다.
2) <西往歌2>는 권상로(勸相老) 채집본(採集本)이다.

이후 1970년대는 나옹의 새로운 불교가사가 학계에 소개되면서 논의가 확산되기에 이른다. 즉 나옹작으로, 이두(吏讀) 표기의 <승원가(조혁제소장본)>를 김종우(1971)[3]가 발굴해 학계에 소개했고, 하석래(1975)[4]는 <수도가>를 발굴해 <서왕가>의 발전과정(<修道歌>→<西往歌>→<樂道歌>)을 설명하면서 그 원형을 구하려 했다.

이 시기의 연구는 대체로 고려 말엽 나옹이 불교가사를 지은 것으로 인정하고 효시작의 논의도 <승원가>·<서왕가>를 중심으로, 이본(異本) 연구[5]가 시작되었다. 현재 <서왕가>가 실려 전하는 문헌 중 가장 오래된 것은 1704년 경상도 예천 용문사(龍門寺)에서 판각된, 명연(明衍)이 석(釋)한 『보권염불문(普勸念佛文)』이다. 그리고 1741년에 팔공산 수도사판(修道寺板)이 뒤를 잇는데, 수도사판본은 용문사 판본과 동일한 재간본(再刊本)이다.

이후 1764년 대구 동화사(桐華寺), 1765년 구월산 흥률사(興律寺)와 묘향산 용문사(龍門寺), 1776년 합천 해인사(海印寺), 1787년 무장 선운사(禪雲寺)에서 거듭 판각되기에 이른다. 여기서 황해도 구월산의

---

3) 김종우(1971), 「나옹화상 승원가(필사본)」, 『국어국문학』 10집, 부산대학교, <僧元歌>의 원문을 싣고 주석과 함께 현대 역을 실었다.

4) 하석래(1975), 「가사문학의 원형인 수도가」, 『문학사상』 2(통권29호), 392~403쪽.

5) 나옹화상의 가사문학 작품을 인정하는 관점에서 <서왕가>와 <승원가>의 선후 문제를 논의한 것이다. 김기탁은 승려들이 불교의 포교를 위하여 口念한 염불송에서 불교가사의 연원을 찾아야 한다고 보고, <서왕가>보다는 <승원가>가 長形의 사설적 염불송에 접근함으로, 가사문학의 최초는 나옹의 <서왕가>가 아닌 <승원가>라고 주장하였다. 이어 정대구는 우리나라 가사문학의 효시로 김종우가 발굴한 승원가의 작자 문제를 고찰하였다. <승원가>와 <서왕가>의 대비를 통해 가사와 유사한 단어를 많이 찾을 수 있었고, 나옹의 <자책가(自責歌)>가 <승원가>의 異本이므로, <승원가>는 나옹의 작품이 확실하다고 주장하였다. 허나 가사의 효시는 <서왕가>로 보고 있으며, <승원가>와 그 해제도 덧붙여 놓았다. 요컨대 나옹은 귀족층의 요구로 <서왕가>를 짓고, 그 뒤 민중적 요구에 부흥하는 차원에서 <승원가>를 지었다는 것이다. 김기탁(1976), 「나옹화상의 작품과 가사발생 연원 고찰」, 『영남어문학』 3집, 영남어문학회. 정대구(1984), 「<승원가>의 작자 연구」, 『숭실어문』 1집, 숭실대학교.

홍률사(1765)를 제외한 모든 판본은 <서왕가>를 수록하고 있다. 이렇게 '懶翁和尙西往歌'는 제목에서 보듯 '懶翁'이 지은 '西方淨土'의 노래이며, 불교적 신앙을 고취하고자 염불(念佛)을 권(勸)하고 세상의 탐욕을 벗어나 극락왕생(極樂往生)을 바라는 하나의 텍스트로 대중성을 키워 나갔던 것이다.

요컨대 이상에서 <서왕가>를 나옹화상의 원작으로 인정하는 견해는 김태준을 필두로 이병기, 장덕순, 서수생, 이상보, 정병욱 등이 이에 동조하며, 최강현, 구수영, 김성배, 김종우, 인권환, 조태영 등으로 이어져 왔다. 그러나 그 후 후인의 의작으로, 나옹작을 부정하는 견해도 일찍이 제기되고 있었다. 즉 김사엽의 논의를 시작으로 김준영, 이병주, 강전섭, 정재호 등으로 대표되는 견해가 뒤를 이으며 논의의 확산을 가져왔다. 이처럼 <서왕가>에 대한 나옹화상의 원작 문제는 아직 결론을 보지 못한 채 계속되고 있으나, 학계의 경향은 이 작품의 출현으로 가사문학의 형성 시기가 고려시대라는 쪽으로 받아들여지고 있다.

따라서 본고는 먼저, 이러한 각인들의 주장을 밝혀 그 의미를 조명하고 전인적 파악을 위해 <서왕가>를 둘러싼 가사 발생과 관련된 사적(史的) 논의와 관련 쟁점을 살필 것이다. 아울러 나옹작(懶翁作) 진위에 대한 필자의 견해도 제시해 보겠다. 그리고 나옹의 문집, 『나옹집(懶翁集)』을 토대로 나옹화상(懶翁和尙)의 생애와 염불행(念佛行), 불교적 교리를 바탕으로 <서왕가>와의 유기적 관련성을 유지하면서 논의를 세우고자 한다. 이것은 곧 <서왕가>를 통해 녹아 있는 나옹의 불교적 관념과 대중을 향해 살다간 나옹의 삶을 바르게 이해하는 과정으로, 그 위치를 확고히 하는 작업이 될 것이다.

2. 懶翁作 眞僞의 史的 檢討

나옹화상(懶翁和尙) <서왕가(西往歌)>6)가 실려 전하는 현전 문헌
중 가장 선본(先本)은 영조 17년(1741)刊 신녕(新寧) 수도사판(修道寺
板)『대미타참략초요람보권염불문(大彌陀懺略抄要濫普勸念佛文)』이며,
그 뒤에 영조 41(1765)刊 영변(寧邊) 용문사판(龍門寺板)『염불보권문
(念佛普勸文)』, 구월산(九月山) 홍률사판(興律寺板)『염불보권문(念佛
普勸文)』, 영조 52년(1776)刊 합천(陜川) 해인사판(海印寺板)『염불보
권문(念佛普勸文)』,『신편보권문(新編普勸文)』이 있다. 그리고 이후 정
조 11년(1787)刊 무장(茂長) 선운사판(禪雲寺板)과 근래의 것으로, 김
사엽外 2人 공편,『조선민요집성(朝鮮民謠集成)』고대편(古代篇)(정음
사, 1948)이라는 활판본에 권상로(勸相老)가 수집한 2종의 이본(異本)
이 전한다.

먼저, 나옹작(懶翁作) 진위(眞僞)와 관련해 나옹의 가사를 처음으로
언급하며 다소의 원형을 구하려 한 것은 1934년 김태준7)에 의해서였
다. 김태준은 권상로가 채록한 <서왕가2>・<심우가>・<낙도가>
에 대하여 언급하면서 나옹작에는 <서왕가>도 여러 가지로 전하며,
<낙도가> 역시 그러하다고 밝혔다. 이는 물론 나옹의 작이 그대로 전
하는 것이라 믿을 수 없으나 다소라도 원형을 보전하였다면 다행이라

---

6) 최강현의 연구에 의하면 지금까지 알려진 최초의 <서왕가> 판본은 숙종 30년(1704)에 명연
   (明衍)이 편집하여, 영・정조 때까지, 모두 6차례에 걸쳐 간행되었다고 한다. <서왕가>의 수
   록 여부와 관계없이 「염불보권문」의 출간 순서는 홍률사본(4간)→용문사본→해인사본→선
   운사본의 순이라 한다. 최강현(1972), 「서왕가 연구-주로 그 수록문헌과 연대를 중심」,
   『인문논집』17집, 고려대학교; 「가사의 발생사적 연구-서왕가와 상춘곡을 중심(1974)」, 『새국
   어교육』18~20합병호.
7) 김태준(1934), 『조선가요집성』제1집, 고가편, 한성도서주식회사.

는 언급으로, 조금은 소극적 입장을 표명하면서 고려가사(高麗歌詞) 말미(末尾)에 첨부해 놓았다. 그리고 <서왕가2>의 뒤에는 <심우가>·<낙도가>와 함께 권상로의 채집(採集)을 밝히고 있다.

이병기[8]는 가사문학의 고려 말엽 발생설을 주장하면서 고려 중엽 이규보의 <동명왕편(東明王篇)>·이승휴의 <제왕운기(帝王韻紀)>, 오세문의 <역대가(歷代歌)> 등에서 우리는 가사체의 원형을 찾을 수 있다는 견해를 제시하면서, 김태준에 동조하는 논의를 폈다. 즉 종래(從來) 우리 조상들은 글을 읽을 때 축문(祝文)이나 가사 이외에는 반드시 우리말로 토를 달아 읽었는데, 장편 한시에 토만 달아 읽든지 시조체의 초중장(初中章)을 연속하면 이러한 가사체가 형성될 수 있음을 지적하고 있다.

그 후 이병기의 논의가 탄력이 되어 1960년대의 장덕순[9]은 세종조(世宗祖) 윤회(尹淮/1380~1436)가 지은 <봉황음(鳳凰吟)>에서 가사의 원형을 찾을 수 있다면, <제왕운기>나 <동명왕편>에도 훌륭히 가사의 모습을 찾을 수 있다고 주장한다. 그러니까 전자(前者)는 오언(五言)과 칠언(七言)으로 후자(後者)는 오언(五言)으로 된 한시인데, 여기에 토를 달아서 읊으면 가사 형식에 접근할 수 있다는 것이다. 이렇게 볼 때, 고려 말에 지었다는 나옹화상의 <서왕가>와 신득청(申得淸)의 <역대전리가(歷代轉理歌)>는 가사의 고려 말 발생설을 더욱 가능하게 하는 것임을 인정해야 한다고 했다.

한편 서수생[10]도 <상춘곡>이 가사의 효시 작으로는 지나치게 세련되고 정비된 형식을 지니고 있다는 사실에 주목하면서, 그 이전의

---

8) 이병기·백철(1957), 『국문학전사』, 신구문화사, 110~107쪽.
9) 장덕순(1960), 『국문학통론』, 신구문화사, 『한국문학사(1995)』, 박이정, 179~182쪽.
10) 서수생(1962), 「송강의 전후사미인곡의 연구-특히 굴원의 초사와 비교해 가면서」, 『경북대 논문집』6, 경북대학교.

가사인 <서왕가>의 존재 가능성을 인정하고 있었다. 이어 60년대 이후부터 70년대 중반까지 논의의 설정을 넓힌 것은 이상보였다. 이상보[11]는 불교가사의 특성을 토대로 그 변화 과정을 설명하면서, 48편의 가사 작품을 중심으로 볼 때 불교가사는 종교적 교훈가사이기에 내용도 유사하여 개성적인 노래가 드물다고 하였다. 이처럼 불교가사의 출발은 한국 가사문학의 연원이 됨과 아울러 20세기 초 개화기에 이르러 개화가사의 형태로 그 변화 과정을 꾀하였다고 말한다.

70년대를 맞이하면서 정병욱[12]은 <서왕가>의 발생설에 더욱 공고한 기초를 마련한다. 먼저 <서왕가>의 발생설을 결정적으로 번복할 뚜렷한 반증이 없다는 사실을 제기했다. 그리고 조동일의 언급에서도 알 수 있듯, 가사문학은 본질적으로 교술성을 띠고 있기에 <서왕가>와 같은 교술적인 가사문학이 일찍부터 형성될 수 있었다는 논의를 상정한다. 따라서 불승들은 자연스럽게 가사문학을 빌어 포교를 도모할 수 있었다는 것이다. 아울러 나옹화상과 동(同) 시대에 활동한 이유헌(李猷軒), 신득청(申得淸)이 지은 <역대전리가>라는 가사가 현전(現前)하고 있다는 사실은, 더욱 그 가능성을 높이는 좋은 사례가 될 수 있다고 지적한다.

이상의 논의를 면밀히 검토하여 종합적 고찰을 시도한 것은 최강현[13]에 의해 시도된다. 최강현은 <서왕가>의 이본(異本) 비교를 통해 수록된 문헌과 원문 대교를 시도하면서, 내용의 분석은 물론 작품에

---

11) 이상보(1969), 「한국 불교문학 연구(上)」, 『국어국문학논문집』7, 8(上), 동국대학교; 『한국 고시가의 연구』, 형설출판사, 1975, 42~44쪽.
12) 정병욱(1970), 「가사문학과 불교-국문학과 불교」, 『법시』36집, 법시사; 『한국 고전시가론(1977)』, 신구문화사, 1977, 268~271쪽.
13) 최강현(1972), 「서왕가 연구」, 『인문논집』17, 고려대학교문과대학, 99~102쪽; 「가사의 발생사적 연구(1974)」, 『새국어교육』18~20합병호; 『가사 문학론(1986)』, 새문사, 1986, 127~139쪽.

나타난 어휘의 빈도, 구수(句數)의 통계를 내어 조선 전기 가사와 유사함을 밝혔다. 그리고 나옹의 생애와 어록에 사용된 관용어의 빈도 등을 추출하여 나옹의 선관(禪觀), 생사관(生死觀), 왕생관(往生觀) 등이 일치함을 내세워 작자를 나옹화상이라 검증해 놓으며 나옹작(懶翁作)임을 확고히 굳히려 하였다.

또한 구수영14)은 정병욱의 논의를 크게 벗어나지 않으면서, 나옹의 생애나 불교계의 위치로 보아 <서왕가>의 창작 가능성은 충분하며, 일반 대중들의 포교를 위해 쉬운 가사 형식으로 지었음을 주장한다. 아울러 구비전승의 가능성도 충분하기에 <서왕가>는 여말에 이루어진 현존 최고의 가사로서 그 가치를 인정해야 한다고 말한다. 김성배15) 역시 불승의 연화행각과 관련해 불교가사의 발생과 발전을 설명하고, 문전염불(門前念佛)로서의 연행에 주목하여 논의를 지지하였다. 그리고 김종우16)는 이두(吏讀)로 표기된 <승원가>가의 용어 사용법이나 분위기상 나옹의 작(作)이라 단정하고, 가사형식이 '單章鄕歌→普賢十願歌→僧元歌→西往歌'의 순으로 발생했다고 추정한 바 있다. 요컨대 이들 역시 모두가 고려시대의 불교가사에 대한 다양한 접근을 통해 나옹화상의 작을 인정한 경우라 하겠다.

끝으로 90년대의 주목할 만한 논의는 인권환17)과 <서왕가>의 문학적 가치에 초점을 두어 텍스트 분석을 시도한 조태영18)을 지적할 수 있다. 특히 인권환은 앞서『고려시대 불교시 연구(1983)』를 통해 나옹

---

14) 구수영(1973), 「나옹화상의 서왕가 연구」,『국어국문학』62~63합집, 국어국문학회.
15) 김성배(1973), 「한국 불교가요의 연구」, 동국대학교대학원 박사학위논문.
16) 김종우(1974), 「나옹과 그의 가사에 대한 연구」,『논문집』17집, 부산대학교.
17) 인권환(1999), 「나옹왕사 혜근의 사상과 문학」,『한국 불교문학 연구』, 고려대학교출판부, 522~524쪽; 인권한·임기중(1991),『한국 문학개론』, 혜진서관, 135~141쪽.
18) 조태영(1995), 「서왕가의 문학적 가치」,『한국 고전시가 작품론』2집, 집문당, 585~596쪽.

의 불교적 시(詩) 세계를 제시한데 이어 90년에는「나옹왕사 혜근의 문학과 사상(1990)」연구로 인간, 사상, 선시, 가사 등을 사상과 문학으로 나누어 유기적 관련성을 토대로 면밀한 고찰을 시도하였다.

그 내용을 간략히 제시해 보면, 출전이 후대의 것이어서 원형이 아님은 동의하나 원형이 변했다고 해서 나옹작이라고 전하는 기록을 무시할 수는 없다는 견해다. 더욱이 나옹도 대중신도의 교화에 적극적이었다는 사실을 토대로, 나옹은 사류 지식층과 승려를 위해 한시와 선가를 지었으며 일반 신도와 부녀자를 대상으로 불교가사를 지었다고 보았다. 이처럼 일련의 논의를 살펴본 바 <서왕가>를 나옹화상의 작으로 인정하는 논의는 그 수가 양적으로도 막대하고 내용의 고찰과 관련한 문헌 검토나 이본 연구도 주목할 만한 성과가 이루어 졌음을 알 수 있다.

다음은 후인의 의작으로, 나옹화상(懶翁和尙)의 작(作)을 부정하는 반론도 일찍부터 제기되었다. 즉 1956년 김사엽[19])의 논의는 나옹작 부정의 출발점이 된다. 요약하자면, 근세(近世) 해인사(海印寺)에 비장(備藏)되어 있는 신편보권문(新編普勸文)부록에 회심곡(回心曲), 별회심곡(別悔心曲), 강월서왕가(江月西往歌)등이 게재되어 있지만 이것은 나옹화상의 작이 아니며, 후인(後人)의 의작(擬作)이면서도 다만 시가 형태를 빌었을 뿐 시가(詩歌)일 수 없다고 말한다.

따라서 나옹화상의 <서왕가(西往歌)>・<심우가(尋牛歌)>・<낙도가(落島歌)>에 대해서도 공민왕(恭愍王) 때에 작품은 가당치 않는 후대인의 위작으로 보고 있다. 특히 이것은 작품 가운데 한편의 원형

---

19) 김사엽(1956), 『이조시대의 가요 연구』, 대양출판사, 223~224쪽.
　　정재호(1998), 『한국 가사문학의 이해』, 고려대학교출판부, 83~85쪽에서 재론되기도 하였다.

도 찾을 수 없으며, 의미나 표현에서도 생경(生硬)한 교훈사(敎訓辭)일 뿐 문학적 작품이 될 수 없다는 견해를 강변했다.

이후 김기동[20]도 김사엽의 견해를 받아들여, <서왕가>를 후인의 가작이라 하여 나옹 창작설을 부정하기에 이른다. 한편, 이와 같은 논의도 제기 되었다. 당시의 학자들이 향찰식(鄕札式)으로 표기해가며 가사를 쓸 수 없었다는 전제 하에, 가사의 발생을 국자(國字) 창제 이후로 보는 것이 옳다는 견해였다. 따라서 고려 말에 가사체가 존재할 수 없으며, 나옹화상의 작품은 후대인의 가사체 번역으로 보거나 위작(僞作)으로 이해해야 한다는[21] 것이다.

이병주[22]도 나옹화상의 대표적 가송(歌頌)인 <삼가(三歌)>를 검토한 결과, <서왕가>에는 나옹의 법어(法語)는 고사하고, 15세기 언어의 흔적조차 보이지 않으며, 오히려 영정시대의 잡가체로 이루어져 있음을 볼 수 있다고 말했다. 아울러 후학이 나옹의 명성을 빌어 의작한 노래로 추정하는 것이 옳다는 견해다.

그리고 <서왕가(西往歌)>・<낙도가(落島歌)>・<승원가(僧元歌)>・<심우가(尋牛歌)>를 검토 대상으로 한 강전섭[23] 또한 나옹화상 작으로 전하고 있는 어떤 가사작품도 나옹과는 직접적 연관성이 결여된다고 밝혔다. 그러므로 <서왕가>는 후세인들의 의작이 분명한, 불교 중흥기의 시대적 산물로 보아야 한다고 말한다.

이처럼 80년대 중반은 다시 나옹작 가사에 부정이 제기되는데, 이것은 정재호의 논의에서 더욱 힘을 얻게 된다. 나옹이 지었다는 <서왕

---

20) 김기동(1964), 『국문학 개론』, 정연사, 158쪽.
21) 김준영(1971), 『고전문학사』, 금강출판사, 『한국 고전문학사(1996)』, 형설출판사, 284쪽.
22) 이병주(1985), 「나옹화상의 3가와 불교가사」, 『국어국문학논문요지집』 2집, 동국대학교.
23) 강전섭(1984), 「나옹화상의 가사 4편에 대하여」, 『한국 언어문학』 23집, 한국언어문학회; 『한국 시가문학 연구(1986)』, 대왕사.

가>와 <승원가>를 비교해 가며, 이들 가사가 나옹의 작이 될 수 없음을 논의[24]하고 나선 것이다. 정재호[25]는 이후 첨론하여 <서왕가 1>・<수도가>・<승원가> 등의 출전과 내용, 필요성 등을 고찰하면서, 작자가 나옹으로 가탁될 수 있었던 근거를 추정하여 제기하기에 이른다. 그 내용을 살펴보면 이와 같다.

출전에 있어 필사는 말 할 것도 없고, 판본의 경우도 사후 400여년만에 이루어 졌다는 사실이다. 따라서 그 사이의 전승 과정을 밝힐 수 없으므로, 이를 고려시대 나옹의 작으로 믿을 수 없다고 말한다. 또한 나옹 작품으로 보기에는 내용이나 표현력에 있어서, 사실 너무 미흡하다는 견해다. 그러므로 <서왕가>는 일종의 대중 사이에서 전승된 불교적 포교를 위한 가사로 이해하는 것이 옳다고 주장한다.

더욱이 정재호는 이러한 포교가사가 필요한 시기는 고려 말이 아닌, 조선 후기라는 시대적 관점에서도 나옹의 창작과는 관계될 수 없다고 말한다. 특히 고려시대는 불교를 국교로 하여 크게 번성하였기에, 그 필요성 또한 부각될 수 없다는 것이다. 따라서 작자를 나옹으로 지목한 이유도, 그의 명성을 빌어 대중적 감화를 꾀하려 했던 후대인의 의도를 짐작할 수 있다고 했다.

이상에서 살펴본 것처럼 나옹을 둘러싼 가사발생과 관련한 <서왕가>의 논의는 기간으로나 양적으로나 상당한 연구가 제기되었고 긍정과 부정으로 확고히 나누어져, 통일된 시각을 보이지 못하고 있다.

---

24) 정재호(1985), 「서왕가와 승원가의 비교 고」, 『건국어문학』9~10합집, 건국대학교; 「나옹작 가사의 진위 고(1986)」, 『사대논집』11집, 고려대학교사범대학. 이후 정재호는 나옹작 부정의 근거로 작자의 표기와 <서왕가>의 구비전승 정착, 그리고 나옹의 수도과정 및 종파의 성격을 언급하면서 후대인의 가탁으로 보아야 한다는 견해를 분명히 했다. 정재호(2003), 「나옹작 가사의 작자 시비」, 『한국학 연구소』19집, 고려대학교 한국학연구소.
25) 정재호, 註釋 20)참고, 같은 책, 107~109쪽.

이러한 현실에서 나옹에 대한 기존 연구사의 검토는 본고의 논의를 전반적으로 이해하는 토대가 됨은 물론이요, 필자의 견해를 피력함에 있어 보다 새로운 방향을 제시하는 논의의 과정이 될 것으로 본다.

3. 懶翁의 生涯와 <西往歌>

<서왕가(西往歌)>의 내용은 인생무상(人生無常)을 느끼게 되어 부모 슬하를 하직하고 홀몸으로 출가하여 깨달음을 궁구하는 내용이다. 특히 본문에서 구체화되고 있는 것은 세상만사 탐착(貪着)하여 염불(念佛) 않는 인간들을 슬프게 생각하고 중생(衆生)에게 서왕(西往)은 멀어지고 지옥(地獄)은 가깝다고 권면한다. 즉 금생(今生)에 공덕(功德)은 후생(後生)에 수(受)하는 것이니 하루아침 티끌과 같은 세상에 즐거움만 탐하지 말고 부단히 수도(修道)와 염불(念佛)을 잊지 말아 극락(極樂)으로 왕생(往生)하자는 것이다.

따라서 <서왕가>는 극락왕생과 관련한 서사적 내용을 지적할 수 있으며, 그 전체적 진술은 불교적 세계관을 이론적이고 실제적이면서 동시에 호소적인 제시와 주장을 토대로, 설득을 드러내는 교술 지향성[26]도 발견할 수 있다. 아울러 <서왕가>에 드러나는 왕생정토사상(往生淨土思想)[27]은 정토삼부경(淨土三部經)으로 대무량수경(大無量壽經)과 관무량수경(觀無量壽經), 아미타경(阿彌陀經)에 의미가 근저

---

26) 서왕가의 교술 지향성에 대한 언급은 서왕가의 텍스트 분석을 통해, 앞부분의 서정성 지향과 뒷부분의 서사 지향을 언급한 내용으로 복합 형태의 교술성을 지적한 정학성의 논의를 제시할 수 있다. 정학성(1983),「가사의 장르성격 재론」,『한국 시가문학 연구』, 정병욱 선생 회갑기념논문Ⅱ, 신구문화사, 311~313쪽.

27) 이상보(1979),「한국 불교가사의 역사적 고찰」,『명지대논문집』4집, 명지대학교, 135쪽.

(根底)에 있음을 알 수 있다.

이를테면 대무량수경은 석가미타(釋迦彌陀)의 제불(諸佛)이 중생을 인도(攝取)하여 정토(淨土)에 가서 다시 태어나게 함을 말하고, 관무량수경은 극락왕생의 방법을 보이는 것이며, 아미타경은 극락원의 의정장엄(依正莊嚴)을 말하고 있는 것이다. 요컨대 이러한 정토사상은 나옹(懶翁)의 어록이나 가송(歌頌)에서도 발견되는 것으로 나옹의 의식과도 일치하고 있다.

앞서 언급한 바 인권환도 이미 한국불교문학 연구28)에서 보살정신에 입각한 대중 불교의 실현을 위해, 나옹이 대중적 교화에 남다른 노력과 관심을 기울였다는 사실을 제시한 바 있다. 나옹의 불교적 생애와 사상은 물론 문학을 아우르는 『나옹집(懶翁集)』은 무엇보다 많은 학인(學人)과의 교류와 대중에게 전하는 게송(偈頌)을 포함해 이두(吏讀)나 한글로 표기된 불교가사와 장편의 한문가송이 주류를 이루고 있다. 이렇게 『나옹집』은 나옹화상의 불교적 삶과 그의 대중을 향한 의식이 잘 반영되어 있으며, 곧 이러한 나옹의 대중교화 의식은 <서왕가>의 내용과도 일치함을 알 수 있다.

따라서 『나옹집』을 토대로, 과연 나옹의 불가적 생애와 의식이 <서왕가>를 통해 어떻게 관련되고 구현되는 지 그 의미를 밝혀 보겠다. 특히 아래에 제시하는 7언 절구의 시제염불인(示諸念佛人) 팔수(八首)29)는 나옹이 왕사(王師)에 오른 고증(考證)이지만, 극락왕생(極樂往生)을 염원하는 대중적 성향의 염불행(念佛行)을 잘 담아내고 있어 관심을 끈다. 그 중 두 수를 살펴보기로 한다.

---

28) 인권환(1999), 註釋 18)참고, 같은 책, 501쪽.
29) 『나옹집』, 『한국의 사상 대전집』4, 동화출판공사, 1972, 443쪽.

몇 겁(劫)이나 괴로이(勞勞) 육도(六途)를 돌았던가?
금생(今生)에 사람으로 난 것 가장 희귀(爲稀)하여라.
그대에게 권하노니 빨리 미타불 생각하고
부디 한가롭게 놀면서 좋은 때를 잃지 말라.
幾刧勞勞六途廻　今生人道最爲稀
勸君早念彌咜佛　切莫閑游失好時 [七首]

육도를 윤회(輪廻)하기 어느 날에 그칠 것인가
떨어질 곳 생각하면 진실로 근심이구나.
오직 염불(念佛)에 기대어 부지런히 정진(精進)하여
세상 티끌 떨어 버리고 피안으로 가보세.
六道輪廻何日休　思量落處實爲愁
唯憑念佛勤精進　挐透塵勞驀到頭 [八首]

이처럼 나옹은 중생들을 향해 한가롭게 놀면서 좋은 때를 잃지 말고
미타일념(彌陀一念)으로 염불(念佛)하여, 세상에 더러운 티끌을 떨어
버리고 정각(正覺)의 길에 이르기를 권면 한다. 물론 나옹의 이러한 의
식은 염불(念佛) 자체에만 국한된 것은 아니며, 미타일념(彌陀一念)의
바른 마음가짐을 얻는 과정으로 염불론(念佛論)을 제시한 것이다. 그
러므로 이것은 나옹의 심즉불(心卽佛)의 선사상(禪思想)을 이해하는
발로로, 그의 염불론(念佛論)의 특징을 담아내는 대목으로 의미를 지
닌다.

그런데 여기서 주목할 것은 이와 같은 나옹의 의식이 일시적이거나
단편적이지 않다는 것이다. "몇 겁(劫)이나 괴로이(勞勞) 육도(六途)를
돌았던가? 금생(今生)에 사람으로 난 것 가장 희귀(爲稀)하여라.(七首)"
는 시구 속에도, 나옹이 젊은 시절 그의 의식을 감싸고 괴롭게 했던 인

간의 삶과 죽음에서 오는 번민과 속가(俗家)를 떠나 불문에 귀의하는 계기를 들여다 볼 수 있다. 즉 출가(出家)의 동기이자, 불문에 귀의하는 과정에서 이미 이러한 미타(彌陀)를 향한 정진(精進)은 그의 의식을 지배하고 있는 것이었다.

> 冠隣友亡問諸父老曰死何之 皆曰所不知也 中心痛悼走入功德山投了然
> 師祝髮 師曰汝爲何事出家 對以超 三界利群生且請開示. [懶翁集]

위의 사실처럼30) 나옹이 불문에 귀의한 것은 그의 나이 20세에 일인데, 이웃에 사는 벗의 죽음을 통해 나옹은 죽음 이후의 세계에 대한 인생의 의문을 품게 된다. 이윽고 나옹은 여러 방면으로 궁구(窮究)하는 가운데, 속가의 무상함을 깨달아 공덕산(功德山)으로 들어가고 요연화상(了然和尙)아래 중이 된다.

그때 요연화상은 나옹에게 이런 물음을 건넨다. "너는 무엇을 위해 중이 되었는가?" 이후 나옹은 대답한다. 삼계(三界)를 뛰어나 중생을 이롭게 하기 위함이라고 말이다. 이와 같이 나옹의 출가는 처음부터 중생을 염두에 둔 것이었으며, 그의 생애와 관련해 볼 때에도 <서왕가>의 서두31)를 자연스럽게 떠올릴 수 있게 한다.

> 나도 이럴만졍 셰샹애 인재러니 무샹을 승각흐니 다 거즛거시
> 로쇠 부모의 기친 얼골 주근 후에 쇽졀업다 져근 닷 싱각흐야 셰스
> 을 후리치고 부모씌 하직흐고 단표즈 일납애 쳥녀쟝을 빗기 들고
> 명산을 추자 드러.

30) 위의 책, 『나옹집』, 414쪽.
31) 본고의 <서왕가> 텍스트는 1741년 팔공산 수도사판(修道寺板)으로 고려대학교 민족문화연구소, 『한국 고전문학 전집(1993)』3권을 토대로 한다. 이후 출처는 생략한다.

이처럼 <서왕가>의 서두 문구는 나도 이럴망정 세상의 인자(人子)
인데 무상(無常)을 생각하니 다 거짓 것이며, 부모가 주신 모습도 죽은
후에는 부질없다는 것이다. 이후 나옹은 잠시 생각하여 세상을 후리치
고 부모에게 하직하고 단표자(單瓢子) 일납(一衲)으로 청려장(靑藜杖)
빗겨들어 명산(名山)을 찾아 갔다는 <서왕가>의 서두 문맥과 『나옹집』
의 상응을 지적할 수 있다.

또한 나옹의 행장과 관련해 살펴보아도 나옹과 <서왕가>의 관계
를 이해할 수 있다. 특히 아래의 내용32)을 검토해 보면 나옹의 휘는 혜
근(慧勤)이요, 호는 나옹(懶翁)이며 옛 이름은 원혜(元慧)였다. 거처하
는 곳은 강월헌(江月軒)이고 속성은 아씨(牙氏)이며 영해부(寧海府) 사
람으로 기록하고 있다. 그리고 아버지의 휘는 서구(瑞具)로, 벼슬은 선
관서령(膳官署令)에 이르렀고 어머니는 정씨(鄭氏)로 밝혀져 있다.

師諱慧勤號懶翁舊名元慧 所居室曰江月軒 俗姓牙氏寧海府人也 考諱
瑞具官至膳官署令母鄭氏. [懶翁集]

요컨대 이러한 근거에 비춰 봐도, 그가 거처하던 강월헌(江月軒)의
이름은 해인사에서 판각된 『신편보권문(新編普勸文)』33)(1776)의 <강

---

32) 앞의 책, 『나옹집』, 415쪽.
33) 한편 김종진은 1776년에 해인사에서 판각된 『신편보권문』의 <강월존자서왕가>는 구전
   과정에서 세속화된 <서왕가>의 유통 흐름을 되돌려 보려는 의식의 소산이라 말한다. 아울
   러 <강월존자서왕가>는 한자 표기와 내용 구조의 수정을 통해, <서왕가>를 전아하고 고
   상한 분위기의 작품으로 만들어 놓았고 이러한 노력에는 <서왕가>의 작자가 분명히 나옹
   화상이라는 인식을 전제로 한다고 했다. 그리고 <강월존자서왕가>라는 제목처럼 『신편보
   권문』의 가사는 나옹의 권위를 담보할 수 있는 차원에서 판각되었는데, 이점은 『보권염불문
   』의 <나옹화상서왕가>와 같으나, 『신편보권문』은 그것이 좀 더 강화되었다고 한다. 따라
   서 <강월존자서왕가>는 상층의 고급 독자를 지향하는 유통의 한 양상을 보여 주는 것이라
   말한다. 김종진(2002), 『불교가사의 연행과 전승』, 이회, 109~110쪽.

월존자서왕가(江月尊者西往歌)>라는 명칭에도 그대로 나타나 관련 내용을 확인할 수 있다. 이렇게 <서왕가>는 판본과 더불어 나옹의 불교적 생애에서도 내용의 일치를 찾는 것은 어려운 일이 아니다.

4. 懶翁의 佛敎的 敎理와 <西往歌>

그러면 이제 그 구체적 근거를 나옹(懶翁)의 설법(說法)을 통해 좀 더 제시해 보겠다. 나옹은 강남에 행각을 마치고 대도(大都)에 돌아와 연대(燕代)의 산천을 두루 돌아 다녔다. 이 과정에서 마침내 나옹의 명성은 원(元)의 황제(順帝)에게까지 알려지고 광제사(廣濟寺)의 주지가 되기에 이른다. 나옹은 여기서 개당법회(開堂法會)를 열게 되는데, 그때 나옹의 설법은 이러한 내용이었다.

> 利釼全提正令當行 擬議之間喪身失命 還有當鋒底麽有麽有麽 正好一
> 帆風過海 此中不遇駕舟人. [懶翁集]

날카로운 칼을 온통 들어 정령(正令)을 행할 것이니, 어름어름하면 몸과 목숨을 잃을 것이다. 이 칼에 맞설 이가 있는가? 있는가? 진실로 한 돛에 좋은 바람으로 바다를 지나가노니, 여기서는 배에 탄 사람 만나지 못하리라고[34] 한 대목이 있다. 그러면 날카로운 칼로 정령을 행한다는 것은 과연 무엇인가?

풀어 말하자면, 날카로운 칼로 정령을 행한다는 것은 뒤에 내용과 연결할 때 그것은 다름 아닌 세상에 모든 번뇌(煩惱)를 단호히 베어내

---

34) 앞의 책, 『나옹집』, 418쪽.

어 중생(衆生)의 몸과 마음을 바로 지키겠다는 나옹의 결연한 뜻이 아닐 수 없다. 더불어 이런 과정 후에는 마치 순풍(順風)에 돛을 단 듯 극락(極樂)에 이르러, 그들의 마음은 더 이상 세상에 있지 않음을 강조하고 있는 것이다. 그런데 이와 관련한 내용으로, <서왕가(西往歌)>에도 동일 문구를 찾을 수 있는데 내용은 아래와 같다.

번로심 베쳐 노코 지혜로 빈블 무에 삼계 바다 건네리라 념불
즁싱 시러 두고 삼승 딤째예 일승 독글 드라두고춘풍은 순히 불고.

번뇌심(煩惱心) 베어 놓고 지혜로 배를 만들어 삼계(三界)바다 건너리라. 염불(念佛) 중생(衆生) 실어 두고 삼승(三乘) 짐대에 일승(一乘) 돛을 달아, 춘풍(春風)은 순(順)히 불고[35]라는 표현은 이처럼 그의 설법(說法)과 관련해 문구나 문맥적 의미로도 <서왕가>의 내용과 상당한 의식적 호응을 발견할 수 있는 대목이 아닐 수 없다.

다음은 나옹의 왕생관(往生觀)에 대한 언급을 제시해 보기로 한다. 『나옹집(懶翁集)』에는 즉 "육근(六根)을 깨끗이 하고 허물을 없게 한다면, 어찌 대장부로서 참으로 출가한 사람이 아니겠는가? 만일 여러 영혼이 공덕(功德)을 입으면 무슨 죄나 어떤 고통도 벗어나지 못하겠는가? 진실로 그리한다면 십방(十方)의 불찰(佛刹)의 마음으로 왕생(往生)하여, 어디서나 즐거울 것이니 어찌 유쾌하지 않겠는가?"라는 다음의 내용[36]을 발견할 수 있다.

六根明潔四威儀內　無諸過患紹隆　祖位永不斷絶　豈非大丈夫眞出家兒

---

35) 번로심 베쳐 노코 지혜로 빈블 무에 삼계 바다 건네리라 념불 즁싱 시러 두고 삼승 딤째예 일승 독글 드라두고춘풍은 순히 불고.
36) 앞의 책, 『나옹집』, 421쪽.

若能如是今日申氏追薦申君平 汌諸靈魂等蒙此功德 何罪而不免下苦而不
脫 十方佛刹隨意往生 隨處快樂豈不. [懶翁集]

　　여기서 육근(六根)은 그러니까 인간의 육식(六識)을 낳는 여섯 가지
근원, 곧 안(眼), 이(耳), 비(鼻), 설(舌), 신(身), 의(意)의 총칭을 일컫는
다. 따라서 대장부로서 진정한 출가는 바로 이 육근을 깨끗이 하고 공
덕을 쌓는 것이 죄에서 벗어나는 길이며, 곧 왕생의 즐거움으로 통한
다는 것이다.

　　그런데 여기서 말하는 육근은 무엇인가? 그리고 어떻게 하면 깨끗이
할 수 있겠는가? 그것은 다름 아닌, 인간으로서 육식을 통해 얻게 되고
알게 되는 세상의 온갖 탐욕의 물질이 곧 육근을 말함이다. 따라서 이
러한 육근의 몸을 버려 영혼을 정갈하게 하는 방편으로서 나옹은 공덕
의 의미37)를 제시하고 있는 것이다.

　　특히 나옹이 대중을 향한 교화적(敎化的) 측면으로, 염불수도(念佛
修道)를 강조한 것은 극락왕생(極樂往生)을 위한 마음의 수양과 혼란한
세상에 불심을 심어주기 위한 발로임을 감안해 볼 때, 이러한 물질과
명예의 탐욕을 경계한 사실은 지극히 당연한 일이 아닐 수 없다. 아래
에 제시한 예문38)은 나옹의 대중을 향한 의식과 고려 말 그가 살았던
시대적 혼란과 이완(弛緩)을 짐작할 수 있어 제시해 본다.

　　① 어지러운 세상 일 언제나 끝이 날까

---

37) 이와 관련한 <서왕가>의 내용은 다음과 같다. 홍샤 공덕은 본뇌 구독 흔들 어닉 시예 나야
　　쁜고 서왕은 머러지고 지옥은 갓갑도쇠 이보소 어로신네 권ㅎ노니 종졔션근 시무시소 금싱
　　애 ㅎ은공덕 후싱애 슈ㅎ느니 빅년 탐믈은 흑ㄱ 아젹 듯글이오 삼일 ㅎ은 넘블은 빅쳔 만겁
　　에 다홈 업슨 보뵈로쇠.
38) 예문 ①~③은 『나옹집』, 탄세사수(嘆世四首)의 일부분으로 앞에 책, 430쪽이며, ④는 <승
　　원가(僧元歌)>로 註釋 3)을 참고, ⑤는 『나옹집』, 앞의 책, 415~418쪽 참고.

번뇌의 경계는 갈수록 많아진다.
헛갈림의 바람은 땅을 긁어 산악을 흔드는데
업의 바다는 하늘에 가득해 물결이 일어난다.
世事紛紛何日了 塵境界倍增多
迷風刮地搖山嶽 業海漫天起浪波. [歎世一首, 一部]

② 금을 쌓으며 죽음을 기다리는 것 어찌 그리 미련한가?
고금에 그 많은 탐욕 많은 사람들
지금에 이르러 아무도 아는 사람 없으리.
積金候死愚何甚 古今多少貪婪客
到此應無一點知. [歎世二首, 一部]

③ 육근(六根)의 어두운 안개는 다투어 나부끼고
명예를 구하고 이익을 탐하매 나방이 불에 들고
六根冥霧競飄颺 沽名苟利蛾投焰. [歎世三首, 一部]

④ 이보 세상 어르신네 우리도 이 마음 저 마음 다 버리고
신심으로 염불하야 선망부모 천도하고
일체중생 제도하여 세상사 다 버리고
耳寶世上長老信來 于耳道其心這心多婆而古
信心矣奴念佛何也 先亡父母薦道何古
一切衆生濟度何也 世上事多婆而古. [僧元歌, 一部]

⑤ 대도의 법원사(法源寺)에 이르러 처음으로 서천의 지공화상(指空和尙)을 뵈었다. 지공은 물었다. 그대는 어디서 왔는가? 스승(懶翁)이 대답했다. 고려에서 왔습니다.[…]무엇하러 왔는가? 뒤의 사람들을 위해 왔습니다. 지공은 허락하여 대중과 함께 있게 하였다. 하루는 스승(懶翁)이 게송(偈頌)을 지어 올렸다. 산과 물과 대지는 눈앞에 꽃이요 삼라만상(森羅萬象)도 또한 그러하다. 자성(自性)은 본래 청정한 줄 비로소 알았으니 티끌마다 세계마다 다 법왕신이네[…]법왕신이여, 법왕신이여, 삼천(三天)의 주인이 되어 중생을 이롭게 한다.[…]스승(懶翁)은 삼문(三門)에 도착하여 손으로 가리

키며, 온 대지(大地)가 다 해탈문(解脫門)인데 대중은 일찍이 그 문에 들어갔는가? 만약 들어가지 못했다면 나를 따라 앞으로 가자.

到大都法源寺 初叅西天指空和尙 空云汝從甚處來 答云高麗來[…] 空云爲何事來 答云爲後人來 空然之乃令隨衆 師一日作偈呈似云 山河大地眼前花 萬象森羅亦復然 自性方知元清淨 塵塵刹刹法王身 […]法王身法王身 三天爲主利群民[…]師到三門以手指云 盡大地 是箇解脫門 大衆還曾入門麼 若也未入隨我向前至. [懶翁集]

위의 예문 ①~③은 당시 나옹(懶翁)이 살던 고려 말의 내외적 상황을 짐작케 하는 탄세(歎世) 3수다. 특히 별다른 시제(詩題) 없이 탄세(歎世)라는 제목에서도 알 수 있듯, 건국 이래 왕조와 더불어 발전했던 국교(國敎)로서의 불교는 이미 쇠퇴해져 그 위치와 명성은 흔들리게 되었다. 따라서 대중을 위한 구세적(救世的) 의미도 점차 미약해져 갔다.

곧 위의 예문 ①~③의 내용처럼 왕조의 약화를 틈타 자신의 안위만을 위하여 육근(六根)의 어두운 안개는 다투어 명예와 이익을 구한다고 했으니, 그 현실은 과히 짐작하고도 남음이 있다. 그런데 여기서 육근에 대한 이와 같은 언급은 또한 <서왕가>를 통해 그대로 제시되어 있기도 하다. 그 내용으로 "육근(六根) 문두(門頭)의 자취 없는 도적(盜賊)이 나며들며 하여 번뇌(煩惱)를 가져온다."고 한 대목은 육근의 번뇌를 일변(一邊)한 동일한 의미 구현을 보여주고 있는 것이다.

이처럼 나옹 왕사(王師)는 온갖 탐욕으로 물질만을 쌓아 가는 세상을 향해 그야말로 역사의 전환기 속에서 "어지러운 세상 일 언제나 끝이 날까, 번뇌의 경계는 갈수록 많아진다."는 탄식(歎息)을 하기에 이른다. 그러나 이러한 현실적 상황은 오히려 나옹을 대중 속으로 밀착하는 계기의 결과를 가져왔다.

아울러 ④와 ⑤는 나옹의 염불관(念佛觀)을 짐작할 수 있는 부분이다. 신실한 염불은 곧 일체의 중생을 고해로부터 건져 극락세계로 건네어 주는 일종의 제도(濟度)로서의 의미로, 이런저런 세속의 번뇌한 마음도 버릴 수 있다고 말한다. 염불(念佛)이 무엇인가? 돌이켜보면 부처를 일념(一念)으로 상고하는 것이 아니고 무엇이겠는가? 나옹은 이렇게 바른 마음의 수양으로 대중을 향한 극락왕생을 위해 염불행(念佛行)을 권면했던 것이다.

따라서 ④와 ⑤는 염불을 통해 청정한 마음을 가짐으로써 해탈문(解脫門)에 이르기를 바라는 나옹의 대중을 향한 의지와 미타일념(彌陀一念)의 염불행이 녹아난 부분이라 하겠다. 더욱이 <서왕가>는 이러한 내용의 언급이 더욱 분명한데, 그 언급은 이렇다. "슬프고도 서러운지라 염불(念佛) 않는 중생(衆生)들아! 몇 생(生)을 살려고 세사(世事)에 탐착(貪着)하여 애욕(愛慾)에 잠겼는가? 하루도 열 두 시, 한 달도 서른 날, 어느 날에 한가(閑暇)할까?" 이렇게 나옹의 세상을 향한 외침은 염불이 곧 청정(淸淨)한 마음의 불성(佛性)을 깨닫는 길임을 말하고 있다.

요컨대 <서왕가>의 전체 내용을 검토해 볼 때, 염불의 의미는 마음의 수양과 별개로 다루어지지 않았다. 즉 나옹이 선승(禪僧)의 계승자이기에 염불의 의미를 말할 수 없거나 말하지 않는다는 양분적(兩分的) 입장은 아니라고 본다. 오늘날 우리가 생각하는 선(禪)과 염불의 변별된 인식과는 좀 차이가 있는 것이다. 더욱이 <서왕가>는 염불의 의미와 마음의 수양과 관련한 문맥이 각각 7회와 6회에[39] 걸쳐 고르게

---

39) <서왕가>의 관련 내용은 다음과 같다. 념블 즁싱 시러 두고/념블 마ᄂᆞ 즁싱드라/념블은 빋쳔 만겁에 다홈 업슨 보뵈로쇠/념불소릭 자자 잇고/념불일쇠/념불소릭 요요ᄒᆞ외/어와 슬프다 우리도 인간애 나왓다가 념블 말고 어이ᄒᆞᆯ고 나무아미타불//선지식을 친견ᄒᆞ야 ᄆᆞ음을 불키리라/건곤이 넙다 훈들 이 ᄆᆞ음애 미츨손가/일월이 불다 훈들 이 ᄆᆞ음애 미츨손가/삼세제블은 이 ᄆᆞ음을 아ᄅᆞ시고/뉵도 즁싱은 이 ᄆᆞ음을 져ᄇᆞ릴쇠/져근닷 싱각ᄒᆞ야 ᄆᆞ음을 쎠쳐

반복되고 있다. 따라서 나옹의 염불행(念佛行)은 항시 불타(佛陀)를 상고하여 심신을 수양하는, 심즉불(心卽佛)의 선사상(禪思想)에 발로였음을 이해해야 한다.

5. 맺음말

위와 같이 나옹(懶翁)의 가사에 대하여 논자들의 견해가 확연히 양분되어 있는데, 주로 가사문학 발생론의 견지에서는 위작(僞作)의 평가가 두드러지고 있다. 따라서 나옹작의 출전(出典)이나 내용, 표현력 등 불분명한 것이 많고 문학적 작품성도 부족하다는 견해가 비중 있게 제기되었다. 하지만 이것은 판본 자체가 시기적으로도 오래된 것이기에 그 사이 많은 판본이 재간되면서, 서로 다른 상이점을 유발한 데서 기인한 것임을 감안해야 할 것으로 본다.

이에 반해, 불교시가의 전통적 관심의 논의에서는 나옹작(懶翁作) 가사를 인정하는 경향을 볼 수 있었다. 그런데 앞서 언급한 바, 나옹작으로 전하는 판본이나 출전이 후대에 형성된 것이어서 원형 그대로의 보존이 아님은 명백한 일이나 창작자는 나옹인데, 원형이 변했다고 해서 나옹 작이라고 확연히 전하는 여러 판본의 기록을 무시하는 것도 사실상 쉬운 일이 아니다.

요컨대 영조 17년(1741)에 수도사에서 개간한 대미타참략초요람보권염불문(大彌陀懺略炒要濫普勸念佛文)과 영조 41년(1765) 용문산에서 개간한 영변(寧邊) 용문사판의 염불보권문(念佛普勸文), 영조 52년

먹고.

(1776) 합천 해인사에서 개간한 염불보권문(念佛普勸文), 신편보권문 (新編普勸文/高僧好隱有機刊行本), 그리고 정조 11년(1787)에 선운사에 서 개간한 선운사판(禪雲寺板)에 모두 작자와 작품을 밝혀 '나옹화상 서왕가'라 전하고 있으며, 권상로가 수집한 2종의 이본(異本)도 학계에 이미 소개된 바 있다.

이처럼 여러 시대에 걸쳐 개간된 판본이나 이본의 발견은 종교적 필 요성의 측면으로나, 독자를 향한 대중성의 면모로나 무시할 수 없는 자료가 된다. 더욱이 뚜렷한 근거 없이, 오랜 시간동안 여러 판본으로 '나옹작'이라 전해 온 것을 선승(禪僧)의 입장에서, 또는 나옹의 고승 (高僧)의 위치적 정황에서 그리 쉽게 부정할 수는 없는 일이다.

본론을 통해서 이미 논의한 것처럼 나옹의 <서왕가(西往歌)>는 『나옹집(懶翁集)』을 토대로 하여, 나옹의 어록(語錄)이나 가송(歌頌)은 물론 그의 불교적 생애와 교리를 바탕으로 내용의 유기적 관련성을 살 펴보았다. 특히 나옹에게 있어 염불(念佛)은 청정한 마음을 가짐으로 써 해탈문(解脫門)에 이르기를 바라는 대중을 향한 나옹의 의지와 미 타일념(彌陀一念)의 염불행이 녹아 있는 것이다.

그러므로 나옹의 염불론(念佛論)은 심즉불(心卽佛)의 선사상(禪思 想)을 이해하는 발로로 그 특징을 담아내고 있다. 더욱이 <서왕가>는 염불의 의미와 마음의 수양과 관련한 문맥이 각각 7회와 6회에 걸쳐 고르게 반복되고 있음을 볼 때, 나옹의 염불행(念佛行)은 항시 불타(佛 陀)를 상고하여 심신을 수양하는 선사상(禪思想)에 발로였음을 이해해 야 한다.

따라서 나옹이 선승(禪僧)의 계승자이기에 염불의 의미를 말할 수 없거나, 말하지 않는다는 양분적 입장은 호응을 얻기 어렵다. 염불(念 佛)이야말로 부처를 일념으로 상고하는 과정이기에 나옹은 바른 마음의 수양으로, 대중에게 극락왕생(極樂往生)을 위한 염불행(念佛行)을 권면한 것이다.

시기적으로도 고려시대가 불교를 국교로 하여 크게 번성한 만큼, 당시 고려 말은 대내외적으로 혼란한 시기였다. 밖으로는 원으로부터의 지나친 간섭과 안으로 불교가 왕조와 밀착되어, 현실적 어려움이 가중되면서 왕조의 권위도 위기를 맞았다. 아울러 승려의 세속적 편승과 성리학의 도전 등 시대적 전환기 속에서 불교는 더욱 민중과 멀어져, 대중 교화의 필요성을 마땅히 절실하고 있었다.

보편적 견지에서도 고려 말기는 오히려 불교의 쇠퇴기로, 우리말 불교가사의 창작과 보급이 절실히 요구되었음을 알 수 있다. 본고의 토대가 된『나옹집(懶翁集)』을 통해서도 나옹은 그러한 시대 현실을 매우 안타깝게 토로하고 있다. 요컨대 모든 역사적 흐름이나 문학 장르의 정형적 형태가 이루어지기 위해서는 전(前) 단계의 태동기가 있듯, 고려 말 불교시가의 전통적 흐름은 곧 조선조 시가 형성에 맞닿아 있어 그 근거를 제시했다고 본다.

제3부

燕行歌辭의 提言과 <燕行歌>를 통해 본 轉換期 朝鮮

燕行歌辭의 提言과 <燕行歌>를 통해 본
轉換期 朝鮮

1. 머리말

연행가사(燕行歌辭)는 연경(燕京) 곧 오늘날의 북경(北京)을 다녀온 조선조 연행사행자(燕行使行者)가 쓴 기행가사(紀行歌辭)를 말한다. 연행사행자들은 사행의 과정에서 여정과 견문을 중심으로 문학적 기록을 남겼다. 사실상 국가의 중책을 수행하는 사행(使行)의 공식적 성격과 목적성을 고려해 볼 때, 연행가사는 보고문학(報告文學)의 성격과 외교적 특수성을 동시에 품고 있다.

광의적 의미로는 연행의 과정을 하루하루 기록하여 사행 도중에 관찰되는 내용을 일기체 형식으로 기술하는 수일기사(遂日記事)와 왕의 명으로 지방 또는 외국으로 파견되는 신하가 임금에게 보고 하기 위해 올리는 장계(狀啓), 그리고 기록자에 의해 여행의 과정과 내용을 추려서 견문 중심으로 엮은 견문별단(見聞別單) 등이 있다.

협의적 의미로 조선조 연행(燕行)을 다녀온 사신들이나 그 수행에 동참한 사람들이 남긴 다양한 형식의 사행록(使行錄)·시첩(試帖)·

가사(歌辭) 등을 포함한다. 하지만 여기서 진정한 연경사행자 문학에 속하는 것은 사실 공적 성격의 기록보다는 사적 성격의 기록들인 협의적 의미의 형식이 될 수 있겠다.

　조선 후기의 가사는 전기에 비해 운율성은 약화되지만 내용의 산문성은 강화되고 분량의 장형화가 형성된다. 연행의 과정은 하루하루 일기를 쓰듯 사행의 과정은 물론, 긴 여정 속에서 관찰되는 방대한 양의 지명(地名)과 여러 가지 풍물풀이를 비롯해 다양한 신문화의 내용[1]이 소개되어 있다. 홍순학(洪淳學)의 <연행가(燕行歌)>[2]는 사행자(使行

---

1) 본고에서 직접 다루지는 않겠으나, 사실 <연행가(燕行歌)>를 통해 드러나는 문화생활과 문물은 가히 상상을 불허한다. 한 예로 조선의 사신 일행은, 명나라의 후예로 청나라에서 벼슬살이를 하는 한족(漢族)들과 만나 지난 시절의 회포를 달래며, 성대한 음식을 나눈다. 여기서 소개되는 당시에 다양한 음식 문화와 집치레의 묘사는 이러한 현실을 짐작할 수 있는 좋은 사례가 되어 제시해 본다. "집 졔도를 살펴보니, 오량각 너른 집의 단쳥도 휘황ᄒ고 분벽도 졍쇄헌듸, 뜰 가온듸 그화요쵸 칙식분의 심어 노코 유리항의 오싴 붕어 움실 움실 펄덕 펄덕, 싀로 바른 완ᄌ창의 오싴 유리 밀챵이며 쥬련 죡ᄌ 현판이다 명필 명화 만니 걸고 통유리 슈박등의 좌우의 거러 두고, ᄌ명죵 ᄌ명학은 졀노 울어 소리ᄒ며 좌우의 버려논 것 안목이 현황ᄒ다." 또한 음식 접대와 관련해서 "싱실과, 당속, 싱연근, 연실 힝인 거피ᄒ여 겻드려 노앗으며, 슈박씨를 복가다가 기암 비ᄌ 셕거 노코, 낙화싱는 단맛 잇고, ᄒ류외라 ᄒ는 거슨 맛을 보니 싱율 갓다, 외싱치, 무싱치, 파, 마늘, 부초 양염, 무갓, 치갓, 버섯, 미나리 복근 나물, 염졔육은 돗희고기 져린 게라, 잉어, 농어, 빅슉, 양육(羊肉) 지지며, 황육(黃肉) 지지며, 오리알, 거우알, 불근 연꼿 녹말 발나 기름에 씌여 바삭바삭, 셜당, 만두, 분탕(粉湯), 국슈, 흰밥."을 꽃무늬 화졉시와 여러 유리 그릇에 성대하게 차려 놓았다 한다. 그리고 이에 더하여 작자는 보기도 좋았으며 "죵일토록 먹고 나니 이로 긔록 못헐너라."하여 당시의 놀란 감정을 표현하고 있다.

2) 연행록(燕行錄)의 대부분은 한문으로 기록된 것이 주류를 이루고 한글로 기록된 것은 가사 형식으로 되어 있는 것이 일반적인데, 이것이 곧 연행가사의 범주에 포함된다. 예컨대 홍대용의 <담헌연기(湛軒燕記)>는 작자 자신이 <을병연행록(乙丙燕行錄)>이란 제목으로 번역했으며, 기행가사(紀行歌辭)인 홍순학(洪淳學)의 <연행가(燕行歌)>, 정원용(鄭元容)의 <무오연행록(戊午燕行錄)> 등은 한글로 된 것이다. 현재 전하는 연행가사(燕行歌辭)는 다섯 편으로 다음과 같이 요약할 수 있다. 먼저 <연행별곡(燕行別曲)>은 고려대학교 도서관 소장으로『歌辭選』에 실려 있는 필사본인데 이상보에 의해 주석되었고 이 작품은 총 201구로, 연경행의 노정과 견문, 업무수행 등을 노래했다. 하지만 회정(回程)의 견문이 많이 생략된 것은 아쉬움으로 남는다. 연행의 목적은 삼절연공사행(三節年貢使行)이고 작가에 대해서는 다

者) 문학으로 기행문에 속하고, 사행의 목적은 수시사행의 하나인 주청사행(奏請使行)으로 연행의 동기와 내용, 작자의 신분을 서두에[3] 밝

양한 견해가 상이(相異)하나 임기중에 의해 유명천(柳命天)으로 제시된 바 있다. <서정별곡(西征別曲)>은 이 노래 작자인 박권(朴權)의 9대손 되는 박영구(朴永九)의 가장본(家藏本)을 이상보가 주석해 놓았다. 총 324구로 되어 있으며, 삼절연공사행자(三節年貢使行者)가 쓴 것이다. 이 필사본은 박권(朴權)의 후손이 '우연'이라 하는 이가 필사해 놓은 것을 보고 필사하여 박(朴) 씨 집에 대대로 간직해 온 것으로 알려져 있다. 그리고 <서행록(西行錄)>은 임기중의 소장본으로 한 장(漢裝) 필사본(筆寫本) 1책으로 되어 있으며, 해제와 설명을 붙여 놓았다. 한편 임기중은 <서행록(西行錄)>이란 제목에 연행록이 많이 있기에 차별성을 고려하여 <무자서행록(戊子西行錄)>으로 발표하였다. 체제는 총 2,710구의 가사체로 진하겸사은사행자(進賀兼謝恩使行者)가 쓴 것이며, 작자는 임기중에 의해 김지수(金芝叟)로 밝혀졌다. 아울러 <북행가(北行歌)>는 홍순학의 사행(使行)에 동행한 정사(正使) 유후조(柳厚祚)의 자제군관(子弟軍官)으로 알려진 유인목(柳寅睦)이 지은 것인데, 처음 소개된 것은 유시완(柳時浣) 소장본으로 유(柳) 씨의 어머니가 1915년에 전사(傳寫)했다고 한다. 총41장 2,110구로 되어 있다. 끝으로 본고에서 다루고 있는 홍순학(洪淳學)의 <연행가(燕行歌)>가 있다. <연행가>는 고종(高宗) 3년인 병인년(丙寅年)에 쓴 것으로, <연행가> 중 이서(異書)가 가장 많다. 그 중 <년힝가>란 제목으로 다시 첨부한 조윤제(趙潤濟) 소장본이 현재 가장 장편(총98장본)에 속한다. 작품의 체제는 총 3,782구로 작품 분량이 가장 많으며, 진하사은겸주청사행(進賀謝恩兼奏請使行)으로 다녀온 것이다. 박노춘, 「가사 연행가 해제」, 『문리학총』5집, 경희대학교, 1969, 49~97쪽. 홍재휴, 「북행가 고」, 『국어교육 연구』제2집, 전국교육대학국어연구회, 1973, 41~64쪽. 이상보, 「長風에 놀란 물결」, 『문학사상』33호, 문학사상사, 1975, 6, 423~436쪽.; 「연행별곡」, 『시문학』52호, 시문학사, 1975, 11, 110~116쪽. 임기중, 「연행가사와 연행록」, 『가사연구』, 국문학연구총서 4집, 국어국문학회편, 태학사, 1998, 466~469쪽. 아울러 본고는 현전(現傳) 연행가사(燕行歌辭) 중 가장 장편에 속하는 조윤제 98장본 <연행가(년힝가)>를 텍스트로 인용하며, 이후 주석(註釋)은 생략한다.

3) 고종(高宗) 3년(1866) 3월 고종이 민치록(閔致祿)의 딸인 민비(閔妃)를 왕비로 책정하게 된 계기가 바로 연행(燕行)의 동기가 되는데, 이때 고종의 나이는 불과 12세였다. 특히 "어화 텬디 간의 남주 되기 어려워라. 평상의 이 니 몸이 쥬원 보기 원흐더니, 병인년 춘삼월의 가레 칙봉되엿스니, 국가의 티경이요 신민의 복이로다. 상국의 쥬청헐 계 삼 수신을 니여셔라. 상수는 유승상이요 셔시랑은 부수로다. 힝즁 어스 셔장관은 직칙이 즁혈시고 겸집의에 사복판관 어영낭청 씌여시니, 시년이 이십오의 소년공명 장흐도다. 흐수월 쵸구일노 비포일시 정허엿니."라는 <연행가(燕行歌)>의 서두 시작은 <동문휘고(同文彙考)>를 통해서도 그 사실을 확인할 수 있다. "同治五年(丙寅)四月初九日, 進賀謝恩兼奏請行正使, 右議政柳厚祚, 副使禮曹, 判書徐堂輔, 書狀官兼執義洪淳學(同文彙考, 卷7, 補篇)" 그리고 사행자(使行者)와 관련한 내용도 기록이 남아 있다.(朝鮮貢使, 正副使各一員, 以其國大臣, 或同姓親貴稱君差充, 書狀官一員, 大通官三員, 護貢官 二十四員, 從人無定額賞額凡三十名, 『欽定大淸會典』, 卷39) 이렇게 <연행가>는 홍순학의 나이 25세에 주청사의 서장관으로 연경(燕京)을 왕래하던 1866년

히고 있다.

서술 방식에 있어서도 사행(使行)이나 여행(旅行), 유배(流配), 망명(亡命), 포교(布敎), 참전(參戰), 표류(漂流) 등 다양한 특징을 드러냄은 물론 기행문학의 특징을 잘 살려, 현재형의 진술 방식으로 박진감 넘치는 표현과 세밀한 여정을 상세히 기술하고 있다. 특히 홍순학의 <연행가>는 작자가 사행 도중 틈틈이 써내려간 것이어서, 사행(使行)을 통해 보고 들은 새로운 문화적 경험과 학술적 교류, 서양에 대한 체험이 생생하게 구체화 되어 현장감을 더한다.

이렇게 <연행가>는 기행문학(紀行文學)이면서 외교문학(外交文學)으로, 보고문학이면서 작자의 창작성이 내재된 문학적 특성을 고루 갖추고 있다. 또한 조선 후기 청(淸)과의 영향 관계와 시대적 변모 양상이 전환기 경험의 확대라는 차원에서도 주목할 만하다. 작자 홍순학은 연경에 오를 때 삼사신(三使臣)의 신분으로 서장관(書狀官)에 임명되어 4월 9일에 한양을 출발한다.

그리고 그 해 8월 23일이 되어서 인정전에 도착해 임금님을 뵙는다. 따라서 총 여정 기간은 134일이 된다. 더욱이 노정을 중심으로 필자가 <연행가>를 통해 확인할 수 있었던 주요 지명(地名)만도 무려 237곳4)에 달한다. 이처럼 사행의 경로나 지명과 관련한 추이를 고려해도

4월 9일에서 8월 23일까지의 기간을 토대로, 모든 여정과 견문을 상세히 기술하고 있는 것이다.

4) <연행가>의 여정을 중심으로, 필자가 확인할 수 있었던 주요 지명(귀경 포함)을 포함한 경로는 1866년 4월 9일 출발하여 압록강에 이르는 동안의 79곳과 5월 7일에 도강(渡江)하여, 북경의 장안 북문까지 62곳의 지명이다. 그리고 6월 6일 북경에 도착한 날, 곧 사신 일행이 머물게 되는 해동관에서 송군암까지 56곳과 7월 11일 회환(回還)하는 과정에서 15곳을 살필 수 있었다. 끝으로 압록강을 통해 회정하여 임금님을 뵙는 인정전까지의 여정은 25곳이 드러난다. 이렇게 <연행가>는 총 237곳의 주요 지명을 포함한 경로를 확인할 수 있으며, 출발과 회정의 경로가 같아 회정에서 겹쳐지는 지명이나 그와 관련한 작자의 감상은 과감한 생략으로 제시되고 있다.

상당한 분량을 지니고 있어 관심을 모았다.

<연행가>는 현전(現傳)하는 연행가사 중 맨 처음 학계에 소개되었고 이본(異本)[5]도 가장 많다. 그 중 <년힝가>란 이름으로 첨부된 조윤제 소장본이 총 98장본으로 현재까지 알려진 것 중 가장 장편에 속한다. 이것은 가사 말미에 "셰신묘팔월일팔셔 쥭동딕방의셔 심심소일노 쓰시다."라는 언급을 참고해 볼 때, 고종 28(1891) 신묘(辛卯)년에 전사(轉寫)했음을 알 수 있다. 사행은 개인의 자유로운 여행은 될 수 없다. 작자는 더욱이 삼사신의 신분으로 왕명을 수행하던 위치에 있었기에, 하나하나의 기록은 남다른 책임감을 요구했을 것이다.

따라서 <연행가>를 통해 드러나는 작자의 다양한 시각과 일련의 표현은 사행의 책임자로서 때로는 연행의 주체로서 철저한 취사선택을 통해 이루어졌음을 알 수 있다. 특히 현장을 중심으로 전개되는 여정에서, 곳곳에 배어나는 작자의 새로운 시대적 변모의 개입이나 또는 조선의 사대부다운 의기(義氣)를 유감없이 드러내는 역사의식의 발언은 그 좋은 예가 된다. 조선조 사행문학(使行文學)으로서 이국(異國)의 문물과 제도·풍습 등 작품에 나타난 다양한 체험과 경험의 확대는 작

---

5) 현재까지 알려진 이본(異本)을 정리하면 ㉠ 년힝가 98장본 趙潤濟(영남대 도서관 소장), ㉡ 겉:燕行錄/안:燕行歌 62장본 장서각본으로 필사된 형식, ㉢ 燕行錄 39장본 장서각본으로(㉡의 내용과 큰 차이가 없는) 필사본, ㉣ 燕行歌 47면본 李在秀 필사본, ㉤ 燕行歌 46면본 李用基(고려대/필사본), ㉥ 겉:燕行錄/안:연행록 93장본 金約瑟(고려대/필사본), ㉦ 연힝록 68장본(고려대학교 아세아문제연구소/필사본), 또한 梁在淵, 白淳在, 今西龍본(本)이 있고 그 밖에 국회도서관, 국립도서관, 경북대 도서관 소장본이 있는 것으로 알려졌다. 그러나 위의 이본들은 필사(筆寫) 형식으로 기록된 것이기에, 분량의 상이성(相異性)이나 필사자(筆寫者)에 따라 다양한 이름으로 전하고 있는 형태다. 요컨대 청(淸)을 여행하는 과정에서 관찰되는 그들의 다양한 문화나 놀이의 형태, 풍속, 또는 여정의 지명이 구체화되거나 간단하게 약술하는 차이를 보일 뿐 전체적 내용의 차이는 크게 다르지 않다. 이렇듯 많은 형태의 이본(異本)은 새로운 문명에 대한 호기심을 충족시키는 방편으로, 당시 많은 독자성 확보를 짐작게 하는 부분이기도 하다. 임기중, 『연행가사 연구』, 아세아문화사, 2001, 25~26쪽.

품을 통해 어떻게 묘사되고 수용되는가의 의미를 이해하는 토대가 될 것이다.

요컨대 청(淸)에 대한 비하의식(卑下意識)이나 비판적 태도는 여정 속에서 점차 완화되어 객관적이고 사실적인 표현으로 드러난다. 즉 부정할 것은 부정하고 긍정할 것은 긍정하는 건전한 안목과 비판적 태도6)를 지니게 된다. 그리고 <연행가>는 전환기 근대화의 물결 속에서 조선의 대내외적 차원의 대응방식과 전환기 조선의 현실 모습을 제공하는 자료적 가치를 지니기도 한다. 이처럼 <연행가>를 통해 녹아나는 작자의 세계관과 대외의식(對外意識)은 나아가 당대 사대부의 의식까지도 대변할 수 있는 근거를 마련해 준다.

본고는 위와 같은 특성을 토대로 작품 속에서 크게 부각되지 못했던 작자의 시각을 전체적 구성과 노정을 통해 재검토하고, 작품이 품고 있는 전환기 조선의 긴박한 현실 상황과 한계를 조명하고자 한다. 또한 기행가사의 올바른 이해를 위한 방편으로, 현전 연행가사의 발전적 접근을 제언(提言)해 보겠다. 이것은 기존의 연행가사 연구에 많은 부분을 발견할 수 있는 텍스트 위주의 비교 양상이나 부녀자들의 흥밋거

---

6) 육아법에 관한 내용이나 농사에 부지런한 모습과 길쌈하기, 가축치기, 편리한 베틀의 기술과 농사기술, 법령의 엄격함을 노래한 부분은 좋은 예가 된다. 이와 같이 기행가사(紀行歌辭)는 글쓴이가 직접 경험하고 관찰한 사실을 노정(路程) 가운데, 여과 없이 전달하려 한다. 따라서 이러한 작자의 모습은 한 시대의 흐름을 읽어낼 수 있는 자료적 가치와 작자에게는 새로운 물질문명에 대한 경험의 확대를 통해 자아 발견을 꾀하는 계기도 마련해 주는 것이다. 조동일은 경험의 확대를 보인 가사를 언급하면서 <연행가>와 <북행가>의 서술 내용에 차이를 지적한 바 있다. 요컨대 <연행가>의 작자 홍순학은 유학적 세계관을 통해 새로운 견문을 정리하면서 변화하는 국제정세를 민감하게 살피고자 했으나, <북행가>의 작자 유인목은 동일한 사행임에도 불구하고 전혀 그렇지 않다고 말한다. 즉 부담 없이 놀러간 사람의 소회를 적은 것이기에, 근엄한 선비로서의 자세를 버리고 쾌락에 탐닉하는 자세를 보여준다고 한다. 조동일은 이렇게 외교사절로 중국이나 일본을 다녀와서 가사를 짓는 풍속은 한동안 지난 시기와 거의 같은 방식으로 지속되면서, 그 내용도 달라지기 시작한다고 말한다. 조동일, 『한국문학통사』3판 4권, 지식산업사, 1994, 102쪽.

리로 평가절하(平價切下) 되는 일면을 지양(止揚)하는 출발이 되리라 본다. 아울러 <연행가>를 통해 녹아 있는 근대화의 물결 속에서 점철 된, 조선의 대내외 현실과 현전 연행가사의 가치와 의미를 재조명 하 는 논의의 기반이 될 것이다.

2. 現傳 燕行歌辭의 發展的 接近

현전(現傳) 다섯 편7)의 연행가사(燕行歌辭) 가운데 대표작으로 잘 알 려진 것은 <서행록(西行錄)>과 <연행가(燕行歌)>를 지적할 수 있다. <서행록>8)은 임기중에 의해 학계에 소개되면서 새롭게 관심을 끌며, 연행가사의 대표작으로 손색이 없다는 견해도 제기되었다. 그러나 필 자의 견해는 좀 다르다. 결론부터 말하자면 <서행록>은 오히려 <연 행가>에 비해 많은 한계를 드러내고 있다.

먼저 <연행가>는 작자 홍순학(洪淳學)에 대한 작자 고증이 <서행 록>보다 더욱 분명히 제시되어 있다. 그리고 국가의 명을 받들고 떠난 삼사신(三使臣)의 한 사람으로서, 신분적으로도 변화하는 중국의 모습 을 폭넓게 담아낼 수 있는 면모를 지니고 있었다. 즉 <서행록>의 작

---

7) 현재 전하는 연행가사(燕行歌辭)는 다섯 편으로, 개별 작품의 논의는 다음과 같다. <燕行別 曲(1694)>, <西征別曲(1695)>, <西行錄(1828)>, <燕行歌(1866)>, <北行歌(1866)>가 있다. 한강부, 「연행가 편고」, 『국문학』7집, 고려대학교국문학, 1963, 88~89쪽. 박노춘, 「가사 연행 가 해제」, 『문리학총』5집, 경희대학교문리과대학, 1969, 49~53쪽. 홍재휴, 「북행가 고」, 『국어교육 연구』제2집, 전국교육대학국어연구회, 1973, 41~64쪽. 이상보, 「長風에 놀란 물결」, 『문학사상』33호, 문학사상사, 1975, 6, 423~431쪽.;「연행별곡」, 『시문학』52호, 시문학 사, 1975, 11, 110~116쪽. 임기중, 「연행가사와 연행록」, 『가사연구』, 국문학연구총서 4집, 국 어국문학회편, 태학사, 1998, 466~469쪽.

8) 임기중, 「기행문학사의 신기원, 김지수의 서행록」, 『문예중앙』, 가을호, 중앙일보동양방송, 1978, 258~260쪽.

자는 백의의 한사로서는 제한될 수 있지만, 홍순학은 사신의 신분으로서 국내의 사정을 토대로 연경의 변화하는 모습을 정치적으로나 문화적으로나 누구보다도 제한 없이 관찰하고 기록할 수 있는 신분적 위치에 있었던 것이다.

이렇게 <서행록>의 작자는 무명의 백의(白衣) 한사(寒士)[9]로 연경에 사신일행을 경험삼아 따라간 인물이다. 더욱이 <서행록> 말미에는 필사자(筆寫者)가 원전 가사를 읽고, 그 읽은 느낌을 총 70행 140구의 가사체로 첨부[10]해 놓았다. 이처럼 필사자가 읽고 적지 않은 분량을, 내용에 느낌을 감상하는 형식으로 언급한 형태는 기존의 기행가사(紀行歌辭)를 보더라도 결코 흔한 일이 아니다.

이것은 다름 아닌, 원전의 필사 과정에서 그만큼 객관성에 결여를 의미하는 것이기도 하다. 아울러 <서행록> 말미에 적혀 있는 만권루(萬卷樓)에 주인이 누구인지도 알 수 없으며, 따라서 <서행록>은 원전을 보고 만권루의 주인이 필사한 것[11]으로 보아야 한다. 이처럼 <서행록>은 작자의 신분적 위치나 원전의 필사 과정에서도 신실함이 결여되고 있다.

한편 <서행록>의 여정 기간은 168일로, 134일인 <연행가>에 비

---

9) 나역시 문사로셔 원유(遠遊)를 생각더니, 부긔(北) 미행(微行) 쳔니로 종사(從事)한다.
10) 서행록 말미에 내용은 다음과 같다. "어와 동인들아 즁원 구경 ㅎ엿는가 슴쳔칠십 먼먼길의 귀경ㅎ니 몃몃친고 우희로 의논ㅎ면 상스부스 아니시며 셔쟝 반당 못가시니 져마다 보올손가[……]이가스의 듸국보니 앗가올스 듸명풍속 간듸업시 더져두고 즉금황뎨 몃몃듸를 틱평으로 누려가니 호운이 무빅년은 옛말도 못밋들이 글귀보고 상상ㅎ니[……]일후셩인 기다려셔 장구북벌 ㅎ실젹의 쳔하호구 익싁쳐를 익이아라 종졍ㅎ면 남한산셩 원슈갑고 일늉의의 졍ㅎ실졔 일노좃ㅊ 지휘ㅎ면 만일소보 업슬가 두어라 이가스를 이듸후인 ㅎ오리라."
11) 가사책(歌辭冊) 말미에 계미랍월일 만권루장(癸未臘月日 萬卷樓藏)이라 적혀있으니 여기서 계미는 고종(高宗) 20년이므로, 1883년에 만권루 주인이 음력 섣달에 그러니까 동지 뒤의 셋째 미일(未日)에 원전을 보고 필사(筆寫)한 것임을 알 수 있다.

해 무려 34일 정도가 더 길다. 하지만 작품 분량으로 본다면 3,782구로 조선왕조 사행자 문학 중 연경사행자들이 남겨 놓은 가사 작품으로, 오히려 <연행가>는 가장 장편에 속한다. 요컨대 <서행록>보다 여정 기간은 34일이나 짧지만 <연행가>의 분량은 무려 1,072구가 더 길어, 그 내용에 풍부함이나 여정과 견문에 제시에서나 <서행록>보다 상세한 텍스트를 담아내고 있다.

따라서 구태여 그 가치를 말한다면 <연행가>는 여전히 무시할 수 없는 대표작으로 보아야 한다. 임기중의 논의를 토대로 볼 때, 연행별곡(燕行別曲)은 숙종(肅宗) 20년(1694), 서정별곡(西征別曲)은 숙종(肅宗) 21년(1695), 서행록(西行錄)은 순조(純祖) 28년(1828), 연행가(燕行歌)는 고종(高宗) 3년(1866), 북행가(北行歌)도 고종(高宗) 3년(1866)으로 연대에 있어서도 당연히 서로 차이가 있고, 작품의 분량 또한 각각 다르다.

혹자(或者)는 연대를 기준으로 또는 연행을 통해 제시되는 세부 요목의 개별적 소재를 근거로 연행가사들의 선후관계나 영향관계의 우열을 가름하기도 한다. 더욱이 연행가사들이 모든 견문을 빠짐없이 기술하여 지극히 사실성에 매여 있으며, 표현도 평면적이라 문학성 또한 약화시킨다고[12] 평하여 연행가사를 서로 비교하며 그 우위를 구별하

---

12) 특히 <연행가>를 통해 제시되는 된장풍습, 호인들의 치아와 손톱모습, 곰놀이 관찰, 서양인에 대한 묘사, 환술(幻術) 등은 작자의 재치(才致)는 물론 문학적 기술로도 가히 손색이 없어 좋은 예가 된다. 작자는 이렇게 여정 곳곳에 편중되지 않은 개입과 서술로 적극성을 취한다. 사례는 다음과 같다. "일 년 삼백육십 일에 양치 한 번 아니하여 이쌀은 황금이오 손톱은 다섯 치라.[……]환희를 구경코져 희ㅈ를 불너 보니 세 놈이 들어와서 요술노 즐알흔다. 잉도 갓튼 다섯 구슬 졍영이 논아 놋코 흐나이 둘도 되고 잇던 거시 업셔졋다.[……]미련흔 겨짐싱을 엇더흐게 가르쳐셔, 춤 츄라고 말을 흐면 압다리를 너풋 너풋, 창을 쓰라 집어쥬면 두 압발노 바다 드러 머리 우의 올녀 노코 빙빙 둘여 발노 치고, 칼을 쥬어 쓰라 흐면 발닥 잣쳐 둘어누어 네 발 우의 가로 노코 번기갓치 휘두루니 그 안이 이상흐랴. 구경 즁 우슙도다." 아울러 김용철은 기존의 논의를 정리하는 과정에서, 한강부(1963)나 임기중(1987)은 기행가

기도 한다.

　그러나 사실 이러한 판단 근거가 전적으로, 연행가사들의 우열을 가르는 것에 변별력을 제공하지 못한다. 왜냐하면 조선왕조의 사행자 문학으로 전하는 연행 사행자들의 가사작품은 당연히 연경(燕京)이라는 동일한 장소를 왕래해야 했으며, 일국의 사신으로 국가의 책무를 안고 떠나는 여정이었기 때문이다. 따라서 육로(陸路)를 선택하느냐 해로(海路)를 선택하느냐 아니면 육로와 해로를 병용하느냐의 문제면 모를까, 연행은 한 개인이나 사신들이 임의로 길을 설정하여 떠나는 자유로운 여행이 아니기에, 연행 가사들은 기행문학으로서 또는 보고문학으로서의 일정한 틀이 각각 존재한다는 사실을 인정해야 한다.

　물론 그렇다고 선대(先代)의 영향력을 모두 무시하자는 말은 아니다. 말하자면 <서행록>의 연대가 앞선다는 이유로나 여정에 나타나는 장소나 텍스트의 세부 요목이 겹친다는 근거로 <연행가>의 모형이 <서행록>을 토대로 이루어졌다는 단정은 적절치 않다는 것이다. 이것은 다름 아닌 조선조 사행 경로가 연행가사들 모두 그 차이가 없을 만큼, 일정한 여정을 발견할 수 있기 때문이기도 하다. 아마도 사신의 규모만 생각해 봐도 쉽게 납득할 만한 일이라 여겨진다. 아울러 연경에 도착하여 관찰한 풍경이나 호인(胡人)들의 모습, 풍물들의 스케치가 대부분 겹치거나 비슷한 표현이 발견되는 것[13]도 이런 이유에서

사에 사실적 묘사라고 하는 것은 보고 듣고 경험한 것을 객관적 입장에서 사실적으로 표현하여 문학적 예술성을 잃고 있다고 한 내용을 간략하게 언급하며 소개하고 있다. 그러나 필자의 입장은 좀 다르다. 사실의 기록이며 보고적 형식이 강한 연행기행가사에서 사실적 묘사라고 하는 것은 오히려 조선 전기의 가사와는 변별된, 또 하나의 특징이며 기행가사로서 조선 후기에 이룩한 중요한 성과라고 본다. 김용철,「기행가사 연구의 현황과 과제」,『한국가사문학 연구』, 태학사, 1996, 73쪽.
13) 아래는 연경에 도착한 홍순학이 처음 보는 호인(胡人)들과 거리풍경, 물질문명에 대한 관람 형식의 스케치 방식으로 기술한 부분들을 제시해 보았다. 이렇듯 소재나 내용도 상당하기

충분이 가능한 이치다.

따라서 앞서 언급한 것처럼 사행의 목적지가 연경(燕京)으로 동일하

에, 그 중 몇몇이 빠지고 겹친다는 이유로 작품의 아류나 전신을 말하기에는 좀 무리가 따른
다. 사실 <연행가> 전체로 본다면 그 양은 더욱 많다. 먼저 호인들에 대한 구체적 내용은
다음과 같으며, 괄호는 필자가 세부적 설명을 더한 것이다. 시정의 모습과 호인들의 사신 구
경(여염집의 녹창과 주호·호인의 괴이한 의복), 호인의 야만적인 얼굴 모습(괴상한 머리
모양−변발 풍습·지저분한 이빨과 손톱), 호인 남자의 복장(깃과 고름 없이 단추를 단 저고
리·허리띠로 눌러 맨 바지·행전 모양의 타오구·소매 좁은 청두루마기·배자와 슬갑),
담뱃대를 든 호인·남자의 모습(곰방대와 옥 물뿌리·호인들의 뒤짐지기 버릇), 조선 사신
에게 인사하는 호인들, 호인 여자의 머리 모양(가리마 없는 모양·오색으로 만든 꽃으로 장
식), 호인 여자의 얼굴 모양(도화분으로 단장·눈썹을 치장·분명한 붉은 입술·귀고리를
함), 호인의 여자 옷차림(다홍빛 바지·푸른빛 저고리·꽃무늬가 넓은 소매), 호인 여자의
손 장식(옥수에 금지환·손목에 옥팔찌·긴 손톱), 청녀와 당녀(唐女)의 발 모습(청녀-큰 발
·당녀(漢族)-전족, 발이 작다. 명나라의 영향이다. 당혜를 신었으며), 사신을 구경 나온 어
른 여자와 아이들(주룽주룽 몰려 서 있는 아이·아이를 추켜 안은 어른 여자), 호인 아이들
의 차림새(머리는 마래기 모자를 씀·오색으로 수놓은 바지와 저고리·목에 건 배라기), 호
인 처녀들의 사신 구경과 차림새. 수양머리−서양머리(한편 옆에 모아다가 쪽지는 머리 모
양처럼 접첨접첨 잡아매고·여러 가지 꽃으로 장식하고 대문 앞에 서 있는 처녀들), 늙은 여
자의 머리 장식−젊은 여자와 동일하게 조화로 꾸민 모습, 호인들의 담배 즐김(남녀노소 담
배를 즐김·아이들이 담배를 피우는 모습), 호인들의 집 모양과 강 제도(강의 모습과 용도·회
를 바른 벽돌담과 기름칠을 한 완자창), 호인들의 식사와 음식(정해진 시간 없이 먹는 밥·
식구가 한 상에서 먹는 모습), 호인들의 반찬과 장(돼지기름, 날파나물·메주를 푼 장물), 호
인의 능숙한 말(馬)·노새치기(가죽치기를 숭상함·굴레와 구속하지 않고 기르는 노새·
백여 마리 노새를 구유에 몰아가는 호인), 호인 아이들의 능숙한 가축 치기(양, 돼지를 수백
마리 모는 모습·고삐 없이 황소에 일을 시킴·힘센 당나귀의 맷방질·여러 종류의 가축-
대닭, 당닭, 오리, 거위, 고양이), 애완견과 애완 새 치기(발발이를 품고 자는 여자·사람 말
을 하는 앵무새와 백설조), 호인들의 육아법−행담에 넣어 줄을 흔들어 달램, 호인의 부지런
한 농사하기와 길쌈하기(태산 같은 거름·밭농사·나귀로 쟁기질하기·서서하는 김매기),
호녀의 베짜기와 편리한 베틀(씨아질-씨아질-과 물레질·베짜기와 베틀의 모양). 다음은 연
경(燕京)에 거리풍경과 물질문명에 대한 관람 형식의 구체적 묘사이다. 창씨노름 구경, 집제
도의 관찰, 여승과 승방, 불전, 백탑, 돌문, 호화선박을 구경, 야시장(夜市) 구경, 정전구경, 유
리등, 티평취(태평차), 천수불 구경, 大學 감상, 머리깎기장ᄉ놈, 바늘장ᄉ, 쩍장ᄉ, 기름장
ᄉ, 두부장ᄉ, 방울장ᄉ, 되각장ᄉ, 슈박장ᄉ, 집비둘기, 소경놈의 비파타기, 여러 거지 동냥
소리, 말똥 줍는 아희놈, 쏘단니는 계집연들, 안경풀이, 비단풀이, 모피풀이, 참빗·목침, 목
침, 필친손, 닙담배(잎담배), 슛, 회, 약되(낙타), 잔나뷔, 상여(喪輿)의 풍습(풍류로 영송한다),
관(棺), 혼속(婚俗), 신기한 화초, 도사(道士)의 모습, 스님의 모습, 구리쇠탑 감상, 쇠북, 벽돌
집, 요술·마술사의 풍경, 곰을 이용한 재주풍경, 천주의 행차(黃玉車).

고 여정의 경로도 한정되어 있었으며, 더욱 장편의 텍스트가 지니는 배경이나 소재가 한 두 가지도 아닐진대, 다분히 중복되거나 비슷한 것은 당연한 일이 아닌가 한다. 그러므로 이러한 여정과 그 소재들이 몇몇 유사하다고 해서, 또는 배경이 비슷하다고 해서, 아니면 단순이 연대가 앞선다는 이유로 연행가사들의 선후 영향 관계나 아류 등을 파악하는 것은 사실 좀 무리가 따르는 일이다. 그리고 설령 동일한 소재를 보았다 할지라도 그 표현을 서술함에 있어 서로 상이하므로, 소재의 세목만을 단순 비교하는 것도 지양해야 할 문제다.

오히려 각각의 사행이 시대에 따라 여러 편이 다르기에, 여행의 경로가 시대에 따라 점차 어떻게 바뀌며, 그 과정에서 연경의 문화와 생활 모습, 문물과 관습, 법률제도 및 조선조 대내외의 정치 현실과 교류 관계 등 작품에 따라, 그 무게 중심이 어떻게 실현되고 변화하는지에 초점을 맞춰야 할 것이다. 또 거기에 더하여 낱낱의 개별적 표현에 있어서도 문학적 표현들이 얼마나 다양하게 녹아 있는가의 주목이 필요하다고 본다.

아울러 표현력에 대한 지적도 마찬가지라 생각한다. 연행가사의 작자층인 사행자들은 사실상 국익을 위해 왕명을 수행해야 하는 공식적 의미의 여행이었으므로, 개인의 자유로운 여행은 지극히 억제될 수밖에 없는 형편이었다. 그러기에 연행가사는 여정과 견문, 감상을 중심으로 한, 장편기행가사의 장르적 성격과 공식적 성향의 보고문학적 특성을 동시에 지니고 있어 자연히 선형적이거나 교조적인 느낌을 줄 수도 있다. 그렇다고 이것이 꼭 표현력의 저하나 평면적 의미로 문학성을 떨어뜨린다고 볼 수는 없다.

이것이야 말로 오히려 다른 장르와 변별된, 연행가사들만의 독특한 특성과 가치적 측면이 되는 것이다. 그러므로 연행가사들이 모든 견문을 빠짐없이 기술하여 사실성에 얽매이는 표현으로 문학성을 약화시킨다거나, 열거나 평면적 서술을 위주로 하여 표현이 경색되었다는 지적은 연행가사들의 성격을 제대로 이해하지 못한 셈이다.

연행가사는 고소설처럼 있을 수 있는 개연성(蓋然性)의 허구도 아니며, 그렇다고 상상으로 지어낸 이야기는 더욱이 아닐 것이다. 또한 고소설처럼 등장하는 인물 유형들이 있어 입체적인 사건이 전개된다든지, 서로 복잡한 갈등 구조의 허구적(Fiction) 내용도 결코 아니다. 즉 연행가사들은 모두 기행가사이기에, 여정과 견문들이 주류를 이루고, 그에 대한 감상이 많은 부분을 차지하게 마련이다.

요컨대 소설에서 주인공을 포함한 다양한 허구적 인물이 존재한다면, 연행가사는 연행사행을 기술한 실재적 존재의 현실적 인물이 있을 뿐이며, 현장성을 드러내기 위한 현재형의 표현들은, 그야말로 박진감과 사실성을 더하는 기행가사만의 특성이 아닐 수 없는 것이다. 이렇게 연행 기행가사는 서술자가 현실을 어떻게 인식하느냐에 따라 대상의 선택뿐 아니라 그에 알맞은 기술 방식이나 어법, 어조를 통해 감정을 드러내기도 하고 객관적 체험을 그대로 전달하기도 한다.

즉 사실과 견해를 구별한다든가, 인물이나 풍물의 사실적 모습을 통해 보여주기(Showing)의 서술로 구체화 한다. 동시에 서술자의 현실 인식에 대한 감정 노출은 말하기(Telling)를 활용한 표현과 전달[14]의 의

---

14) 정기철에 의하면, 4장 '기행가사에 나타난 서술 양상'을 논의하는 과정에서 "표현과 전달은 엄연히 구분되면서도 글을 쓰는 이와 읽는 이의 관계를 고려할 때 그 구분선은 무너진다. 글을 쓰는 목적은 쓰는 이의 생각이나 느낌을 전달하는 데 있다는 주장은 글의 효용성을 중시하는 의견이다. 표현의 목적은 결국 전달에 있다는 주장은 '효과적으로 전달하기 위해 어떻게 표현하느냐가 중요'하다는 반박을 불러일으키지만, 꽤 설득력을 가지고 있다. 글이 '표현한 것'에 지나지 않는다면 그 글은 생명력이 없는 글이 되고 만다. 글은 누구에게 전달되어 공감되거나 반향을 일으킬 때 비로소 생명력을 갖게 된다."라는 언급은 새로운 의미를 제공한다. 요컨대 연경사행자가 현실을 어떻게 인식하느냐에 따라 연행과정에서 선택되는

도를 반영하기도 한다. 따라서 이러한 작자의 체험은 현실 세계에서 물리적인 대상에 의해 얻어지는 경험뿐 아니라, 인간의 의식을 통해 드러나는 상상과 사유까지도 포함하고 있어 문학적 표현의 측면에서도 큰 의미를 지닌다 하겠다.

3. <燕行歌>의 展開 樣相

조선 말기 고종(高宗) 3년(1866) 병인(丙寅) 3월에, 고종의 왕비(明成皇后 閔氏)를 책정한 일로 북경(北京) 당시 연경(燕京)에 조선은 진하사 은겸주청사행(進賀謝恩兼奏請使行)을 보낸 일이 있었다. 우의정 유후조(柳厚祚)를 상사(上使)로, 서당보(徐堂輔)를 부사로 한 사행(使行)에 삼사신(三使臣)의 일원[15]으로, 그 때 작자 홍순학(洪淳學)은 서장관(書狀官)에 임명되어[16] 연행에 오른다.

조선조 중국으로 가는 사행(使行)은 정기적이고 수시적인 이유의 잦은 사행이 많았다. 특히 중국에 대한 사행은 중국 황제에게 정월의 새해 인사나 생일 축하를 드리는 형태로(新年祝賀使行, 明代宣慰使行, 淸

대상의 변별된 내용은 물론 그에 알맞은 표현 방식이나, 어조를 통해 드러나는 감정의 기조까지도 읽어낼 수 있다. 이것은 곧 작자의 의식이 머물고 있는 자리이며, 작품이 품어낸 세계의 변화를 이해하는 일이기도 하다. 사행을 책임진 사신의 신분으로서, 개인과 대중을 고려한 독서물(讀書物)로써 작자의 경험과 방대한 양적 기록은 다양한 문학적 표현까지도 아우른 좋은 자료가 된다. 정기철, 『한국기행가사의 새로운 조명』, 역락, 2001, 103~106쪽.

15) 당시 正使柳厚祚(1798~1876), 右議政의 신분이었으며, 副使徐堂輔(1806~1883)는 禮曺侍郞이었다.

16) "시년이 이십오라 소년공명 장흐도다." <연행가> 서두에는 작자 나이 25세의 젊은 선비로서 자부심이 엿보이는 대목이다. 그리고 윗사람으로서 아랫사람을 염려해 주는 작자의 인물됨을 엿볼 수도 있다. "삼사신 즈는 되는 군막을 놉피 치고, 삿즈리 둘어 막아 가방처럼 흐여되, 역관이며 비장 방장 불상흐여 못 보갓다."

代冬至使行, 聖節的使行), 혹은 황제 즉위 축하 인사나 중국이 조선에 베푼 은혜에 감사하는 형태로(進賀使行, 謝恩使行), 그리고 우리나라에서 왕실의 등극이나 부고를 알리기 위해 사신을 보내는(奏請使行, 登極使行, 告訃使行) 등의 다양한 내용의 사신 왕래가 이루어 졌다.

이러한 사실을 근거로 임기중(林基中)[17]은 조선조에 중국과 일본의 사행 횟수를 보면 중국의 경우 병자호란 뒤 한말까지, 정기와 수시사행을 합쳐 총 700여 회나 청나라를 왕래했고, 일본의 경우도 총 79회에 달한다고 말한다. 거기에 더하여 조선조 명(明)나라 사행까지 합하면 총 1,000여 회에 육박했을 것으로 추정하고 있다. 그리고 이들 사행자(使行者) 일행에는 당대의 뛰어난 문사들이 항상 종사관(從事官)으로 동행했는데, 그들의 대부분은 문학적 사기록(私記錄)을 남겨 놓았던 것이 사실이다.

홍순학(洪淳學)의 <연행가(燕行歌)>는 서울을 떠나 연경에 이르기까지 여정은 물론 연경에 도착해서 다시 돌아오는 과정까지, 근대화라는 새로운 세계에 변혁를 맞고 있는 중국의 다양한 모습과 변화를 담아내고 있다. 조선조 사회라는 전근대성 속에서 성장한 25세의 혈기 왕성한 홍순학은 조선에 젊은 사대부의 시각으로, 현실 세계에 불어닥친 근대화에 거센 물결은 결코 쉽게 이해되고 타협될 성질에 것은 아니었다.

오히려 변화하는 세계를 향한, 또 다른 경험의 확대와 문화적 상이함에서 오는 낯설음과 이질성의 의미로 다가왔을 것이다. 이처럼 작자

---

17) 임기중, 註5), 같은 책, 21~22쪽. 한강부 역시 정묘(丁卯), 병자(丙子)의 호란(胡亂)을 겪으며 명(明)의 대하여 행했던 모든 사대(事大)의 예(禮)를 청(淸)에 대해 가지게 되었으며, 조선이 일본에 망(亡)할 때까지 자주 사대의 예를 행하여 사신이 왕래했다고 한다. 이처럼 청에 대한 사신행(使臣行)은 명 이후 결코 줄지 않고 더욱더 늘어나는 추세였다. 한강부, 「연행가 편고」, 『국문학』7집, 고려대학교국문학, 1963, 88~89쪽.

는 압록강을 건너기까지 계속 되는 여정 속에서 고국의 산천과 그 곳에 얽힌 역사적 흔적들을 놓치지 않고 세세히 회고(回顧)하며[18] 여과 없이 감정을 드러낸다. 이러한 작자의 시각은 도강(渡江) 후에도 연경에 도착하여 중국의 변화하는 모습과 제반 문물이나 풍습, 그리고 사람 하나하나의 모습과 자연 경관에 이르기까지[19] 현장감 있게 기술하고 있다.

요컨대 작자 홍순학은 우리의 역사는 물론 중국의 역사에 대한 해박한 지식을 통해 연행 과정에서 접하게 되는 역사의 현장마다 시선을 돌리고 있는 것이다. 그런데 이것은 단순히 연행 과정에서 관찰된 사실들의 단순 보고나 열거에 형태는 결코 아니다. 오히려 작자는 조선의 사대부로서 자신이 지닌 학문적 지식이나, 또는 내면에 자리 잡고 있는 의식적 노출로 볼 수 있다.

즉 당대 조선이 봉착한 전근대성의 현실적 모습을 짐작하게 하는 세계를 향한 스스럼없는 토로였다. 이렇게 홍순학은 청나라를 탐구의 대상으로 생각하면서 동시에 현실을 향한 비판적 안목도 지니고 있었다. 그러한 이유로 연경에 체류하는 과정에서 그의 관심은 어느 한 곳에 편중되지 않고 다방면에 걸쳐, 감정의 자연스런 발산과 개입이 가능했던 것이다.

ㄱ) 션쥭교가 어듸며냐[……]다리우의 무든 피는 몃 빅 년을 지닉도록, 풍마우세 지들 안코 지금가지 완연ᄒ니, 후세의 보는 스람 뉘 아니 감창ᄒ랴.

---

18) <표1>의 내용 참고.
19) <표2>, <표3>, <표4>의 내용 참고.

ㄴ) 긔ᄌ묘 봉심ᄒ니 감구지회 그지 업다.[……]슬푸다. 임진난의 왜놈이 작변ᄒ여 져 모양 되어스니 더구나 창감ᄒ다.

ㄷ) 쳥셩영 어듸더냐.[……]병ᄌ년 호란시의 효종듸왕 입심ᄒ수 이 고기너 무실 졔 ᄭ치친 곡조 유젼ᄒ다.[……]조션관이 잇다 ᄒ니[……]슬푸다 져 문 밧게 삼학수의 츙효혼ᄇᆞᆨ 만리 밧게 외롭다가 우리 보고 반게헐 듯. 병ᄌ년 이 원슈ᄅᆞᆯ 어느 ᄯᅢ 갑파 볼가. 후셰 인신 예 지날 졔 분헌 마음 뉘 업스랴.

앞서 언급한 것처럼, <연행가(燕行歌)>는 기행문학(記行文學)이지만 그렇다고 작가의 의지대로 자유롭게 떠날 수 있는 여정이 아니었다. 해로(海路)를 통해서든 육로(陸路)를 통해서든 일정한 경로(經路)를 통해 임무를 수행해야 하는 국가적 외교의 무거운 책임을 짊어진 사행(使行)이었다. 이러한 현실적 제약이 곧 보고문학(報告文學)으로의 성격을 더욱 두드러지게 하여 내용의 전개 양상에서 자유로운 사색이나 감정의 토로, 작자의 의식적 개입이 결여될 소지가 충분했다.

그러나 <연행가(燕行歌)>의 내용은 오히려 작가의 철저한 의식을 바탕으로 여정에서 관찰된 새로운 시대적 모습과 조선의 사대부다운 역사의식을 자유롭게 드러내고 있다는 사실에 흥미를 더한다. <연행가>를 통해 드러나는 그러한 자기 내면의 진솔한 기술은 작품 전체를 통해 일관되게 전개되고 있으며, 이것은 작자의 세계관과 대외의식(對外意識), 나아가 당대 사대부들의 의식까지도 대변할 수 있는 근거를 제공한다고 본다.

ㄱ)은 선죽교에서 고려 충신 정몽주를 회고하며 오랜 세월 지나도록 선죽교에 묻은 피는 마르지 않고 완연하리라 한다. 중국으로 떠나는 조선의 사신으로서, 그의 충절을 회고하며 감창(感愴)에 마음을 드러

낸 것은 어쩌면 신하된 자의 자연스런 모습일지도 모른다. 조선 후기 자국(自國)의 나약한 현실이 곧 고려 말의 어지러운 상황을 떠올리게 함으로써 작자의 현실에 대한 책임의식은 정몽주의 절개를 통해 의지를 더욱 뜨겁게 달구는 연군(戀君)과 우국충정(憂國衷情)으로 다가왔음을 짐작할 수 있다.

이러한 사실은 ㄴ)의 임진왜란(壬辰倭亂)에 대한 언급과 ㄷ)의 병자호란(丙子胡亂)을 회고하며 더욱 강하게 드러난다. 이른바 왜놈에 대한 비창(悲愴)과 적개심(敵愾心)은 자연스럽게 병자호란의 분노와 슬픔으로 이어져 청(淸)에 대한 복수심과 함께 후세에까지 분한 마음을 잊지 말아야 한다고 토로하게 된다. 특히 이러한 의식은 그의 단호한 표현에서 여실히 드러나, 작자의 내면에 숨어 있는 역사의식의 표출로 이어고 있음을 알 수 있다. 일본인을 '왜놈', 청나라 사람을 '병자년의 원수', 호인(胡人)은 미천하다는 말로 마치 짐승들처럼 야만시 하여 '저희끼리 지저귄다.'의 거침없는 표현을 쏟아내고 있었다.

더욱이 위와 같은 청나라에 대한 강한 분노와 적개심은 연경에 도착하여 청에 대한 부정과 비하(卑下)로 이어져, 명(明)나라에 대한 회고와 회한에 잠기기도 하고 자문화중심주의(自文化中心主義)의 우월적 태도를 보이기도 한다. 하지만 작자의 이러한 태도는 연경에 체류하는 동안, 곧 사행(使行)의 과정에서 새로운 문물과 변화된 모습을 경험하면서, 청(淸)에 대한 미개의식(未開意識)과 비판적 태도는 상당 부분 완화되고 객관화 되어 칭찬할 것은 칭찬하는 태도를 지니게 된다. 육아법에 관한 내용이나 농사에 부지런한 모습과 길쌈하기, 가축치기, 편리한 베틀의 기술과 농사기술, 법령의 엄격함 등을 노래한 부분은 그 좋은 예라 할 수 있다.

ㄹ) 모도 다 문장직수 문필을 조히 여겨 만당시체격으로 글을
지여 셔로 읍고 왕희지 필법으로 글씨 써셔 즈랑ㅎ니, ㄴ 아무리
무식ㅎ여 문필이 부족ㅎ나 되지 못헌 글귀라도 족키 지여 화답ㅎ
고 변변치 안은 글시줄노 쥬련쳐럼 써셔 뵈니, 층찬이 분분ㅎ여 인
ㅅ가 과도트라.

ㅁ) 져의와 우리와 언어가 부동ㅎ여 말 한 마ㄷ 못ㅎ고셔 덤덤
ㅎ고 안져스니, 귀 먹은 벙어린 듯 물구럼이 셔로 본다. 천하의 글
은 갓타 필담이나 ㅎ올네라. 뭇는 말과 ㄷ답ㅎ물 글 귀졀노 오락
가락 간담을 상응ㅎ여 졍의 상통ㅎ난구나.

ㅂ) 왕고부의 강긔지심 우리 복식 부러워셔 나 쓴 관을 버셔 쓰
고 슬푼 긔식 현져ㅎ다.

ㅅ) 모도 다 ㄷ명 젹의 명문거족 후예로다. 마지 못히 살녀 ㅎ고
호인의게 벼슬ㅎ나 의관의 슈통지심 분한 마음 품어구나. 옛 의관
조선 스람 형졔갓치 반기는 듯, 졍노경이 쳥키로 ㅊ져가니 쥬인 나
와셔로 예필 좌졍ㅎ니 쥬긱지예 분명ㅎ다.

ㅇ) 이쳐로 노닐면서 담소로 종일 ㅎ니 아람답고 말근 츔의 날
가는 줄 모로깃다. 말 니 밧 먼 곳 스람 우연이 셔로 맛나 일면여구
스괸 졍이 지긔지우 되여셔라.[……]부평갓치 허여 지면 언졔 다
시 모여 볼고.

ㄹ)에서 알 수 있듯, 시문(詩文)과 사부(詞賦)에 있어서 경쟁적으로
서로를 가늠해 보려는 태도는 지극히 의욕적이고, 조금이라도 우수한
점이 보이면 인색함 없이 상대방을 인정해 주는 모습도 볼 수 있다. 조
선 사행자들은 이렇게 그들대로의 주체의식과 문화적, 학문적 긍지를

지니고 있었다. 하지만 명(明)을 배반하고 청(淸)에 붙은 인물들을 비판하면서 끝까지 청(淸)에 부속되기를 거부하고 높은 세금을 낸다는 송(宋) 씨(氏)라는 명문거족을 찬양하는 대목은 작자의 명과 청에 대한 사대적 변별 태도를 짐작하게 한다.

청나라 한족(漢族)은 조선의 사신 일행들에게 각별한 대접을 한다. 그들은 사신 일행을 통하여 명나라 옛 의관에 대한 향수(鄕愁)를 느끼기도 하고 형제같이 맞이하여 심층적인 교류를 나누게 된다. 특히 의사소통은 ㅁ)의 언급처럼, 필담(筆談)을 통해서 이루어지는데 이러한 의사소통이 오히려 피차 비밀유지를 보장 받고 간담(肝膽)을 상응하는 정(情)을 느끼게 한 것이다. 이처럼 청(淸)나라 한족(漢族)들과 작자 홍순학의 생각은 ㅂ), ㅅ)의 내용에서 확인할 수 있듯, 동일한 감정을 공유하고 있다.

다시 말해, 비록 청(淸)나라에서 벼슬살이를 하며 변발과 호복으로 치장했지만 조선의 사신들이 입고 있는 명제도(明制度)의 영향 하에 만들어진 의복을 부러워하기도 하며, 자신들의 처지를 돌아보고 분한 마음까지 토로하기에 이른 것이다. 결국 그러한 서로의 감흥은 우리 측 사신들을 형제같이 맞이하는 인정을 베풀기도 하고, ㅇ)의 언급처럼 긴 시간 같은 마음으로 회한과 풍류를 나누며 이별의 시간을 아쉬워하기도 한다.

이러한 청에 대한 멸시는 상대적으로 명을 높이는 동시에 우리 문화에 대한 자부심과 청나라 한족(漢族)들의 망국지한(亡國之恨)을 드러내고 있다. 즉 명나라를 존중하고 청나라를 멸시하는 의식은 조선 사신들과 청나라 한족(漢族)들의 사이에서 공통되며, 서양인에 대한 부정적 태도와 선비적 풍류도 동일하게 공유할 수 있는 정서였음을 알 수 있다.

요동의 책문(柵門)을 지나 연경(燕京)에 이르는 동안 연도(沿道)에 있는 성읍은 봉황성을 비롯해 통주에 이르기까지 16읍이 되는데, 그 중에 산해관은 수류의 큰 관방(關防)이고, 통주는 기보(畿輔)의 큰 도시이며, 봉황성은 변문(邊門)의 방수(防守)인 곳이었다. 그리고 도성의 제도는 밖으로 성 위에 담을 쌓았고, 안에는 몸을 숨겨 적을 감시하거나 칠 수 있도록 성 위에 낮게 담을 또 쌓아 막았다. 양쪽 사이에는 벽돌을 깔아 평평하게 하여 그 위에 성랑(城廊)을 두었다고 한다. 그런데 그 규모는 높이와 크기에 있어 무려 43리나 된다고 알려진다.

　아울러 작자는 압록강을 도강(渡江)하여 책문(柵門)에 도착하는 과정에서 청나라의 산천과 도로 상태, 밭과 들을 구경하게 되는데, 실로 넓은 도시와 끝없이 광활하게 펼쳐진 논밭과 들녘이야말로 작자에게는 또 하나의 새로운 감탄이 아닐 수 없었다. 더욱이 가까이 호인(胡人)을 처음으로 구경하게 되는 곳도 바로 봉황성을 지나 이 곳 책문(柵門)에서였다. 사정이 그러하다 보니, 사신일행도 대국의 규모와 문화적 차이에서 오는 낯설음에 당황하기도 했을 법하다. 이렇게 그 정서적 흥분은 여과되지 않고, 사행 도중에 여러 호인들에 대한 예리한 관찰과 세밀한 묘사로 자세히 그려지는 계기가 된다.

　　ㅈ) 티혹을 ᄎᄌ가셔 틴셩뎐의 ᄉ비ᄒ고 젼ᄂ를 봉심ᄒ니 불근 위픠 모셔노코 틴셩지경 공ᄌ신위 금ᄌ로 여듧ᄌ요[……]동문안 셕고잇셔 좌우의 열 개로다 쥬션왕의 민돌북 지금가지 뉴젼ᄒ여 삭인젼ᄌ 박남홈이 고젼이 긔이ᄒ다 동문밧 쓸가온ᄃ 쥬류룡 셧ᄂ비ᄂ 식년마다 과거보고 진ᄉ방을 삭인비라 몃식년을 지난더냐 몃빅인지 모르겠다.[……]동셔월랑 길게짓고 웃둑웃둑 셰인비ᄂ 시젼셔젼 쥬역이며 논어딩ᄌ 듕용딘학 좌젼츈츄 듀역예긔 십삼경을 삭인비라 일부러 혜여보니 이빅 팔십 도합일셰 북편의 놉흔집

은 이륜당이 현편이라 아국으로 니로라면 명뉸당과 일반이라 그
우히 올나보니 션빅모혀 글을 짓고 그뒤당의 시간잇셔 글바다 쇠
는다이 아국으로 아로라면 슝부뵈는 일쳬로다.

ㅊ) 칙푸리을 볼작시면 만고셔가 다잇는듸 경셔ㅅ긔 빅가셔와
쇼셜픽관 운부ㅈ뎐 슈혹역혹 쳔문지리 의약복셔 불경이며 샹셔도
경 긔문벽셔 시혹율학 문집들과 명필법쳡 그림쳡과 쳔하산쳔 지
도가지 아쳥갑의 쌔며쑥이 불근의예 황지부침 졔목 뼈셔 놉히 빳
하 못보던칙 틱반이오.

ㅈ)의 예문은 조선의 성균관과 태학을 비교하면서, 조선이 그것을
그대로 모방했던 선유(先儒)들의 모습을 확인하는 대목이다. 또한 십
삼경비(十三經碑)를 보면서 대국(大國)의 학풍에 위축되기도 하고 과
거제도의 유래와 뿌리를 확인하기도 한다. 이처럼 청나라를 오랑캐로
여겨 학문적으로 우월하다고 여긴 조선의 젊은 사대부로서의 의기는
이 대목에서, 오히려 대국의 학계(學界)를 자각하는 새로운 학문적 한
계를 경험하기에 이른다.

ㅊ)은 ㅈ)의 연장선에서 학계의 실상을 새롭게 인식하는 또 한 번의
전환을 마련한다. 작자는 그동안 국내에서 볼 수 없었던, 수많은 서책
들을 보면서 "태반(太半)이 못 보던 책이라."하여 그 충격과 감동을 대
신한다. 이렇게 중국의 두터운 학문적 성과와 방대한 양의 저서들은
닫힌 세계 속에 매여 있던 작자 자신의 모습은 물론 조선에 대한 자부
심과 학문적 자만에 대한 일대 충격으로 다가왔다.

그러나 작자의 서양인에 대한 관점[20]은 청나라를 바라보는 시각과
는 사뭇 차이가 있다. 즉 서양인에 대한 관점이야 말로 시종일관 단호

---

20) <표4>의 내용 참고.

한 편견으로 매우 직선적 감정이 노출되는 것이다. 예컨대 작자의 눈에 비친 서양인의 모습은 "양고자놈 분통하다. 눈깔은 움푹하고 콧마루는 우뚝하여 머리털은 빨간 것이 기골은 팔 척 장신, 의복도 괴상하다. 계집년들은 더욱 흉측하고 새끼 놈들은 잔나비 같고 정녕코 짐승이요, 사람이 아니로다. 이렇듯 사악한 요물이 조선을 침범할 수 있겠느냐."라는 식에 강한 부정과 적개심의 심정을 품고 있었다. 이같이 서양을 바라보는 태도는 조선의 폐쇄적 현실 속에서, 더욱 굴절된 모습으로 세계의 변화를 견지하지 못한 채 인식되기에 이른다.

> 큰 길의 양고즈놈들 무상이 왕닉ㅎ네. 눈쌀은 움푹ㅎ고 코마루
> 우쑥ㅎ며 머리털은 발간 거시 고실 고실 양피 갓고 긔골은 팔쳑 장
> 신 의복도 괴이ㅎ다. 쓴 것슨 무어신지 웃둑ㅎ 젼모 갓고 계집연들
> 볼작시면 더구나 흉측ㅎ다.[……]싁기 놈들 볼 만ㅎ다. 스오륙 셰
> 먹은 거시 발간 머리 나팔 나팔 싯글ㅎ 동근 눈쌀 잔나뷔 삭기들과
> 이상이 갓도 갓다. 졍영이 짐싱이요 스람의 종즈 아니로다.

<연행가(燕行歌)> 전반에 나타나는 서양인에 대한 작자의 태도는 단순히 문화적 낯설음에 기인한 경험적 충격만은 아니었다. 이것은 오히려 서구세력에 대한 위기의식의 발로이며, 조선조 국내에 만연했던 왜양일체(倭洋一體)의 지배적 정서를 반영한 것이다. 사실 청(淸)은 이미 1840년부터 아편전쟁(阿片戰爭)을 치르고 있었고, 1842년에는 영국이 청의 상해(上海)를 함락하기에 이르며, 남경(南京)을 계속 위협했다.

이후 청은 영국과 불평등 조약인 난징조약(南京條約)을 맺으며, 아편전쟁을 종결하는 동시에 반식민지화의 길을 걷게 된다. 그리고 이어 청(淸)은 5개 항(港)을 영국에 개방한 현실 속에서, 1860년에 영국과 프

랑스에 의해 연경(燕京)이 함락되기에 이른다. 그로 인하여 많은 유적과 사원이 소실됐음은 말할 것도 없고 동양의 대국인 청(淸)을 위기로 몰아넣고 있었다.

<연행가(燕行歌)>는 바로 이러한 현실 속에서 1866년에 홍순학이 사행에 오르게 된 시대적 배경을 안고 있는 것이다. 따라서 연경에 도착해서 체류하는 동안 홍순학은 이러한 중국의 현실과 근대화의 거센 변화를 직접 목격하는 위치에 있었다. 그리고 이러한 현실적 상황에 더하여, 청나라 선비(漢族)에게서 조선 침략의 사실[21]까지 접하게 되니, 어쩌면 서양을 바라보는 작자의 이러한 시각은 더욱 부정적일 수밖에 없었을 것이다.

이후 사신 일행은 "칙비쥬쳥 맛춤 되어 측ᄉ까즈 자리 정ᄒ니 신미경한 연유와 겸ᄒ여 양인소요로 쳔ᄌ게 이 연유로 장게를 상달ᄒ니 황상이 상을 쥬ᄉ 예부상셔 거힝ᄒ다. 은ᄌ며 비단등속 큰 예로 바다노코."라는 내용에서 확인할 수 있듯, 청나라 천자에게 이 연유를 장계(狀啓)로 상달하여 은과 비단을 정표로 받기도 한다.

필담으로 조선의 침략과 관련한 서양인에 대해 소식을 들은 후에 거리에서 그들을 보게 된 것이니, 사실 위의 언급처럼 서양인에 대한 작자의 부정적 경계심은 당연한 것이었다. 그리고 연행과정에서 작자는 "천주학"을 접하게 될 뿐만 아니라 "자명종과 자명학"을 처음으로 보고 듣는다. 이 모든 것이 작자에게는 신문화에 대한 새로운 개안(開眼)이요, 사신의 신분이기는 하나, 이십오 세의 젊은 선비로서는 스스로

---

21) 작자는 청나라에서 벼슬살이를 하는 한족을 만나 환대를 받고, 필담을 나누는 과정에서 서양인(西洋人)의 조선 침범 사실을 접하게 된다. 이것은 작자에게 있어 큰 충격이 아닐 수 없었다. "황낭 즁의 필담으로 비밀이 이른 말이 근일의 양고ᄌ놈 되국을 침노 운운 예부상셔 ᄌ문으로 마조 급보 ᄒ엿스나 그딕는 아모조록 쌜니 도라갈지여다."

감당하기에 버거운 충격적 현실이었다.

4. 路程의 分析과 作者의 視角

<연행가(燕行歌)>의 전체 구성은 크게 5단계로 나누어 볼 수 있다. 이것은 긴 여정(旅程)과 장편의 기행가사(紀行歌辭)임을 감안해 볼 때, 자칫 산만하다고 생각할 수 있으나 오히려 긴 내용과 여정에도 불구하고 하나의 완성된 텍스트의 과정을 발견할 수 있다.

    1단계, 연행(燕行)의 배경과 일행의 모습
    2단계, 출발과 노정(路程)의 전개
    3단계, 연경(燕京)의 다양한 견문(見聞)과 감상
    4단계, 사행(使行)의 왕정(王程)과 회정(回程)
    5단계, 조선으로의 귀경(歸京)과 재회(再會)의 감회

1단계는 고종(高宗)이 왕비를 책정한 일로 삼사신(三使臣)이 왕정에 오르게 된 역사적 사실과 홍순학(洪淳學)이 그의 나이 25세로 서장관(書狀官)에 임명되어 연경을 가게 되는 배경을 중심으로, 작자의 남다른 자부심과 감회가 드러나 있다. 2단계는 여러 재신(宰臣)들과 명사(名士), 친한 벗들과의 송별식, 그리고 작자의 연경을 향한 객수와 염려가 전개되는 부분이다.

3단계는 연행가의 핵심이라 할 수 있는 부분으로 연경에 이르러 처음 보는 호인(胡人)들의 생생한 모습과 중국의 제도, 관습 등, 새로운 문물에 대한 세세하고도 수많은 체험과 견문의 내용이 주류를 이룬다. 특히 연경에 체류하면서 접하게 되었던 유명한 명소들과 근대화의 물결 속에서, 서양인의 왕래와 더불어 이미 흔한 일이 되어버린 희귀한 서구의 다양한 문물과 학문을 신기하면서도 충격적인 모습으로 제시하고 있다.

따라서 3단계의 내용이야말로, 작자의 새로운 문명에 개안(開眼)과 오늘날 당시에 누렸던 문화사적 관점에서도 주목되는 부분이라 할 수 있다. 아울러 4단계는 왕정을 수행하는 관리로서 장계(狀啓)를 갖추는 모습과 개인적 회정(懷情)에 따른 감회의 상연(爽然)한 심정이 배어나고 무사히 사행을 마친 작자의 자부심도 읽을 수 있다. 끝으로 5단계는 그동안의 긴 사행을 마무리하는 단계로 귀경(歸京)하여 한양에 이르는 과정이 포함되어 있는데, 간략한 내용으로 임금님을 뵙고 온 내용과 가족과의 재회가 눈길을 끄는 대목이다.

요컨대 본문을 토대로 <연행가(燕行歌)>의 노정(路程)을 날짜별로 정리해 보면 다음과 같이 파악할 수 있다. 고종(高宗) 3년(1866) 4월 9일에 한양을 출발하여, 5월 7일에 압록강을 도강(渡江)하고 이후 6월 6일에야 연경(燕京)의 해동관에 도착한다. 물론 해동관은 삼사신(三使臣)이 머물게 되는 곳이기도 하다.

이윽고 7월 11일에 사신일행은 회환(回還)하여 조선으로 향하니, 6월 6일에 연경에 도착한 사실을 고려해 본다면 총 35일 간의 일정으로 연경에 체류하게 된 것이다. 그리고 8월 6일에 도강(渡江)하여 고국에 도착하고, 드디어 8월 23일에야 홍순학은 인정전(仁政殿)에서 임금님을 뵙는다. 이후는 집으로 귀가(歸家)하여 노친(老親)과 가족을 만나는 구조로 되어 있다. 따라서 그 해 8월 23일 인정전에 도착해서, 집으로 귀가하기까지, 연행기간은 총 134일(4월 9일~8월 23일)의 일정을 파악할 수 있겠다.

　아래에 제시한 <표1>에서 <표4>는 <연행가(燕行歌)> 통해 드러나는 작자의 시각과 작품의 전체 구조를 이해하기 위한 방편으로, 그 내용을 도식화한 것이다. 사행(使行)의 과정에서 자유롭게 토로(吐露)되는 작자의 막힘없는 태도는 작품 전반에 걸친 견문과 감상은 물론 감정의 기조를 중심으로 그의 의식까지 아우르고 있다. 관련 내용은 다음과 같다.

<표1>

내용 ＼ 항목	사　례	작자의 감정	비　고
조선의 역사 회고	ㄱ) 만월대, 선죽교	비창(悲愴)	고려의 충신 정몽주
	ㄴ) 기자묘, 취승당	비창(悲愴)	임진왜란
	ㄷ) 북장대	쓸쓸한 감회	홍경래의 난
	ㄹ) 청석령·조선관	분노와 적개심	효종대왕, 삼학사

<표2>

내용 ＼ 항목	사　례	작자의 감정	비고
중국의 역사 회고	ㄱ) 대명 유장군의 수십 만 명이 일시에 함몰	슬퍼함	親 明
	ㄴ) 대명의 연원성 내의 연원백·조원수의 정문	장하다는 칭찬/감회	親 明
	ㄷ) 대명의 과부성 솜씨 명문거족	놀라움(동경)	親 明
	ㄹ) 갑신삼월 의종(숭정제) 순절 불복	한탄, 회환의 정	親 明
	ㅁ) 홍예문에서 신유년 회고를 느낌	쓸데없는 궁사 치장에 부정적 허무감	反 淸

<표 3>

항목 내용	사 례	작자의 감정	비 고
호인들에 대한 관점	ㄱ) 양치질도 한 번 아니 하고 이빨은 황금, 손톱은 다섯 치라(호인을 비하)	부정적 태도	미개인 취급/反淸
	ㄴ) 저희끼리 지저귀며	부정적 태도	반감의 직접적 표현
	ㄷ) 청녀와 당녀의 발모양 차이	親 明	명나라 제도 옹호
	ㄹ) 집제도, 집치레가 우습고 지나치다	초기에 부정 /점차 완화	문화적 이질감
	ㅁ) 호인들의 식사와 음식 소개	객관적 태도	유목생활적 유풍
	ㅂ) 호인들의 능숙한 말(馬), 노새, 황소치기	긍정적 태도	유목생활적 유풍
호인들에 대한 관점	ㅅ) 호인들의 육아법과 능숙한 가축 기르기	긍정적 태도	유목생활적 유풍
	ㅇ) 호인들의 농사하기, 길쌈하기, 편리한 베틀	긍정적 태도	부지런함에 놀람
	ㅈ) 청나라 도읍 봉천부 성경	객관적 태도	풍요로움에 놀람
	ㅊ) 중문 정전과 태평차, 북문의 고분성	객관적 태도	규모에 감탄/실용성 인정
	ㅋ) 중화문 보화전과 천수불, 옥동교의 장관	객관적 태도	웅장한 모습을 칭찬
	ㅌ) 홍예문	객관적 태도	형언할 수 없는 경치(감탄)
	ㅍ) 궁전의 사치와 어린 황제의 행차 모습	객관적 비판 의식	쓸데없는 사치/황제에 대한 놀람
	ㅎ) 법령의 엄숙함	긍정적 태도	객관적 관찰

<표 4>

항목 내용	사 례	작자의 감정	비 고
서양인에 대한 관점	ㄱ) 양귀자놈 통분하다	부정적 태도	조선침략 사실에 격분
	ㄴ) 처처에 천주당과 사학(邪學)	부정적 태도	사악한 학문으로 거부
	ㄷ) 의복은 괴이, 계집년들은 흉측, 새끼는잔나비, 정말 짐승이며 사람이 아니다.	부정적 태도	단호한 편견

압록강을 건너 봉황성에 도착해 작자는 처음 보는 호인(胡人)들의

모습에 적지 않은 충격을 받는다. 여염집의 녹창과 주호, 호인의 괴이한 의복과 여성들의 바지차림, 화려한 얼굴 치장과 괴상한 머리 모양, 그리고 그들의 지저분한 이빨과 손톱 등은 그야말로 작자에게 있어 어느 것 하나 쉽게 이해할 수 없는 문화적 이질감에서 오는 충격이 아닐 수 없었다.

연경에 도착해 작자는 호인들이 사신일행을 구경하는 모습에서 "싼디인 온다고 져의씨리 지져괴며"라는 식의 표현으로, 청(淸)을 짐승처럼 야만시하여 직접적 반감을 드러내기도 하며 청의 화려하고 실용적인 집 구조도 조금은 곱지 않은 시선(햐쳐라고 츠 즈가니 집 졔도가 우습도다[……]미쳔흔 호인들도 집치레 과람코나.)으로 비판하고 있다. 이러한 작자의 시각은 청녀와 당녀의 발모양까지도 구별(쳥여는 발이 커셔 남즈의 발 ᄀᆞᆺ트나, 당여는 발이 작아 두 치짐 되는 거슬 비단으로 씩 동히고 신 뒤츅의 굽을 달아[……]그러타고 웃지 마라 명나라 씨친 졔도 져 계집의 발 ᄒᆞᆫ가지 지금까지 볼 것 잇다.)하여, 명나라의 영향이 발 모양 하나에서도 볼 수 있다는 논리로 조금은 과한 친명적(親明的) 태도를 보이기도 한다.

이처럼 작자의 시각은 청국(淸國)에 대한 사실적 관찰은 물론 위의 표에서도 알 수 있는 것처럼 호인(胡人)과 한족(漢族)을 구별하여 비교하기도 한다. 마치 그림을 그리듯(씩 업시 먹난 밥은 기장 좁쌀 슈슈쌀을 농난ᄒᆞ게 살마다가 닝슈의 치와 두고, 진씌ᄂᆞᆫ 쌔진 후의 아모 맛도 업난 거슬, 남녀노소 식구ᄃᆡ로 부모형제 쳐ᄌᆞ권속 한 상의 둘너 안져, 한 그릇 쩌ᄂᆡ여셔 져까지로 그러먹고 낫부면 더 쩌온다. 반찬이라 ᄒᆞ는 거슨 돗히 기름 싱치나물. 큰 독의 장 다무기난 소금물의 메쥬 여코 날마다 감금감금 막ᄃᆡ로 휘져으니 쥭갓튼 된장물을 장이라고 써다 먹데), 제시되는 작자의 뛰어난 묘사와 특유의 익살은 당시 젊은 사대부로서 겪게 되는 새로운 문화적 충격과 이질감을 스스럼없이 표현하고 있다.

사실 조선이 청(淸)과의 관계를 명(明)과는 다른 차원에서 받아들였다는 것은 사행의 명칭에서도 짐작할 수 있다. 즉 조선에서는 여러 가지 정치적 이유로 명나라에 왕래하는 것은 '조천(朝天)'이라 했으나, 이와는 달리 청나라에 가는 것은 '연행(燕行)'이라 했다. 이렇듯 대명(對明)에 대해서는 '天'이라는 표현을 사용하여 사대적 친명의 성격을 드러내었던 반면, 청에 대해서는 연경(燕京)을 왕래한다는 현실적 의미를 중시했던 것이다.

그러나 이러한 명칭이 곧 청(淸)을 상국으로 인정하지 않는다는 것은 아니다. 조선 역시 힘은 비록 약하지만 문화적 우월성과 자부심으로, 대청(對淸)에 대한 외교 의식을 이어갔다. 더욱이 연행은 이러한 근대화의 물결 속에서 문명국(文明國)으로 변모하는 청의 모습을 소개하고 관찰하는 통로의 역할로 작자나 독자에게는 새로운 경험의 장이 되었던 것이다.

이것은 위에 제시한 표를 보아도 이해될 수 있는 바, 작자의 관심은 어느 한 곳에 편중되어 있거나 머물러 있지 않다. 연행에 과정에서 거쳐 가는 어느 곳 하나 소홀함 없이 다양한 관심과 시각을 유지하며 피력하고 있다. 특히 예리한 관찰력을 통해 청나라의 문화와 신문물을 소개하는 장면이나 호인들 하나하나에까지 세밀한 관찰과 개성적인 묘사로 서술한 부분은 오히려 문학적 표현에서도 여타의 가사에 비해 가히 손색이 없다고 본다.

5. <燕行歌>에 나타난 朝鮮의 現實

고종(高宗) 3년(1866) 3월에 중희당(重熙堂)에서 삼간택(三揀擇)을 행하고 민치록(閔致祿)의 딸을 왕비로 책봉하여, 고종의 가례(嘉禮)가 성사되기에 이른다. 앞서 언급한 바, 홍순학(洪淳學)의 <연행가(燕行歌)>는 이를 알리기 위해 이른바 청(淸)에 대한 주청사행(奏請使行)의 목적이 동기와 배경이며, 홍순학은 서장관(書狀官)에 임명되어 연행에 오른다. 여기서 잠시 홍순학의 직분을 생각해 본다면 서장관의 직책은 삼사신(三使臣)의 하나로 사행에서 기록을 담당하는 당대의 뛰어난 문사(文士)들이 주로 임명되던 중책의 자리였다. 더욱이 그의 나이는 25세로 처음 떠나는 연행이었으니, 그 누구보다 강한 의기(義氣)와 사대부로서의 자신감이 남달랐을 것이다.

따라서 <연행가>에서 발견되는 청인(淸人)들의 모습, 가옥구조의 특이함, 풍속의 상이함, 풍부한 문물과 상가들, 여러 가지 유희와 다양한 생활상, 화려한 건축물, 그리고 코끼리, 낙타, 가축치기 등을 통해 보게 된 낯선 짐승들까지도, 어느 것 하나 놓치지 않고 편중되지 않게 세세한 기록을 남겼다. 이것은 곧 우리나라와는 전혀 다른 이국적(異國的) 모습이었기에 작자는 물론 독자에게까지 또 다른 문명의 간접적 경험을 제공해 주었다.

사신일행(使臣一行)이 연경(燕京)을 방문할 때에 겉으로 드러난 청나라의 모습은 번영을 누리고 있었지만, 사실 청(淸)은 이미 기울어져 가고 있었다. 청나라와의 외교관계가 아직 과거와 같은 방식으로 지속되는 시기에서, 어찌 과거 명(明)에 대한 회한이 없겠느냐 만은 그럼에도 작자는 조선의 젊은 사대부로서 새로운 견문을 넓히고 변화하는 주변정세를 민감하게 살피고자 했다.

작자가 연행(燕行)을 떠나던 고종 즉위 초는 사실상 대원군(大院君)이 실권을 장악했던 시기로 향후 10년 동안 권력을 쥐고 자신의 의지대로 정사를 운영해 왔다. 당시 조선은 외적으로 많은 이양선(異樣船)의 출몰과 러시아의 빈번한 통상 요구22)에 시달리고 있었다. 그러나 이러한 현실 속에서도 조선 내에서는 외세의 학문인 천주교에 대한 상황은 오히려 희망이 보이는 듯했다.

그것은 다름 아닌 대원군의 부인이나 고종의 유모는 착실한 천주교 신자였기에, 천주교나 외세에 대한 대원군의 관심은 지극히 현실적이었다. 즉 승지(承旨) 남종삼은 러시아의 남하를 막는 방편으로 프랑스와 동맹을 맺자고 건의하며, 조선에서 활동하는 베르누(Berneux, 張敬一) 프랑스 주교를 활용하면 가능할 것이라 했다.

남종삼의 건의는 희망이 보였다. 그러나 지방에 가있던 다블뤼(Dabeluy, 安敦尹) 주교와의 연결이 지체되면서, 뜻밖에 계획은 차질을 빚었다. 이러한 상황에서 연경을 다녀온 동지사(冬至使) 이흥민(李興敏)에 의해 조정(朝廷)은 청국(淸國)에서도 천주교도를 탄압하고 있다는 부정적 보고를 받게 된다. 더욱이 1860년 영불 연합군에 의해 연경은 점령되었고 러시아는 중재의 대가로 청나라 연해주를 확보하며, 두만강을 사이로 조선과 국경을 접하게 된다. 게다가 조두순도 배외정책(排外政策)을 지지하기에 이른다. 이처럼 조선을 둘러싼 주변 정세는 많은 변화와 선택을 요구하고 있었다.

그 후 러시아가 남진한다는 소문은 대원군과 고관들을 더욱 위기로 몰아갔다. 앞서 황사영의 백서사건(帛書事件)23)으로 일반 백성들마저

---

22) 한국정신문화연구원, 『한국사 연표』, 정치편, 동방미디어, 2004, 470~472쪽.
23) 1801년 9월에 황사영은 천주교에 대한 조선의 박해 전말과 대응책을 비단에 적어 비밀리에

천주교도들을 외세의 앞잡이로 오해하고 있었던 현실에서, 이런 혼란이 겹치면서 대원군의 천주교에 대한 현실적 시각은 흔들려 점차 부정적 시각으로 깊어갔다. 마침내 1866년에 이르러 상황은 한층 더 악화되기에 이른다. 그것은 다름 아닌, 서양 신부도 서양 오랑캐와 한통속이며 조선의 천주교도들은 모두 그들의 앞잡이라고 보았던 것이다. 이로부터 조선은 혹독한 박해를 가하기 시작한다.

홍순학이 사행을 떠나는 그 해(1866) 1월부터 대대적인 박해[24]와 함께 대원군은 양이보국(攘夷保國)의 굳은 결의를 표명한다. 따라서 서양에 대한 배척과 천주교에 대한 부정적 인식은 당연히 국가의 직책을 맡고 있던, 작자의 시각에도 그만큼 영향을 주었을 것이다. 물론 연행의 과정에서 청에 대한 작자의 시각은 사뭇 달라진다. 연경에 체류하는 동안 사실적 묘사와 객관적 제시를 통해서도 알 수 있듯, 작자의 의식은 옳은 것 좋은 것은 긍정하고 또는 그 한계를 비판하기도 하면서 청에 대한 이해를 시도한다. 하지만 서양을 향한 작자의 관점은 일관된 의식으로 강한 반감과 적개심만을 드러내고 있어 대청(對淸) 의식

청나라 연경에 있는 구베아 주교에게 보내려고 한다. 이 백서(帛書)는 길이 62cm, 너비 38cm의 비단에 한 줄에 95~127자씩 121행, 도합 1만 3,311자를 깨알처럼 써서, 10월에 동지사(冬至使) 일행에 끼여 연경에 전달하려 했던 것이다. 그러나 9월 29일 황사영의 체포로 모든 계획은 물거품이 되고, 그의 가족도 귀양을 가게 된다. 그 내용은 다름 아닌, 조선 교회를 재건하고 신앙의 자유를 획득하는 방안으로 조선이 선교사를 받아들이도록 청나라 황제가 조선 정부를 강요할 것을 요청하는 내용이었다. 만약 그렇지 않으면, 조선을 청나라의 한 성으로 편입시켜 감독하게 할 필요성을 제기하였다. 아울러 수백 척의 배와 군대 5만에 6만 명을 조선에 보내어 조정이 신앙의 자유를 허용하도록 하는 방안 등이 제시되어 있었다. 후에 이 사건은 오히려 대원군과 조정의 고관들은 물론, 백성들에게 까지도 천주교를 포함한 외세에 대해 폐쇄적 태도를 취하게 했다. 이성무, 『조선왕조사2』, 제24장 순조조, 동방미디어, 1998, 923~925쪽.

24) 1866년 1월에 베르누 주교와 다블뤼 주교 등, 프랑스 신부 9명과 홍봉주, 남종삼을 비롯해 정의배, 전장운, 최형 등의 주요 신자들과 수많은 교인들이 체포되어 처형된다. 그리고 수천의 교인들도 함께 순교했다고 한다. 이성무, 위의 책, 제27장 고종조, 1067쪽.

과도 대조를 이루게 된다.

사실 급박한 국내의 사정과 시대적 변화는 근대화의 의식을 바르게 이해하지 못한 채 혼재되어 국내외 사정을 더욱 어렵게 만들었다. 연경에서 한족(漢族) 출신으로 청나라 관리에 몸담고 있는 그들과 대담을 나누며, 작자의 양이(洋夷)에 대한 증오나 적개심[25]은 한결 클 수밖에 없었을 것이다. 이미 영국과 프랑스는 1860년에 연경을 점령한 상태였다. 청나라를 굴복시킨 지 6년밖에 지나지 않았으므로, 아직도 연경 도처에는 서양의 흔적은 물론 전쟁의 후유증을 곳곳에서 발견할 수 있었다.

홍순학은 연경(燕京) 시가지(市街地)의 모습을 이렇게 회고한다. 지금의 화려함이나 규모도 말로 담아낼 수 없는 광경인데, 하물며 그 이전은 과연 어떠했을까?(아무리 구변 잇게 말노 형용 다 못ᄒ리. 그 전의 젼셩시야 오죽이 쟝홀소냐.)라는 언급에서 알 수 있듯, 그 위엄은 가히 대단했을 것으로 본다. 이렇게 화려하고 풍성한 모습을 묘사하다가 거대한 건물이 즐비한 곳에 이르러 다른 한 쪽을 돌아보며, 작자는 갑자기 모두가 허망한 느낌이 든다고 말한다.(서양국놈 거그 와서 작별ᄒ여 모도 다 불을 노화 일망무제 터ᄉᆞᆫ이니.) 그것은 다름 아닌 서양의 침략 흔적을 확인하는 부분으로, 불타버려 터만 남아 있는 청의 현실을 보면서 작자는 동시에 조선의 위기와 처지를 떠올리고 있었던 것이다.

이러한 현실 속에서도 조선의 천주교 박해는 극에 달아 있었다.

---

25) 이와 관련한 논의는 정재호에 의해서도 제기된 바 있다. <연행가(燕行歌)> 전반에 나타나는 서양인에 대한 작자의 태도는 단순히 문화적 낯설음에 기인한 경험적 충격만은 아니다. 이것은 오히려 서구세력에 대한 위기의식의 발로이며, 조선조 사회에 만연했던 왜양일체(倭洋一體)의 지배적 정서를 반영한 것으로 봐야 한다. 정재호, 『한국가사문학의 이해』, 고려대학교출판부, 1998, 509~510쪽.

1866년부터 1872년까지 무려 6년 동안 8천여 명의 이르는 신자를 학살하며[26] 조선은 서양을 향한 강력한 대응을 공고히 이어나갔다. 하지만 서양의 침략은 벌써 조선에까지 밀려오고 있었다. 홍순학은 특히 청나라 선비(漢族)들과 필담을 나누는 사이에 충격의 소식을 접하게 된다.(근일의 양귀자놈 귀국을 침노할 것이니, 존형은 아모조록 쎌이 도라 갈지이다.) 이렇게 수 천리 타국에서 듣는 조국의 침략과 관련한 밀보(密報)는 더욱이 연경에서 흉측한 서양인을 직접 목도(目睹)하고 체험한 작자에겐 어쩌면 이것은 꿈으로 돌리고 싶은 두려운 사실이었다.

다시 말해 홍순학에게는 그야말로 청전벽력(靑天霹靂)과 같은 믿기 어려운 일이었다. 그러함에도 이렇게 위급한 대외 정보를 국가적 차원에서 바르게 인식하지 못한다. 결국 이것은 작자가 정확하게 예견할 수도 있었던, 바로 몇 달 후에 일어날 병인양요의 긴박한 상황[27]이었다. 그러나 작자는 서구침략의 징조를 통보받고도 극도의 비서양적(非西洋的) 태도와 존명의식(尊明意識)의 망국지한(亡國之恨)에 젖어 있어, 현실에 대응책은커녕 "설마 이것이 현실이면 어찌하겠는가."라는 염려와 불안만을 토로하며 지나쳐 버리고, 사태의 심각성을 보고하지도 부각시키지도 못했다.

그런데 이러한 피상적 대외의식(對外意識)은 비단 작자에게만 한정된 것은 아니었다. 그 근원은 오히려 변화하는 국제 정세와 밀려오는 근대화에 적절히 대응하지 못한 지나친 조선의 폐쇄적 태도에 기인한 것이며, 당시에 팽배해 있던 조선의 수구적(守舊的) 현실 상황을 반영하고 있었다. 요컨대 1863년 12월에 등극한 조선 26대 왕 고종은 그 때

---

26) 박영규, 『조선왕조실록』, 제26대 고종실록, 들녘, 1996, 434쪽.
27) 작자의 연행(燕行)이 있었던 그해 고종 3년 10월에 병인양요(1866)가 발생한다. 그리고 5년 뒤인 고종 8년에 신미양요(1871)가 일어난다. 이처럼 조선은 긴박한 대외 현실에 직면해 있었다.

나이 불과 12세였다. 앞서 언급한 것처럼, 조선의 현실적 상황은 고종의 부(父)인 대원군의 영향력이 지배적이었음은 부정할 수 없는 사실이었다.

하지만 만약 홍순학이 병인양요의 소식을 듣고, 조언(助言)대로 바로 조선으로 회환(回還)하여 국가적 차원의 현명하고도 자주적인 개항(開港)을 준비했다면 이후 조선은 어떻게 되었을까? 지나간 역사를 돌이킬 수 없지만, 적어도 그 이후에 이어질 일제의 침략과 국권침탈은 물론 근대화에 시기도 훨씬 앞당겼을 것은 자명한 일이다. 현실적으로, 10년 이상은 앞서 근대화의 길로 다가서지 않았을까? 충분히 가능한 일이라 본다.

작자가 한양을 떠나(1866.4.9) 청나라 연경에 도착(1866.6.6)한 것을 감안해 볼 때 약 60일 정도의 기간이 걸렸다. 더욱이 사신 일행이 연경에 머무른 기간은 1886년 6월 6일에서 7월 11일까지였다. 그러니까 총 35일을 연경에서 체류하게 된다. 그리고 조선에 돌아와 인정전에서 임금님을 뵙는 것이 8월23일이다. 회환의 노정이 적어도 15일에서 20일정도는 빨랐음을 알 수 있다.

이런 과정을 종합해 본다면, 홍순학을 포함한 사신 일행은 적어도 조선의 침략 사실을 듣고, 곧바로 연경 체류를 포기하고 조선으로 돌아와 이러한 다급한 현실을 조정에 알리진 못했을지라도(국가적 차원의 연행이었기에, 이점은 현실적으로 쉬운 일이 아님은 감안해 보아도), 모든 연행을 마치고 적어도 인정전에서 임금님을 알현(謁見)하는 8월 23일에는 반드시 보고 했어야만 했다. 왜냐하면 후에 병인양요로 일컫는 조전에 침략 사실은 귀환 후 2개월 뒤인 10월에야 일어났으니 말이다. 그런데 작자를 포함한 사신 일행은 그것을 한갓 꿈으로 돌리고 만다. 이 어찌 아쉽고 통분할 일이 아니겠는가? 물론 그 대가는 실로 막대한 것이었다.

병인양요(1866)가 일러난 5년 후에, 신미양요(1871)가 연이어 일어난다. 그러나 조선은 두 번 모두, 일관된 폐쇄로 외국과의 교류를 성사시키지 못하고 기회를 잃고 만다. 그 후 5년 뒤, 후에 일본의 조선 침략과 합병의 기반이 되는 최초의 불평등조약이 맺어진다. 바로 병자수호조약으로 잘 알려진 강화도조약(1876)이 그것이다. 이 조약이야말로 일본에 외압을 이기지 못해 강제로 맺어진 회한의 역사적 아픔을 간직한 조약이 아닐 수 없다.

돌이킬 수 없는 대목이지만 작자 홍순학이 조금 더 적극적인 세계관과 다급한 국제 정세를 읽어낼 수 있는 안목을 지녔다면, 2개월 후 병인양요(1866)와 5년 후의 신미양요(1871)를 토대로 적극적이고 자주적인 근대화의 의지를 조선 내에서도 마련했을 것이다. 일국의 사신의 신분으로 이런 안일한 현실 대응의 자세는 진실로 안타까울 따름이다. 그러나 작자는 여전히 귀국 후에도 가족의 안위에 대해서만 언급할 뿐, 자신의 연경(燕京) 체험을 현실이 아닌 꿈으로 돌리고 있어 못내 아쉬움을 준다.

6. 맺음말

조선 후기 중국에 다녀온 대청(對淸) 사신들이나 수행원들은 개인적 기록을 기행문(紀行文)이라는 양식으로 많이 남겼다. 시대와 기록자의 관점에 따라서 기록된 내용은 차이가 있으나 중국과의 외교 관계, 그곳의 다양한 문물과 제도, 중국인의 생활양식, 문사와의 교류, 여행 도중의 견문과 감상 등을 지적할 수 있겠다.

특히 <연행가(燕行歌)>는 작자 홍순학이 감정 변화에 기조(基調)를 두고, 전환기 조선을 둘러싼 국제 정세는 물론 청(淸)나라의 방대한 문화와 학문, 그리고 외국 문물(文物)에 대한 충격과 비판 등 폭넓은 작자의 시각과 개입을 토대로 사실적 체험을 발견할 수 있다. 더욱이 작자의 뛰어난 묘사와 특유의 익살은 당시 젊은 사대부로서 겪게 되는 새로운 문화적 충격과 이질감을 막힘없이 표현하고 있어 문학적 가치도 찾을 수 있다. 따라서 연행가사(燕行歌辭)를 단순히 보고문학(報告文學)의 형태로 단정해 버리는 것은 성급한 판단이 된다.

2장은 현전 연행가사의 발전적 접근을 제언해 보고자 <서행록>과의 비교적 논의를 제시해 보았다. 요컨대 <연행가>는 현전하는 5편의 연행가사 가운데 이본(異本)이 가장 많아, 이미 넓은 대중성(大衆性) 확보를 짐작할 수 있다. 사실 <서행록>은 <연행가>에 비해 작자의 신분적 위치나 원전의 필사 과정에서도 그 신실함이 결여되어 있다.

또한 작품의 분량도 조선조 연경사행자들이 남겨 놓은 가사작품으로, 가장 장편에 속하는 것은 <연행가>로 상세한 텍스트를 담아내고 있다. 더욱이 한문본과 국문본의 다양한 기술 형태는 사대부와 서민들에 이르기까지 독서 텍스트로써의 읽을거리 제공과 연경 안내서의 의미도 지니고 있는 셈이다. 따라서 그 가치를 말한다면 <연행가>는 여전히 무시할 수 없는 대표작으로 보아야 한다.

한편 작자는 같은 중국인이지만 명(明)나라 후예인 한인(漢人)과 청나라 사람, 곧 호인(胡人)을 구별하여 구분 짓기도 한다. 전자는 망국민(亡國民)이기는 하나, 잃어버린 조국에 대한 강개한 마음을 지닌 곧 문화와 예의의 선비들이라 평한다. 하지만 후자는 비록 천자라 할지라도 문화와 예의, 풍속에 있어서는 부정적 멸시의 태도를 견지하여 평가에 있어서도 비하의 감정을 여과 없이 드러내기에 이른다.

하지만 이러한 청에 대한 의식은 이후 연경(燕京)을 체류하는 과정에서 사뭇 달라져, 작자의 청(淸)에 대한 시각은 객관적 태도를 견지하게 된다. 곧 여과된 정서를 통해 사실적인 관찰과 묘사로, 작자의 스스럼없는 비판적 탐구의 자세를 발견할 수 있었다. 이와 관련한 세세한 논의는 3장을 중심으로 또는 4장의 표를 통해서도 이미 작자의 시각을 밝혀 보았다.

일례로 비록 호인(胡人)이라도 좋은 풍습과 문화, 부지런한 그들의 생활 태도는 가감(加減) 없이 호의적(好意的)으로 받아들이기도 하고 놀라기도 하는 모습을 볼 수 있었다. 즉 육아법에 관한 내용이나 농사, 길쌈하는 모습, 법령의 엄격함, 가축치기, 등의 관련 언급은 그 좋은 사례라 할 수 있겠다.

아울러 청인(淸人)들의 대조선의식(對朝鮮意識)도 조선을 조공 받는 소국(小國)으로 여겨, 우월감을 나타내기보다 조선인의 학문과 법도를 선망하는 경우가 많았다. 그러나 개항 이전 조선은 서양과 천주교를 포함한 일명 서학(西學)이라 일컫는 서양 학문에 대해서는 비서양(非西洋)적 태도로 일관해 왔다. 그 이유로 조선 내에서는 내정은 개혁하되 서양의 문물은 철저히 금해야 한다는 폐쇄적, 수구적(守舊的) 의식이 팽배했다.

조선의 이러한 현실은 바로 서양인과 천추교도까지 가혹하게 부정하며 박해를 가하기에 이르렀다. 그리고 조선의 정치세력과 사대부들은 물론 백성들까지도 서양에 대한 폐쇄적이고 부정적인 시각으로 이어져 서구에 대한 올바른 이해를 시도하지 못한 채, 지나친 경계심만 키워나갔다. 그 결과 조선은 빠르게 변화하는 국제 정세에 민감하게 대처할 수 없었으며, 조선에 있어 가장 절박한 근대화라는 현실 문제와 필요성을 절감하지 못했다.

이미 앞서 5장의 내용을 통해 <연행가>에 녹아 있는 조선의 현실 모습과 한계를 고찰했지만 그 후 5년 뒤, 일본의 조선 침략과 합병의 기반이 되는 최초의 불평등조약이 맺어진다. 바로 병자수호조약으로 잘 알려진 강화도조약(1876)이 그것이다. 이 조약이야말로 일본에 외압을 이기지 못해 강제로 맺어진 역사적 아픔의 조약이 아닐 수 없다. 돌이킬 수 없으나 작자 홍순학이 조금 더 적극적인 세계관과 다급한 국제 정세를 읽어낼 수 있는 안목을 지녔다면 연행에서 돌아온 뒤 2개월 후 병인양요(1866)와 5년 후의 신미양요(1871)를 토대로 적극적이고 자주적인 근대화의 의지를 높일 수 있었을 것이다.

고소설(古小說)이 허구(虛構)의 체험이라면 연행가사(燕行歌辭)는 사실(事實)적 체험을 기반으로 한, 장편의 풍부한 내용을 담고 있다. <연행가(燕行歌)>는 많은 분량의 사실적 내용과 현장감 넘치는 견문을 바탕으로 전환기 조선의 대내외적 변모(變貌)와 작자의 변별된 역사의식이 곳곳에 배어 있다. 아울러 근대 사회의 관습과 다양한 연희문화, 집제도, 음식, 의복, 육아법, 가축치기 등 수많은 생활양식을 이해하는 자료를 제공하기도 한다.

<연행가>는 여타의 기행가사에 비해 무엇보다 사행의 여정과 견문이 충실하게 반영되어 있으며, 작자 고증과 신분적 위치, 학계에 보고된 내용도 오류가 없다. 사실상 연행사행은 국가적 차원의 공식적 의미를 지닌 것이기에, 서장관(書狀官)은 명망 있는 문사(文士)를 선발해 삼사신의 한 사람으로 임명했다. 곧 작자의 이러한 신분적 위치는 연행의 과정과 연경의 문화는 물론 신문물과 제도, 법률에 이르기까지 당시에 모든 상황을 그대로 기록해야 하는 중책의 자리였기에, 또 이러한 기록이 가능했던 것이다.

따라서 객관성을 기반으로 한 사실적 표현이나 작자의 비판적 태도, 그리고 구애됨 없는 감정 개입은 생동감 넘치는 기행문학적 장르의 특성과 결합하여 문학적 가치를 저해하기보다 오히려 조선 후기 장편 기행가사의 특징을 형성하였다. 아울러 전환기 근대화의 물결 속에서 점철(點綴)된 조선의 대내외 현실 모습과 변화를 읽어 낼 수 있는 사료적 가치도 새로이 조명해야 할 것이다.

관련자료

洪淳學, <燕行歌>

년힝가

어화 텬지간의 남즈티가 쉽지안타 평싱의 아닉몸이 듕원보기 원ᄒ
더니 병인년 춘삼월의 가례칙봉 되엿스니 국가의 되경이오 신민의 복
녹이라 상국의 주청홀시 삼수신을 닉여시니 샹수의 뉴승상이요 셔시
랑은 부수로다 힝듕어ᄉ 셔장관은 직칙이 듕ᄒ시고 겸집의에 수복판
ᄉ 어영낭청 되여시니 시년이 이십오라 소년공명 장ᄒ도다 하수월 초
구일노 비표길을 졍ᄒ엿네 셩견각의 입시ᄒ니 졍즁홀ᄉ 왕명이여 협
낭문의 ᄒᄒ직ᄒ고 인졍젼 비포ᄒ니 장악원 일등악과 누른의쟝 버려셰
워 용젼자 압세우고 빅관이 뒤싸른다 슝례문 닉다라셔 모화관 ᄉ되ᄒ
고 모학지 너머셔서 홍졔원 다다르니 지상어룬 명ᄉ친구 문직이며 쳥
직이며 젼별ᄎ로 나와보고 잘가라고 당부ᄒ네 잘잇쓰라 되답할졔 면
면니 초창ᄒ다 좌ᄎ를 올라타니 일산니 멀니셧다 권마셩 흔소릭의 압
길이 몃쳔리냐 집안을 싱각ᄒ니 심회도 창년홀ᄉ 현당의 빅발노인 싱
양가로 뫼셔잇고 쳥춘의 졀문안희 금슬이 남다르다 무형뎨 혈혈단신
외롭도다 이닉몸이 원노의 써나가며 가ᄉ부탁 홀곳업다 왕명이 지즁
하니 무가닉하 홀일업다 슘각산을 바라보고 몃몃번 탄식이냐 녹번이
며 박셕이와 구파발 창능닉을 슌식간의 지나가니 고양지경 이 아니냐
슌시영의 쥬장원장 젼빅로 버려셔고 본군수의 지영고장 슘공형이 되
령ᄒ고 읍닉을 드러가니 슉소참이 예로고나 다담상과 쥬물상은 쟌읍
거힝 가련ᄒ다 느진식후 군녕으로 파쥬목 슉소ᄒ니 되소읍이 판니하
여 거힝이 초슝ᄒ다 평명의 써나셔셔 임진강 다다르니 좌우의 험흔산
셰 셔로의 인후되어 산틈의 놉은셩이 홍예문 진셔루라 방포ᄒ고 문나

셔셔 일되장강 둘러고나 강류는 의의ㅎ여 가는손을 부르는듯 순화는
작작ㅎ여 별회를 돕난도다 장단부 즁화ㅎ고 송도로 향히가니 길가의
장명등은 숨각슨을 응ㅎ게오 들가온듸 돌기둥은 빈민엿던 곳지라네
남문을 드러가니 옛도읍이 예로구나 인가도 즐비ㅎ고 물식도 번화ㅎ
다 삿갓쓰고 망히멘건 유한싱의 풍도로다 만월듸을 올나보니 소슬ㅎ
고 쳐량홀스 송악산이 의구ㅎ여 반공의 소삿는듸 고려왕의 듸궐터는
월듸만 충충ㅎ고 고목과 기튼풀을 황낙ㅎ여 못보겟다 선죽교가 어듸
메냐 고적을 구경홀셰 고려튱신 뎡포은의 슌졀ㅎ던 곳시라네 다리우
희 무든혈은 몃빅년을 지니는지 풍마우셰 지들안코 지금꺼지 완연토
다 후셰의 보는스름 뉘아니 창감ㅎ랴 슉모조 어필비로 충졀을 기록ㅎ
스 다리우희 난간쳐셔 힝인을 금ㅎ시다 평명군녕 지쵹ㅎ여 쳥셕관 다
다르니 슨셰도 기험ㅎ여 싹가지른 모양이오 시너은 잔잔ㅎ여 굴곡히
흐르는듸 길바닥의 쌀인돌은 초타기 불편ㅎ다 셩싹코 문을 지여 긔히
교계 예로고나 금쳔쌍을 다다르니 황히도 지경이라 경긔녁죨 하직하
니 쳥단역마 가라타고 회란셕벽 바라보니 경긔도 졀승ㅎ다 충충ㅎ고
긔한바회 빅쳑이나 놉홋는듸 슨밋히 흐른물은 빅연폭포 흐류로다 읍
너들어 즁화ㅎ고 빈타고 건너가니 돗여흘 넙은강의 나무로 노흔다리
함흥의 만셰교가 이와거의 갓다ㅎ데 평슨부 슉소ㅎ니 곡슨부 츌참이
라 셔로의 친한션비 예리불너 죤문ㅎ니 죤문션비 와셔보고 싱식된다
치스ㅎ니 다담상을 물녀쥬고 기싱불너 슐권ㅎ니 큰상을 바다노코 희
식니 만면흐즁 어렵고도 붓그러워 엇지홀쥴 전혀몰나 좌불안셕 ㅎ는
모양 그도쏘한 장관일다 이른식후 써나가니 틱박산셩 지나셧다 즁화
참이 어듸메냐 총슈관이 예로고나 슨은놉고 물은 깁허 충암졀벽 둘너
는듸 돌밋희 말근식암 옥뉴영쳔이 아니며 바회우희 식인 스름 쥬지번
의 화상일다 능충ㅎ고 준급홈이 파쵹산과 흡스ㅎ다 예적의 어늬써의
잔나비 우러싸네 셔흥부 슉소ㅎ고 검슈관 즁화ㅎ여 봉산군 슉소ㅎ고
동셜녕 브라보니 골은 깁고 슨은 놉허 험준ㅎ고 츠아홀스 좌우의 창송

벽수 녹음이 긔이ᄒ다 놉흔셕벽 둘인 곳즌 스인암이 졔로구나 산셰되
로 셩을싸아 관을 짓고 문을 늬여 황해도 인후목이 이러트시 험ᄒ도다
황쥬셩늬 들어가서 식되ᄒ고 슉소ᄒ니 숩오야 둥근달이 오낫맛참 망
일이라 들으니 월파루가 용금구경 죠타ᄒᄂ니 셩우희 놉흔누각 빅쳑이
나 소솟ᄂ듸 셩외로 일듸장강 누아릭을 둘엿구나 월휼동녕 달도든니
물빗치 금빗되여 슈물슈물 ᄯ난모양 용금이라 일흠ᄒ네 이러트시 발
근달의 기악인들 업슬소냐 쥬안을 갓츄우고 가무를 구경ᄒᄌ 즁화부
슉소ᄒ니 평안도 지경이라 이쳔되동 양역으로 조흔말 골나타고 평양
ᄯ를 다다르니 즐겁기도 그지업다 강슨누듸 됴타흠을 소문으로 드럿
더니 첫눈의 황홀흠미 듯던말과 갓희여라 십니장님 푸른그늘 좌우로
울밀흔듸 되동강 다다르니 치션을 등듸ᄒ고 명금이하 되취틔의 상션
포를 노화고나 셩늬을 브라보니 션경니야 인간니야 고분셩 이층문루
되동문이 져기로다 뉵인교의 놉히안져 되젼비 압셰우고 쳔쳔이 드러
가며 좌우을 살펴보니 물식이 번화흠미 셔울이나 다름업다 가는스람
오는스람 길까의 미만하여 우러러 쳐다보니 져의씨리 ᄒᄂ말이 장ᄒ
도다 져스ᄯᄒ야 츈츈가 얼마신지 져러듯 소년셔장 이근릭의 쳐음일다
스쳐로 드러가니 준슈ᄒ다 통인들은 갑스쾌ᄌ 남젼되와 갓벙거지 공
작우로 좌우로 버러셔셔 거힝이 영니ᄒ고 어엿부다 슈쳥기싱 녹의홍
상 단장ᄒ고 큰머리 가리마와 도화분 셩젹ᄒ고 다담쥬물 진지거리 여
러이 병챵ᄒ니 영본부 감사아젼 ᄌ하로 거힝ᄒ네 잇씩가 어늬쩌냐 숩
스월 죠흔씩라 일긔는 불한불렬 혜풍이 화챵한듸 연광젼 츳ᄌ가니 졔
일강산 예로고나 빅쳑고루 놉흔누가 물우후의 ᄯᅥ잇ᄂ듯 먼숨을 바라
보니 놉고나즌 쳔만봉이 운무즁 요라ᄒ여 푸른흔젹 ᄲᆞᆫ이로다 빅사징
넙은들의 녹양버들 드리워서 연익즁 무친모양 벽나쟝을 둘러ᄂ듯 일
되쟝강 푸른물결 쳔당과 한넷치라 강샹의 일엽션은 고기잡는 어션이
오 강가의 션녀미인 썰늬ᄒᄂ 게집이라 부벽루가 어디러냐 션유ᄒ여
올나가ᄌ 되동문 도라나셔 강변의 비올잡아 흔빗의ᄂ 되취틔오 쏘흔

비의 뉵각이라 관션의 올나안져 비치례을 슬펴보니 초가로 이은집이
ᄉ면으로 간반이오 완ᄌ창 만살쟝지 가방을 지어노코 단쳔을 긔이하
니 오치가 녕농ᄒ고 화문동미 만화방셕 포진도 잘ᄒ여싸 여러기싱 모
혀안져 노릭나 ᄒ여보자 일졔히 병창ᄒ여 곡죠도 아름답다 어부ᄉ 한
곡죠의 빅을겨어 올나가니 풍악은 ᄌ아지고 쳥흔은 도도ᄒ다 츈슈션
여 쳔상좌는 옛글귀도 을퍼보며 츄슈공장 쳔일식은 경긔가 ᄉ랑홉다
셔편을 ᄇ라보니 쳥뉴벽 험한ᄇ회 돌빗치 능층하여 병풍갓치 둘너시
며 동편을 ᄇ라보니 능나도 넙은셔음 즁뉴의 써잇스니 이슈즁분 이아
니냐 일편고셩 놉흔곳의 져누각은 어듸메냐 동졍여쳔 파시츄는 악양
누을 일너시며 금삼강이 듸오호는 등왕각이 잇다ᄒ니 듸동간상 죠흔
곳의 부벽누가 업슬소냐 젼금문 드러가셔 누상의 올나보니 모란봉이
쥬ᄉ이오 잉무쥬가 압희잇다 산빗츤 요조ᄒ여 원경이 볼만ᄒ고 강소
릭는 요란ᄒ여 ᄀᆺ가온듸 여울이라 심슈ᄒ고 그윽홈미 별유쳔지 예로
구나 듸풍악 드려노코 가무을 구경ᄒᄌ ᄋ릿다은 노릭서릭 쳥쳔의 놉
히썻다 츔츄는 긴ᄉ믹는 바람의 나붓긴다 눈압희 버린거시 녹픠홍총
이아니냐 울굿불굿 고운모양 츈심이 호탕ᄒ고 교언영식 져틱도는 졍
신을 흐리운다 져의끼리 시긔ᄒ여 누구을 후리랴고 들으니 식계상의
영웅열ᄉ 업다ᄒ듸 어렵도다 이닉몸미 한미흔집 ᄉ름으로 이십여년
칙상물임 졸직이 자라나셔 강산풍월 죠흔곳의 어듸흔번 노라보랴 쳥
누쥬ᄉ 발밧터며 외립물졍 알아쓰라 쳐음으로 당히보니 졀풍류을 면
홀소냐 영명사 구경가ᄌ 쥭월누가 졔잇스며 을밀듸을 ᄇ라보니 반공
의 소사잇다 칠셩암니 어듸러냐 긔린굴이 잇다ᄒ니 옛젹의 어늬쎄에
동명왕이 말을타고 그굴노 드러가셔 강가흐로 나왓다니 허황한 말갓
흐나 긔이흔 일이로다 평양갓튼 죠흔강산 소강남을 일너스니 팔도을
다보아도 예만흔듸 업다ᄒ데 빅ᄉ의 원을말고 평안감사 원을ᄒ고 엇
던ᄉ롬 팔ᄌ죠아 신션의 연분인가 이러툿 별세계의 쳥복을 누리던냐
이쌍할 말ᄒ라면 우리나라 근본이라 쥬무왕시 긔ᄌ계겨 죠션으로 쳐

음오스 산명호고 슈려키로 쳔년도읍 터니로다 긔즈의 뎡젼법은 옛밧
치 그려잇고 긔자의 팔죠지교 씨친왕화 그져잇다 함구문밧 외셩안의
긔즈먹든 우물잇고 칠셩문밧 늬다라셔 긔자묘가 잇드호니 긔즈묘 봉
심호즈 감구지회 그음업드 고목과 거친풀른 몃쳔연된 옛무덤가 양마
셕 망두셕은 쌍쌍이 버러잇고 한조각 씀어진비요 반쪽만 나머스니 슬
푸다 님진난의 왜놈이 작변호여 져모양이 되엿다니 더구나 창감호다
평양셔 쩌나가니 슌안현 슉소호고 슉쳔부 즁화호여 안쥬셩늬 들어가
셔 운쥬헌 스듸호고 망경누를 올나본후 빅상누 구경가즈 경기가 엇더
터냐 쳥쳔강 말근물은 푸룬빗치 둘여잇고 약산동듸 놉흔봉은 먼산빗
치 쌔여는다 녹음방초 경조흔듸 큰길의 츠일포진 쳥쳔강 진두강의 박
쳔지경 언뜻지는 가산군 슉소호니 시별영이 져긔로다 위틔호고 쥰급
홀스 간신이 너머셔셔 납쳥졍 말마호여 뎡쥬셩늬 들어가니 북장듸 문
어진셩 신미연일 가이업다 길가의 져비각은 승젼비을 셰웟더라 곽산
군 즁화호고 션쳔부 슉소호니 물싴도 번화호며 싴향으로 소문낫다 의
검졍 너른 듸쳥 듸연을 빅셜호고 여러기싱 불너다가 츔츄는 구경호즈
닙시잇다 닙츔이며 시원흔 북츔이며 공교호다 포고락과 쳐량흔 빅사
라기며 흔가흔 반도며 우슈은 승무로다 지아즈 흔소릐의 모든기싱 병
창홀시 항장무라 호는츔은 이고을셔 쳐음본다 폘년풍진 쵸한시의 홍
문연을 의방호여 초픽왕과 흔픽공은 동셔로 마죠안져 범증의 셰번옥
결소릐 눈우의 번쯧들어 항장의 쳥이검무가 픽공의계 쓴시잇셔 긴스
믜을 번듯이며 검광이 셤셤터니 항빅이 듸무호며 계교을 일엇고나 쟝
즈방의 횟칙으로 번쾌가 쒸여들어 장검을 두루면서 항우를 보는모양
그아니 장관니냐 우습고 볼만호다 동임진 지나셔셔 차련관은 쳘산이
오 셔림진 지나셔니 양칙관는 용쳔이라 쳥유암 죠흔경치 제일계산 색
여잇다 셕계교 건너셔셔 소곳관 즁화호니 예셔부텀 의쥬지경 우리나
라 지진두라 살문이 놉흔고긔 흔문누의 올나셔셔 피지를 브라보니 지
쳑의 임호엿늬 히동의 졔일관은 만부의 입문이라 취승당이 어듸메냐

옛일이 창감ᄒᆞ다 임진난 선조디왕 쥬필ᄒᆞ신 집이로다 시ᄉᆞ을 싱각ᄒᆞ면 분기ᄒᆞ기 그지업다 통군졍 놉은경ᄌᆞ 압녹강을 임햇으니 기악을 등디하고 구경차로 올나가ᄌᆞ 경기가 졀승ᄒᆞ니 죠흔쥴 모르겟다 풍악이 난만ᄒᆞ되 죠흔쥴 모르겟다 집쩌난지 몃칠이냐 소식이 아득ᄒᆞ다 압길이 멀도멀ᄉ 갈길이 망연ᄒᆞ다 강건너 ᄇᆞ라보니 어이졀이 소슬ᄒᆞ며 황ᄉᆞ빅쵸 너른뜰의 셔풍이 드리친다 심ᄉᆞ가 쳐창ᄒᆞ여 긴흔슘이 졀노난다 비회을 못졍ᄒᆞ여 이ᄂᆡ눈물 뉘가알이 닉홀노 위로ᄒᆞ며 제ᄉᆞ로 억졔ᄒᆞ여 십여명 슈쳥기ᄉᆡᆼ 압히다 모화놋코 피리희금 숨자비ᄂᆞᆫ 가무를 맛츄으며 양금이며 거문고ᄂᆞᆫ 영산희상 어울너셔 이팔쳥츈 녀ᄌᆞ들이 츈풍을 희롱ᄒᆞ다 쳥삼학ᄉᆞ 소년시의 호흥인들 업슬손냐 이러틋 노닐면셔 셰월을 보닉더니 하오월 초칠일의 도강날ᄌᆞ 졍ᄒᆞ여네 방물을 졈검ᄒᆞ고 힝장을 슈습ᄒᆞ여 압녹강변 다다르니 송객졍이 여긔로다 의쥬부윤 나와안고 다담상을 ᄎᆞ려놋코 삼사신을 견별홀ᄉᆡ 쳐창키도 그지업디 알빅일빅 부일빅ᄂᆞᆫ 셔로안져 권고ᄒᆞ고 상사별곡 한곡조을 참아듯기 어려워라 장계를 봉흔후의 썼더리고 이러나셔 기국지회 그지업셔 억졔ᄒᆞ기 어려운즁 홍상의 솟ᄂᆞᆫ눈물이 심회를 돗ᄂᆞᆫ도다 뉵인교를 물녀노고 장독교을 등디ᄒᆞ고 젼빅통인 ᄒᆞ직ᄒᆞ니 일산자만 남아잇고 공형급장 물너셔니 마두셔ᄌᆞ ᄲᅮᆫ이로다 일엽소션 빅을져어 졈졈멀니 써셔가니 푸른봉을 쳡쳡ᄒᆞ여 나를보고 즐긔ᄂᆞᆫ듯 빅운은 용용ᄒᆞ고 광식이 참담ᄒᆞ다 비치못홀 이ᄂᆡ마음 오날이 무슴날고 츌계흔지 이십오년 시ᄒᆞ의 ᄌᆞ라나셔 평일의 이측ᄒᆞ여 오릭써나 본일 업다 반년이나 엇지홀고 이위졍이 어려우며 경긔지경 빅니밧긔 먼길단여 본일업다 허박ᄒᆞ고 약흔기질 말니힝역 걱졍일셰 흔쥴고 압녹강의 양국지경 난화일셔 도라보고 도라보니 우리나라 다시보ᄌᆞ 구연셩 다다라셔 흔고ᄀᆞ을 너머셔니 앗가보든 통군졍이 그림ᄌᆞ도 아니뵈고 쥬금뵈든 빅마산니 보옹리도 아니뵌다 빅여리 무인지경 인젹이 고요하다 위험흔 면쳡산즁 울밀흔 슈목이며 젹막흔 ᄉᆡ소리ᄂᆞᆫ 쳐쳐의 구슬푸고 흔가흔 들의솟츤

누를위히 퓌엿나냐 앗갑도다 이라흔곳 양국의 발인짜의 인가도 아니
살고 젼답도 업다흐데 곳곳시 깁흔골의 계견소리 들니는듯 왕왕이 험
흔산셰 호표지환 겁이난다 쥬방으로 상을차려 졈심은 가져오니 민쌍
의 나려안즈 즁화를 흐여보즈 앗가가지 귀튼몸미 어이쭐지 천흐여서
일등명창 진지거리 슈청기싱 어듸가고 만반진슈 죠흔반찬 겻반도 업
스나마 건양쳥 밥흔그릇 일엇틋 감식흐니 가이업시 되여스나 엇지아
니 우수으랴 금셕산 지나가니 온졍평이 여괴로다 일새가 황혼흐니 흔
둔흐며 슉소흐즈 삼사신 즈는듸는 군막을 놉피치고 삿즈리를 둘너막
아 가방쳐럼 흐엿서도 역관이며 비장방장 불상흐여 못보겠다 스면외
풍 드러부니 밤지늬기 어렵도다 군막이라 명색흐미 무명흔겹 가려스
니 오이려 이번길은 오뉵월 염쳔이라 하로밤 경과흐기 과이아니 어려
오나 동지셧달 긴긴밤의 풍셜이 드리칠때 그고싱 엇더흐랴 츰혹들 흐
다흐데 쳐쳐의 화토불은 호인들이 둘너안고 밤시도록 나발소리 즘싱
올가 염여로다 밝기를 기다려서 칙문으로 향히가니 목칙으로 울을흐
고 문흔나흘 여러놋코 봉황셩장 나와안져 인마을 졈검흐며 츠례로 드
러오니 변문신칙 엄졀흐다 녹창쥬호 여염들은 오싴이 영농흐고 화소
치란 시젼들은 만물이 번화흐다 집집이 호인들은 길의나와 구경흐니
의복기 괴려흐여 처음보기 놀납도다 머리는 압흘싹가 뒤만쓰흐 느리
쳐셔 당스실노 당긔흐고 마라기을 눌러쓰며 거문빗 져구리는 깃업시
지어쓰되 옷고름은 아니달고 단초다라 입어쓰며 아쳥바지 반물속것
허리씌로 눌너믹고 두다리의 힝젼모양 타오구라 일홈흐여 회목의셔
오금까지 회믹흐게 드리씨고 깃업슨 쳥두루막기 단초가 여러히요 좁
은 스믹 손등덥허 손이 겨오 드나들고 곰방듸 옥물쑤리 담비너는 쥬머
니의 부시까지 쎠셔들고 뒤짐지기 버릇시라 스림미다 그모양이 쳔만
인이 한빗치라 모다우리 온다흐고 져의끼리 지져귀며 무어시라 인사
흐나 흔마듸도 모르겠다 계집년들 볼만흐다 그모양은 엇더트냐 머리
만 치거슬러 가림즈는 아니타고 뒤통슈의 모라다가 밉시잇게 슈식흐

고 오식으로 만든꽂츤 스면으로 꽂즈스며 도화분 단장ᄒ여 반취ᄒ 모
양갓치 불그러 고흔틱도 아미를 다스리고 살죽을 고이씨고 붓스로 그
렷스며 입슈아릭 연지빗흔 단슌이 분명ᄒ고 귓방을 쑬운구녕 귀여쇠
리 달아스며 의복을 볼작시면 사나히 졔도로되 다홍빗 바지의다 푸른
빗 져구리오 연옥식 두루막이 발등까지 길게지어 목도리며 수구곳동
화문으로 수를놋코 푼너르고 스미널너 풍신죠케 썰쳐입고 옥수의 금
지환은 외싹만 넙젹ᄒ고 손목의 옷고리ᄂ 굴게스려 둥글고나 손톱을
길게길너 흔치만큼 길너시며 발밉시을 볼작시면 수당혜를 신어시며
쳥녀ᄂ 발이커서 남ᄌ의 발ᄁ트나 당여ᄂ 발이 작아 두치짐 되넌거슬
비단으로 쓱동이고 신뒤츅의 굽을달아 위쪽비쪽 가ᄂ모양 너머질가
위틱ᄒ다 그러타고 웃지마라 명나라 씨친졔도 져계집의 발흔가지 지
금까지 볼것잇다 아해들도 나와구경 쥬룽쥬룽 몰녀셧다 이삼세 되ᄂ
거슨 압뒤로 잇그은다 머리ᄂ 닷각가다 좌우로 흔모슴식 샌쪽ᄒ니 ᄯ
앗스되 불근당스 당긔ᄒ여 복쥬감투 마라기에 치식비단 수을노하 거
문공단 션을둘너 불근단초 쓱지ᄒ고 바지며 져구리도 오식으로 문을
노코 빅라기라 ᄒᄂ거슨 보즈기의 쯴을달아 목아지의 걸어시니 빗곱
가린 계로구나 십여셰 처녀들은 딕문밧게 나와셧닉 머리ᄂ 아닛각고
흔편녑히 모하다가 스양머리 모양쳐름 접쳠쳠 잡아믹고 꼿가지을 쇠
즈시니 풍속이 그러ᄒ다 호호빅발 늙은년도 머리마다 치화로다 무론
남녀 노소ᄒ고 담빅들은 즐기인다 팔구세 아해라도 곰방딕을 물어스
며 햐쳐라고 츠즈가니 집졔도가 우습도다 오냥각 이간반의 벽돌을 곱
게쌓고 반간식 간을지어 좌우로 딕항ᄒ니 항모양 엇더텨냐 항졔도을
못보거든 우리나라 붓두막이 그와 거의 흡스ᄒ여 그밋히 구둘노하 불
을 씨게 마련ᄒ고 그우히 즈리펴고 밤이면 누어즈며 낮이면 손임졉딕
걸터앉기 가장죠코 치시노은 완즈창과 면회ᄒ온 벽돌담은 미쳔흔 호
인들도 집치례 과람코나 씨업시 먹ᄂ 밥은 기장좁살 슈슈쌀을 녹난ᄒ
게 술마닉여 닝슈의 치워두고 진미ᄂ 다썬 져셔 아모맛도 업ᄂ거슬 남

녀노소 식구되로 부모형뎨 쳐주전쇽 한상의 둘너안져 흔그릇식 밥을
써셔 져까치로 그러먹고 낫부면 덧더온다 반찬이라 ᄒᆞᄂᆞᆫ거슨 돗희기
름 날파나믈 큰독의 담은장은 소금물의 며쥬너코 날마다 갓금갓금 막
되로 휘져흐니 쥭ᄀᆞᆺᄐᆞᆫ 된장믈을 쟝이라고 써다먹되 호인의 풍쇽들이
즘싱치기 슝상ᄒᆞ여 쥰춍ᄀᆞᆺᄐᆞᆫ 말들이며 범갓튼 큰노식을 굴네도 아니
씨고 지갈도 아니먹여 빅여필식 압셰우고 흔사람이 모라가네 구울에
드러셔셔 달ᄂᆞᆫ것 못보겟고 양이며 도야지를 슈빅마리 쎄를지어 됴
고마흔 아희놈이 흔둘이 모라가되 되가리을 흔듸모화 허여지기 아니
ᄒᆞ고 집치ᄀᆞᆺᄐᆞᆫ 황소라도 코안ᄯᅮᆯ고 잘부리며 됴고마흔 당나귀도 밋돌
질을 능히ᄒᆞ고 되듥당듥 오리거욱 개괴괏지 길으며 발발이라 ᄒᆞᄂᆞᆫ기
ᄂᆞᆫ 계집년들 품고자니 심지어 초롱쇽의 온갖식을 너허시고 잉무시며
빅셜죠ᄂᆞᆫ 사름의말 능히흔다 어린아희 길을법은 풍쇽이 괴상ᄒᆞ다 힝
담의 줄을 믜여 그네믜듯 축혀달고 우ᄂᆞᆫ이희 졋먹여셔 강보의 뭉쑹그
려 힝담쇽의 노여두고 쥴을잡아 흔들며는 아모소뤼 아니ᄒᆞ고 보치ᄂᆞᆫ
일 업다ᄒᆞ네 농ᄉᆞᄒᆞ고 길삼ᄒᆞ기 브즈런이 위업흔다 집집이 되문압히
싸인거름 틱산ᄀᆞᆺ고 논은업고 밧반잇셔 언갓곡식 다심운다 나귀말의
쟝기메여 소업셔도 능히갈며 호미ᄌᆞ로 길게ᄒᆞ여 김믜기를 셔셔흔다
씨아질의 물네질은 ᄯᅮ리겻ᄂᆞᆫ 제집이라 도토마리 날을밀졔 풀칠안코
잘들ᄒᆞ며 배틀이라 ᄒᆞᄂᆞᆫ거슨 경첩ᄒᆞ고 지치있다 쇠쇠리가 아니라도
잉아등낙 어렵잔코 북을집어 던지면는 바듸질은 졀노흔다 칙문셔 수
흘묵어 치힝ᄒᆞ여 써나가니 봉황산 쳔만봉은 요란ᄒᆞ고 쥰엄흘ᄉᆞ 삼추
하 녑은강은 물결이 구뷔친다 빅안동 다다르니 원나라젹 전쟝이오 송
참이 져긔로다 셜인귀의 진터이라 되쟝녕 소쟝녕은 놉흔고기 여러히
오 옹복하 팔도하ᄂᆞᆫ 험흔물이 몃치더냐 회령녕 너머셔니 쳥셕영이 어
듸메오 길바닥의 쌀닌돌은 톱니ᄀᆞᆺ치 니러셔고 좌우의달인 셕벽돌은
창갈ᄀᆞᆺ치 둘어ᄂᆞᆫ듸 이갓치 험흔곳의 졉족ᄒᆞ기 어려워라 병ᄌᆞ년 호란
시의 효종대왕 입심ᄒᆞ샤 이고기 너무실졔 끼친곡죠 유젼ᄒᆞ니 호풍도

참도찰ㅅ 구진비ᄂ 무삼일고 산곡간 험흔길의 창감키도 그지업다 냥ㅈ산 져문구름 마쳔녕 ᄉ벽ㅂ름 산곡간 험한길의 ㅅ오일 나오다가 요동벌 칠빅리가 호호망망 펴져시니 지셰가 평포ᄒ여 산ᄒ나히 아니뵌다 ㅅ면을 ㅂ라보니 방향을 모르깃다 동셔남북 묘망흠미 하늘ᄯ치 져러흔가 만경창파 바다히ᄂ 육지가 분명ᄒ다 운무둥 구름이냐 쳥명흠이 졍령ᄒ다 져러틋 광활세계 평싱의 처음보니 딕장부 널분ᄆ음 져러틋 활여ᄒ고 영웅의 큰긔운은 이러틋 쾌하리라 요동셩닉 들어가니 굉장ᄒ고 번화ᄒ다 졍영위 화포쥬ᄂ 고젹이 자셰ᄒ여 울지경덕 ᄲ흔빅탑 지금ᄭ지 놉하잇다 탑모양은 엇더터냐 벽돌과 회로ᄲ하 열셰층 여듧모로 삼십여길 외외흔딕 층층면면 ㅅ긴거ᄉ 부쳐형상 분명ᄒ다 관졔묘가 어딕메냐 졍젼의 들어가니 황기와 이층집의 단청이 휘황ᄒ다 닷집을 놉히달고 좌탑을 크게노하 봉의눈 삼각슈을 분명이 소상ᄒ여 누른비단 곤뇽포의 면류관 복식으로 엄년이 걸키안ᄌ 위풍이 늠늠ᄒ다 황금장 느린속의 빅옥등잔 어려히오 와룡촉딕 향노향합 졔상우히 내려노코 쥬창이며 관평이ᄂ 졔장으로 버러서서 장익덕과 죠ᄌ룡은 동셔무의 빅향이며 삼쳑보검 청용도ᄂ 검광이 셔리ᄀ고 일등쥰총 젹토마ᄂ 쒸ᄂ듯 우뚝셧다 벽상의 걸닌그림 삼국진즁 져러ᄒ고 쓸압히 세운비ᄂ ㅅ젹을 긔록ᄒ여 좌우의 이층누각 종고을 달아ᄉ니 셔편의ᄂ 쇠북이오 동편의ᄂ 북이로다 굉장ᄒ고 찬나노흠이 이로긔록 못할너라 여긔사람 풍속들이 관졔묘를 슝상ᄒ여 쳐쳐의 동닉동닉 몃곳인지 다모로딕 이곳의 빅포ᄒ미 졔일장관 이로구나 아즌편 회ᄌ루의 창시노름 맛츔흔다 구경군 모여드러 인셩만셩 요란ᄒ고 풍뉴소리 ᄌ아져서 천지가 진동흔다 엇던사름 일골다 흉괴ᄒ게 먹칠ᄒ고 거문ᄉ모 누른관복 야딕을 늣게ᄡᅴ여 두ᄉ미을 놉히들어 번득이며 츔을츄니 엇던미인 얼골의다 아리답게 셩젹ᄒ고 오싴화관 치싴원삼 딕딕을 길게ᄭ르며 슈미션을 손의들고 마죠셔셔 딕무ᄒ니 딕명젹 의복졔도 져러ᄒ다 일으더라 아국으로 일으랴면 산딕도감 모양이라 져의들은 ᄌ미

잇셔 박장듸소 웃건이와 속모르는 우리들은 무슨 주미 알겟는냐 틱주
하 물건널제 들은이 연틱주가 진시황 죽이랴다 도망ㅎ여 색겨다니 빗
긴볏 찬바름의 천천흔 죠상ㅎ셔 야리강 건너셔니 심양이 제로구나 청
나라 쳐음도읍 봉천부 셩경이라 닉외셩 고분셩의 셩문이 여듧이오 길
가의 시졍들은 좌우로 년니여서 젼마다 픽을셰워 푸른픽 불근픽로 무
엇무엇 픽라ㅎ고 금즈로 색여시니 물건이풍비ㅎ여 엄는기시 업다ㅎ
네 십즈가 네거리의 이층집 스문통이 거리거리 놉히잇셔 번화ㅎ고 웅
위ㅎ다 오는스름. 가는스금 거마가 미만ㅎ여 졍신이 아득ㅎ여 향방을
모를네라 슬푸다 셔문박긔 삼혹스 츙혼의빅 만니밧긔 외곱다가 우리
보고 반기는듯 들으니 남문안의 됴션관이 잇두ㅎ니 효죵듸왕 들어오
셔 몃히슈욕 ㅎ셧는가 병즈년 이원슈을 어느쩍 갑하보리 후셰인신 네
지닐제 분ㅎ무음 뉘업스랴 오식기와 고루거각 져긔잇는 졀일홈은 건
늉황졔 긔도ㅎ건 원당스라 일너잇고 십여리 빅양목이 푸른수풀 울밀
한듸 쳥틱죠의 무덤이니 북능이라 이르드라 쥬류하 건너셔셔 북편을
브라보니 구름밧긔 써러진산 몽고지경 머지안타 신민문 다다르닌 집
졔도를 고이ㅎ다 기와도 이니덥고 초가도 이니이여 회만이겨 빌느시
듸 용마루을 업시ㅎ여 집우이 평평ㅎ여 물밀가 아니밧나 삼누가 아니
되니 그아니 이상ㅎ냐 유하구 지나가니 길도너모 이령ㅎ고 소흑산 다
다르니 물맛도 몹시쓰다 평원광양 너분들은 몃몃칠 지리터니 의무려
산 흔줄기가 슈천리로 색쳐나와 봉만은 쳡쳡ㅎ고 계학은 듕듕흔듸 북
진묘가 어듸더냐 의부산신 위희싸데 문압히 셰운픽루 졔일장관 이게
로다 연쥬문 모양쳐름 쌍기동 흔집으로 년이어 다숫간을 이층으로 놉
히지어 기둥이며 셕가릭와 들보며 기와까지 젼수이 옥돌노와 굉장이
지엇구나 듸문즁문 드러가셔 츠츠로 슬펴보니 금벽은 휘황ㅎ고 치화
는 영농흔듸 쳐쳐의 자각단누 졔어듸며 예어듸냐 면누관 곤룡포로 쳔
ㅈ위의 굿초앗고 압젼의 불근의픽 금즈로 삭여시듸 당금황졔 만만셰
는 긔도ㅎ는 츅원이라 뒷젼의 남녀노인 소소빅발 홋날이고 느러니 안

즌거슨 산신의 보모라데 옥난간 월두우희 이리져리 구경ᄒ며 남수젼
말근ᄇ람 후원의 올라보고 취운병 긔이ᄒᄂ들 쓸압히 놀기됴타 도화동
이 어듸메오 여긔셔 십여리라 녹음이 무루녹고 간슈는 잔잔흔듸 시닉
을 엽희끼고 구비쳐 올라가니 빅셕이 찬찬ᄒ고 빅운이 은영흔듸 고봉
졀명 놉흔곳은 표묘흔 최식누각 반공의 써이시니 션경이 져아니냐 징
징흔 경쇠소릭 풍편의 들이오니 무량듸불 극낙세계 예가분명 졀이로
다 싹가지른 놉흔셕벽 긴폭포가 드리워셔 비류즉하 삼쳔쳑은 수광이
볼만ᄒ다 폭포뒤로 깁흔골른 빅여인이 용납ᄒᆯ만 쳐쳐의 바회마다 부
쳐를 삭여잇다 이즈러진 바희틈은 밋그러운 둘우흐로 졉족ᄒ기 어려
운듸 써붓들여 엉긔여서 앗가뵈던 놉흔누각 관음보살 위흔듸오 엇던
사람 공교ᄒ게 예다엇지 집을짓듸 이쳐름 굉걸ᄒ게 ᄉ치로 지엇ᄃ고
월듸예 걸터안ᄌ 아릭을 구버보면 모골이 송연ᄒ고 졍신 어지러워 쳔
길인지 만길인지 싸마아득 모르겟다 멀니바라 압흘보니 안계도 쾌활
흘사 요동벌 칠빅리와 남희쳔리 큰바다해 일졈진이 가리잔코 안력이
부족ᄒ다 등틱산이 소쳔하ᄂ 넷글의 보앗스며 화산상 낙안봉은 니빅
을 두럿더니 늬본듸 소국ᄉ람 쳔만의의 오날날의 의무녀산 졔일봉을
올나볼줄 쁫히쓰라 이러틋 죠흔곳의 나려갈쁫 젼혀업닉 날이 장차 셕
양되니 압길노 차자가자 광영면 츳ᄌ나와 십삼산 향희가니 이상ᄒ다
져산속의 금우동굴 잇셔 넷젹의 구리쇠가 그굴셔 나왓다네 셕산참 지
나가니 화초색이 긔이ᄒ고 듸릉하 다다르니 물빗도 젹탁ᄒ며 풍셰ᄂ
위름ᄒ여 흉흉흔 물결이라 슬푸다 듸명젹의 유장군 수십만명 일시의
함몰ᄒ여 이물의 쌘져짜니 ᄆ춤이리 지날젹의 엇지아니 창감ᄒ랴 소
능하 건너셔셔 숑산힁산 지나가니 오호도라 하ᄂ셤은 탑산소셔 바라
뵌다 졧나라 견힁이가 흐고죠를 피하여셔 져셤의 ᄉ다흠을 넷글로 들
어시며 쥬ᄉ하 건너셔셔 죠리산 지나셔니 구혈듸라 ᄒᄂᄇ회 빵셕셩
셔 쳐다뵌다 듸명장 원슝환이 청병을 듸젹ᄒ듸 노라치 다라ᄂ다 피토
하던 곳이라데 영원셩늬 드러가니 죠가의 두픠루가 의의히 마조잇셔

져러틋 쟝ᄒ도다 드르니 티명셕의 영원빅 죠틱슈가 형뎨 셰록지신으로 변방의 공셰우미 나라의셔 정문ᄒ샤 픽루둘을 셰우시고 츙열을 포ᄒ시니 쳠피국은 ᄒ엿시티 무도흔 죠가형뎨 그후릐 빅반ᄒ여 청나라히 투항ᄒ니 붓그럽다 져픽루여 긔교흔 져픽루는 의연이 나마잇다 한누의 삼문식을 이층으로 지여시되 옥돌노 잘게새게 기동도리 셧가릭의 용트림흔 난간이오 완ᄌ삭인 교창이라 나무로 삭인틱도 져긔셔 더교ᄒ며 흙으로 민든틱도 져럿틋 긔흘소냐 츙혈을 포장흠을 현판의 크게쓰고 공훈을 자랑흠은 기동의 삭여러라 십니오리 연틱들은 벽돌노 놉히ᄲᄒ하 변방의 일잇스면 불을피여 본다하고 듕젼듕후 요ᄒ쳐는 셩쳡을 굿겝ᄉ하 군병두어 직히이니 불우방비 져러ᄒ다 뉵도ᄒ 양슈하을 ᄎ례로 건너셔니 진시황의 만니쟝셩 사방으로 둘너잇고 셔듕산의 오화셩은 산희관이 져긔로다 ᄉ방셩 놉흔틱은 한의군ᄉ 복병ᄒ여 관닉를 여어보던 요망틱가 져러ᄒ고 졍녀ᄉ 와로운집 고젹을 무러보자 만니쟝셩 져려흘져 부역ᄒ면 범칠낭이 흔번간지 수년되틱 도라오지 아니하니 그안히 강희밍이 셰아들을 잇그을고 져언덕 바희우희 올나셔셔 브라보다 범낭의 흉음오미 통곡ᄒ다 혼졀ᄒ니 후셔의 호사쟈가 그곳의 ᄉ당짓고 강녀의 슬푼틱도 브라보고 우는모양 유ᄋ의 가련지식 층층이 셧는모양 역역히 소상ᄒ여 쳔고혼빅 위로허니 구름은 참담ᄒ여 우는비 ᄲ리는듯 산식은 젹막ᄒ여 목믹킨 물소릭가 졍녀의 구든 졀긔 져바희와 ᄀᆺ틀시고 오르ᄂ린 발자최가 지금ᄭ지 분명ᄒ다 후인이 일홈ᄒ되 망부셕 이르더라 산희관 드러가니 다ᄉ겹 셩문이오 쳐쳐의 픽루각이 삼ᄉ층식 굉장ᄒ다 천하의 제일관을 두려시 현판힛닉 뒤흐로 고분쥰영 압흐로 만경창희 지셰가 이려ᄒ니 요희쳐 줍지니라 ᄒ물며 셩쳡지셰 빅포가 견고ᄒ여 일부당관 만부막기 녜를두고 일너스나 그형셰를 밋들마라 녯일이 비감ᄒ다 만고역신 오삼계가 셩혼편 여러누코 한이를 불려들여 틱명운수 진희시니 무너진셩 철망쳐셔 져러틋 오활ᄒ다 만니장셩 진지두의 망희졍 구경가ᄌ 의연흔 이층졍ᄌ 브

다가희 임히고나 몃만니 무변딕히 하늘과 흔빗치라 풍낭은 드리쳐셔
성곽의 부딕친다 희무는 창쳔ᄒᆞ여 향방을 못ᄒᆞᄂᆞᆫ딕 순풍의 돗단빅는
어딕로 향히가고 져빅의 올나안쟈 동으로 향히가면 우리나라 인쳔부
평 순식간의 딕히려니 쳔니가 지쳑이나 가국이 묘망하다 난가평 심하
역과 옥관을 지닉셔니 무녕현 문필봉은 한퇴지 스던데오 영평부 수호
셕은 니광의 고적이라 쳥용하 건너셔셔 이제도 차ᄌᆞ가니 슈양산 말근
ᄇᆞ름 고죽셩이 져아니냐 빅이슉졔 형뎨소상 곤면을 ᄀᆞ초아셔 의의흔
졍젼우히 엄연이 안져잇고 읍손당 널분집의 쳥풍딕 놉흔곳의 경치도
조코니와 현이고틱 사랑흡다 우리본딕 긔자유민 씨친왕하 입어더니
은나라 녯일월을 예와볼줄 ᄯᅳ히시랴 ᄉᆞ하역 ᄎᆞᄌᆞ나와 풍윤현 지나셔
고 사류하 건너셔셔 옥젼현 다ᄃᆞ르니 무종산 져문구름 연소왕의 무덤
이오 쳐졍교 말근ᄇᆞ름 양학ᄉᆞ의 졍ᄌᆞ터라 졔ᄌᆞ산 지나갈쇠 과부셩이
잇다ᄒᆞ니 녯젹의 송과부가 누거만직 거부로셔 ᄉᆞᄉᆞ로이 셩을ᄲᆞ고 삼
층포루 놉피지어 됴적을 방비하고 딕딕로 세거ᄒᆞ니 ᄌᆞ손이 번셩ᄒᆞ여
여러송시 명문거족 잔셩을 굿게직혀 쳥나라의 불복ᄒᆞ니 흔조각 외로
운셩 딕명쳔지 나맛고나 강희황뎨 밉게여겨 히마다 만금셕을 별젼으
로 속공ᄒᆞ여 지우금 밧친다네 일뉴하 건너가니 취병산이 져긔잇고 현
긔교 지낫셔니 북만산은 어딕메요 이틱백의 취한모양 와불사란 졀이
잇고 안녹순과 양귀비의 옛ᄉᆞ랑이 잇다하니 당나라 어양ᄵᆡ의 계ᄌᆔ가
분명ᄒᆞ다 계문연슈 죠흔경괴 젼셜노 들어셔니 너른드을 져문남긔 연
파가 황낭ᄒᆞ여 나무ᄭᅳᆺ흔 돗딕갓고 연이ᄂᆞᆫ 물결되여 만경창파 물미난
듯 쳔틱만상 측양업다 빅간졈 다다르니 향화암 구경가ᄌᆞ 여승잇ᄂᆞᆫ 승
방이라 불젼도 쟝커니와 놉흔빅탑 여슷시요 돌문이 볼만ᄒᆞ다 기동들
보 셕가릭며 기와춘여 문짝가지 젼슈이 돌노지어 그도ᄯᅩ흔 장관이라
단가령 호타ᄒᆞ와 연교진 다다르니 연나라 녯져ᄌᆞ의 협ᄉᆞ의 슈풀이라
형가의 슬푼소릭 찬바람만 나마잇고 고졈니의 우다듁은 옛빗치 그져
잇다 빅ᄒᆞ슈 널분물은 통쥬의 압강이라 바다히 지쳑이오 강남이 머지

안타 물가의 십여쳑비 부상듸고 왕뇌ᄒ니 비안흘 구경ᄒ면 왼갓비치 다ᄒㅣ노코 여긔져긔 방을 지어 구둘노하 솟츨걸고 ᄉ면으로 완ᄌ창의 능화지로 도빅ᄒ여 슈십장 긴돗듸의 비단돗츨 달아고나 동쥬셩늬 들 어가셔 야시를 구경ᄒ자 길가의 시젼들은 좌우로 여럿ᄂᄃᆡ 잠의도 닷 지안코 젼마다 양각등의 큰등의 불을혀서 년긍십니 ᄒ여시니 광치의 죠요흠이 낫이나 다름업다 셔문으로 늬드르니 북경이 오십리라 예서 붓터 북경가지 탄탄듸도 넙은길의 박셕을 쌀앗스니 장하다 텬ᄌ긔구 영통교 건너가셔 동악묘라 ᄒᄂ절의 듸문의 들어갈ᄉ 흥영ᄒ다 신장 들은 갑쥬투구 팔쳑장신 창검을 손의들고 두눈을 부릅 쓰고 아가리를 싹버리고 이편져편 갈나셔셔 위풍이 늠늠ᄒ다 즁문의 들어셔셔 졍젼 을 쳐다보니 삼층월듸 이층집의 누른기와 푸른기와 싀싀이로 덥허잇 셔 오치가 영농ᄒ며 환ᄌ삭임 말살문합 긔교도 ᄒ온지고 금벽단쳥 휘 황흔듸 졍신이 어즈럽다 젼늬의 들어셔셔 ᄌ셰히 술펴보니 운문듸단 누른장의 불근공단 드림ᄒ여 순금고리 옥갈구리 이편져편 걸어두고 유리등은 몃빵이냐 국화곳치 찬난ᄒ다 칠등잔으로 불혀노하 등광이 만실ᄒ고 금향으로 푸른연긔 향취가 촉비흔다 면뉴관 곤용포로 좌탑 의 놉히안즌 엄연흔 일위션관 틱산동악 신령이며 쳔방듸 싱인황뎨라 존호로 일홈ᄒ고 쳔ᄌ의 우의쳐럼 엄슉도 ᄒ온지고 좌우로 션관들은 금관옥듸 홀을쥐고 단졍흔 모양으로 십여빵 버러셔셔 그압흐로 신장 들은 봉투구 엄신갑옷 위름흔 긔싀으로 십여빵 시위ᄒ고 싀등거리 빵 토ᄂ 션동도 여러히오 긴단장 슈치마ᄂ 션녀도 만흘시고 압뒤흐오 벗 흔칙은 팔만듸장 불경이오 무수흔 비셕들은 긔도마다 축원이라 뒤젼 의 올나보니 상쳔셰계 예로고나 션풍도골 옥황상뎨 인간을 졔도ᄒ고 흔젼의 올나보니 용궁이 져러텬가 셩관월틱 ᄉᄒ용왕 풍운뇌우 맛타 잇고 흔젼의 올나보니 이마놉흔 틱상노군 쏘흔젼 올나보니 거룩ᄒ온 약왕이오 흔젼의ᄂ 오빅ᄂ한 쏘흔젼은 화덕진군 셕가여릭 관음보살 아미타불 위흔듸가 이러흔젼 몃곳인지 고고이 올라보니 쓸아릭로 ᄂ

려셔셔 좌우월듸 슬펴보니 삼십뉵만 칠십이스 념나국이 져러토다 젼
싱션악 가리여셔 일일이 보응ᄒ니 엇던스름 잘되여셔 빅일승쳔 ᄒᄂᆫ
모양 엇던스름 못되여셔 지옥으로 가ᄂᆫ모양 엇던스름 복을바다 도로
인간 되ᄂᆫ모양 엇던스름 환도ᄒ여 몹슬즘싱 가ᄂᆫ모양 엇던사름 복을
바다 은금을 쥬ᄂᆫ모양 엇던스름 형벌바다 부월노 쀠ᄂᆫ모양 념나듸왕
위풍으로 최판관이 특졈ᄒ여 일직스ᄌᆞ 월직스ᄌᆞ 쳥영거힝 ᄒᄂᆫ모양
어린아히 몃만개을 보의다 삐셔들고 무즈ᄒ니 긔도ᄒ면 ᄒ나식 졈지
ᄒ며 오식으로 ᄆᆫ든환양 그룻시 다마들고 병든스름 축원ᄒ면 영험이
잇다ᄒᆫ데 이런모양 져런모양 녁녁히 비포ᄒ여 너모도 굉장ᄒ니 듸강
듸긩 구경ᄒᄌᆞ 이곳을 보랴ᄒ면 삼스월 긴긴히도 뉵칠일 가지고야 ᄌᆞ
셔히 본다하데 녜셔붓터 삼스신이 ᄎ례로 드러갈싀 ᄌᆞ문을 말게시러
황보덥허 압셰우고 녁관군관 뒤ᄯᆞᄅᆞ며 틱평ᄎᆞ를 모ᄅ가니 틱평ᄎᆞ라
하ᄂᆫ거슨 빵박휘 수릐우히 장독교 졔도로다 좌우ᄉ창 의낭달고 거문
빗 긴ᄎ양을 압흐로 버티이고 압ᄎᆟ을 길게ᄒ여 죠흔노싀 매여노코 압
히안즌 간ᄎ지놈 긴ᄎᆞ직을 흔번더져 유에유에 흔소리의 풍우ᄀᆞ치 샌
르고나 됴양문 들어가니 북경장안 동문이라 고분성 삼층문누 스층포
루 굉장ᄒ고 길가의 어엄들은 단쳥흔집 즐비ᄒ고 네거리의 시젼들은
도금흔집 무수ᄒ다 안목이 당황ᄒ고 졍신이 황홀하데 옥ᄒ수 달이건
너 히동관 들어가니 상방쳐소 지나셔셔 부방쳐소 뒤ᄒ잇고 그뒤히 삼
병쳐소 다각각 ᄎᄌᆞ든니 캉압히 숫자리로 둘너막고 문을닉여 방쳐름
ᄭᅮ며놋코 빅능화로 도빅ᄒ여 화문진의 포진하여 거쳐ᄒ기 졍쇄ᄒ다
하뉵월 초뉵일의 오날붓터 몃칠이냐 지리하고 심흔극열 이고싱 엇지
하리 삼쳔니 멀고먼길 몃달만의 득달ᄒ여 큰병업기는 쳔힝이나 노독
인들 업슬소냐 스지는 날연ᄒ여 빅희가 ᄌᆞ통이라 우듕지 통음으로 곤
비흔즁 괴롭도다 질통의 호부모난 인싱 상이여늘 만니타국 외로운몸
집싱각도 그음업다 틱양산 흰구름은 젹인걸의 효셩이오 사가보월 쳥
소릭은 두ᄌᆞ미의 회포로다 옥화관 깁흔밤의 잠업시 홀노싀여 푸른하

날 쳐다보니 유유흔 창쳔이며 북두칠셩 삼틱셩은 전의 보던 져별이오 명낭흔 발근달은 녜보든 져달이라 우리집 헌당압희 져별뼈달 빗최려니 집의셔도 발아보고 내싱각 하시리라 별과달은 명명하며 응당소식 알니로다 소식을 무러보즈 장천이 묘망흐니 흐른빗츨 싸라와셔 몽혼이 의의흐다 녜부지휘 드리여셔 포즈문 진졍흘츠 녜부의 나아가셔 딕청우희 올나가메 녜부상셔 나와셔니 보셕증즈 일품이오 녜부시랑 나와셔니 산호증즈 이품이오 여듧통관 갈라셔니 스품은 슈졍증즈 뉵품은 옥증자요 팔품은 금증즈라 말익이 우희다가 둥근구슬 증즈달아 품수딕로 칠여셜시 증즈로 표을흐고 공노잇는 스람들은 공쟉우을 달아스며 관복이라 흐는거슨 거문비단 소두루막이 오식으로 수논흉빅 입뒤흐로 부쳐티라 즈문을 밧드러셔 상셔의게 봉젼흐고 삼사신 쑤러안져 아홉번 고두흐여 녜필후 도라오니 스신흘일 다흐녓다 무어스로 소일흐리 구경이나 가즈셔라 닉셩쥬휘 뉵십니의 셩문이 아홉이니 졍남으로 졍양문은 스층문누 황기와오 반월셩을 둘너빤흐 겹문을 지어시딕 스층픽루 놉히지어 문누와 마조잇고 슝문문과 션무문은 남셩의 두문이며 됴양문과 동직문은 동셩의 두문이오 부셩문과 셔직문은 셔셩의 두문이오 안졍문과 덕승문은 북셩의 두문이니 문마다 곱은셩은 삼층문누 스층포루 황기와 청기와로 굉장이 지어스며 닉남셩 년이여셔 외셩을 빤아스니 그도쥬회 뉵십니의 셩문이 일곱이라 졍남의 녕졍문은 졍양문을 통흐엿고 좌안문 우안문은 슝문셔문 통희스며 광거문은 동문이오 광영문은 셔문이며 동편문 셔편문은 좌우의 소문이니 문마다 곱은셩의 이층문누 청기와라 닉의셩을 합희보면 날일즈 형상인딕 졍양문이 즁획되여 장안의 복판이라 물식의 번화흐미 쳔하의 딕도회라 졍양문 마즌편의 딕청문이 져기잇셔 딕궐의 남문이라 삼문이 두렷흐고 그압희 긔반갓흔 네거리 흔바닥의 광활하게 터을닥가 셕난간을 둘러치고 졍월망일 발근달의 귀공즈 노는딕라 딕궐을 살펴보니 그도 쏘흔 안팟궁장 벽돌빠하 황기와이며 쥬히는 삼십니라 딕청문 들어셔

면 천안문이 마조잇셔 다삿홍예 두렷ᄒ고 이층문누 굉장ᄒ여 그입히
금천교ᄂ 다삿다리 느려노혀 다리마다 옥난간이 간간이 격ᄒ엿고 좌
우의 돌기둥은 경천쥬 한빵이니 십여장 놉핫ᄂᄃ 용트림 긔졀ᄒ다 천
안문 들어셔면 단문이 마조잇셔 그도쏘ᄒ 다삿홍예 이층문누 웅장ᄒ
고 그압흐로 좌우편의 마조셧ᄂ 져삼문이 좌편의ᄂ 사직이오 우편의
ᄂ 틱묘로다 단문을 들어셔면 오문이 아조잇셔 ᄌ금성 봉누ᄂ 셩우ᄒ
놉히잇셔 좌루의ᄂ 쇠북이오 우루의ᄂ 북이로다 그입히 각수직방 동
셔로 난와잇고 일영보ᄂ 시판이며 비지이ᄂ 측우긔ᄂ 옥을삭여 긔이
ᄒ게 좌우로 버려노코 오문안의 틱화문은 그도쏘한 삼문이오 옥난간
두룬거시 볼수록 장ᄒ고나 틱화문안 틱화젼은 황극젼이 져러토다 놉
기도 금직하며 웅위도 ᄒ온지고 길이너문 놉흔옥계 월ᄃ가 삼층이오
층층이 옥난간의 겹ᄉ김 용트림과 삼층견각 놉히지어 구천이 포모ᄒ
니 금벽도 휘황ᄒ고 단확도 찬난ᄒ다 오동으로 믄든거북 구리로 지은
학은 동셔로 빵을지어 엇지ᄒ여 노하시며 오동향노 큼도크사 수십개
버려노코 슌금두멍 물기러다 여긔져긔 멋치러냐 쓸아릭 품셕들은 일
품이품 삭여셰워 빅관이 조회ᄒ졔 품슈ᄃ로 션다ᄒ데 좌우의 월낭지
어 의장을 둔다ᄒ고 틱인각 흥의각은 좌우의 ᄌ각이오 좌익문 우익문
은 동셔의 졍문이며 듕하문 듕우문은 북편의 협문이니 그안의 듕화젼
은 이층이 놉히잇고 그위ᄒ 보화젼은 그역시 졍젼이라 틱화젼 셤돌부
터 ᄎᆺ물닌 옥난간이 보화젼 셤돌가지 셰젼을 둘너고나 그뒤ᄒ 건쳥젼
은 황졔의 편젼이오 그뒤ᄒ 교틱젼과 쏘그뒤ᄒ 교녕젼은 황후잇ᄂ 닉
젼이니 구중궁궐 이아니냐 궁젼이 멋곳인지 쳐쳐의 조첩ᄒ여 아로삭
이 장원이며 치ᄉ칠ᄒ 바람벽과 벽돌쌀아 길을닉고 박셕쌀아 쓸이로
다 울긋불긋 오ᄉ긔와 ᄉ면의 녕농ᄒ니 것흐로 얼는보아 져러틋 휘황
ᄒ졔 안의들어 ᄌ셰보면 오즉히 장ᄒ호냐 동양문 ᄎᄌᄃ니 궁셩의 동
문이오 동화문밧 지나가니 ᄌ금셩 동문이라 셩밋흐로 지쳔파셔 이편
져편 셕륙쏘코 셕튝가의 장낭지어 창과고이 보러잇고 셩을씨고 도라

가며 신무문압 다드르니 즈금셩 북문이오 그마죠 부샹문의 그안의 경
산이니 뒤궐의 쥬산이라 도산을 놉히모화 셰봉이 두렷ᄒ고 긔화이초
만히심어 슈목이 울밀ᄒᆞᆫ디 봉봉이 이층졍즈 뉵모팔모 지어노하 황홀
ᄒᆞᆫ 단쳥이며 츤난ᄒᆞᆫ 칙칙긔와 나모그늘 틈틈이로 다숫졍즈 빗치이니
오힝졍이 져그로다 황졔의 피셔쳐오 슈황젼 큰젼각과 영수젼 관덕젼
은 광쟝도 ᄒᆞ거니와 집샹각과 홍경각은 여긔져긔 죠요ᄒᆞ니 ᄇᆞ라보미
션경이가 미산각이 어디메냐 녯일이 시고왜라 갑신삼월 십구일의 승
졍황뎨 슌졀ᄐᆡ라 셔리지회 그음업셔 다시곰 ᄇᆞ라보니 창오산 져문구
름 지금의 유유ᄒ고 샹원의 누은버들 어느씨 일어ᄂᆞ리 산뒤흐로 도라
가니 쳐쳐의 휘황ᄒᆞᆫ것 즈각단누 쳡쳡ᄒ고 빅탑이 졍졍ᄒ니 모도다 졀
이로다 황뎨의 기도쳐라 틱익지 넙은년못 옥동교 건너가자 옥돌노 길
게노아 무지게 쌧친드시 좌우의 옥난간의 간간이 돌ᄉᆞ지오 압뒤히 픠
루문은 문문이 금즈현판 다리밋츨 구버보니 홍네구영 아홉이요 다리
우히 올나셔셔 ᄉᆞ면으로 ᄇᆞ라보니 동편의 경산경치 졀승ᄒ고 쟝커니
와 남편의 경화도ᄂᆞᆫ 틱익지듕 셤이로다 긔암괴셕 만히노하 단악유졔
져러ᄒ고 셔편의 즈광각과 언슈ᄉᆞ와 홍인ᄉᆞᄂᆞᆫ 녹음이 울울ᄒᆞᆫ듕 은영
ᄒ게 ᄂᆡ다뵈니 불근긔와 푸른긔와 칙칙이로 영농ᄒ다 북으로 보라보
니 오용졍이 졔란말가 그림속이 아니이면 요지경이 졍영하다 져리로
구경가즈 앙틱문 드리다라 만불ᄉᆞ 츠즈가니 삼층으로 지은문누 ᄒᆞᆫ층
이 오뉵장식 세층을 도합ᄒᆞ면 근이십장 되오려니 놉기도 외외ᄒ다 아
리층의 아홉붓쳐 큰금불을 안쳐노코 동셔북세 ᄇᆞ람벽 도라가며 ᄀᆞ득
ᄒ게 되박ᄀᆞᆺ튼 감실의다 풍즈ᄀᆞᆺ튼 부쳐안쳐 층층이 쥴쥴이로 몃층이
냐 몃쥴이냐 약장의 셜합ᄀᆞᆺ치 ᄇᆞ독판의 쥴그으듯 네모히 반듯반듯 만
벽의 금불빗치라 즈셔히 술펴보니 아로삭인 져근감실 직치잇고 긔묘
ᄒᆞᆫ디 부쳐도 앙징ᄒ다 넙흐로 ᄉᆞ닥다리 위이굴곡 세번썩거 듕층의 올
나가니 아홉좌 큰부쳐의 세벽의 져근금불 규모가 일반이오 쏘그쳐럼
ᄉᆞ닥다리 샹층의 올나가니 뒤불소불 안즌모양 빅포가 쏙 갓도다 만불

이라 일너시나 어림쳐 헤여보니 십만인지 쳔만인지 수흐을 모을너라
남창을 열써리고 옥난간 의지ᄒᆞ여 쓸아릭 구버보니 셤돌우희 안즌스
름 기암이만 ᄒᆞ여뵈고 스면을 둘너보니 만호쟝안 만흔인가 무릅아릭
쓸엿고나 치싁기와 영농흠늠 제가분명 딕궐이라 거문기와 즐비흠은
제ᄂᆞ모다 인가이며 홍예구영 휜흔길은 제가정영 시졍이며 빅탑이 웃
둑흠은 제도아마 졀간이라 쳐쳐이 지졈ᄒᆞ여 넉넉히 슬펴본후 쳔불스
구경가즈 그도쏘흔 삼층문누 만불스회 느린ᄒᆞ게 넙히가 거의갓네 그
안히 쳔슈불이 붓쳐ᄒᆞ냐 쑨이언만 흔ᄀᆞ온데 웃둑흠은 명악이 큼도크
다 삼층각 보쇼기의 킈ᄂᆞ쏙 다하시니 길노치면 근이십길 쳐다보면 가
마아득 이리필간 져리팔간 네모번듯 넙은집의 몸피가 얼마흔지 그안
히 그득ᄒᆞ고 머리를 쳐다보니 젼후좌우 늄면의다 얼골이 여숫시로 양
미간의 쏘눈ᄒᆞ나 셰눈식 분명ᄒᆞ여 광치가 엄위ᄒᆞ고 머리우희 연밤쳐
름 우툴두툴 수북ᄒᆞ게 모다젹은 붓쳐얼골 다각각 이목구비 멧쳔인지
모라ᄂᆞᆫ것 오싁으로 취싁ᄒᆞ고 두손은 느리워서 감중연을 ᄒᆞ여시니 흔
손까락 싁기손톱 딕부동만 ᄒᆞ게구나 엇기뒤로 일쳔팔둑 좌우로 뼉버
리고 다리를 볼작시면 발ᄒᆞ나히 흔간드리 악귀악신 구렁빈암 멧쳔인
지 흔데모아 두발노 쏙드듸니 질크러진 악귀들과 혓비무난 구령이냐
죽으라고 ᄒᆞ난고나 굉걸ᄒᆞ고 웅장흠은 보다가 쳐음일세 딕문밧 셔편
으로 네모집 크게지어 황와로 덥퍼스니 놉기도 장ᄒᆞ고나 그안의 들어
셔니 나무로 가산지어 푸른봉웅 쳠쳠ᄒᆞ고 불근연의 중중흔딕 치운이
둘닌곳의 상상봉 표모흔집 극낙셰계 졔라ᄒᆞ니 이윽히 브라보니 심듕
의 혜여보니 이몸이 츌셰흔후 젹덕젹션 못ᄒᆞ스나 득죄흔일 업셔로라
시험코 올나보자 어딕메가 길일넌고 압뒤로 바즈며 기웃기웃 방황
터니 지로승이 인도하여 깁흔굴노 드러가니 좌우의 악귀들이 창검을
겨우면서 들어옴을 금ᄒᆞᄂᆞᆫ듯 보기의 무셥더라 이봉틈 져봉틈의 돌쳐
셔며 굽의쳐셔 스면으로 빙빙도라 올나셔락 ᄂᆞ려셔락 듕노의 반쯤가
다 바회압흘 슬펴보니 왕왕이 신장들이 닉다라 쑤진ᄂᆞᆫ듯 이리져리 길

을ᄎᄌ 상봉의 올나셔니 션동션녀 ᄽ앙을지아 마조나와 영접인듯 됴고
마흔 ᄎᆡ싁졍ᄌ 아미타불 안자쑤나 만쳡산듕 졍결흔곳 무량셰계 져러
ᄒ고 하계을 구버보니 진애가 져럿토다 닉무ᄉᆞᆷ 공덕으로 이곳의 이르
럿노 ᄯ끌인연 미쟌ᄒ니 후셰의 다시오마 길을ᄎᆞᄌ 도라ᄂᆞ려 문밧긔
쎡ᄂᆞ셔니 기와로 ᄊᆞᆫ흔픽루 불긋프릇 ᄉᆞ면잇셔 동셔남북 두로통헌 홍
예문이 긔결ᄒ다 오룡졍 다ᄉᆞᆺ졍ᄌ 이층으로 지어스니 ᄌ향졍과 졍상
졍은 셔편으로 두졍ᄌ요 빅옥난간 알오삭여 다ᄉᆞᆺ졍ᄌ 둘너시며 벽동
흘 졍이쌀아 단니ᄂᆞ 길이되고 이편져편 화류교의 걸터안키 더욱됴타
ᄐᆡ익지 넙은년못 셤돌아리 임히시니 물밋틀 구버보니 쳥쳥흔 말근물
결 ᄎᆡ졍이 비최임은 누은용이 줌기인듯 뵌ᄃᆞ마다 쥬란화각 안계가 황
홀흔ᄃᆡ 날빗츤 셔늘ᄒ고 ᄇᆞ롬은 화창이라 무심이 안져시면 도리오래
이져시리 경산뒤로 도리나와 진안문 닉ᄃᆞ르리 궁셩의 북문이리 동으
로 향ᄒᆡ가면 웅졍황뎨 그도ᄒ면 옹화궁이 향ᄒᆡ로다 웅의흔 여러젼각
졀인가 딕궐인가 흔젼각 올나보니 엇던붓쳐 비슥누어 빈을휠적 드러
닉고 손으로 만지면서 쳐다보고 희희웃ᄂᆞ 져부쳐ᄂᆞ 무어시며 ᄯᅩ흔젼
각 올나보니 슈미산 쳔만봉을 침향으로 가ᄉᆞ삭여 단쳥으호 ᄎᆡ싁ᄒ고
봉봉이 안즌붓쳐 긔교도 ᄒ온지고 ᄯᅩ흔젼각 올나보니 삼층각이 놉핫
ᄂᆞ되 그안의 셧ᄂᆞᆫ금불 쳔슈불과 키가갓다 ᄯᅩ흔젼각 올나보니 범뉸젼
이 녜로구나 엇던몽고 듕놈ᄒ나 싱불되여 쥬벽ᄒ여 감즁연의 도ᄉᆞ리
고 눈을 닉리 ᄶᆞ라스며 그압히 옥등잔의 인등하여 불혀노코 좌우의 여
러몽고 ᄎᆡ상을 압히노코 불경을 느러노코 일시의 숑경ᄒ니 웅왱웅왱
ᄒᆞᄂᆞ소릭 듯시슬코 보기슬타 몽고놈들 볼작시면 머리ᄂᆞ 다싹갓고 젹
삼속것 아니입어 팔다리ᄂᆞ 별거ᄒ니 누른무명 네폭보을 왼몸의 뒤뼈
감고 목홍삼승 가ᄉᆞ착복 엇개우히 메여시며 송낙이라 ᄒᆞᄂᆞ거ᄉᆞ 기린
ᄂᆞ 흔ᄌᆞ남즛 우리나라 즁의숑낙 것구로 쁜것갓치 우흐로 ᄲᆡ친거시 기
쟝비와 방불ᄒ다 ᄉᆞ면의 겹겹으로 궁젼이 무슈ᄒ니 엇지이로 구경ᄒ
며 이로긔록 못ᄒᆞ너라 ᄐᆡ흑을 ᄎᆞᄎᆞ가셔 딕셩젼의 ᄉᆞ빅하고 젼ᄂᆞ을 봉

심ᄒ니 불근위피 뫼셔노코 딕셩지경 공ᄌ신위 금ᄌ로 여듧ᄌ요 안즘
스밍 녯셩인은 동셔로 뫼셧스며 공문칠십 이졔ᄌ와 한당송명 션현닉
도 쓸이릭 좌우익낭 ᄎ례고 ᄇ향이오 뒷젼의 계셩ᄉ는 슉낭흘을 뫼셧
더라 듕문안의 셕고잇셔 좌우의 열개로다 주션왕의 민든돌북 지금가
지 뉴젼ᄒ여 삭인젼ᄌ 박낙흠이 고젹이 긔이ᄒ다 듕문밧 쓸가온딕 쥬
룽룽 셧ᄂ비ᄂ 식년마다 과거뵈고 진ᄉ방을 삭인비라 몃식년을 니닉
더냐 몃빅인지 모르겟다 그셔편의 벽옹이니 쳔ᄌ의 흑궁이라 동고란
큰년못시 도라가며 난간치고 흔가온딕 셔음잇셔 네모반듯 셕축ᄒ고
ᄉ면으로 아홉간의 셜흔녀슷 분합이라 그속의 어탑잇셔 친님과거 뵌
다하데 동셔월낭 길게짓고 웃둑웃둑 세인비ᄂ 시젼셔젼 쥬역이며 논
어밍ᄌ 듕용딕학 좌시츈추 례긔주례 십삼경을 삭인비라 일부러 혜여
보니 이빅십팔 도합일네 북편의 놉흔집은 이륜당이 현판이라 아국으
로 니로라면 명뉸당과 일반이라 그우희 올나보니 션비모혀 글을짓고
그뒤당의 시관잇셔 글바다다 쇠흔다네 아국으로 이르라면 승보뵈ᄂ
일체로다 신국공 문승상의 녯사당이 잇다ᄒ니 ᄎᄌ가 보리로다 싀싁
가 녀긔련가 승상의 비셕화상 참담이 안져시니 문쳔상의 경사옥즁 쳔
츄의 빗치난다 큰길노 ᄎᄌ나와 정양문 닉다르니 온ᄂᄎ며 가ᄂᄎ가
나가락 들어오락 박셕우희 박회쇼릭 울룩룩 싹싹ᄒ여 청쳔빅일 말근
날의 우릭소릭 일너나듯 노싀목의 줄방울은 와랑져랑 소릭나고 발목
아지 믿단방울 왱걸졍겅 ᄒᄂ서릭 딕갈박ᄂ 마치서릭 쏘닥쏘닥 소릭
나며 소음타ᄂ 큰활쇼릭 싸랑싸랑 소릭나고 외엇킈 물통지게 지격비
걱 메고가셔 외박회예 쏭거름ᄎ 각싴소들 모라가고 머리싹기 장수놈
은 핑당도당 쇼릭나며 멜목판의 방울장ᄉ ᄲᅡ랑ᄲᅡ랑 소릭나고 찍쟎ᄉ
의 경쇠소릭 기름장ᄉ 목탁소릭 두부장ᄉ 큰방울과 방물장ᄉ 징소릭
며 놋졉시둘 맛브딕져 찍각찍각 슈박쟝슈 셔양쳘 여넛달아 딍강딍강
ᄇ늘쟝ᄉ 집비들기 목방울은 셕양쳔의 놉히나니 ᄲ로록 ᄒᄂ소릭 져
도갓고 싱도굿고 소경놉은 비파들고 길노가며 타ᄂ서릭 여러거지 향

불들고 돈흔푼 비는소리 말솅쥬는 이히놈은 씀틱들고 쏘다니며 ᄉ촌
누비 계집년은 딕문밧계 나와셧고 ᄌ옥헌 몬지속의 ᄉ룸들은 와글와
글 정신이 아득흔둥 좌우를 술펴보니 거문삼승 초양의다 흰글ᄌ로 덕
담써서 이편져편 거러시니 그밋히 젼집들이 길가흐로 년니여셔 즐비
하게 버쳐시니 무산푸리 무산푸리 픽틀셰워 표히더라 유리챵이 여긔
더라 천하보빅 드녀벗다 천은졍은 녑ᄌ금과 진옥무부 비취옥다 슈만
호와 ᄌ만호며 불호박과 명호박과 금픽밀화 산호가지 슈졍진쥬 청강
셕과 보셕명쥬 셕웅황과 통쳔셔각 딕모조각 안경푸리 볼작시면 오슈
졍과 ᄌ슈졍과 먼니보는 천니경과 노소층경 양목경과 슌딕모테 슌양
각테 은학슐의 빅통장식 돗보기며 맛보기며 보리경의 딕거리오 잡화
루리 볼작시면 면경셕경 화류테경 지관보는 지남철과 시맛츠는 시게
들과 졀노우는 ᄌ명종과 그림그린 유리병과 고동틀면 쇼릭나는 오음
뉵눌 ᄌ명악과 유리구멍 녀어보는 긔형괴상 요지경과 빅옥등잔 뉴리
등은 옥미화의 금납비며 오쇠유리 술병술잔 어항슈젹 화류바침 먹상
필통 쳔도연젹 고셕필통 옥촛딕와 화반셕 도셔돌과 마간셕 벼로돌과
화루삭임 벼로갑과 오쇠칠흔 셩젹경딕 치쇠유리 기름함과 빅옥으로
민든분통 화각부친 음양쇼며 면빗참빗 어레빗과 빗치기며 쪽직기며
금접시의 연지합과 이쑤시기 귀이기며 치아집의 바늘통과 진옥지환
구리골모 비단풀솜 가화꽂과 귀여쇼리 팔쑥쇼리 옥판쐬 돈단초증ᄌ
좁슬구슬 모각쥬며 조옥빈혀 납가락지 은조롱의 금방울과 호로병의
쌍방울과 금둑겁이 은오리오 진쥬부심 조기부젼 당부쇠깃 인쥬합과
셕유황 졉뷰ᄎ돌 향푸리를 볼작기면 침향졍향 빅단향과 비취한둥 용
쥬향과 이궁젼의 금슈향과 빅팔념쥬 줄향이며 십팔흠ᄉ 구슬향과 옥
난향 강진향의 부영청운 타래향의 쇼합향 만슈향을 비단갑의 너허잇
고 붓푸리를 볼작시면 토호장호 슌양호며 딕ᄌ쁘는 종여필과 소ᄌ쁘
는 명월쥬며 황모청모 마모수필 쥐나릇 센기털붓 쥬먹곳튼 제모필은
외ᄌ쁘기 죠타ᄒ고 묵푸리을 볼작시며 ᄉ향너흔 당연묵과 용트림흔

니금묵과 글자삭인 쥬홍묵과 이청샹쳥 북두쳥과 삼뇩울금 싴간쥬와
죠희푸리 볼작시면 분지쥭지 틱스지며 판의박은 시젼지며 오싴궁젼
빅노지와 니금샥리 잉금젼지 억숭틸숭 능화지며 분당지며 쳔연지와
모호지며 문보라지 칙푸리을 볼작시면 만고셔가 다잇ᄂᆡ 경셔셔긔
빅가셔와 소셜패관 운부ᄌᆞ젼 쥬흑녁호 쳔문지리 의약복셔 불경이며
샹셔도경 긔문벽셔 시흑율학 문집들과 명필법쳡 그림쳡과 쳔하산쳔
지도가 아쳥갑의 ᄱᅧ며쑥이 불근의예 황지부침 졔목뼈셔 놉히ᄡᅡ하 못
보던칙 틔반이오 비단푸리 볼작시면 공단듸단 운문단과 모단공단 영
초단과 죠긔쟝단 소쥬단과 도리불슈 원앙단과 우단모탑 승금단과 벙
ᄉ슈ᄉ 광월ᄉ며 져ᄉ듸ᄉ 슈갑ᄉ와 궁초영쵸 ᄬᅡᆼ문쵸며 싱쵸모초 셜
한초며 츙견황견 은죠ᄉ와 공능듸능 츄라항나 쟝원쥬와 통희쥬와 노
방쥬며 가계쥬며 져쥬슈쥬 슈하쥬며 뇩양팔양 십낭쥬며 삼승당뵈 셔
양목과 회회포와 몽고젼은 온갖비단 다잇스니 이로긔록 다못홀네 붓
치푸리 볼작시면 화루변듁 쇄금당션 빅단향살 죵여살과 ᄌᆞ긔ᄉ북 승
두션과 쥭피부친 소당션과 그림그린 세슬부쳐 두루미털 빅우션과 오
목ᄌᆞ로 만든미션 우그러진 파쵸션과 방셕겻듯 창포미션 년듸푸리 볼
작시면 셔쳔셩 빅통듸며 퉁소ᄀᆞᆺ튼 아편연통 물다마둔 슈연통과 비취
슌호 옥물샥리 봉안노리 ᄌᆞ문쥭과 화류혈듸 오목혈듸 칙싴칠흔 ᄌᆞ졈
쥭과 약푸리을 볼작시면 환약고약 ᄀᆞ로약과 당지초지 금셕지지 약쥼
치셔 약져울과 협도듸연 돌졀구와 긥체풍노 막ᄌᆞ이며 츠푸리을 볼작
시면 갑의너흔 황당봉과 뭉치뭉치 보의다며 동골도골 만보다오 향편
다와 작셜다와 고아믠든 향다고며 긔명푸리 볼작시면 ᄉᆞ긔반샹 화긔
반샹 금테두룬 ᄉᆞ발듸졉 보아죵ᄌᆞ 바락이와 치화그린 술병술잔 징반
졉시 탕긔로다 항아리며 푼ᄌᆞ기며 츠죵츠관 ᄉᆞ시까지 ᄭᅵ여진것은 거
멀뭇 쏘긔진것 쳘ᄉᆞ로집고 모물풀리 볼작시면 춍모피며 화셔피며 아
양피며 노양피와 담뷔털과 슈달피오 돈피ᄌᆞ알 호빅구와 수우피며 오
리털과 표피호피 산양피와 긔가쥭 긔잘양과 치풍푸리 볼작시면 슈도

노코 ㅂㄴ질의 속것젹삼 두루막이 소음바지 져고리며 보션슈갑 타오
투와 잉쥬요이 창파ㅎ며 비단단복 깁슈건과 공단목화 슈당혜며 귀집
코집 말악이와 다님돌씌 빌리기며 마졔토슈 등거리며 반팔빗ㅈ 흉빅
들과 도스입ㄴ 도포두건 즁놈입ㄴ 쟝삼이오 담빗넛ㄴ 찰쌈지와 판의
박은 인문보오 쥬황당ㅅ 별민돕은 두루졉ㄴ 쟝삼이오 비단이불 몽고
요의 벼개모며 슈방셕과 휘장방ㅅ 몰면ㅈ와 복쥬감토 당각토며 딕젼
ㅈ포 견딕까지 녁마쯔지 헌옷들가 갈미다뭑 잇다홍과 지치보라 진ㅈ
쥬며 분홍토홍 쥬황빗과 두록초록 년두식과 희싁금향 먹물들여 줄을
민고 너러시며 우물줄의 겨양쳐서 틀을메여 말니이고 실과푸리 볼작
시면 싱실과며 당쇽이라 문빗참빗 능금이며 모과ㅅ과 포도딕쵸 가암
연밤 복숑화며 머루다래 아가외와 흰슈박과 누른슈박 불근차뫼 빅ㅅ
과와 ㅅ탕귤병 오화당과 빙당셜당 팔보당과 용안여지 당딕초며 민강
평강 쳥미당과 힝인당과 당표도며 낙화싱외 슈박씨오 치소푸리 볼작
시면 홍당무오 쳥당무오 향갓쑥갓 아옥빗ㅊ 버섯쥭슌 도라지며 고초
당초 마늘싱강 굴근파와 가ㄴ부쵸 동구란 거문가지 가ㄴ라흔 기단박
과 호박동이 누른외며 고비달닉 고사리와 콩기름의 녹두슉쥬 콩닙팟
닙 씨닙히오 곡시푸리 볼작시면 이쌀찹쌀 슈슈쌀과 기장좁쌀 피쌀이
며 모미보리 귀우리와 녹두젹두 광젹이며 황틱쳥틱 반쥬콩과 율모의
이 옥슈슈며 참기들기 아쥭까리 고리푸리 볼작시면 황육은 극귀하고
자쳔흔 양육져욱 오리게우 진계까지 딕통박고 입김들여 푸흔고기 슐
져뵈게 싱션푸리 볼작시면 이어농어 가물치와 만어도미 업치딕구 죠
긔쥰치 ㅈ가스리 슈어복어 모장이며 병어상어 머역이와 모릭모지 쎡
져귀며 배암장어 도렁허리 문어젼복 희삼홍합 죠긔낙지 싀우게와 슇
푸리롤 볼작시면 약쥬쇼쥬 온갓슐이 민우로며 불슈죠와 낙양츈 이화
빅과 두견쥬 포도쥬며 계화쥬와 벽향쥬며 ㅅ국공 방문쥬와 빅화쥬 년
염쥬를 나모궤를 크레쯔셔 이궤졔귀 부어두고 쩍푸리를 볼작시면 왼
갓쩍이 다잇스니 좁쌀덕 지단강노 흑탕너흔 ㅅ오병과 힝인병과 산ㅈ

병과 둥그러흔 소월병과 챵마호 지진쩍은 삭기쳐럼 쇠아스며 셕슈호
라 하는쩍은 인절미 굿튼게오 전병증병 다식쩍과 화전슈교 만두까지
목긔푸리 볼쟉시면 쟝농뒤지 궤그릇과 쥬홍금칠 피샹즈며 층찬합 갑
계슈리 교의탁즈 교즈샹과 칙샹경듸 벼로샹과 즈긔박은 반다지면 빅
통쟝식 옷함이오 마안푸리 볼쟉시면 밍이등즈 전후거리 쳥쳥칙년 겹
다리며 구레혁바 담언치오 쳘물푸리 볼쟉스면 쟝도환도 시칼겹칼 쟝
챵독긔 협도쟉도 자귀변탕 듸픠쓸과 듸톱소톱 줄환이며 도릐송곳 활
부븨와 보십가릐 삽칼리며 젹쇠곱쇠 어리쇠며 듸갈현즈 화젹가락 광
쥬졍의 거멀못과 부회열쇠 자믈회와 인도가의 져울밧탕 유납차관 신
셜누며 무쇠가마 옹솟치오 구리듸아 퉁노구며 오동향노 화로까지 옹
긔푸리 볼쟉스면 동의소라 항독아리 오지그릇 툭박이며 셕간쥭 스파
병과 전당푸리 볼쟉시면 돈밧고며 은밧곤다 년바오 오십냥듕 말굽쇠
이십냥듕 닷냥듕 죵두쇠와 한냥듕 바둑쇠랄 큰쟉도로 찍어보며 은탕
평 져울달고 당십듸젼 너돈으룬 힝용소젼 흔냥너돈 흔즈오리 흐엿스
니 아국돈은 넛돈일네 쏘흔곳 둘러보니 져긘무슴 푸리런고 쓰리바쟈
삿지리며 종다락기 바구니와 칙반샹즈 칙광듀리 조리족박 함지박과
삿갓삼틱 밋둘테며 참바뭇쥴 피츳쓴과 등경거리 입담븨와 슈슈썩도
뭇거노코 숫도팔고 회도팔고 셕탄시른 약듸온다 약듸모양 엇터터냐
킈는놉하 셜명흐고 무릅마듸 셰마듸오 빗는젹어 등의붓고 잔둥우희
두봉잇고 길마실은 모양갓고 목아지는 뒤쇠아셔 게우목과 쳔연흐고
듸가리몸 별노젹고 샹을보면 말샹갓고 볼기쌱은 쌔문이요 쇠리는 됴
고맛고 발은보면 쇠발갓되 굽은업고 살발이오 야튼가죽 털버셔셔 도
랑올린 긔몸갓고 웃납시울 코밋트로 노흘쌔여 잡아쎌면 어귓어귓 거
러가니 열업시 삼긴즘싱 엇던시림 실업슨놈 잔나븨을 쎌고가니 잔나
븨 엇터터냐 쳔작히 비유컨듸 스오셰먹은아희 쇠리잇고 털난거시 회
동고란 노란눔의 픤픤납작 콧마루요 쑈쑉흔 죠동아리 앙상흔 이쌜이
오 듸가리는 동고른듸 귀박회만 졔쳐붓고 콩흔줌을 집어쥬면 손톱으

로 ᄒ나집어 입의너코 ᄿᅵ미더니 콩껍질은 빗앗ᄂᆫ다 ᄯᅩᄒᆫ곳 지나더니
상가의셔 발인ᄒᆫ다 쌍가라 ᄒᆞᄂᆫᄃᆡᄂᆫ 뜰가온ᄃᆡ 삿집짓고 문밧긔 초막
지어 ᄃᆡ취ᄃᆡ와 필이젹이 죠긱의 출입마다 풍뉴로 영송ᄒᆞᆫ다 상여을 볼
작시면 소방상 틀을ᄲᅢ고 오ᄉᆡᆨ비단 두루얽어 황홀ᄒᆞ고 긔이ᄒᆞ게 뒤얼
거셔 문을노하 곳송이도 쳔연ᄒᆞ고 아릭우히 졀반되게 층층이 ᄶᅮ며ᄉᆞ
며 ᄉᆞ면츈여 층도리의 누각과 일체로다 관치례을 볼작시면 놉히ᄂᆫ 간
반되게 쥬홍으로 칠을ᄒᆞ고 황금느로 그림그려 모양도 긔려ᄒᆞ고 크기
도 굉장ᄒᆞ다 ᄃᆡ틀의 줄을걸어 간간이 머여시ᄃᆡ 져근연츄 줄을 달아 두
놈식 마죠메니 상어ᄂᆫ 달니녀셔 물담은듯 평안ᄒᆞ더 ᄉᆞᄂᆡ상계 계집상
계 일가친쳑 복인들이 츠을타고 뒷ᄃᆞ로ᄃᆡ 흰무명옷 입어시니 ᄉᆞ나희
ᄂᆫ 흰두루막이 흰슈건 머리동여 계집은 흰무명을 ᄯᅩ아리를 ᄒᆞ여이고
무명흔ᄯᅩᆺ 뒤로느려 발뒤굼치 치렁치렁 상여압히 션동들은 ᄉᆡᆨ등거리
ᄲᅡᆼ상토의 쌍을지어 느러셔니 몃쌍인지 모르겟고 압뒤풍악 ᄌᆞ아져셔
증ᄑᆡᆼ과리 요란ᄒᆞᆫᄃᆡ 명정공포 운아삽과 일산ᄉᆡᆨ긔 몃쌍인지 오ᄉᆡᆨ능화
당죠회로 차와말을 믠드러셔 혼빅위ᄒᆞᆫ 뵌ᄎᆞ라 ᄎᆞ속을 슬펴보니 왼
갓화로 담빅ᄶᅥ와 이부ᄌᆞ리 금침까지 모도다 ᄉᆡᆨ죠희로 죠작이나 휘황
ᄒᆞ다 관을갓다 졀의두고 삼연을 지닌후의 벌편의 산지ᄌᆞ바 밧두둑이
명당이라 아모ᄃᆡ나 영장ᄒᆞᄃᆡ 그우히 벽덜ᄲᅡ하 회을발나 봉분ᄒᆞ여 잔
ᄃᆡᄂᆫ 아니덥고 뒤흐로 담을ᄲᅡ고 압흐로 문을ᄂᆡ여 문압히 비셕포셕 단
쳥ᄒᆞᆫ 픠루들과 슈기ᄃᆡ 흔쌍셰워 위의가 굉장ᄒᆞ다 ᄯᅩᄒᆫ곳 지닉더니 혼
인구경 맛츰한다 긔구도 장ᄏᆡ이와 위의가 볼만ᄒᆞ다 긔치창검 슉졍픽
와 쳥긔홍긔 일산갓지 쌍쌍이 압흘셰워 몃쌍인지모로겟고 ᄃᆡ풍악 압
뒤삼연 어울너 요란ᄒᆞ고 팔인교를 놉히메여 쳔쳔이 지나가니 불근젼
휘장의다 치ᄉᆡᆨ실노 슈을노코 거문공단 ᄯᅮ경의다 황금으로 쏙지ᄒᆞ고
젼후좌우 향불피여 향취가 촉비ᄒᆞᆫᄃᆡ 좌우뉘리 밀창으로 그속을 여어
보니 응장셩식 ᄒᆞ온신부 단졍이 안져앗고 그뒤히 사인교가 두서넛 ᄯᆞ
로오니 ᄒᆞ나흔 본싱모요 ᄯᅩᄒᆞ나흔 유모라데 쳔령수가 어ᄃᆡ민냐 그리

로 구경가즈 삼십길 놉흔탑이 굉걸흔 녯절이라 삼층문누 이층법당 빅
포도 장카니와 후원의 왼갓화초 긔화이초 만이잇다 불군곳츤 유도화
와 푸른곳츤 취로화며 줄노싱은 옥잠화는 향취가 제일아오 당국화 셕
쥭화며 모란즈약 츄국화와 월계스계 천엽치즈 옥미홍미 삼식도와 빅
일홍 영산홍과 웨쳘쥭 진달닉며 민도라미 봉션화와 화셕뉴의 금젼화
며 금스오쥭 벽오동과 도송분숑 빅간슝과 파쵸난초 종여소쳘 동빅취
빅 무화과와 쳐음보는 져화쵸는 일홈을 무르리라 쇠혀곳고 우틀두틀
션인장은 쳐음보고 향취만코 가느다른 문슈란은 쳐음보고 쥬먹곳고
털돗친것 션인장은 처음보고 숀펵갓튼 술달이닌 용슈장을 쳐음보고
긴휘츄리 세닙핀것 픽왕젼은 쳐음보고 긴입스귀 간은가지 스라슈는
쳐음보며 한삼제는 불근곳히 불슈빅은 흰곳치며 쳘쥭쳘슈 션빅나무
이상흔 화초녀라 빅운관이 어듸메냐 그리로 차자가니 아층픠루 삼층
누의 황와쳥와 덥허시며 겹겹이 칙싴집의 우럿두럿 휘황하다 정젼안
의 융건도복 구진인을 위히노코 여러도스 느러안즈 도경공부 흐는고
나 도스모양 엇더터냐 머리는 아니싹가 상토는 트러뻣듸 망건도 아니
쓰고 거문공단 두건지어 우리나라 뉴건곳치 뒤흐로 졔쳡스고 먹물드
린 도복의다 거문공단 깃슬달아 너른스미 길개썰쳐 우리나라 쟝삼곳
치 쳔연도 흐온지고 드르니 이곳의셔 미년명월 십구일의 신션이 하강
흐여 쓸아리셔 논다기로 쟝안스름 남녀노소 그날모혀 긔도흐데 쟝춘
스가 어데메냐 그리로 향히가즈 쳡챱흔 여러불탑 몃것인지 휘황찬난
직상가 부녀들이 그씩마츰 거긔와셔 불공을 흐다흐며 잡인을 금흐기
로 깁히는 못드러가 압법당을 올나보니 큰부쳐을 매셧는듸 옥등잔의
불혀노코 여러듕놈 합쟝비례 일시의 인도소릭 듕놈모양은 엇더터냐
머리는 아죠싹고 먹문드린 쟝삼의다 거문공단 깃슬달아 빅팔염쥬 목
의걸고 불근가스 착복이라 엇던놈은 쇠북치고 엇던놈은 경쇠치고 제
상우히 버린것은 모밀쩍과 분탕이라 그뒤히 이층문누 웅위흐고 광활
흔속 십스층 구리쇠탑 완완이 쳐다보니 탑속의 난만칙화 져근붓쳐 관

음이오 웃층의 외신화상 구련보살 영정이니 딕명젹 신종황뎨 황틱후
유씨로다 우러러 봉심하니 식로이 챵연하다 만슈스가 어딕메냐 게도
또혼 구경쳐라 단청이 조요ᄒ고 황기와 이층문누 건늉황뎨 어머니를
화상으로 외신딕오 그뒤로 후원의난 쳔하괴셕 모ᄒ들여 가산을 놉피
모고 층층ᄒ고 긔이한바희 이돌틈 져돌틈의 길을츠즈 드러가미 깁고
깁흔 굴속의다 금부쳐도 모셔노코 몹고놉흔 바희우히 터흘닥가 안씨
춋다 슈음이 셔늘ᄒ니 피셔ᄒ기 맛당ᄒ다 진각스가 어딕메냐 게도또
흔 구경가즈 법당도 쟝커니와 옥탑이 볼만ᄒ다 옥돌노 탑을모ᄒ네모
히 반듯ᄒ게 놉히는 열두어길 넙의는 십여간의 스면으로 도라가며 일
쳔부쳐 삭여노코 남편으로 문을닉여 그속의 들어가면 좌우로 스닥다
리 구븨쳐 올나가셔 탑우흐로 나셔보니 그우히 또다숫탑 여긔져긔 벗
하시니 십여장 놉히더라 각샹스가 어딕메냐 그리로 향ᄒ여가즈 스면의
칙식법당 이층삼층 만커니와 민뒤히 삼층누각 놉기도 금즉ᄒ다 그안
의 큰쇠북이 기릭는 열딕엿길 연두리는 십여아름 둣겁기는 흔즈낫즛
암밧그로 도라가며 불경을 잘게삭겨 상층보의 걸어다라 짤바닥의 드
리운것 우리나라 죵노쇠북 세갑졀은 되게구나 이쇠북 치는소릭 빅니
밧긔 들닌다네 셔산의 춋타흠은 드런지 오릭더니 신유연 셔양국놈 거
긔와셔 작변ᄒ여 앗가온 희젼딕궐 몃쳔만간 죠흔집을 모도다 불을노
하 일망무졔 터쌘이니 보기의 슈참ᄒ여 광식이 쁠쁠ᄒ다 평지의 됴산
무어 괴셕으로 가산벗딕 긔암괴셕 층층ᄒ고 고봉준영 등등ᄒ여 아름
다운 푸른봉은 산긔가 됴요ᄒ고 그윽흔 흰바회는 동운이 영농ᄒ며 십
여리 쌔친산셰 셔산이 져긔로다 산쏠작이 틈틈이와 언덕우히 곳곳이
로 여긔져긔 집이잇셔 빈포도 장흔지고 화반셕 삼층월딕 졔는무숨 누
각터며 빅옥으로 산인셤돌 졔는무숨 졍즈더오 칙식기와 부스러져 왜
록딤이 틱산갓거 버픠집물 불애타셔 짓더미는 몃곳이냐 빅닥들보 침
향도리 숫등걸이 되엿스며 진쥬쥬렴 산호어담 믹운직가 되엿고나 금
부쳐며 퉁부쳐난 쇠뭉텅이 둥글둥글 기와소상 돌미럭은 돌가로다 펴

셕퍼셕 업더진것 지쳐진것 참혹히도 되여스니 졔가만일 영검ᄒ만 져
기경이 되엿시라 경님옥슈 긔한나무 고목등걸 셩겻셜것 긔화요쵸 죠
흔슈풀 거친풀이 덥허잇고 여긔져긔 젹막ᄒᄃᆡ 싀소릭 뿐이로다 산우
히 놉흣딥이 쳐쳐의 나마스니 이층집이 의연ᄒᄃᆡ 왼통구리 쇠로지어
쥬츄기동 도리들보 츈혀기와 셧가릭며 분합문짝 창살가지 일쵸일목
아니쓰고 모도구리 쇠로삭여 용트림과 봉삭임과 녑자도금 휘황ᄒ니
황금옥이 이아니냐 구리쳘스 가ᄂᆞ실노 비단쓰듯 망울쩌셔 도라가며
챵을발나 궁스극치 져러ᄒ다 미집이 아니타믈 곡졀을 모로더니 상푸
동 쇠집이니 옥셕구분 안ᄒ엿다 그뒤흐로 도라가니 누른벽돌 월딕의
다 놉히ᄂᆞ 수십여길 그우히 올나보니 오싴벽돌 이층픠루 세홍에문 두
렷ᄒ고 그안히 삼층문누 왼통칙싴 벽돌노다 아로삭인 셕가릭녀 졉삭
임흔 난간이라 도라가며 스면벽의 죠고마흔 삭인부쳐 몃쳔이며 몃만
이냐 울굿불굿 영농ᄒ다 이집도 아니타믈 곡졀을 모르너니 아마도 벽
돌잡이 초목돠 갓흘소냐 이집이 가장놉하 셔산의 상봉이라 안긔가 황
홀ᄒ고 경치가 졀승ᄒ다 동편으로 ᄇ라보니 히젼딕궐 져긔로다 화록
지지 터분이나 비포흔것 볼것잇다 녹양버들 녯녹음의 화반셕은 옛길
이라 노송나무 녯취병의 빅옥난간 구븨구븨 참쩌슈풀 녯둑임이 청셕
쥬츄 웃쑥웃쑥 북편을 바라보니 불근벽의 푸른창과 도금춘혀 초록기
와 삼층스층 몃곳인지 둥군층누 네모궁젼 뉵모산경 팔목슈각 쳐쳐의
요밀쥬밀 눈부싀여 못보깃다 셔편으로 ᄇ라보니 이십여층 빅옥탑이
포모ᄒ다 치운속의 반공이나 쇼스잇고 나모그늘 요란흔곳 단쳥흔집
몃칠너냐 남편을 ᄇ라보니 일망무졔 넙은연못 쥬희가 삼십야리 옥난
간을 둘너치고 황화슈를 인도ᄒ여 슈파잔잔 물결인딕 연화가 난만ᄒ
여 물우히 가득ᄒ니 셕양의 슘은년입 ᄇ람결의 말근향기 치련곡 노릭
소릭 옥돌노 믿든빈니 그후히 집을짓고 왼갓화초 심엇고나 곳곳이 수
음잇셔 쥬류치청 몟곳인지 십칠교 긴다리ᄂᆞ 서음으로 건너가쟈 너븨
ᄂᆞ 삼간이오 기리ᄂᆞ 칠십여간 좌우의 옥난간은 돌사진가 간간잇고 다

리아린 구버보니 열일곱 홍예구멍 흔홍예가 언마혼지 우리나라 남딕
문만 아모리 큰빅라도 그궁그로 단인다니 년못가의 구리소는 엇지ᄒ
여 누엇스며 셔음속의 층층월딕 동정유승 졍ᄌ터라 남편셔음 드러가
는 구분다리 노핫스니 옥돌노 놉히ᄶ하 길노치면 슈십여장 층층계 ᄉ
십여층 흔마루의 올나셔셔 ᄯ층층계 ᄉ십여층 너머셔서 ᄂ려가면 그
안은 셔음이라 다리구녕 볼작시면 둥그러ᄒ 홍에문이 놉기도 금즉ᄒ
다 아모리 긴돗딕도 셰운취 드나들데 좌우로 옥난간도 다리와 ᄀ치구
버 빅농이 오르ᄂ듯 멀이보민 더옥죠타 셔산구경 다흔후의 가마니 싱
각ᄒ니 쳐음볼제 당황ᄒ여 안광이 희미터니 ᄌ시보민 ᄉ치흠미 심계
ᄌ연 방탕ᄒ여 상쳥옥경 집죠화도 이러ᄒ슈 바히업ᄃ 왕모요지 경죠
틱도 져러ᄒ든 못ᄒ리라 아모리 명화라도 다그리든 못ᄒ겟고 아모리
구변묘하도 말노형용 다못ᄒ리 신뉴년 회록이후 오히려 져러커든 그
젼의 젼셩시야 오죽히 쟝홀소냐 쳔하딕물 혀비ᄒ고 빅셩인역 궁진ᄒ
여 쓸딕업슨 궁ᄉ극치 이일이 무순짓고 진시황의 아방궁은 쳔하로 직
앙나니 젼감이 소소ᄒ여 쳔이가 맛당토다 환희을 구경코져 희ᄌ를 불
너오니 세놈이 드러와셔 요술노 진슐흔다 잉도ᄀ튼 다숫구실 졍년이
난화노코 ᄉ발노 덥헛다가 열어보면 간딕업고 빈ᄉ발 업흔속의 서너
구슬 들어가고 ᄒ나히 둘도되고 잇던것도 업셔졋다 빈손썰고 부뷔치
면 홀연히 생게난다 큰쇠고리 여숫기을 난화들고 맛부딕쳐 ᄉ슬고리
만드러셔 어금맷겨 이엿다가 ᄉ발ᄒ나 ᄶ히업고 보ᄌ기로 덥허노코
발굽치로 ᄂ리치니 ᄉ발이 간딕업다 보을들고 ᄎᄌ보니 ᄶ하로셔 소
ᄉ난다 ᄇ늘흔줌 입의너코 씨륙씨륙 삼킨후의 실흔님을 ᄎᄎ삼켜 싯
츨잡고 쎅여ᄂ니 그바늘을 모도쒸여 쥬렁쥬렁 달엿고나 오ᄉ실 흔타
리을 잘게잘게 쓰흐려셔 활활셕거 뷔뷔여셔 한줌이나 잔쏙쥐고 흔싯
흘 잡아쎅니 쓴너진실 도로이여 식식이로 연히쎅면 실흔타릭 도로된
다 상아쌔로 싹가민든 이뽀시기 ᄀ튼거시 두치기릭 되ᄂ거슬 흔기를
코의너혀 눈구셕의 싯치나와 비쥬룩 ᄒ엿다가 코굼그로 도로쎅니 년

ᄒ여 지치기의 ᄶ무슈히 나오ᄂᆞᆫ것 그와ᄀᆞᄐᆫ 샹어쎈ᄃᆡ 씩ᄂᆞᆫᄃᆡ로 혜여
보니 칠팔십기 되ᄂᆞᆫ고나 씩ᄃᆡ자 허리씩를 칼노졍녕 씯어다가 둿긋츨
흐ᄃᆡ디여 손으로 뷔뷔치니 녜란듯 도로이여 흔젹도 못보겠고 븬ᄉᆞ발
업허쟈가 열어보면 가화ᄭᅩᆺ과 난ᄃᆡ업ᄂᆞᆫ 뉴리어항 금붕어도 뛰ᄂᆞᆫ것과
챵긋히 ᄉᆞ빌들어 셔러지지 아니ᄒᆞᆷ과 화기흐쥭 이고셔셔 쒸염박질 ᄒᆞ
ᄂᆞᆫ것과 쥭방을 놀니임과 공긔단쥬 던지난것 이런직죠 져런요술 이로
긔록 못헐네라 곰놀니ᄂᆞᆫ 구경ᄒᆞ쥬 큰개만ᄒᆞᆫ 검은곰이 이쌔리ᄂᆞᆫ 쌘혀
스니 사름샹치 못ᄒᆞ겠고 쇠사슬노 목을 믜여 다라나지 못ᄒᆞ리라 그미
련ᄒᆞᆫ 져즘싱을 엇더ᄒᆞ게 ᄀᆞ르쳐셔 이러셔라 말를하면 스름쳐럼 이러
셔고 츔츄라 말을하면 압다리을 너풋너풋 챵을들고 쓰라ᄒᆞ면 두압발
노 바다드려 머리우히 올여노코 빙빙돌녀 발노치고 칼을주고 쓰라ᄒᆞ
면 발닥잣쳐 도로누어 네발우히 가로노코 번깃갓치 돌니이니 그아니
이상ᄒᆞ냐 구경둥 우숩도다 녜부지휘 드ᄃᆡ여셔 틱묘친졔 거동시의 삼
사신이 지영홀식 식벽의 녜궐ᄒᆞ여 동장안문 다드르니 만됴빅관 들어
간다 각노ᄀᆞᄐᆞᆫ 일품관도 부억업고 긔구업시 양각등의 불혀들고 하인
ᄒᆞ나 업시가니 다각각 벼슬일홈 양각등의 써잇더라 오문밧긔 들어가
셔 녜부직방 안졋더니 날이장ᄎᆞᆺ 발가오미 묘시츌궁 씩되엿다 쳔ᄌᆞ가
나오시며 위의를 졍졔흔다 오문밧 동셔편의 황옥ᄎᆞ 세쌍이니 놉기ᄂᆞᆫ
두길이오 몸피ᄂᆞᆫ 큰한간의 누룬비단 쑥경에다 슌금으로 ᄶᅩᆨ지ᄒᆞ고 누
른융젼 휘장의다 젼후좌우 완자챵과 벌믹듭 불근유소 네귀흐로 드리
우고 유리풍경 딩강딩강 슈향낭을 쥬렁쥬렁 좌우로 익장달아 누른쥬
럼 드림하고 그안의ᄂᆞᆫ 닷집달고 흔가온ᄃᆡ 좌탑노코 황보덥허 위히노
코 밧그로 도라가며 불근난간 둘너치고 오르나릴 ᄉᆞ닥다리 좌우로 쌍
박회오 불근칠을 길게ᄒᆞ여 쥬홍당ᄉᆞ 줄을걸어 코귀리게 메엿다데 황
옥교 줄걸어셔 셔너쌍 딕령ᄒᆞ고 누른우단 안장지은 어승마ᄂᆞᆫ 슈십여
필 길가희로 좌우편의 홍두루만 입은군ᄉᆞ 의장들고 챵검들고 딕궐의
셔 틱묘까지 흔간동안 두셰식이 쌍을 지어 느려셧고 지영반의 나와보

니 빅관이 다모혓다 죠션ᄉ신 녁관들도 여덜통관 반을지어 ᄎ례로 싸
히쑤러 기ᄃ리고 안져더니 픠동긔흔 말탄관원 셔너빵이 압흘셔고 황
냥산이 나온후의 홍의입은 여덥군ᄉ 팔인교을 메고오니 누룬 쑥경 누
룬휘쟝 좌우의 완ᄌ밀챵 압뒤ᄎ을 길게ᄒ고 멜방망이 네줄인듸 둘식
둘식 달아메니 우리나라 ᄉ인교을 둘을흠게 메음ᄀ다 밀챵을 반즘녈
고 황뎨가 늬다보니 용봉지ᄌ 쳔일지포 엇더ᄒ신 쳔안인고 츈츄가 십
일셰라 어린틔도 어엿브다 갸름ᄒ온 얼골밧탕 일월각이 공골ᄎ고 자
그마흔 눈모양이 안치가 돌올ᄒ다 누룬비단 두루막이 말익이도 누르
더라 쳔하의 제일인이 호복ᄒ신 져란말가 지영압의 이르더니 팔인교
을 머무르고 너희국왕 평안하믈 근시불너 무르시니 삼ᄉ신이 긔복ᄒ
여 흔번고두 ᄉ례헌다 팔인교 지나간후 그뒤흘 슬펴보니 말탄관원 이
십여인 ᄶ라갈 ᄲ일러라 미시후 오봉누의 북소릐 긋치면셔 쇠북소릐
뎅뎅ᄒ니 환궁ᄒᄂ 썩로고나 아국으로 혜아리면 동가을 ᄒ오실제 요
란ᄒ고 분쥬ᄒ미 오즉들 ᄒ랴마ᄂ 츌궁시의 북을치ᄆ 지졈도 쑥ᄼ치
고 빅관들은 나와셔셔 기츰들도 아니ᄒ고 하인들은 들어셔셔 숨도크
게 못쉬이고 창틈으로 여어보면 목을베ᄂ 죄라ᄒ며 듸가지쳑 짓거리
면 듕흔형별 당흔다듸 엄슉하고 졍졔ᄒ며 아모소릐 못ᄒ게고 박셕우
희 말굽소릐 져벽져벽 흘분이라 일노써 헤아리면 군률이 금직ᄒ다 관
소로 도라오니 흘일이 ᄇ히업늬 녈남고시 강개지ᄉ 인걸이나 ᄎᄌ리
라 틱샹소경 명공슈ᄂ 쳥슈ᄒ온 골격이오 병부낭듕 황운곡은 뇌락ᄒ
온 ᄌ품이오 시어ᄉ의 왕죠계ᄂ 아름다운 셩품이오 공부벼슬 왕현이
ᄂ 단졍ᄒ온 틱도로다 모도다 듸명젹의 명문거죡 후예로셔 마지못히
삭발ᄒ고 호인의게 벼슬ᄒ나 의관의 슈통ᄒ옴 분흔마음 품어고나 녯
의관 죠션ᄉ름 형뎨ᄀ치 반겨흔다 명소경이 쳥ᄒ기로 그집의 ᄎᄌ가
니 왓노라고 통긔ᄒ니 쥬인나와 영졉ᄒ며 셔로인ᄉ 읍을ᄒ고 외당으
로 인도흘식 션후을 ᄉ양ᄒ여 쥬긱지예 분명ᄒ다 드러가셔 슬펴보니
범빅이 황홀코나 오량각 기와집의 단쳥도 휘황ᄒ고 아로삭인 벽돌담

의 분벽이 정쇄흔디 쓸가온디 긔화요초 칙싁분의 심거노코 화쵸뒤로
왼갓괴셕 삭인돌학 바침이오 흰두루미 흔두빵이 쑤룩쑤룩 셩큼셩큼
유리어항 오싁붕어 움실움실 펄쩍펄쩍 시로바른 완즈창의 오싁유리
밀창이며 빅능화로 도비ㅎ고 청능화 굽도리오 둥그러흔 지게문의 푸른
른비단 문렴즈오 쥬련쪽즈 현판들은 명필명화 만히걸고 흔간드리 화
루거울 여긔져긔 여러히오 통유리 슈박등은 몃쌍이나 걸엿더냐 좌우
의 탁즈노하 만권셔칙 뽓하노코 즈명종과 즈명악은 졀노우러 소릐ㅎ
며 좌우히 당젼쌀고 담방셕과 빅젼뇨요 이편져편 화류교의 서로마죠
거러안코 거긔사름 쳐음인스 츠흔그릇 갓다준다 화츠정의 딕을빗쳐
가득부어 권하거늘 파르스럼 노르스럼 향췩가 만구ㅎ데 져의들과 우
리들이 언어가 갓지안하 말흔마딕 못ㅎ보고 덤덤ㅎ니 안져시니 귀먹
어리 벙어린듯 물쓰름이 서로보다 쳔하의 글은곳하 필담이나 ㅎ오리
라 당연의 먹을갈아 양호슈필 덤썩씩어 시젼지을 쌘혀들고 글시쎠셔
말을ㅎ니 뭇ᄂ말과 딕답흠을 글귀졀노 오락가락 간담을 상응ㅎ여 졍
곡샹통 ᄒᄂ고나 졔빵곳튼 교자상의 음식이 딕탁이라 상가의 교위노
코 쥬직이 둘너안져 다각기 잔ㅎ나와 져흔미식 츠지ㅎ고 화졉시 녜일
곱의 싱실과며 당쇽이오 싱년근을 써러다가 어름치와 담아노코 년실
힝인 거피ㅎ여 겻드려셔 노핫시며 슈박삐을 복가다가 가얌비즈 셕거
노코 낙화싱이 이상ㅎ다 먹어보니 잣맛곳다 토눌이라 ㅎᄂ거슬 맛슬
보니 셕눌곳다 져근졉시 딕여숫슨 왼갓치소 담아고나 외싱치 무싱치
의 파마늘 부쵸양염 우무갓과 치갓버셧 지령물의 데쳐노코 미ᄂ리 복
근나물 향긔잇고 맛죠흐며 념졔육은 너모쓰다 돗ㅎ고기 져린게라 슐
붓ᄂ놈 싸로잇셔 도라가며 슐을부니 슐먹기을 서로권히 흔모금식 쉬
염쉬염 먹다가 잔노흐면 골은잔을 치워부어 죠금식 마시면서 그음식
다먹ᄂ다 먹던음식 물녀디면 시음식 가져오니 아졔짐 년계짐과 오리
계유 탕이로다 잉어놓어 빅슉이며 양육황육 지짐이오 누른희삼 흰히
삼은 국물잇게 살마스며 오리알과 계유알은 거피ㅎ여 쎠려노코 싱시

우를 산치다마 쵸를쳐서 회로먹고 불근연꼿 녹말쁴여 기름씌여 지져
스니 바삭바삭 ᄒᆞᄂᆞ거슬 셜당찍어 먹게ᄒᆞ고 일홈모를 왼갓씩은 몃가
진지 모르것다 미음갓흔 ᄒᆞ양물은 찹쌀쥭의 셜당타고 슈교만두 분탕
국슈 흰밥지어 온다ᄒᆞ니 이런음식 칠팔긔을 논녀 갈아들여 죵일토
록 먹고나니 이로긔록 못홀너라 황낭듕과 동흑수도 제집으로 쳥ᄒᆡ가
니 집치례도 홀늉ᄒᆞ고 음식범졀 수치ᄒᆞ데 쟝한님과 왕어스며 방낭듕
과 왕공부도 흔턱식 츠려노코 우리를 오라ᄒᆞ데 이리져리 몰여단여 ᄆᆡ
일상봉 ᄒᆞᄂᆞ구나 모두다 문장지수 문필을 죠하ᄒᆞ여 만당시 쳬격으로
글지어 서로읇고 왕희지 필법으로 글시써셔 ᄌᆞ랑ᄒᆞ니 ᄂᆡ아모리 무삭
ᄒᆞ여 문필이 부족ᄒᆞ나 되지못흔 글귀몃귀 즉시지어 화답ᄒᆞ고 변변차
ᄂᆞ 글시라도 쥬련쳐럼 써셔뵈니 칭찬이 분분ᄒᆞ여 겸수가 과도코나 그
사름ᄂᆡ 음식들을 ᄃᆡ거리로 한턱이 쳬면의 당연ᄒᆞ이 불가불 업슬소냐
봉ᄂᆡ국 엄식푸리 빅여금 갑슬쥬고 거긔사름 엄식으로 수치로이 츌히
고셔 어ᄂᆡ날노 긔회ᄒᆞ며 어ᄃᆡ메로 쳥ᄒᆡ오고 드르니 송군암이 졍결ᄒᆞ
고 경죠타기 여러사름 오라ᄒᆞ고 몬져가셔 기ᄃᆞ리니 ᄃᆡ명젹 양계셩의
고틱이 송군암가 양션싱의 곳은틍졀 쳔쥬의 밋치난다 엄숭이 물니치
던 상소초가 기져잇셔 돌의다 삭여스니 간초당이 여그로다 집졔도가
졍쇄ᄒᆞ여 괴셕듕님 돌너스며 셰간즙물 수치로와 만벽도셔 긔이ᄒᆞ니
이집진이 쥬인듕놈 거쳐ᄒᆞᄂᆞ 곳이로다 기ᄃᆞ리든 사름들이 츠츠로 모
혀온후 봉ᄂᆡ국 음식와셔 외당의 갓다두고 큰교ᄌᆞ의 둘녀안져 츠례로
드려먹고 우리나라 주방으로 죠션음식 조금ᄒᆞ여 평안소쥬 감홍노ᄂᆞ
잇던거시 흔병이오 의쥬역과 다식과ᄂᆞ 나문것시 흔병이오 문어광어
젼복쏨은 챤합흔츙 써러노코 약밥이야 얌젼ᄒᆞ다 빗츤어이 져리희며
원슈병은 아람답다 밤톨갓치 비졋고나 싱션수다 어치ᄒᆞ여 담은모양
왜넘느러 어만두라 ᄒᆞᄂᆞ거슨 맛갈업시 믿드런네 건냥마두 의쥬놈의
그솜씨가 오죽ᄒᆞ랴 약과약밥 원슈병은 단거시라 잘먹ᄂᆞ다 이쳐름 놀
니면셔 담소로 죵일ᄒᆞ니 아름답고 말근취미 날가ᄂᆞ쥴 모르겟다 만니

밧긔 먼곳ᄉᆞ름 우연이 서로만나 일면녀구 ᄉ권졍이 지긔지우 되여셰라 왕공부의 강긔지심 우리복식 현져ᄒᆞ다 나쁜관을 벗겨쓰고 슴푼긔식 현져ᄒᆞ다 황낭듕의 필담으로 비밀이 이른말이 근일의 양귀ᄌᆞ놈 귀국을 침노운운 녜부샹셔 ᄌᆞ문으로 몬져급보 ᄒᆞ엿스니 존형은 아모조록 셜이도라 갈지어다 이말이 어인말고 듸경실식 놀라온듕 감격홀사 황낭등을 무슈히 ᄉ례ᄒᆞ고 인ᄒᆞ여 작별ᄒᆞ니 추칭의 활별이라 도라오며 싱각ᄒᆞ도 양귀ᄌᆞ놈 통분코나 황성안을 싱각ᄒᆞ도 셔양관이 여러히오 쳐쳐의 쳔쥬당과 ᄉ흑편만 ᄒᆞ엿다며 큰길의 양귀ᄌᆞ들 무상히 왕ᄂᆡᄒᆞ 눈쌀은 움푹하고 코마루ᄂᆞ 웃둑ᄒᆞ며 머리털은 발간거시 곱실곱실 양피갓고 긔골은 팔쳑쟝신 의복도 고이ᄒᆞ다 쓴거슨 무어신지 웃둑ᄒᆞ 젼닙ᄀᆞᆺ고 입은거슨 어이ᄒᆞ야 두다리가 핑핑ᄒᆞ냐 계집년을 볼쟉시면 더구나 흉칙ᄒᆞ다 통통ᄒᆞ고 커다ᄒᆞ년 살쌀은 푸루쥭쥭 머리쳔의 ᄀᆞᆺ튼 거슬 뒤로길게 느려쓰고 ᄉ믹좁은 져구리의 쥬룸업ᄂᆞ 긴치마을 엉벗히여 휘두루고 혜젹혜젹 가ᄂᆞ고나 삿기놈들 볼만ᄒᆞ다 ᄉ오뉵셰 먹은 거시 답팔답팔 발간머리 싀노란 동근눈쌀 원슝잉 삿기들과 쳔연이도 흡ᄉᆞ홀사 졍녕이 즘싱이오 사름죵ᄌ 아니로다 져러틋 ᄉᆞ류요물 침노 아국 되단말가 칙비쥬쳥 맛츰며 칙ᄉᆞ까지 자리졍하니 신만경퇵 ᄒᆞ온연뉴 겸ᄒᆞ여 양인소셜 쟝계로 샹달코져 별션ᄂᆡ를 츌송ᄒᆞ니 그익일 예궐ᄒᆞ여 오문밧긔 하직ᄒᆞ니 황상이 상을쥬ᄉ 녜부샹셔 거힝ᄒᆞ다 삼ᄉ신과 녁관이며 마두와 노ᄌᆞ까지 은자며 비단등속 추례로 바다노코 삼빅의 구고두로 ᄉ례코 도라오니 샹마연 잔치ᄒᆞ다 녜부의셔 지휘키로 삼ᄉ신과 녁관들이 녜부로 나아가니 듸쳥우히 포진ᄒᆞ고 상을츌혀 노흔모양 모밀썩의 밀다식의 것밤머루 비ᄌᆞ등물 푸닥거리 상버리듯 좌우의 써버렷다 다각기 흔상식을 압ᄒᆡ다 바다노니 비위가 뒤집혀셔 먹을거시 바히업ᄂᆡ 삼빅쥬을 마시ᄂᆞ듯 년파ᄒᆞ고 이러셔셔 쓸의ᄂᆞ려 북향ᄒᆞ여 구고두 ᄉ례흔후 관소로 도라와셔 회환일ᄌ 틱일ᄒᆞ니 사름마다 짐동히랴 각방은 분분ᄒᆞ고 홍졍외ᅙ 셈ᄒᆞ려 쥬쥬리ᄂᆞ 지져괸다

장계을 발정ᄒᆞ여 션ᄂᆞ군관 젼송ᄒᆞ고 츄칠월 십일일의 회한하여 써나
오니 흔들닷시 유ᄒᆞ다가 싀원ᄒᆞ고 상연코나 쳔일방 우리셔울 창망ᄒᆞ
다 갈길이여 풍진이 분운흔둥 가신이 돈졀ᄒᆞ니 ᄉᆞ오삭 타국긱이 귀심
이 살ᄀᆞᆺ고나 슝문문 ᄂᆡ다라셔 통쥬로 향ᄒᆡ가니 올젹의 심은곡식 츄슈
가 방장이오 셔풍이 삽삽ᄒᆞ여 ᄀᆞ을빗치 쾌이난다 갈ᄃᆡᄭᅩᆺ 물가흐로 기
러기 ᄶᆡ로난다 져긔러기 먼져가셔 우리집 지나거든 나오날 써나온다
소식이나 젼ᄒᆡ쥬렴 년교졈 별산졈과 옥젼현 지나셔셔 풍운역 ᄉᆞ하녁
과 영평부 드러가셔 무령현 지나셔셔 산희관 나와보니 칠월념후 잔비
ᄉᆞ시 한긔가 쾌히난다 호지가 일죽치워 졀기가 미리드니 겹바지 상승
속것 뵈젹삼 겹져구리 되ᄂᆞᆫᄃᆡ로 써입어도 한긔가 ᄌᆞ심코나 듕젼소와
듕후소와 영원부 지나가고 년산역 횡산보와 ᄃᆡ룽하 건너갈ᄉᆡ 드르니
남경짜히 희국놈 작난으로 길님군ᄉᆞ 오빅명과 흑농강병 오빅명을 황
상의 죠셔잇셔 츌젼홀ᄎᆞ 올나갈ᄉᆡ 흉영ᄒᆞ다 장ᄉᆞ들과 비호ᄀᆞᆺ튼 말들
이며 갑옷투구 병장긔을 슈리의다 만히잇고 휘모라셔 지나가니 쳔하
강병 져러ᄒᆞ다 길님셔 남경까지 슈만여리 먼길이라 니부모 기쳐쥬는
황명을 밧드러셔 젼장의 흔번가ᄆᆡ 사싱을 모르ᄂᆞ니 셕양쳔 찬ᄇᆞ름의
창검을 ᄲᅢᆺ혀들고 노ᄅᆡᄒᆞ며 가ᄂᆞᆫ모양 보기의 쳐량ᄒᆞ다 셕산참 다ᄃᆞ르
니 십삼산이 져긔잇고 광념졈 지나가니 의무려산 반갑도다 소흑산 쥬
류하로 심양을 향ᄒᆡ갈ᄉᆡ 길가의 둑ᄃᆡ셰워 무어슬 다랏스되 닭의무리
ᄀᆞᆺ튼거슬 살창쳐럼 넉거노코 그속의 다문가슨 사람의 머리란다 년고
을 무러보니 상마적 베힌게라 즁원법은 그러ᄒᆞ여 도젹놈을 증계ᄒᆞ다
ᄯᅩ엇던놈 허리의다 쇠슬슬 둘너믹고 한ᄭᅳᆺ츨 길게ᄂᆞ려 뒤흐로 끌고가
니 그것엇던 일이넌고 도젹놈즁 죄젹은ᄌᆞ는 그쳐럼 표을ᄒᆞ여 비러먹
게 말년이라 그사슬로 글너쥬면 그죄는 죽는죄라 ᄯᅩ엇더흔 슈릐우희
셔너놈 둘너안꼬 한가온ᄃᆡ 엇더놈을 쇠살슬노 목을올가 목홍빗 속곳
젹슴 싯별거킈 입펴스니 도젹놈즁 쥭일놈은 그쳐름 ᄌᆞ바가니 이런일
로 봄지라도 법영이 엄졀코나 셕문영 너머셔셔 남ᄌᆞ산 드러올졔 자문

상 오난편의 집안편지 붓쳐오니 소오삭 막힌소식 도로혀 겁이난다 근
향의 졍갱겹은 넷글귀가 픱진홀손 소오삭 막힌소식 무슴소식 잇슬넌
지 죠릿죠릿 못보겠니 단단이 마음먹고 피봉을 언듯보니 평할평즈 죠
홀시고 거룩ᄒ다 평할평즈 쳔만금이 너모쓰다 이한즈만 볼지라도 져
으기 위회되며 츠츠로 써혀보니 왼지반 편지로다 반가울수 우리노친
안녕ᄒ신 친필이오 깃부도다 우리병쳐 무양ᄒ온 친출이라 이졔야 ᄆ
음노혀 입이졀노 버러진다 일힝일 셔로무러 치ᄒ가 분분ᄒ다 쳥셕녕
회령녕과 팔도하 지니셔셔 츄팔월 초오일의 칙문을 다다르니 오날은
노친싱신 이희가 비로난다 의려ᄒ심 오작ᄒ시랴 불효ᄒ기 그지업다
만지쟝셔 ᄒ신ᄒ셔 권권ᄒ신 말슴이라 근삼십셰 되온즈식 유치ᄀ치
아르시니 친직 불원유ᄂ 녜스람의 교훈이라 불효ᄒ다 만니밧긔 반년
이나 써즈스니 붓그럽다 두린마음 둘딕가 바히업다 츄산이 젹막ᄒ고
친이슬 ᄂ린밤의 쭘인듯 즈고씬여 직축ᄒ여 어셔가즈 온졍평 지ᄂ셔
셔 구련산 너머셔니 빅마산셩 반가오며 통근졍도 의구ᄒ다 초육일 도
강ᄒ니 고국의 나왓구나 아국스람 마조나와 구경군도 반겨흔다 구치
ᄒ며 곤비ᄒ여 의쥬셔 수일묵어 용쳔졀산 션쳔지나 곽산졍쥬 가산이
며 박쳔지나 쳥쳔강과 안쥬슉쳔 슌안지나 평양셔 ᄒ로쉬여 듕화황쥬
봉산으로 셔흥지나 평산금쳔 쳔셕관은 숑도로다 쟝단지나 슉소ᄒ고
파쥬지나 고양오니 갈젹의 녹음방초 낙목이 소소ᄒ니 셰월도 덧업스
며 힝역도 지리하다 앙뉴의의 ᄒ던길이 우셜이 삭사웨라 잘잇더냐 삼
각산아 우리집이 어딕메냐 홍졔원 모화관의 낙양친봉 셔로뭇고 인졍
젼 슉비후의 낙양친봉 셔로뭇고 왕명의 모신비라 무스왕반 복병ᄒ고
이십삼일 져문후의 집으로 도라오니 노친이 마조나와 반기신듯 늣기
신듯 파렴ᄒ신 덕틱으로 병업시 단여오니 혼실이 환희ᄒ니 즐겁기도
그지업다 쳥계수 넷곡죠을 의구히 노릭ᄒ니 듕원싱각 ᄒ면 의의흔 일
쟝춘몽인가 ᄒ노라. 셰신묘팔월일팔셔 쥭동딕방의셔 심심소일노 쓰
시다.

찾아보기

韓國古典文學論攷

지은이| 이병철

인쇄일| 초판1쇄 2009. 03. 05
발행일| 초판1쇄 2009. 03. 07
펴낸이| 정구형
편집 · 디자인| 박지연 한미애 김숙희 강정수 이원석
마케팅| 정찬용
관리| 이은미
펴낸곳| 국학자료원
　　　　　등록일 2005 03 15 제17 - 423호
　　　　　서울시 강동구 성내동 447 - 11 현영빌딩 2층
　　　　　Tel 442 - 4623 Fax 442 - 4625
　　　　　www.kookhak.co.kr
　　　　　kookhak2001@hanmail.net

ISBN| 978-89-6137-434 - 7 *93800
가격| 20,000원